“百部好书”扶持项目
GUANGDONG PUBLISHING

“十三五”国家重点图书出版规划项目

丛书总主编
王 兆 胜
陈 剑 晖

文体与跨文体研究丛书

中国文体传统的现代转换

李遇春 著

广东高等教育出版社
Guangdong Higher Education Press
·广州·

图书在版编目（CIP）数据

中国文体传统的现代转换/李遇春著. —广州：广东高等教育出版社，2019.1

（文体与跨文体研究丛书/王兆胜，陈剑晖主编）

ISBN 978 -7 -5361 -6365 -2

Ⅰ. ①中… Ⅱ. ①李… Ⅲ. ①中国文学 - 现代文学 - 文体 - 文学研究 ②中国文学 - 当代文学 - 文体 - 文学研究 Ⅳ. ①I206.6

中国版本图书馆 CIP 数据核字（2018）第 278363 号

书　　名	中国文体传统的现代转换 ZHONGGUO WENTI CHUANTONG DE XIANDAI ZHUANHUAN
出版发行	广东高等教育出版社 地址：广州市天河区林和西横路　电话：（020）87554153 http://www.gdgjs.com.cn
印　　刷	佛山市浩文彩色印刷有限公司
开　　本	787 毫米×1 092 毫米　16 开
印　　张	23.5
字　　数	330 千
版　　次	2019 年 1 月第 1 版　2019 年 1 月第 1 次印刷
定　　价	52.00 元

总 序

中国是一个“文体论大国”。在古代，文体和文体论蔚为大观。但自“五四”新文学以降，在西方文艺理论的强势冲击下，现当代文学研究者和作家的文体意识越来越淡薄，而关于文体研究方面的丛书更为少见。20 世纪 90 年代中期，童庆炳先生曾主编一套“文体学丛书”，在云南人民出版社出版，受到季羡林、王蒙等著名学者和作家的高度评价，在学界产生了良好影响，但不知什么原因，这套丛书只出版了 5 本就终止了，以后国内一直未见到相关丛书出版。直到 2011 年，北京大学出版社又重新关注文体问题，并推出“中国古代文体学研究丛书”，这是文体研究成果作为丛书形式的又一次集中展示，也是文体研究的深化。但这套丛书只限于中国古代文体研究，没有涉及现当代文体和跨文体写作。因此，我们认为出版一套贯通我国古代、现代、当代和跨文体写作，既具开放意识与现代视野，又有时代感与当代性的文体研究丛书，有助于促进我国的文体研究和增强当代作家的文体意识，提升中国当代作家和文学研究者的文化自信。

本丛书纵论古今文体传统，钩沉千年文脉，撷取前贤英华，哺养现代精神。丛书不仅有新的创意和设计，有较大的学术价值，而且，丛书还呼应了弘扬传统文化，恢复文化自信这一主题。具体来说，本丛书有几方面的价值：

1. 立足于传统与现代，历史与现实，东方与西方，通过对中国传统文体资源的挖掘，将其同当代文化建设，同民族的复兴、文化的自信，以及整个中华民族国民素质、精神文明的提高联系起来。比如，《中国现代小说文体的发生》一书认为，中国小说文体有着本土化的天然特点，但这个特点过去我们重视不够，研究也不系统不深入。因此，本册以回归还原中国小说文体和文体观念的本体论为出发点，对中国古代小说如志怪三体、《世说新语》与“世说”体、唐人传奇之“奇”体、宋元话本到《聊斋志异》的“讲唱”体、明清章回小说的“文白”叙事体，进行了“谱系学”的爬梳考释。在文体类型研究的基础上，再对中国现代小说文体整体形态，文体类型的起源、发展演变进行全面、系统的探讨。该册虽以考释中国小说文体的本土化语境为旨归，尽可能还原中国小说的独特谱系，但又注重与西方文体谱系进行比较，力图使中国小说的文体既拥有自主性和独立性，又具系统化和学理化。此外，把小说文体研究作为本土文体学研究的重要内容，还肩负着传统文化回归、恢复文化自信的使命。

2. 文体是文学最为直观的表现，也是作家心智的外化形式。因此，文学观念的变迁往往表现为文体的变迁，文学革命离不开文体的变革。但在过去，我们过于强调文学作品的“工具性”，过于注重作品的内容和社会功能，忽视了文体和文体探索的重要性，对我国古代丰富的文体资源也挖掘总结得很不够，这在很大程度上阻碍了中国当代文学的发展。本丛书将起到某种纠偏的作用，弥补以往在文体问题上认识和研究的不足。

3. 跨文体或多文体写作，是当前文学创作的一个趋势，但过去的文体研究在这一点上认识不足。以往的文体研究要么止步于古代，要么仅仅局限于某一类文体。本丛书中的《新媒体时代的文体美学》《本真与转换：当代影视文体论》《跨文体：从虚构到非虚构》《中国语境中的科幻文学类型演变》等分册，既贯通我国古代、现代、当代的文体，又关注到跨文体问题，这就拓展了文体研究的空间。

一套有学术价值和现实意义的丛书，应有自己的特色。本丛书的特色主要体现在：

1. 开拓性与前沿性。文体学研究不是新问题，丛书也不是对以往研究的重复，而是以新的视角，构建了新框架，注进了新的理念和创见。这样,，丛书便不仅立足于传统文化，而且有着鲜明的开拓性与前沿性。

2. 强调中国文体传统的现代转换。研究文体和挖掘我国传统文体资源，应有现代性的视野，体现出时代性并服务于当前。如《中国文体传统的现代转换》，一方面主动向西方文学借鉴有效的异域文体经验，另一方面又或显或隐地传承中国古代文学的本土文体资源，在古今中西立体维度中进行传统文体的现代转换。这个专题正是在对中国文体传统的现代转换的宏观思考基础上，以中国现当代小说和现当代旧体诗词对传统文体进行现代转换为观察点，由此展开对中国现当代的新文学和旧体文学创作的整体考察。丛书中的其他专题，对现当代各种文体观念和文体形式发展演变的考察爬梳，以及对跨文体文学现象的研究，都体现了这一学术理念。

3. 宏观梳理与文本细读并重。丛书中的各册既注重对各种文体发展演变的宏观考察，更强调对文本的细致解读，并在个案解读中发现文体的新价值。如《现代散文文体观念与文体演变》这一本，既有对古代文体的演变与特征考察，以及文体研究的观念与方法问题、文体研究的现代转型等问题的思考，又有对叙述学与散文叙述、散文意象、语言等的具体细致的分析。同时还兼顾到创新性、学理性和可读性的统一，尽量做到雅俗共赏。《中国现当代作家的跨文体写作》也是如此。著者既有宏观论证也有个案剖析，个案剖析力求破解名家名作的文体转换肌理，宏观论述力求落实到文体转换的历史经验和内部机制。

没有传统的文化必然失根；而没有文化自信的民族必然陷入茫然，不能正确找到自己前行的方向。本丛书试图寻求文化自信的传统依据，通过对最具中华民族特色的“文体”的梳理阐释，夯实当代思想文化建设的坚实地基，推动中国当代文学的发展。感谢评审专家和有关部门的充分肯定，将这套丛书列为“‘十三五’国家重点图书出版物规划项目”和“百部好书”扶持项目。希望丛书的出版，对于深化现当代文学研究、提升文化自信有积极意义。

王兆胜　陈剑晖

2018 年 9 月 5 日

目录

CONTENTS

引　论

按照通行的中国现代文学史的界定，1917 年是中国文学革命年，是中国新文学元年，正是以这一年为界碑，作为整体的中国文学史被划分为似乎截然不同的两段，即“古代文学”与“现代文学”。毫无疑问，这是一种断裂论的文学史观，它将“现代”与“传统”直接二元对立处理，忽视了二者之间的历史同一性。而在整整一百年后的 2017 年，透过层层的历史雾霭，我们在回望中发现，中国新文学的百年历程其实并非表面上人们所熟知的那样，是一个不断地告别中国古典文学传统的过程，恰恰相反，它是一个不断地复兴中国古典文学传统的过程。前者是中国新文学的显性历程，表现为不断地学习西方和借鉴外国文学资源，而后者是中国新文学的隐性历程，其实质是借助外国文学和文化的力量，不断地激活本民族的古典资源和复兴本民族的文学传统。这意味着我们必须调整现行的文学史观，我们应该放弃那种断裂式的文学史思维，转而采用中国文学史整体观或一体观。

从中国文学史整体观出发，我们会发现百年中国新文学的发展与中国古代文学传统之间存在着深层血缘，而且在中国新文学的百年历程中隐含着中国文学传统的三次复兴运动。其实，第一次中国文学传统的复兴运动就发生在民国时期的所谓“中国现代文学三十年”里，而长期以来我们已经习惯了将这个三十年的文学史视为中国古代文学史的断裂地带，视为中国现代文学的现代性生成史，殊不知正是在这种历史断裂和现代转型中，中国新文学内部或显或隐地发生着一场中国文学传统的复兴运动。众所周知，早在五四文学革命时期，以胡适、陈独秀、周氏兄弟等为代表的新文学先驱几乎明确宣判了中国古典文学的死刑，除了《红楼梦》等极少数古典文学作品受到新文学先驱的有限肯定之外，绝大部分中国古典文学作品都被视为“非人的文学”而遭到否定。然而，随着五四激进运动的落潮，胡适和周作人的文学史观开始逐步发生调整，他们不再全盘否定中国文学传统，而是转入到中国文学传统中去寻找中国新文学的源流。如胡适写《白话文学史》，其目的就是为了说明中国新文学的历史合法性，因为中国新文学作为白话文学其来有自、源远流长，它是对中国古代白话文学传统的创造性发展，当然也是对中国古代文言文学传统的抵制，这样就重续了中国新文学与中国古代文学的历史谱系。至于周作人，他在《中国新文学的源流》中将中国古代文学史提炼为“言志派”与“载道派”两种文学思潮的起伏，由此将中国新文学思潮的发生与中国古代文学思潮的历史变迁勾连起来。这就与胡适殊途同归，都站在了重建中国新文学与古代文学传统的历史关联这一边。尤其是胡适，他后来干脆直接认定五四新文学运动就是一场中国的文艺复兴运动，而不再将五四新文学运动径直视为一场现代思想启蒙运动。这种文学史观的改变意味深长，它说明五四文学革命家不再简单地打倒传统和拒绝传统，而是致力于中国文学传统在现代语境中的复兴。事实上，这种复兴论在 20 世纪三四十年代的抗战环境中不断地得到强化，从文学理论家到各体文学创作者，大都有意无意地选择了回归民族文学传统。

回望中国新文学的百年旅程，第二次中国文学传统的复兴运动发生在中华人民共和国建立后的第一个三十年里，也就是人们习惯上所说的“50至70年代文学”时期。与民国时期第一次中国文学传统的复兴运动处于隐性和悖论状态中不同，新中国建立初期即开始的第二次中国文学传统的复兴运动处于显性和确定状态。如果说在隐性的复兴运动中尚存在着现代与传统、中国与西方之间的巨大矛盾和张力，由此带来了新文学家和理论家在文化立场和艺术姿态上的含混或暧昧，他们中的许多人甚至是在激进的现代化姿态中实现了民族文学传统的悄然回归，那么在显性的复兴运动里，由于民族国家的统一和新的人民政权的诞生，尤其是由于《在延安文艺座谈会上的讲话》被确定为新中国人民文学指南，由此，新中国作家和文学理论家大都走上了文学的大众化和民族化道路，“中国作风”和“中国气派”成为“50至70年代文学”的明确而共同的追求。无论是农业合作化小说还是革命历史小说，都以“三红一创”“青山保林”为标志，这些红色经典作品无不打上了深刻的民族文学传统烙印。中国古代的话本小说、章回小说传统开始在赵树理、周立波、梁斌、曲波等人的笔下悄然复活。而在诗歌领域，随着毛主席诗词的广泛传播，中国古典诗词传统也在当代新诗创作中全面复苏，以贺敬之、郭小川为代表的政治抒情诗人开始大量借鉴中国古典诗歌资源，将诗词歌赋等本土诗体传统与西方自由体嫁接，从而形成了中国式的楼梯体或新辞赋体。至于戏剧领域中的地方戏曲改造和革命现代京剧的培植，同样也显示出了革命年代中国文学传统复兴的态势。当然，由于极左思潮的干预，那个年代的中国文学传统复兴运动中也出现了种种不尽如人意之处，比如“大跃进”时期的新民歌运动，还有后来的革命样板戏试验之类。究其根源，主要是将中西二元对立起来，表现为对西方现代派文学的拒斥和对中国文学传统的膜拜，由此不仅没有激活本民族的文学传统，反倒是在复古的声浪中让民族传统陷入僵化。

进入新时期以来，在改革开放的历史语境中，我们迎来了中国文学传统的第三次复兴运动。这一次以20世纪80年代中期掀起的寻根文学运动作为显著标志，一时之间，包括韩少功、贾平凹、莫言、王安忆、阿城、张炜等在内的一大批“50后”作家涌入其中，当代中国文学创作开始摆脱固有的社会政治视角，转而从文化视角切入我们民族的本土生存经验，到中国的儒释道主流传统文化或民间野性文化传统中去寻找有益的资源。无论是对待精英文化的“大传统”还是对待民间文化的“小传统”，一代寻根作家大都能秉持理性的文化立场，在批判中审视，在审视中重构，其意在于重新镀亮我们民族的灵魂。必须看到，寻根文学不仅仅是一场文化寻根运动，同时也是一场文体寻根运动。寻根作家在现代性视野中重新烛照中国本土文化传统的同时，也开始逐步复活中国古代的“大文学”和“杂文学”文体传统，他们大胆地打破了西方现代文体分类模式，大都有意无意地致力于文体分裂后的重新整合，到中国史传传统、抒情传统、话本传统、神话传统中去寻觅“跨文体写作”的灵感。事实上，早在寻根文学运动兴起之前，汪曾祺、邓友梅、陆文夫等人的文化民俗小说就已经悄然开启了广义上的寻根文学帷幕，他们不再纠结于各种西式现实主义文学规范，而是选择了中国文学传统叙事的回归，致力于中国化的小说艺术形态的重塑。及至寻根文学思潮正式兴起后，寻根思维模式在中国作家作品中日益明确起来并开始泛化，当时的各体文学创作中都存在着寻根思维的影子，由此出现了寻根诗歌、寻根小说、寻根散文、寻根戏剧乃至寻根电影，这无疑是新时期的一场中国文学传统的复兴运动。而且以“50后”为代表的这代寻根作家即使在进入90年代以后也并未放弃他们的寻根文学初衷，他们甚至拿出了更有分量的系列长篇小说来为寻根文学正名，直至进入新世纪以后也依旧坚持不懈、矢志不渝。这意味着寻根文学及其寻根思维已然成为他们的核心创作美学，他们的文学存在一直在引领着新时期中国文学传统复兴运动的方向。显然，寻根文学及其寻根思维并未随着80年代的一场文学思潮而时过境迁，而是作为一种文学精神流贯在整个新时期文学的主潮中。以格非、苏童、叶兆言、迟子建、毕飞宇、红柯等为代表的“60后”作家，还有魏微、冯唐、葛亮、付秀莹等“70后”作家，不管他们被放置在哪一种新锐文学思潮中，都无法掩盖他们在不同程度上受到了寻根文学及其寻根思维的影响。当然，与“50后”那代寻根作家相比，后起的“60后”和“70后”作家似乎对中国文体传统的追寻更有兴趣，而不像前辈们那样执著于中国文化传统的追寻，这也是值得我们深思的代际差异与选择。

以上不过是匆匆的历史检省与巡视，但是，当我们站在新的历史驿站口重新审视百年中国新文学历史进程时，我们必须采用新的历史视野以获取新的历史启示。虽然五四以来的中国新文学发展史，被普遍认为是一场告别中国文学传统的现代性文学革命运动，但事实上，这是一场现代语境中的中国文学传统复兴运动。至于具体的复兴路径则是中国文学传统的创造性转化，或以中化西，或以西化中，不拘一格，不必拘泥于中体西用或西体中用的体用论思维定势，由此方能成就中西会通、古今融合的现代中国文学新境界。

上编

中国小说文体传统的现代转换

第一章

现代中国小说创作与中国古代文学传统

从中国文化传统的现代转换到中国文学传统的创造性转化，这是摆在现代中国文学研究者面前的一道难题。但其实在现代中国文学研究领域里，偏重中西维度的西化派研究模式长期占据主导地位，而固执于中国古典文学传统的本土派研究者则不屑于研究“新文学”，他们继续株守着现代中国的旧体文学（主要是旧体诗词）而不逾雷池；剩下的就是中西维度与古今维度并重的创化派研究模式了，这派研究尚属少数，但近些年来已有升温上涨之势。从惯常的现代文体分类来看，创化派的现代中国文学研究主要集中在小说和诗歌两个领域里，相对而言，散文和戏剧领域的创化研究比较沉寂。这主要是因为百年现代中国文学历史演化进程中，小说文体在传统创造性转化方面做得最好，而诗歌长期陷于新旧对立的争议漩涡中，承受了最多的压力。当年王瑶先生曾回忆说：“一九三八年，毛泽东同志提出中国作风和中国气派，要求建立为群众所喜闻乐见的民族形式，这之后，讨论民族化、民族形式的文章就更多了。当时讨论最多的是诗歌和戏剧，讨论小说和散文的很少，说明小说和散文在民族化方面取得的成就要大得多，不觉得是重要的问题；但诗和戏剧，大家觉得问题很多。例如话剧，它的民族风格不显著是有原因的，主要是因为它从外国传入以后和中国人民结合的程度不够。”① 这虽然说的是抗战时期民族形式大讨论的中国文坛现状，但即使是放在整个现代中国文学的百年发展进程中来看，也是大抵符合历史实际情形的。百年来，中国诗歌一直分裂为“新诗”和“旧诗”两个诗界，中国戏剧也一直分裂为“话剧”和“戏曲”两个剧坛，民族化与西方化，或者说传统化与现代化之间的文体冲突始终无法得到化解，由此带来了这两种文体在传统创造性转化上的不力。至于小说和散文，则如陈平原所说的那样：“如果说在20世纪初期的中国文学形式变革中，散文基本上是继承传统，话剧基本上是学习西方，那么小说则是另一套路：接受新知与转化传统并重。不是同化，也不是背离，而是更为艰难而隐蔽的‘转化’，使传统中国文学在小说叙事模式的转变中起了不容忽视的作用。”②

回顾百年现代中国文学史，学界近年来习惯于将其分为三个大的时段加以考察：一是民国时期的第一个三十年（一般以1917年为开端），二是中华人民共和国建立后的第一个三十年（以1949年为开端），三是中华人民共和国建立后的第二个三十年（一般以1977年为开端）。我们也可以从这三个文学时段来考察百年现代中国小说的文学传统创造性转化过程。相

① 王瑶. 关于现代文学的民族传统问题［M］//北京师范大学中文系现代文学教研室. 现代文学讲演集. 北京：北京师范大学出版社，1984：41－42.

② 陈平原. 中国小说叙事模式的转变［M］. 北京：北京大学出版社，2003：138.

对而言，如普实克①和陈平原所说的那样，在现代中国小说发展的第一个三十年里，中国小说家在接受西方启蒙现实主义小说美学形态影响的同时，主要是将其与中国古代文人文学传统，尤其是文言文学传统相结合，从而对中国文学传统成功地进行了创造性的转化，因此成就了鲁迅、郁达夫、叶绍钧、茅盾、废名、沈从文、巴金、老舍、萧红、张爱玲、钱钟书、师陀等小说名家巨匠。我们从其传世的现代文学经典作品中不难窥见中国古典文学中的“史传”传统和“抒情”传统的双重印痕。中国现代小说中向来主观主义和个人主义思想和情绪比较浓厚，甚至还形成了特殊的抒情小说或诗化小说形态，这诚然是受到了西方近现代人文主义文化和文学传统的外来影响所致，但却又实实在在地与中国古代文人文学传统有关，尤其是与中国古典诗歌抒情传统有关，因为中国古代精英文人向来视文学尤其是诗词和小说为“余事”，不像正经的古文那样登大雅之堂，故而笔下多有个人情怀和主观情绪流溢满纸，如所谓情趣、逸趣、谑趣之类，与正统的道统迥异其趣。中国古典文学中的这种抒情传统也可以转化为广义上的“言志”传统，与之相对应的则是“载道”传统，前一种催生了中国古典文学中的“言志派”文学，后一种形成了中国古典文学中的“载道派”文学②。正是前一种“言志派”文学传统在现代中国小说第一个三十年中发生了积极的创造性转化，与西方现代人道主义或个人主义文学传统互补融合，遂成就了现代中国小说的第一个艺术高峰。除了“抒情”或“言志”传统

---

① 普实克通过考察鲁迅、郁达夫、叶绍钧等五四一代作家的创作实践表明：“尽管我们指出了欧洲文学作品与新文学作品的相通之处，我还是认为更重要的一点是中国旧文学，特别是文言文对新文学的影响。只需把新的文学观念浇灌在旧文学之上，它就会变成新创造的沃壤。”（参见：普实克．普实克中国现代文学论文集［M］．李燕乔，等译．长沙：湖南文艺出版社，1987：210.）他还特别指出：“五四运动以后兴起的新文学更主要的是与‘文言’传统而不是通俗文学传统发生过联系，尽管当时存在着猛烈抨击旧文人的文言作品的斗争。”（参见：普实克．普实克中国现代文学论文集［M］．李燕乔，等译．长沙：湖南文艺出版社，1987：100.）

② 周作人．中国新文学的源流［M］．上海：华东师范大学出版社，1995：17.

之外，“史传”传统也在现代中国小说第一个三十年中明显得到了创造性转化。“史传”传统发轫于先秦诸子史传散文，此后迭经变异，一变为六朝志怪志人小说，二变为唐宋传奇小说，三变为明清章回小说，然万变不离其宗，历史性（野史性）、传记性（杂传性）和传奇性（奇异性）一直贯穿其中。鲁迅的《阿Q正传》和《孔乙己》、沈从文的“湘西小说”系列、茅盾的“丰收三部曲”和《子夜》、巴金的“激流三部曲”、老舍的《骆驼祥子》和《四世同堂》、萧红的《呼兰河传》、张爱玲的《传奇》小说集、钱钟书的《围城》、师陀的《果园城记》，大抵属于叙写现代中国平民人物（与英雄人物相对）的生平行状和性格风采的野史杂传小说，或直接传承六朝志人小说和唐宋传奇小说的文体风范，或延续明清世情写实小说如《红楼梦》（原名《石头记》）、《儒林外史》的史传叙事传统，后者的精英文人姿态有别于明清讲史系列的通俗小说叙事传统。这再一次印证了普实克和陈平原所说不虚，即民国时期的中国现代小说主要是对中国古代文人文学或文言文学传统的创造性转化，而有意地放逐了中国古代白话通俗小说的大众化叙事传统。

进入1949年以后现代中国文学的第二个三十年里，当代中国小说家对中国文学传统进行创造性转化的古典文学资源选择发生了显著变化。中华人民共和国成立以后毛泽东所倡导的“工农兵文学”新方向在中国大陆得以全面确立，他在《在延安文艺座谈会上的讲话》中所重点阐述的中国文学民族化和大众化道路进一步在整个文坛加以推广，当代中国作家渴望写出为革命领袖所期盼的那种具有“中国作风”和“中国气派”的作品，小说家当然也不例外。由于革命领袖所倡导的这种民族化的文学形态同时也是大众化的，文学服务的对象也从知识分子和小资产阶级转向了“工农兵”或“老百姓”，也就是说由知识精英转向了普罗大众，这就注定了中华人民共和国成立后的中国当代小说必须要走通俗文学的道路，由此也就与民国时期现代小说所走的精英文学道路相分野。正是这种文学道路的分野，决定了大多数新中国小说家不可能向中国古代文言文学和文人文学传统寻找创造性转化的文学资源，而只能选择向中国古代白话通俗小说和民间文学传统借鉴和效仿，由此在新中国文坛形成了蔚为大观的“革命通俗小说”或“革命英雄传奇”创作潮流。虽然这个时期也有少数作家如孙犁那样延续鲁迅式的诗化小说或散文化小说传统，坚持在革命文学形态内部向中国古代文人文学和文言文学传统学习，但这种选择的文学风险也是不言而喻的，几乎注定了在革命文坛内部处于相对边缘化的地位。而对于大多数主流革命文学家而言，他们的小说此时不约而同地转向了师法明清历史演义或古典英雄传奇，如《三国演义》《水浒传》《岳飞传》《杨家将》《说唐全传》《儿女英雄传》等中国古典通俗小说名著。它们分明有别于《红楼梦》和《儒林外史》等中国古典文人化和精英化的白话章回小说，前者大约是用来说书的底本，属于评书体；后者虽有外在的话本形态，其实内里已经是案牍之文，主要是供于阅读而不是供于视听，也就是说它已经是书面形态的精英文学而不属于口传形态的通俗或民间文学形态了。但这种明清文人小说和精英小说遭到了新中国小说家的普遍拒绝，他们不仅摒弃了明清文人小说的批判传统和精英趣味，而且也抛弃了明清文人化长篇小说的世情写实主义叙事传统，转而向明清通俗章回长篇小说学习，不仅效仿其忠君爱国的主流意识形态诉求，而且化用其英雄主义叙事模式，通过为主要英雄人物或英雄人物群像树碑立传的方式展开情节化或故事化的叙事，通常表现为英雄人物性格比较单一，而反面人物性格比较复杂，构成了明清通俗历史演义小说中常见的忠奸对照人物设置模式。毫无疑问，新中国的革命英雄传奇小说的文体形成，既有对苏联革命现实主义或社会主义现实主义小说叙事模式的模仿和借鉴在内，同时它更是对中国古代英雄传奇文体传统创造性转化的产物。当然，它还是对中国古代文学中“载道”传统的沿袭和化用，由此导致了现代中国小说在第二个三十年内明显告别了第一个三十年时期的个人化“抒情”或“言志”传统，而走上了集体化的

“载道”文学道路，尽管这种“载道”文学常常以集体化的“抒情”或“言志”形象存在。我们从《红旗谱》《红日》《红岩》《保卫延安》《林海雪原》《铁道游击队》《敌后武工队》《野火春风斗古城》《烈火金钢》等这些红色经典长篇小说中不难辨析其单一政治主题中隐含的强大“载道”传统。

改革开放以来的三十年是现代中国文学的第三个三十年。这个时期的中国文学先是再度重启西方人道主义文学传统，同时也是对现代中国文学第一个三十年中业已转换成功的中国五四式启蒙现实主义文学传统的接续，然后当代中国新潮作家很快便在1985年前后进入了对西方现代主义和后现代主义文学的崇拜和模仿时期，这就是20世纪80年代所谓“新时期文学”的主潮。然而，就是在这个追逐新潮的80年代里，中国小说同时也在进行传统的创造性转化，而且这次转化的传统文学资源也再度发生了变化。80年代的中国小说家和他们的民国先贤一样把转化的视野投向了中国古代文人文学和文言小说传统，无论是以晚年孙犁、汪曾祺、林斤澜、邓友梅、陆文夫、刘绍棠等人为代表的老一代小说家，还是以韩少功、贾平凹、莫言、阿城、张承志、王安忆、李杭育、郑万隆、何立伟等人为代表的新进小说家，他们都在“寻根文学”或“泛寻根文学”的视域中积极地谋求着对中国六朝志怪志人小说和唐宋传奇小说文体传统的创造性转化。“史传”传统赋予了这批作家的小说代表作品以野史杂传的艺术品格，如《云斋小说》《受戒》《大淖记事》《陈小手》《那五》《烟壶》《小贩世家》《美食家》《爸爸爸》《女女女》《太白山记》《天狗》《浮躁》《红高粱家族》《棋王》《树王》《孩子王》《黑骏马》《小鲍庄》《最后一个渔佬儿》《沙灶遗风》《老棒子酒馆》《白色鸟》等小说都显示了为民间异人轶事写史做传的艺术取向，小说中的人往往独具性格风神，小说中的事往往可以弥补正史之不足，它们的整体艺术风貌是中国文学传统形态的而不是西洋文学的简单复制品。同时这批中国小说还显示了中国古典文学“抒情”传统的美学趣味，它们普遍带有散文化小说或诗化小说的文体特征，文本中含蕴着浓郁的诗情、朦胧的诗思和精巧的诗艺。这种客观的“史传”传统与主观的“抒情”或“言志”传统的艺术融合，显示了当代寻根派小说家借鉴西方现代派文学精神而创造性地转化中国古典文人文学或文言文学传统的努力。值得注意的是，20 世纪 80 年代的这种文人文学传统创造性转化的趋势一直持续到 90 年代中后期才开始发生分化：一是以韩少功、格非等为代表的小说家继续坚持原先的中国古典文人文学或文言文学传统创造性转化的路径而不懈求索，比如韩少功相继推出了《马桥词典》《暗示》《山南水北》《日夜书》等长篇作品，格非则在新世纪推出了《江南三部曲》（《人面桃花》《山河如梦》《春尽江南》），实现了对 80 年代的艺术跨越；二是在世纪之交及其后十年来，以都梁的《亮剑》、石钟山的《激情燃烧的岁月》、徐贵祥的《历史的天空》、邓一光的《我是太阳》、龙一的《潜伏》、高满堂和孙建业的《闯关东》等为代表的一批“新革命英雄传奇”的强势崛起，这批小说借助影视传媒的力量而再度复兴了新中国文学第一个三十年中大行其道的“革命英雄传奇”小说传统。“新革命英雄传奇”和“革命英雄传奇”一样，都是对明清通俗历史演义小说叙事传统的创造性转化，都着力渲染革命英雄人物的传奇经历和英雄品格，但“新革命英雄传奇”还传承了中国古代文人文学的“言志”或“抒情”传统，故而作品中常常饱含历史的悲怆和人生的悲凉情绪，属于个人化的艺术表达，这与“革命英雄传奇”传承的中国古典文学“载道”传统判然有别。

20 世纪 90 年代以来中国小说所发生的第三种传统创造性转化趋向是，以贾平凹、莫言、王安忆、刘震云等人为代表的实力派作家转而向《红楼梦》《金瓶梅》《儒林外史》等明清文人世情写实长篇小说叙事传统学习。相对于 80 年代中国精英作家主要向明清以前的文人文学和文言文学传统借鉴而言，90 年代以来的这种传统创造性转化的转向或新变更多的是对世纪之交中国长篇小说美学形态发生影响，而明显有别于 80 年代对文言文学传统的借鉴主要是催生出了一系列中短篇小说经典作品。如果说《三国演义》《水浒传》《封神演义》代表了明清民间通俗长篇小说的“评书”传统，那么《金瓶梅》《儒林外史》《红楼梦》就昭示了明清文人精英长篇小说的“闲聊”传统。评书体和闲聊体，都属于中国宋元以来的话本小说传统，但同样是“说话”，评书式说话与闲聊式说话明显有着不同的话语风格。由于面对的受众不同，评书式说话面对着现场听众，故而说话偏重于故事的抑扬顿挫，追求情节的紧张曲折和扣人心弦，塑造人物性格也是通过外在的语言和行为来加以凸显，所以常常疏于日常生活的精细写实和描摹，因为那样会影响说书人说的故事情节和节奏，导致听众的沉闷和退场；而闲聊式说话，由于面对的是居家读者，《红楼梦》一类长篇明显是不适宜说书而适宜阅读的，所以这类说话就不再以情节性或故事性为主要叙事追求，叙事结构也由评书式说话注重时间化结构而转变为注重空间化结构，由此说话人有更多的余闲或闲笔去客观精细地描摹日常生活和社会生活，所以闲聊式的长篇小说的节奏都比较缓慢，明显不适宜热闹的书场但适宜静夜的书房。这种闲聊式的长篇小说同样继承了中国古典文人文学的“史传”和“抒情”或“言志”传统，它们在很大程度上代表了中国古典小说的最高水平，同时也开启了中国古代长篇小说向现代中国长篇小说转换的艺术关捩。90 年代以来，贾平凹大约是最早向明清文人世情写实长篇小说叙事传统取径的作家。从《废都》开始，贾平凹就不断地在各种创作谈中向《红楼梦》《金瓶梅》致敬，他要创造性转化的当然不是所谓《金瓶梅》的性描写，而是古人那种精细绵密的日常生活写实艺术。《高老庄》是一个艺术转折点，贾平凹终于触摸到了明清世情写实叙事的现实脉搏，不像《废都》那样终究和底层民众的日常生活相疏离，因过于文人化而尚未脱离仿古的影子。但真正标志着贾平凹创造性转化传统成功的作品还是《秦腔》，这部长篇小说真正实现了“密实的流年式的叙写”，用农民拉家常一样絮絮叨叨的口吻，闲聊式地讲述着或描摹着清风街“一堆鸡零狗碎的泼烦日子”①。这是一种生活流或日常生活细节流的写实叙事形态，它与西方现代自然主义和写实主义有关，但无疑更是对《红楼梦》和《金瓶梅》的世情写实叙事传统的创造性转化。《秦腔》之后，贾平凹又推出了《高兴》《古炉》《带灯》《老生》等长篇，继续将日常生活细节流式的世情写实传统推向极致，而且小说中的“言志”或“抒情”传统进一步强化，这与世情写实所代表的“史传”传统相融合或映衬，体现了贾平凹创造性转化传统的卓越才情。

相对于贾平凹而言，莫言的传统创化之路是另一番光景。《檀香刑》是莫言20世纪90年代的一部公认的转型之作，莫言在这部书的《后记》中说自己“有意识地大踏步撤退”，他着力向中国传统“民间说唱艺术”学习，尤其是向山东的地方戏曲——“猫腔”学习，所以小说中专门出现了“眉娘浪语”“赵甲狂言”“小甲傻话”“钱丁恨声”“孙丙说戏”等戏曲化的叙写。莫言还说“这部小说更适合在广场上由一个嗓音嘶哑的人来高声朗诵，在他的周围围绕着听众，这是一种用耳朵的阅读，是一种全身心的参与”②，由此莫言似乎依旧继承的是中国传统通俗说书人的评书体而不是精英文人的闲聊体叙事模式。但这一切只是外部文本假象而已。对于《檀香刑》的内部文本结构而言，莫言对各色人物日常生活细节包括内心生活细节的叙写和描摹无不是精细入微的，这和贾平凹所追求的密实叙写并无本质不同，而且《檀香刑》显然是不适宜说书而适宜阅读的，它打破了传统通俗评书体小说的时间线性结构而借用了西方现代派小说中常见的多人物第一人称叙事空间组合结构，凡此种种，意味着莫言其实骨子里继承的还是明清精英文人的闲聊式说话传统。这在随后的长篇《四十一炮》和《生死疲劳》中得到了更明显的印证。在《四十一炮》中，莫言通过“炮孩

① 贾平凹．秦腔［M］．北京：作家出版社，2005：565．

② 莫言．檀香刑［M］．北京：作家出版社，2001：517－518．

子”罗小通“试图用喋喋不休地诉说来挽留逝去的少年时光”①，而就在罗小通喋喋不休的第一人称回忆性叙述中，我们似乎并未感受到普鲁斯特《追忆逝水年华》那样的西洋小说风味，而是体会到了中国明清文人长篇闲聊式说话传统的叙述做派。发展到《生死疲劳》中，莫言这种狂放型闲聊式说话叙事得到了近乎登峰造极的艺术表演，他反复借用不同的生命轮回体（诸如驴、牛、猪、狗）来自我叙说抑或絮说，把大半个世纪的民间历史生活形态用细节流和语言流相结合的方式加以逼真而自由地敞开。莫言由此形成了不同于贾平凹沉郁型风格的另一种闲聊式说话叙事形态。与莫言和贾平凹不同但却形成了独特说话风格的北方作家是刘震云。自从20世纪90年代中后期写多卷本长篇《故乡面和花朵》进行先锋文体试验而反响不佳之后，刘震云便在新世纪转向了中国明清长篇小说的“说话”传统寻求叙事资源转化。以《我叫刘跃进》《一句顶一万句》《我不是潘金莲》等长篇小说系列为代表，刘震云不再简单地玩弄西方现代派或后现代时空交错叙事技巧，而是耐心地回到早期新写实小说的生活流或细节流写法，用一种北方人“拧巴”型的闲聊式说话进行长篇小说叙事。北方人所谓的“拧巴”本意是说话作文使人感到别扭，有意制造说话困局而乐在其中。刘震云新世纪长篇试验中的“拧巴”型说话确有此风，看上去行云流水如同流水账般的密实流年叙写，实际上却在处处制造阅读上的横生枝节，仿佛水银泻地难分主次一片混沌，叙述人的说话如同一个啰嗦的饶舌人在千方百计地弯弯绕，读者也就被叙述人的饶舌牵着鼻子绕来绕去，直至真相大白哑然失笑。这就是刘震云几乎独创的“拧巴”型或“缠绕”型的闲聊式说话叙事形态，这无疑是对明清文人长篇小说“闲聊”传统别具一格的创造性转化。

海派作家王安忆20世纪90年代以来的长篇小说，如《长恨歌》《妹

---

① 莫言．四十一炮［M］．沈阳：春风文艺出版社，2003：444.

头》《上种红菱下种藕》《天香》之类同样体现出了她创造性地转化明清精英文人长篇小说"闲聊"叙事传统的倾向。明清文人闲聊式说话传统注定了它必须采取精细的日常生活细节流的"写实主义"形态，而不同于评书式说话传统习惯于采用的宏大故事情节流的所谓"现实主义"形态。王安忆谈到《红楼梦》时这样说道："曹雪芹并没有彻底依赖时间的顺序来联络繁复的情节，所有貌似闲适的细节其实全都严格地经过了组织和筛选，附在时间的漫长的锁链上。"① 这说明王安忆清醒地意识到了《红楼梦》并不是一部时间化的明清通俗长篇小说，而是一部空间化的明清文人长篇小说，它靠的不是繁复的情节流而是繁密的貌似闲适的日常生活细节流来建构文本的内部肌理。而她自己以《长恨歌》为代表的长篇正是遵循的如此艺术路径。《长恨歌》中，作者用絮语闲聊的口吻讲述了上海女子王绮瑶的传奇一生，但她并未将主要笔力放在传奇性的情节营构上，而是主要落墨于女主人公一生的日常生活细节形态的描摹上。那种上海女人优雅精致却繁缛琐碎的私密日常生活，被她描绘得丝丝入扣严丝合缝。王安忆甚至还花费了大量笔墨对女主人公生活的城市环境如弄堂、闺阁之类给予精细的描摹，简直是不厌其烦，这进一步放缓了小说的叙述速度，同时也就强化了小说的空间化倾向。在创造性地转化明清文人长篇小说"闲聊"叙事传统的同时，王安忆也吸纳了昆德拉式的"分析性叙述"或"思考性叙事"② 策略，用她自己的话来说就是，"小说的思想和物质部分似乎没有距离"，小说的物质"材料就是文字和语言"，"小说不仅是思想的生产物，也是物质的生产物，具有科学的意义"③。与王安忆追求叙述文字的分析性和思想性不同，同是海派作家的金宇澄却走的是贾平凹式的近乎纯叙述性和描述性路径。金宇澄的长篇《繁花》这两年声名鹊起，主要就是因为他致力于中国文学

① 王安忆. 故事和讲故事［M］. 上海：复旦大学出版社，2011：93.

② 里卡尔. 阿涅丝的最后一个下午［M］. 袁筱一，译. 上海：上海译文出版社，2011：140，171.

③ 王安忆. 故事和讲故事［M］. 上海：复旦大学出版社，2011：9.

传统创造性转化且取得了惊艳的艺术实绩。他在跋文中说这部长篇取了“话本的样式”，“口语铺陈，意气渐平”，他不认同所谓“摆脱说书人的叙事方式”的做法，而且他想做的是一顿圆台无中心的中国饭，“人多且杂”，而不是那种狭长桌面的中心聚焦西餐模式，虽则《繁花》这桌菜“已经免不了西式调味”①。在笔者看来，《繁花》并非借鉴明清通俗长篇小说的评书体话本传统，而是取镜于明清文人长篇小说的闲聊式话本传统，这与王安忆和贾平凹等一脉相承。金宇澄在《繁花》中用吴侬软语（上海话）絮絮叨叨地讲述和呈现着当代上海市井生活形态的点点滴滴、枝枝叶叶，众多的人物、无数的故事和繁密的细节构成了《繁花》的“繁花”结构，真可谓繁花似锦、花团锦簇、富丽丰赡。虽然金宇澄并未走王安忆的分析型闲聊式话本叙事路径，但王安忆也并不乏追随者，比较出色的是河南女作家乔叶，她的中长篇小说代表作《最慢的是活着》《认罪书》就是如此。乔叶的小说致力于昆德拉式的分析型叙事与中国明清文人长篇小说的闲聊体“说话”叙事传统的融合，从中我们可以看到中国未来文学的希望。

---

① 金宇澄. 繁花［M］. 上海：上海文艺出版社，2014：443.

第二章

中国当代小说创作中的“传奇”传统

长期以来，我们习惯于从外国文学角度审视和评判中国现当代文学，而有意无意地忽视了对中国现当代文学与中国古代文学传统之间内在关系的深入考察，这显然是一种单向度的学术研究路径，需要中国现当代文学学科内部做出及时的调整。如今我们必须破除那种“成见”，即把中国现当代文学纯粹视为外国文学的中国翻版或曰东方支流的理论预设，进而从古今文学演变的角度深入探究中国现当代文学与中国古代文学之间的深层血缘。早在1982年王瑶先生就曾提出“现代文学是古代文学的新发展”① 的学术命题，随之引发了一些现代文学研究者的学术兴趣，故而在古今文学演变方面，现代文学研究走在了前面②，而当代文学研究在这方面还处于起

① 王瑶．关于现代文学的民族传统问题［M］//北京师范大学中文系现代文学教研室．现代文学讲演集．北京：北京师范大学出版社，1984：45.

② 如陈平原的《中国小说叙事模式的转变》（上海人民出版社1988年版）、李怡的《中国现代新诗与古典诗歌传统》（西南师范大学出版社1994年版）都是这方面有代表性的学术著作。

步阶段，尚未出现整体性的学术突破。其实这并不奇怪，因为毕竟民国时期的现代文学已然是过去时态的文学史，而正在进行时的当代文学于我们每一个置身其间的学人而言，难免会有“不识庐山真面目”的拘囿和尴尬。但我们显然已经到了必须调整治学路径的时候，因为正如克罗齐所说“一切历史都是当代史”，我们也可以说“一切文学都是当代文学”，不论是纵向流贯的中国古代文学还是横向移植的外国（西方）文学，它们最终都会从文学史长河的“中上游”指向“下游”，即指向“当代文学”，指向当下中国的文学现实，都会在中国当代文学中已经或正在发生各种不同程度的艺术影响。有鉴于此，解析中国古代文学对中国当代文学的深层艺术投影无疑是摆在我们面前的一道学术难题。

（一）

笔者想集中探究中国古代小说中的“传奇”文体对中国当代小说文体演变的影响。此处所说的“传奇”是一个广义上的中国小说文体概念，它得名于唐传奇，但又不限于唐传奇，而是一种纵贯于整个中国古代小说史的文体传统。唐传奇曾与唐诗并称一代之奇，实际上中国古代小说直到唐人手中才真正实现了文体自觉，传奇小说在当时是可用于科举行卷的，可见其文体地位已正式确立。宋人赵彦卫在《云麓漫钞》中称唐传奇“文备众体，可以见史才、诗笔、议论”①，这就准确地道出了唐传奇作为小说文体的“复调”特征，即将体现史才的史传传统、体现诗笔的诗骚传统与体现议论的诸子散文传统这三种传统文体形态综合起来，实现了中国古代小说的跨文体写作，而跨文体写作或曰“文备众体”，正是米兰·昆德拉在《小说的艺术》里所说的文体复调②，以此区别于巴赫金著名的声音复调诗

① 赵彦卫．云麓漫钞［M］．傅根清，点校．北京：中华书局，1996：135.

② 昆德拉．小说的艺术［M］．董强，译．上海：上海译文出版社，2004：93－94.

学。可以说，唐传奇是中国古代小说的文体典范形态，倘若以之作为中国古代小说文体史的中心界碑，此前的汉魏六朝“古小说”如志怪、志人之类，其实可以称作“前传奇”，而此后的宋元明清话本小说（章回小说大多是章回体的话本小说）大抵可归并入“后传奇”范畴。“前传奇”是传奇的滥觞，尚未做到“文备众体”，如鲁迅在《中国小说史略》中云，不过“粗陈梗概”而已①，但它毕竟作为野史杂传存在，已经是传奇的雏形。“后传奇”是传奇之发展与变异，同样追求“文备众体”，只不过从语言到叙事层面都已经开始俗化，以此区别于唐传奇的雅化或精英化。当然，优秀的“后传奇”皆为雅俗共赏之作，而俗滥的“后传奇”则直接导致了中国古代小说传奇传统的没落。在很大程度上，中国现代小说正是以晚清俗滥的“后传奇”作为“革命”对象的，比如五四新文学家对“鸳鸯蝴蝶派小说”和“黑幕小说”的声讨就是如此，但又必须同时看到，以鲁迅为代表的中国现代小说先驱在反叛“后传奇”传统的同时又悄然走上了回归“传奇”乃至于回归“前传奇”的艺术道路。鲁迅小说深受他曾精心钩沉整理的《唐宋传奇集》的影响是不言而喻的，他对《世说新语》为代表的汉魏六朝志人小说的推崇也是众所周知的事实。实际上，我们不难从鲁迅小说中领会到“文备众体”的“传奇”文体风范，其小说的史传性、抒情性和哲理性的高度融合，正是唐传奇在中国现代小说界的艺术折射、投影或回声。

但我们主要探讨的是中国当代小说文体与“传奇”的关系。进入1949年以后，在中国当代文学的第一个三十年里，“传奇”对当时中国小说创作的影响是十分显著也是十分深入的。这显然与当时整个中国大陆文学都在致力于文学的民族化和大众化有关，与革命领袖早在延安解放区时期就开始大力倡导具有“中国作风”和“中国气派”② 的文学新方向有关。许多在解放区成长起来的革命作家在中华人民共和国成立后继续担当文学创作

① 鲁迅. 鲁迅全集：第9卷［M］. 北京：人民文学出版社，1981：70.
② 毛泽东. 毛泽东选集：第二卷［M］. 北京：人民出版社，1966：500.

的主力军，他们将毛泽东的民族文学新方向继续向前推进。虽然他们的具体文学创作风格存在着某些差异，但在致力于接续或转化中国古代“传奇”小说文体传统上却显示了惊人的一致。中国古代传奇（尤其是唐传奇和明清“后传奇”）大抵以野史杂传为宗，史传性是本亦是体，抒情性和哲理性为用，故而古代传奇习惯于以传记性主人公为题，如唐传奇之名篇《任氏传》《柳毅传》《霍小玉传》《南柯太守传》《谢小娥传》《虬髯客传》等都是；倘若不以“传”为题，则以“记”为题，如《古镜记》《离魂记》《枕中记》《秦梦记》之类；至于鼎鼎大名的《莺莺传》又名《会真记》，甚至其原始题目就叫作《传奇》，由此可见传奇与史传之文体血缘。至于明清“后传奇”中以传或记为题的就更多，《水浒传》《西游记》《石头记》《醒世姻缘传》《说岳全传》《说唐全传》《大明英烈传》《儿女英雄传》《老残游记》《官场现形记》《海上花列传》等，都是著例。及至当代，首先当提赵树理和“山药蛋派”作家群。赵树理的成名作《小二黑结婚》就深受“传奇”文体影响，中国传奇以史传为宗，而赵树理的这部杰作不妨看作二诸葛传、三仙姑传、小二黑小芹合传、金旺兴旺兄弟别传之间的艺术编排与组合，可惜这部中篇小说有史家别才而乏诗家笔墨，且议论略显直白，欠缺春秋笔法，故而尚未抵达唐人传奇艺境，而终究落入了世俗化的“后传奇”路数。实际上，赵树理的其他名作如《李有才板话》《李家庄的变迁》《三里湾》《灵泉洞》之类，也都隐含了从“传奇”滑向“后传奇”的文体倾向。这不仅仅表现为他对“评书体”或“章回体”或明或暗的迷恋，更重要的是，他的这些中长篇小说往往为了追求故事情节而忽视了人物性格塑造，也就是过于强调故事性而削弱了史传性①，这正是中国古代“后传奇”小说逐步陷入衰微的艺术征兆。

赵树理如此，其他“山药蛋派”作家亦然。马烽和西戎当年在太行山

① 赵树理．也算经验［N］．人民日报，1949－06－26．

解放区合著的长篇章回体小说《吕梁英雄传》同样属于“后传奇”叙事，尽管以传为名，但人物形象普遍单薄，同样未能重振传奇文体的史传功能。倒是他们在中华人民共和国建立后写的《三年早知道》《我的第一个上级》《赖大嫂》等短篇佳作更能体现古老传奇以野史杂传为宗的当代做派。与“山药蛋派”作家不同，一度被誉为“荷花淀派”开创者的孙犁，就更多地继承和发扬了唐人传奇“文备众体”的文体复调功能。他的小说名作《荷花淀》《嘱咐》《山地回忆》《铁木前传》之类大抵集史传、抒情和议论于一体，属于鲁迅那一流脉的抒情小说或诗化小说，也可说是散文化小说，其中的民间野史杂传的痕迹十分明显，关于水生嫂、关于妞儿、关于铁匠父女和木匠父子的散文传记笔法与小说中的抒情、议论笔墨相交融，颇有唐传奇遗风。他的长篇小说《风云初记》写抗战时期的冀中儿女，则转向以《红楼梦》为代表的明清文人化的“后传奇”路数，既追求诗意的主观抒情，又以群体性的野史杂传为本，塑造了芒种、春儿、俗儿、李佩钟、高疤、王变吉等一群民间人物形象，惜乎作者尚缺乏驾驭长篇小说的功底，致使结构流于散漫。有意味的是，中华人民共和国建立后周立波也走向了与孙犁相近的传奇路径，他的《山乡巨变》上卷一改先前《暴风骤雨》的“后传奇”重情节、轻人物的世俗化路数，径直借用《水浒传》式多人物、多中心的史传传奇家数，不仅用专门的章节依次集中给主要人物盛佑亭、陈先晋、王菊生等树碑立传，而且小说中散发着浓郁的南国抒情气息，这正是周立波的“后传奇”由俗至雅转变的艺术明证。不仅如此，周立波这时期的短篇小说如《山那面人家》《盖满爹》《张满贞》之类，同样也体现了他对野史杂传为宗的传奇文体的回归。至于同时期写农业合作化的其他中短篇小说名家名作，如李准的《李双双小传》、王汶石的《新结识的伙伴》等，也无不说明了中国传奇小说文体在中华人民共和国建立初年的艺术复归。

在革命年代的长篇小说创作高潮中，“革命英雄传奇”尤其令人瞩目，如今人们提到的“红色经典”大多属于革命英雄传奇范畴。从文体上看，革命英雄传奇可划归“后传奇”形态，它直接承继了明清时期古典英雄传奇的文体传统。中国古典英雄传奇中的上品，往往塑造出了性格各异且性格复杂的英雄人物群像，做到了扁平性格与圆形性格共存，且都能抵达艺术典型化的高度，而下品则流于情节模式化和人物概念化，故事情节湮没了人物性格，加上频繁穿插的迂腐之论，也就更谈不上英雄史诗的抒情境界了。换句话说，前者在传“奇”的同时坚守了“传”奇，在注重离奇情节编排的同时坚守住了人物塑造的史传传统，而后者则是为了传“奇”而遮蔽了“传”奇，丧失了传奇文体的史传艺术精髓。以此考察新中国成立以后的革命英雄传奇小说可以发现，不少作品陷入了为传奇而传奇的误区，激烈紧张或扣人心弦的革命故事情节纷至沓来，而性格丰满立体的英雄典型人物形象则并不多见，大量涌现的还是性格鲜明却有单一之嫌的扁平化或理想化的英雄人物形象，有的甚至干脆情节湮没了人物，徒具传“奇”之名而无“传”奇之实。不难发现，《红旗谱》《红岩》《林海雪原》之所以更能代表当时革命英雄传奇的文体艺术水准，而《铁道游击队》《敌后武工队》《野火春风斗古城》之类无疑要逊色一些，盖因前者尚能基本上做到“传”与“奇”并重，而后者则普遍“传”过于“奇”或“奇”过于“传”。在这方面《红旗谱》的作者梁斌有过经验之谈，他能较好地驾驭革命英雄传奇这种新文体。按照梁斌的说法，他在创作中既注意借鉴民族小说历史叙事传统，又不排斥西洋小说心理写实技法，故而能做到将民族叙事的“粗”与西洋叙事的“细”结合起来，在追求革命英雄传奇粗犷叙事风格的同时，也能凭借日常生活细节和深度心理描摹，刻画英雄人物的典型性格形象。① 此外，作为比较另类的革命英雄传奇，杨沫的《青春之歌》由于重在塑造女性革命英雄人物林道静的转变与成长过程，故而避开了常

① 梁斌．漫谈《红旗谱》的创作［J］．人民文学，1959（6）．

见的革命英雄传奇中英雄形象塑造的刻板化流弊，由此为革命英雄传奇小说浪潮贡献了一个不可多得的艺术典型人物。《青春之歌》以女主人公林道静的野史杂传为宗，既穿插了多段浪漫爱情故事，营造了诗意抒情氛围，又贯穿着追求政治革命理想的红线，堪称名副其实的林道静传奇。

需要补充的是，我们习惯上说的“农业合作化小说”，如《创业史》《风雷》《艳阳天》《金光大道》之类，广义上也可纳入革命英雄传奇范畴，这不光是因为它们的主人公作为“社会主义革命英雄”和“新民主主义革命英雄”一样都属于革命英雄系列，更重要的是它们在叙事文体上与那些战争题材的革命英雄传奇小说如出一辙，但同样也存在着“奇”过于“传”或“传”过于“奇”的问题。这类现实农村生活版的“革命英雄传奇”大都以某一个农村先进人物或合作化带头人为中心，如《创业史》以梁生宝为中心英雄人物，《风雷》以祝永康为中心英雄人物，《艳阳天》以萧长春为中心英雄人物，《金光大道》以高大泉为中心英雄人物，然后在中心人物周围设置陪衬性的人物作为英雄的帮手出现，与此同时还设置对立性的人物作为英雄的敌人或对手存在，由此形成众星捧月、二元对立的人物结构模式，这就是“文革”中被“四人帮”帮派文人总结出来并加以正式提倡的“三突出”①创作模式的滥觞。但仅仅指出这一点还不够，实际上这种看似僵化的创作模式还可以追溯到明清时期流行的“后传奇”小说文体传统，尤其是与《说岳全传》或《岳飞传》为代表的古典英雄传奇文体有关。《岳飞传》以民族英雄岳飞为中心人物，以岳家军各路英雄好汉为陪衬性人物，再以秦桧等奸臣小人为反面人物二元对立，这种“三突出”式的古典英雄传奇创作法则与《水浒传》为代表的人物“多中心”的古典英雄传奇创作法则迥异其趣。显然，《创业史》等红色经典走的是《岳飞传》式的传奇艺术路径，在这个意义上《创业史》可谓“梁生宝传”，《风雷》可谓“祝永

① 文化部批判组. 评“三突出”[N]. 人民日报，1977-05-18.

康传”，《艳阳天》可谓“萧长春传”，《金光大道》可谓“高大泉传”。但柳青比其他几位作家高明之处在于，《创业史》在很大程度上突破了这种“三突出”古典英雄传奇创作模式，梁三老汉、王二直杠、素芳等陪衬性人物经常会喧宾夺主，这无疑危及到了梁生宝的中心英雄人物地位，由此在当年引发了严家炎与柳青之间的艺术论战①②。这场论战的实质其实可以归结于“三突出”与“多中心”两种古典英雄传奇法则之间的冲突。

(二)

进入新时期以来的第二个三十年里，中国当代小说在整体外部发展环境上有了很大改观，与第一个三十年中近乎一边倒地回归民族文学传统艺术取向不同，改革开放时期的中国小说呈现出中西对立或中西融合的复杂艺术态势。一方面，再度打开国门之后，许多中国作家对西方现代各种小说文体新形态趋之若鹜，他们沉迷在从现代到后现代令人眼花缭乱的小说文体实验或模仿中乐而忘返，由此形成了激进主义的小说文体西化派；另一方面，不断地有中国作家再度萌生小说文体的民族意识，他们自觉不自觉地从不同角度开始了对中国传统小说文体资源的寻觅和转化，尤其是对中国小说“传奇”文体的创造性转化。虽然中国“传奇”也好写爱情、豪侠、鬼怪、官场、隐逸故事，但它并不同于西方“罗曼司”主要讲述骑士冒险或爱情故事，而是有着更为广阔的文体意蕴，它以史传或野史杂传为宗，以抒情和哲理交融为境，因而具有更为广阔的文体现代转换空间。早在新时期之初的“伤痕—反思—改革”文学大潮中，当大多数中国作家朝着西方“现实主义”文学形态迈进的时候，晚年的孙犁和汪曾祺等人就已开始悄然接续民族文学的“传奇”乃至“前传奇”传统。孙犁早年小说即

---

① 严家炎．关于梁生宝形象［J］．文学评论，1963（3）．

② 柳青．提出几个问题来讨论［J］．延河，1963（8）．

有唐人传奇风范，晚年的《云斋小说》和《乡里旧闻》则进一步回溯至“前传奇”形态的六朝志人小说艺术，高古冲淡、清峻传神，颇有《世说新语》遗风。如果借用孙犁晚年的概念，《云斋小说》近乎“笔记式的小说”，而《乡里旧闻》则近乎“小说式的笔记”，① 大抵都以中国文言小说传统为依归。汪曾祺和他的老友林斤澜更是携手给新时期文坛吹来了较早的一股民族风。他们都以短篇小说驰名，其作品都不脱“传奇”或“前传奇”路数，刻画异人或畸人行状类似史传散文笔法，且都注重营造小说诗境，情绪氛围氤氲古朴，点睛之笔往往玄思悠远，堪得唐人传奇文备众体之妙。他们延续了鲁迅的今传奇叙事传统，不再像古传奇那样刻画才子佳人或神仙鬼怪，更具有现代平民文学意识。如汪曾祺的《受戒》《大淖记事》《八千岁》《陈小手》《异秉》等名篇佳作，还有林斤澜的《矮凳桥风情》系列小说，无不状凡人小事精警动人，诗意弥漫，或温馨，或奇诡，或冷峻，真正实现了小说与诗和哲理的艺术融合。

在晚年孙犁和汪曾祺之后接踵而至的是一代“右派”作家，他们在“伤痕—反思—改革”现实主义文学大潮中猛然意识到了中国传奇小说文体的意义和价值，并陆续开始了所谓“文化民俗小说”艺术形态探索，归根结底还是寻觅古老传奇的文体资源。这些“右派”作家在搁置文笔多年之后重归文坛，他们很快就对主流的西化现实主义或感伤主义小说模式感到厌倦，不约而同地开始向民族小说叙事传统求援。比如陆文夫，年轻时他因《小巷深处》罹祸，归来后不久就转向《小巷人物志》苏州风味系列小说艺术营构，其中《小贩世家》《美食家》等篇目不胫而走，深得民族传奇文体之妙。这些小说以野史杂传的传奇笔法写当世凡人小事，将现代意识与传统文体熔于一炉，让古老的传奇文体重现生机。与陆文夫当年同为“探求者”文学社发起人的高晓声，其新时期小说代表作《李顺大造屋》和

① 孙犁．耕堂劫后十种·陋巷集［M］．北京：人民文学出版社，2012：94.

“陈奂生系列”直接传承了鲁迅式的今传奇笔法，既有古传奇的传记体遗风，又灌注了批判国民性的现代意识。不仅如此，高晓声后来还进一步回撤至“前传奇”文体，写那种简古玄奥的短篇笔记小说，如《鱼钓》《山中》《飞磨》《绳子》等，可惜笔意有所不逮，未能步入更高远的古传奇境界。和两位江苏“右派”作家一样，身居京畿的“右派”作家邓友梅、李国文、刘绍棠等人也几乎同时发生着向中国古代传奇文体认同的小说艺术转变。邓友梅早年因《在悬崖上》惹祸，归来后也写过主流西化现代小说，但很快就凭借“京味”系列小说《寻访“画儿韩”》《那五》《烟壶》等作品开辟了小说艺术新境。而他这种别开生面的文化民俗小说其实骨子里正是古老中国传奇的当代文体转化，惜乎叙事中“奇”过于“传”，作意好奇盖过了史传笔法，故而未能摆脱俗化的“后传奇”文体流弊。李国文则不同，他的《冬天里的春天》向来被认为以传奇性见长，不过这种传奇性主要是古代通俗性“后传奇”的故事性，他转型后的系列短篇小说《危楼记事》则庶几与鲁迅式今传奇风骨近之。令人遗憾的是刘绍棠，新时期初他曾以《蒲柳人家》《烟村四五家》等名作一度强势崛起，竭力向中国“后传奇”文体回归，明显借鉴明清话本小说和章回小说叙事结构，以多人物小传结构中长篇作品，但终因人物性格趋于扁平化而遭评论界讥评。就连长期关心其小说创作的老作家孙犁也撰文，认为刘绍棠小说对人物命运和人生奥秘“尚未用心地思考和挖掘”，而且“即如卿卿我我的文风，有时也在他的文章，约略可见”①。这就多少有些学古而未能化古，对于古人文体精髓尚未精研汲取，反倒沾染了明清“后传奇”的才子佳人气息。

与“右派”作家的悄然回归不同，“知青”作家的回归明显大张旗鼓，他们打着“寻根文学”旗号，在标举“文化寻根”的同时其实也在进行“文体寻根”。那些知青出身的寻根作家不再迷恋所谓现实主义创作模式，

---

① 孙犁. 读《蒲柳人家》[J]. 新港，1980（10）.

他们纷纷发表艺术宣言，以退为进，借助重估民族传统而重新开启新的文学时代。作为“寻根文学”的旗手，韩少功在追寻失踪的楚文化遗产的同时还意识到“俚语、野史、传说、笑料、民歌、神怪故事、习惯风俗”① 等传统民间文学资源的重要性，其中最重要的文体资源就是中国“传奇”文体传统。借用昆德拉晚年的术语，“文备众体”的中国“传奇”其实是一种“原小说”②，它并非单纯的叙事文体，而是综合了史传叙事、抒情诗歌、哲理寓言等多种文体资源为一体的复合文体或复调文体。这也是一种原生混沌状态的小说文体，是一种不像小说的小说，它是多文体的杂糅。相对而言，如果说汉魏六朝“前传奇”较之唐人“传奇”缺少的是诗笔，是抒情功能，那么宋元明清“后传奇”较之唐人“传奇”则是强化了史才，尤其是叙事功能。中国古典小说的“传奇”传统在五四以来的主流新文学视域中不断遭到有意无意的鄙弃或消解，新近的中国现代作家纷纷把视野投向了西方近现代流行起来的“现实主义”小说叙事模式，这是一种相对纯粹而单一的小说文体模式，其最大的文体弱点就是把小说写得太像小说，它不是文体复调小说而是单调小说文体。尽管如此，鲁迅、沈从文、张爱玲等中国现代小说大家依旧有意无意地传承着中国“传奇”文体的命脉，他们在借鉴西方近现代小说文体资源的同时并未割舍中国小说文体传统。这些现代小说大家对中国传奇文体的创造性转化显然影响了“文革”后的一代知青小说家或寻根小说家，韩少功、王安忆、贾平凹们对鲁迅、沈从文、张爱玲等人的现代小说都十分推崇，这不仅仅是思想的尊崇，其中显然也包括了文体借鉴在内。鲁迅的《阿 Q 正传》、沈从文的《边城》、张爱玲的《金锁记》，这些现代小说经典都带有明显的中国传奇文体印记，融野史杂传与抒情、寓言于一炉，而关于阿 Q、翠翠、曹七巧的野史杂传则是这种中国传奇小说的核心，至于抒情与寓言的介入，则正好体现了不同作家各自

① 韩少功．文学的“根”［J］．作家，1985（4）．

② 昆德拉．相遇［M］．尉迟秀，译．上海：上海译文出版社，2012：74．

的审美趣味。尤其是张爱玲，她甚至径直将自己的小说集命名为《传奇》，她不会不知道唐人裴铏也有一本著名的《传奇》行世。

不难发现，韩少功的“寻根”代表作《爸爸爸》完全可以视为一篇今传奇，易名为《丙崽传》或《丙崽外传》也未尝不可，其史传性、抒情性、寓言性合一的文体特征明显暗合中国“传奇”文备众体的“原小说”文体法则。《女女女》亦可作如是观，类似于幺姑、珍姑、老黑三个传奇女人的合传。韩少功以此野史杂传体写法，打破了西方近现代涌入的现实主义小说叙事成规，但多被归功于作家对西方现代派文学的模仿，殊不知作家对中国古老传奇文体的复归才是其成功背后的民族秘诀。及至长篇小说《马桥词典》，它表面上借鉴的是西方所谓“词典体”，其实骨子里是对中国明清“后传奇”连缀式人物传记组合结构的现代性转换，小说中众多民间野生人物的野史杂传被作家精心地镶嵌或编织于丰富多彩的民间语词世界里。他的长篇近作《日夜书》同样化用了这种连缀式的史传体小说组合结构，十来个主要人物的野史杂传被作家有意切割后又重新编排组合成了完整的艺术结构。从中我们分明可以见到以《水浒传》《儒林外史》为代表的明清“后传奇”长篇小说组合式文本结构影响的痕迹，只不过人物群像由古老的英雄或文人置换成了当代的山民或知识分子。而同样是知青出身的“寻根文学”主将，王安忆的“寻根”名作《小鲍庄》中也隐含了中国传奇文体结构。小说用散点透视的手法写小鲍庄里的奇人轶事，整个文本主要由形形色色的野史杂传组合连缀而成，可谓小鲍庄传或传奇。她后来的长篇小说《长恨歌》则径直与白居易的歌行体长诗同名。白居易的诗集叙事、抒情、议论于一体，这种“文备众体”的诗歌堪称与“原小说”相媲美的“原诗”。虽然时隔千年，但王安忆还是抱有与唐人对话的艺术激情，她笔下王琦瑶的传奇人生既有民间野史杂传色彩，又有苍凉的诗意氛围笼罩，且整个文本的文化寓言特征极为鲜明，这正是可与白居易的诗相媲美的当代“原小说”文体形态。只不过传奇的传主发生了时代变换，由古代宫廷传奇演变成了现代女性市民传奇，主题也由浪漫的爱情演变成了虚无的人生，王安忆由此完成了对介于“原诗”与“原小说”之间的古典传奇性文本《长恨歌》的反讽或消解，同时这也是对中国古典传奇文体传统的创造性转换。《天香》是王安忆的又一部长篇力作，小说讲述的历史后撤至晚明时期的上海，人物不再以一个女主人公为中心，而是以三个女人为中心展开叙事，第一卷《造园》堪称吴小绸传，第二卷《绣画》堪称沈希昭传，第三卷《设幔》堪称申蕙兰传，这申府的三代女性依次成为整个文本结构的三个中心人物，前一个引出后一个，后一个逐步代替前一个成为叙述中心，这正是《水浒传》或《儒林外史》式的多人物传记组合结构，和韩少功的长篇文体实验相映成趣。王安忆的其他长篇如《我爱比尔》《妹头》《桃之夭夭》等在文体上也都有传奇遗风，传记为体，抒情与哲理为用，是谓“文备众体”。

和王安忆、韩少功相仿，20 世纪 80 年代以“寻根”文学驰名的知青作家们在小说文体传承与新变上，其实大多体现出了向中国传奇复归的艺术倾向。这种倾向甚至一直贯穿在他们 90 年代以来的小说创作进程中。比如阿城，他早年以“三王”系列（《棋王》《树王》《孩子王》）驰名，《棋王》完全可以视为民间“棋王”王一生传，或曰王一生传奇。这篇杰作充分体现了唐传奇“史”“诗”“思”合一或曰“文史哲”合一的复调文体传统，而且做到了把“诗”进一步内化，而非简单地把诗歌文本穿插其间，甚至于还给“思”的传统道禅文化内涵灌注了现代性的精神意蕴，这就是对中国传奇文体创造性转化的极佳证明。此外，张承志的“草原系列”和“黄土地系列”小说中、李杭育的“葛川江系列”小说中、郑万隆的“异乡异闻”系列小说中也有创造性地转化中国传奇小说文体的作品，如张承志的《黑骏马》和《心灵史》、李杭育的《最后一个渔佬儿》和《沙灶遗风》、郑万隆的《老棒子酒馆》，这些带有“寻根”色彩的佳作都可视为一个或多个主人公的传奇性传记或野史杂传，且无不写得诗意萦绕、古意盎然，深谙中国传奇文体妙用。当年的知青作家中走向文体寻根的还有李锐，他的小说集《厚土——吕梁山印象系列小说》以新笔记小说饮誉一时，明显也深受中国传奇文体影响；他在进入新世纪以后创作的《太平风物——农具系列小说展览》则进一步将中国传奇文体的创造性转化追溯至晋人张华的《博物志》为代表的“博物”文体传统。“博物”是另一种传奇，它和“志怪”“志人”一样都属于中国“前传奇”，这意味着野史杂传的传主并非都是人，时常也可以是物，比如山水地理、花鸟虫鱼之类均可。李锐笔下的传统农具、韩少功笔下的马桥方言，都在他们的现代博物体传奇小说中成了传主，这无疑是对他们激活传统小说文体生命力的一种考验。

（三）

在一代“寻根”作家中，也有像贾平凹和莫言这样的非知青身份作家，他们生长在农村，后来通过推荐上大学或参军入伍的方式离开了农村，但一直并未忘情于故土，而是以“城籍农裔”的双重身份执着地讲述着乡土中国故事。他们的小说在整体上既体现出了强烈的文化寻根意识，同时也隐含着浓郁的文体寻根意识。贾平凹早期小说创作师承孙犁，但和孙犁由“传奇”回溯至汉魏六朝的“前传奇”不同，贾平凹则由“传奇”走向了明清时期的“后传奇”。孙犁的传奇越来越淡化故事性，日趋古朴简洁，而贾平凹的传奇则不断地强化故事性，且日趋浓密繁丽。这在他的早期“商州系列”中就表现得很明显，从现实题材的《小月前本》《鸡窝洼人家》《腊月·正月》《天狗》《黑氏》到土匪历史题材的《五魁》《白朗》《美穴地》《晚雨》，传奇的故事性越来越浓，但却并未因此而削弱人物的传记性或史传性，甚至还在小说传主身上灌注了更多的现代意识。至于小说的诗化和散文化，这是贾平凹一辈子的文体追求，即使是转向“后传奇”，他也并未减弱这一文体美学趣味，这一点倒是与孙犁一脉相承、未曾中断，所以不能简单地拿孙犁或汪曾祺回撤至“前传奇”来否定贾平凹转向“后传奇”的小说文体选择。当然，贾平凹在转向明清“后传奇”小说形态之后也并非顺风顺水，他在将明清“后传奇”进行创造性转化的过程中有过成功的艺术奉献，如《废都》《高老庄》《秦腔》《古炉》《带灯》等长篇力作就是证明，但也有过艺术探索中的失误或平庸之作，如《白夜》《土门》《怀念狼》就属此列。不难看出，贾平凹的长篇小说中，凡是成功之作都属于“传”“奇”并重的作品，而平庸之作则大可归咎于“奇”过于“传”，故事性湮没了史传性，情节遮蔽了人物。在他的长篇近作《带灯》后记中，贾平凹写道：“几十年以来，我喜欢着明清以至三十年代的文学语言，它清新，灵动，疏淡，幽默，有韵致。我模仿着，借鉴着，后来似乎也有些像模像样了。而到了这般年纪，心性变了，却兴趣了中国西汉时期那种史的文章的风格，它没有那么多的灵动和蕴藉，委婉和华丽，但它沉而不糜，厚而简约，用意直白，下笔肯定，以真准震撼，以尖锐敲击。”“而我长期以来爱好着明清的文字，不免有些轻的佻的油的滑的一种玩的迹象出来，这会使我真的警觉。我得有意地学学西汉品格了，使自己向海风山骨靠近。”① 这意味着走向老年的贾平凹也开始向汉魏六朝的“前传奇”小说文体回退了，他开始淡化以《红楼梦》和《金瓶梅》为代表的明清“后传奇”文体的华丽繁密色调，回归“前传奇”的古朴刚劲风格，这在他的长篇新作《老生》中得到了有力的佐证。《老生》有意识地对《山海经》的组合式文体结构和“山风海骨”进行创造性转化，在借鉴明清“后传奇”的基础上又依照汉魏的“前传奇”风骨加以改造，以此实现文体上的刚柔相济。这和晚年孙犁回归“前传奇”如出一辙。不过，贾平凹究竟是比孙犁多绕了一个“后传奇”的艺术弯道，所以其整体小说创作较之前辈孙犁更加复杂，更加多样化，在传奇文体传统的创造性转化上也走得更远。

---

① 贾平凹. 带灯［M］. 北京：人民文学出版社，2013：360－361.

和贾平凹一样，同为寻根作家的莫言也是主要转向了明清“后传奇”小说文体形态。单从长篇小说来看，尽管莫言也曾写过《十三步》《酒国》那样十分西化的先锋作品，但包括《红高粱家族》《天堂蒜薹之歌》《丰乳肥臀》《檀香刑》《四十一炮》《生死疲劳》《蛙》在内的大部分作品依旧还是体现出了强烈的民族传奇文体风范。这些优秀长篇基本上做到了“传”“奇”合一或互补，小说人物成了民间野史杂传的传主，无论是土匪豪杰还是英雄红粉，抑或市井细民乃至士人奸佞，都在莫言笔下以群像式的民间人物史传组合结构出现，深得中国明清“后传奇”叙事文体结构三昧。《生死疲劳》甚至还径直化用了明清“后传奇”长篇小说通行的章回体结构。不同之处在于，贾平凹更多地习惯于借用《红楼梦》和《金瓶梅》为代表的明清单体式长篇传奇结构，而莫言更喜欢借用《水浒传》和《儒林外史》为代表的明清组合式长篇传奇结构，他们都不注重追求明清“后传奇”的线性时间结构，而偏重于化用明清“后传奇”的两种不同的叙事空间化结构方式。不仅如此，虽然同是转向明清“后传奇”，但贾平凹主要追步的是以《金瓶梅》《红楼梦》为代表的文人化柔性“后传奇”文体风格，在细密的日常生活写实中传奇志怪，而莫言主要传承的是以《水浒传》《封神演义》为代表的大众化刚性“后传奇”文体风格，其传奇文笔粗中有细，寓细密于粗犷中，故事性更强。莫言从《檀香刑》开始“有意识地大踏步撤退”，向包括地方戏曲（元明清的戏曲也被称作传奇）在内的整个中国古典传奇文体传统进行全方位的学习，这使得他的小说文体美学民族色彩愈加浓郁，遂逐步淡化了早期小说创作中的西洋色彩。正如莫言在《檀香刑》后记中所说，这部作品的初稿写道五万多字时被中途废弃，原因是他不满意初稿染有明显的“魔幻现实主义”色彩，最终他另起炉灶，淡化魔幻气，强化中国风，让民间戏曲猫腔气韵流贯于文本始终①。这意味着莫言小说民

① 莫言. 檀香刑［M］. 北京：作家出版社，2001：517－518.

族文体美学意识的大觉醒，他不再满足于做“中国的福克纳”或“中国的马尔克斯”，他终于敢于大声宣布自己是齐鲁乡贤蒲松龄的传人，是蒲松龄的《聊斋志异》一直引领着他的民族文学梦想在飞升。莫言甚至干脆称蒲松龄是他写小说的“祖师爷”①。《聊斋志异》是中国文言小说集大成之作，长篇白话章回体小说《醒世姻缘传》的作者西周生据说就是蒲松龄，蒲松龄可谓创造性地将中国传奇文体资源（“前传奇”“传奇”和“后传奇”）糅合综贯在一起，而莫言从小深受蒲松龄影响，他的巅峰之作《生死疲劳》无疑是对蒲松龄综合性传奇文体的现代性转换。这不仅表现在小说外在的生死轮回叙事模式上，更体现在主人公西门闹生死轮回过程中以各种动物身份出现的一连串野史杂传的形象结构组合上，当然也体现在小说整体性的诡谲华丽的抒情风格中。

如今看来，以莫言和贾平凹为代表的非知青“城籍农裔”作家，与以韩少功和王安忆为代表的知青“城裔农籍”（曾经的身份）作家一道，构成了中国当代文坛目前的实力派重镇。这批作家大都生于20世纪50年代，属于所谓“50后”，他们中的成名早者大多卷入了“寻根”文学浪潮，而成名稍晚者则走向了“新写实主义”，比如刘恒、刘震云、方方、池莉等人就是如此。这几位“新写实”小说家虽然没有像“寻根”小说家那样走向“文化寻根”，他们不想在远古文化中讨生活，而是直接瞄准了生活现场，但在“文体寻根”上二者之间却有暗合之处，这就是回归以野史杂传为宗的传奇文体传统。只不过野史杂传的传主已经由“寻根”小说中仿佛不食人间烟火的奇人畸人置换成了“新写实”小说中陷身于平庸日常生活的凡夫俗子。在这个意义上，“新写实”小说实际上是以“反传奇”的面目实现了对“传奇”的创造性转化。它反的是“传奇”的“奇”而不是“传”，反的是离奇的故事情节的虚构，而不是卓异的野史杂传及其人物形象塑造，

① 莫言. 学习蒲松龄［M］. 北京：中国青年出版社，2011：2.

所以“新写实”小说往往通过日常平缓的“生活流”叙事形态取代离奇曲折的“情节流”叙事模式，在看似平淡的日常叙事中为民间原生态小人物立传，以此臻达“传奇”之境。比如刘恒，他的短篇名作《狗日的粮食》完全可以视作关于农妇曹杏花之死的一则传奇，貌似平庸粗俗的曹杏花为食求生、因食而死的悲剧极其荒诞，虽然没有古传奇的浪漫，但却平添了今传奇的悲凉。还有《伏羲伏羲》，这部中篇力作改名《菊豆》后被张艺谋搬上银幕，这一改真可谓适得其所，因为《伏羲伏羲》其实就是一部“菊豆传”，文体上近似于唐人《李娃传》《霍小玉传》之类，女主人公王菊豆与杨天青的不伦之恋及其衍生的复仇故事具有名副其实的传奇风范。刘恒在沉寂一段时间后又因《贫嘴张大民的幸福生活》而再度崛起，显然，这又是一部“贫嘴张大民传”，只不过作者有意淡化了传主身上的外在传奇经历，而强化了传主人生形态的日常色彩，在平凡庸碌中凸显传主性格的独特性，这正是“新写实”小说家惯常使用的反传奇的传奇策略。

至于刘震云，虽然他的新历史小说“故乡系列”一度闻名遐迩，但平心而论，他最好的小说还是大抵可以被纳入“新写实”的佳作。如以大学生小林为主人公的小说《一地鸡毛》和《单位》，既是集中叙写小林日常生活行状的小人物传记，也是以小林为视角人物贯串起来的一部单位人物志或人物谱，在日常反讽中达成了反传奇的传奇效果。他新世纪以来发表的长篇小说《我叫刘跃进》《一句顶一万句》《我不是潘金莲》则进一步把反传奇的传奇体小说推向了深化和阔大，日渐形成了多人物、多中心的小人物史传组合格局。尤其是《一句顶一万句》，老杨、老李、老马、老裴、老胡、老秦、老姜、老詹（中国化的西方传教士）……一个个日常化的中国人物扑面而来，整部小说就由一连串的人物速写或传记精心穿插结构而成，颇有中国明清“后传奇”人物组合式结构风范。有论者指出这部长篇小说的“叙事风格类似明清的野稗日记，语句洗练，情节简洁，叙事直接，有汪曾祺和孙犁等前辈作家遗风”①。实际上，刘震云的这部力作在微观技法上颇近于前辈作家孙犁和汪曾祺的新笔记小说，但在宏观结构上则超越了这两位当代文坛耆宿，直抵以《水浒传》为代表的明清“后传奇”史传体组合式结构形态。较之孙犁的长篇小说《风云初记》，同样是多人物传记组合式结构，《一句顶一万句》明显要严谨密实多了。与刘震云一样作为“新写实”重镇的方方和池莉，这两位武汉女作家在反传奇的传奇写作上可谓各擅胜场。池莉的早期“人生三部曲”其实是典型的日常小人物传记式写法：《烦恼人生》借普通工人印家厚的一天写了传主的一生；《不谈爱情》写的就是知识分子庄建非和小市民吉玲的错位爱情故事，容易让人想起明清话本小说叙事模式；《太阳出世》则写一对小夫妻的婚姻成长故事，不啻男女主人公的一份合传或人生前传。实际上，池莉后来小说中的上乘之作，如《生活秀》《怀念声名狼藉的日子》之类都属于传奇式写法，卖鸭脖的女人来双扬和女知青“豆芽菜”分别是这两部小说中不折不扣的女传主，而《来来往往》《小姐你早》《水与火的缠绵》之类就逊色多了，盖因池莉在这些长篇小说中为了情节而放逐了人物，“奇”则奇矣，“传”的内核却失落了。方方的早期力作《风景》其实属于典型的多人物、多中心式的小人物传记组合结构，全篇借小八子的亡灵讲述一户“河南棚子”家庭的故事，包括父母亲和七男二女的性格行状无不刻画得入木三分，这等于是为这个民间家庭集体立传，是家谱也是家史，虽云中篇，然而颇有长篇组合式结构气象。其他早期佳作如《祖父在父亲心中》《桃花灿烂》，近期佳作如《出门寻死》《万箭穿心》，包括与王安忆的《长恨歌》同出一脉的长篇小说《水在时间之下》，方方的这些小说也大抵属于当代传奇，无论传主身份如何变换，或为知识精英，或为下岗工人，或为梨园名伶，都不出一个或多个传主的传奇叙事架构。其长篇新作《武昌城》重述北伐战争时期的城市

① 安波舜．编者荐言：一句胜过千年［M］//刘震云．一句顶一万句．武汉：长江文艺出版社，2009：1.

历史，袭用明清“后传奇”的多人物史传组合式结构，力图雕刻乱世中的人物群像，但难免留下“奇”过于“传”的印象。

（四）

在当下的中国小说界，能够与“50后”作家相颉颃或曰分庭抗礼的就只有“60后”作家了。这个群体的作家较之于他们的前辈少了西方近现代流行的现实主义叙事成规的束缚，他们刚刚走上文坛不久便急于与前辈们及其所推崇的现实主义叙事传统告别，并以一种决绝的激进姿态拥抱西方现代主义或后现代主义叙事主潮。概而言之，西方现代派文学主要建立在存在主义哲学基础之上，而后现代主义文学主要建立在解构主义哲学基础之上，前者对传统现实主义文学规范的颠覆主要是在思想内容上以现代荒诞意识代替近代人道观念，后者则推进到艺术形式上的叙述拆解和语言游戏，这样就从根本上颠覆了传统现实主义叙事的权威性。20世纪80年代中后期在中国文坛大放异彩的“先锋小说”作家（主要是“60后”），他们正是借用了西方现代主义和后现代主义叙事策略来反叛前辈作家所固守的现实主义叙事传统，那是一个由巴尔扎克和老托尔斯泰所代表的西方近现代小说传统，它在现代中国小说界一直拥有极高的文学地位。在改革年代的中国小说界，其实最先向西方现实主义叙事成规发动艺术挑战的并不是“先锋”作家群体，而是晚年孙犁、汪曾祺、林斤澜、邓友梅、陆文夫、高晓声等“复出”作家，和韩少功、阿城、莫言、贾平凹、张承志等“寻根”作家，这两个重要的作家群体比年轻的“先锋”作家们更早地觉悟到“进步的回退”① 也是一场颠覆西方现实主义成规的叙事革命，他们致力于在吸纳西方现代主义和后现代主义文学经验的基础上，创造性地转化中国古典

① 韩少功. 进步的回退［M］. 上海：上海文艺出版社，2012：7－8.

文学（小说）文体传统资源，这就是“以退为进”，以外国文学良规激活本民族叙事传统。而当时年轻的“先锋”作家群体则反其道而行之，他们彻底排拒传统（包括中国古典传统和西方现实主义传统），以为西洋新潮小说技法是万应灵丹，可以包治中西百病。事实上，80 年代中后期在中国文坛勃兴的“先锋”小说潮流很快衰歇，到了 90 年代历史语境发生转换，全球化时代的到来激发了文学民族化的反弹，“寻根”作家继续沿着文化和文体双重寻根路径行进，“先锋”作家则面临着民族化艺术转型问题。马原、洪峰之流拒绝转型，故而创作上陷入停滞，而余华、苏童、叶兆言、格非等人则顺应民族文学的时代召唤，他们开始祛除西洋现代派或后现代叙事技法的生硬移植痕迹，在淡化西方文学烙印的同时开始强化民族文学色彩，这主要表现为或显或隐地创造性转化中国古代“传奇”文体的传统资源，并且各自取得了不同程度的成功。归根结底，90 年代以来的所谓“先锋”小说转型现象，其实是西洋化的“先锋”小说转向中国化的艺术进程。

和众多的“先锋”小说家一样，余华早年也深受卡夫卡和博尔赫斯等人的影响，但早年的余华并未觅得卡夫卡小说的艺术精髓，而是陷入了理念控制人物的叙事陷阱。如《一九八六年》《现实一种》等名篇都是如此，哲学理念大于艺术形象。《世事如烟》中甚至出现了用数字符号代替人物命名的极端现象。不过余华不久便意识到了这种人物符号化的弊病，他开始反思自己的专制型叙事方式，进而转向民主型叙事方式，即让人物发出自己的声音。按照余华的说法，他在写《一个地主的死》中就意识到了“人物有他自己的声音”，但那时他沉醉于“先锋”写作的专制叙述快感中，强令人物噤声。直到长篇小说《在细雨中呼喊》的写作中，余华才被迫让人物有限度地发声，因为此时的他已经无力继续完整地充当“强硬的叙述者”或“暴君”型的叙述者①，只能听任笔下的人物群体暗自发声，于是这部长

① 洪治纲．余华研究资料［M］．天津：天津人民出版社，2007：19.

篇给读者留下了十分鲜活的人物群像，除了孙家三代人性格各异的形象，还有苏家兄弟，“我”的继母、继父及其情人等，构成了这部长篇小说的多人物、多中心叙事结构。这意味着，余华在这部“先锋”长篇小说创作中已经悄然回归了以人物形象塑造或曰野史杂传为本的叙事传统，因为以孙光林为叙事线索人物所贯穿组合起来的多家庭、多人物叙事，已经初步体现了余华为民间小人物立传或曰为民间家族修史的艺术意图。随后以《活着》为艺术转型的标志之作，余华的长篇小说创作正式迈入了“先锋”小说的中国化或民族化行列，他没有简单地回归西方现实主义传统，而是寻求将“文备众体”但以“史传”为宗的中国“传奇”文体传统与西方现代派小说精神意蕴相结合，从而成就了余华卓然独立的当世中国传奇。《活着》堪称“福贵传”，它是福贵的私人家史，作者不仅为福贵和家珍夫妇，而且也为他们的子女凤霞、有庆，女婿二喜，外孙苦根，还有福贵的父母亲等人立传，这是民间艺术形态的野史杂传，但其中流贯着的主题却不是传统的因果报应观念，而是现代存在哲学意义上的向死而生、承受苦难的重压并体验生命的过程。无独有偶，《许三观卖血记》堪称“许三观传”，它也是许三观的私人家史，小说讲述了许三观、许玉兰夫妇及其子女一乐、二乐、三乐的人生故事，同样是野史杂传，同样被作者灌注了现代生命存在困境的独特思考。余华的这两部长篇杰作可谓充分发扬了唐人传奇的史传性功能，而且也更新了唐传奇的哲理性和抒情性的精神内涵。唯其如此，余华才能在日后回顾时说，福贵和许三观不仅仅是自己创造的人物，而且他们本身已然是独立的生命个体，他们甚至影响了作者的人生态度①。余华新世纪创作的两部长篇《兄弟》和《第七天》也可以作如是观，尽管荒诞意识在增长，后现代叙述技巧在增强，但根本上的史传性、哲理性和抒情性三位一体的中国传奇文体形态并没有改变。

---

① 洪治纲. 余华研究资料［M］. 天津：天津人民出版社，2007：19.

与余华一样，苏童、格非、叶兆言等人也先后从“先锋”小说转向了中国传奇小说传统资源的创造性转化。说起来，苏童的转型比余华更早，早在 1988 年《妻妾成群》发表之际，苏童就开始了对“先锋”小说的中国化反拨。按照苏童的说法，他写《妻妾成群》《红粉》这类所谓“新历史小说”是为了“要暂时告别之前的《一九三四年的逃亡》和《罂粟之家》这样的‘先锋’文本，老老实实写人物，写故事”①。这与其说是回归西方现实主义叙事传统，不如说是回归中国传奇叙事传统，重视写人物就是追求史传性，重视讲故事就是追求狭义的传奇性。有意味的是，在苏童推荐的“影响我的 10 部短篇小说”中，唯一的中文小说是张爱玲的《鸿鸾禧》，这“是因为这篇作品极具中国文学的腔调，是我们广大的中国读者熟悉的传统文学的样板”②。苏童这里已经是公开向中国现代“传奇”经典作家张爱玲表示认同和敬意。事实上，读者不难从苏童的“妇女生活系列”中看出张爱玲的现代传奇乃至中国古典传奇影响的痕迹。《妻妾成群》在陈家秘史的讲述中为颂莲等妻妾立传，《红粉》在妓女与嫖客的情爱纠葛中绘制了小萼、秋仪和老圃的一组艺术肖像，无论题材还是技法都和宋元以后的话本小说有着深刻血缘。和余华主要转向唐传奇相比，转向后的苏童主要取径于宋元明清的“后传奇”叙事传统，尤其是那种文人化的“后传奇”叙事传统，故而苏童转向后的小说虽有通俗化的话本痕迹，但骨子里还是现代知识精英的启蒙或后启蒙叙事。苏童的这种新小说形态其实介于“通俗化的传奇小说”与“话本小说的雅化”③ 之间，既是对唐传奇的俗化，也是对宋元话本的雅化。他的长篇小说《米》和《碧奴》都十分有代表性，可谓“五龙传奇”和“碧奴传奇”，野史杂传色彩鲜明，但故事情节的繁复冲淡了人物性格的立体雕刻，这就是“奇”过于“传”的弊端。《河岸》的

---

① 汪政，何平. 苏童研究资料［M］. 天津：天津人民出版社，2007：5.

② 苏童. 枕边的辉煌［M］. 北京：新世界出版社，1999：6.

③ 石昌渝. 中国小说源流论［M］. 北京：生活·读书·新知三联书店，1994：195，269.

艺术成功即在于，苏童在故事的传奇性上删繁就简，并在浓郁的抒情性和象征性中书写了库文轩、库东亮、慧仙等金雀河小人物的精神传记。《黄雀记》的传奇文体特征更加鲜明，上部《保润的春天》以保润为叙事主体或传主，中部《柳生的秋天》以柳生为叙事主体或传主，下部《白小姐的夏天》以白小姐为叙事主体或传主，它们分别从不同视角讲述了同一个故事的不同阶段，这是后现代小说的多中心叙述视角实验，也是对明清“后传奇”的多中心人物史传组合式结构的创造性转化。相较而言，格非的创作转向颇有后来居上之势。格非在20世纪90年代转向理论随笔写作，直到新世纪才推出“江南三部曲”震烁文坛。格非在“先锋”小说的中国化探索上形成了独特的艺术观念和选择，这就是将废名那种唐人风味的现代传奇文体与明清文人化的“后传奇”传统相融合，这样不仅可以强化长篇小说的抒情性和寓言性，而且也可以强化其写实性和史传性，甚至还可以发扬《儒林外史》所代表的那种人物传记组合式结构的魅力。《人面桃花》以陆秀米为叙事主体和传主，《山河入梦》以陆秀米之子谭功达及其精神知己姚佩佩为叙事主体和传主，《春尽江南》以陆秀米之孙谭端午及其妻庞家玉为叙事主体和传主，三部长篇之间似断实连，与苏童的新长篇《黄雀记》的内部结构之间有异曲同工之妙。

随着“先锋”小说的衰歇或转向，20世纪90年代的中国文坛又涌现出了一批“新生代”小说家，他们同样大都属于“60后”，但比“先锋”小说家成名稍晚，故而时常又被人称为“后先锋”小说家。在以“个人化写作”相标榜的“后先锋”小说家群体中，毕飞宇、红柯、鬼子、东西等人的小说同样隐含了对中国古代传奇小说文体进行创造性转化的艺术诉求。这意味着“后先锋”小说家与转向后的“先锋”小说家在“先锋”小说的中国化进程中相遇了。以毕飞宇为例，他是“后先锋”小说家中的佼佼者，他最初的小说创作痴迷于语言和叙述实验，但“到了《青衣》和《玉米》，我的兴奋点挪到了小说人物”，及至《平原》，他的重点已经是“人物关系”

了，而且他特地强调，是《红楼梦》中的那种“私人关系”，而不是《三国演义》与《水浒传》里的那种“公共关系”①。《青衣》是毕飞宇的中篇代表作，这篇小说不仅题材和人物职业都十分的中国化，而且写法也带有唐传奇的做派，俨然是一篇“筱燕秋传”或“青衣筱燕秋传奇”，史传性与抒情性、寓言性达到了高度统一。长篇小说《玉米》由《玉米》《玉秀》和《玉秧》三部分组成，单独拆开就是三部中篇，但组合起来就成了一部艺术世界完整自足的长篇。第一部以玉米为叙事主体或传主，第二部以玉秀为叙事主体和传主，第三部以玉秧为叙事主体和传主，这三姐妹中无论谁做传主，另外两位都会以配角身份存在，这种多中心的人物史传组合式结构在明清“后传奇”小说中屡见不鲜，《水浒传》和《儒林外史》即为著例。《平原》不同于《玉米》的组合式结构，它是《红楼梦》那种单体式结构，但同样以民间人物的野史杂传为中心，端方、三丫、老鱼叉、老顾、混世魔王等人物的史传性十分鲜明，他们之间复杂的“私人关系”在同一时空中构成了一个艺术整体。而《推拿》则不同，这部颇具传奇性的盲人题材小说虽然讲述的也是特定时空中的人事，但作者采用了与《玉米》相似但却复杂得多的多中心人物史传组合式结构。这部长篇的主体部分由二十一章组成，而每一章的标题都以人物名字标示，具体有王大夫、沙复明、小马、都红、小孔、金嫣、泰来、高唯、张宗琪、张一光等人，他们大都单独出现或重复出现在标题上，也有二人组或多人组出现。从这里不难看出作者潜在地传承明清“后传奇”长篇小说组合结构艺术的努力。

（五）

20 世纪 90 年代以来，尤其是新世纪以来，在市场经济和商业语境中，

---

① 毕飞宇．平原［M］．北京：人民文学出版社，2012：序 2－4．

"消费历史"一跃成为铺天盖地的文学浪潮。其中有两种"历史小说"潮流不能忽视：一是讲述中国古代历史人物故事的、传统意义上的历史小说，二是重述中国现代革命史的新革命历史小说，主要是"新革命英雄传奇"和"后革命英雄传奇"。它们的创作都与中国古代传奇文体传统紧密相连，但又有各自不同的艺术取向和文体选择。就前一种传统意义上的历史小说潮流而言，90 年代以来进入了井喷期，二月河、唐浩明、刘斯奋、王旭烽、熊召政、成一、朱秀海、王梓夫等人的历史小说已经构成了中国当代小说史上的新势力。梳理中国古代历史小说的"讲史"模式，可以看到：雅俗共赏的多中心人物群像结构模式，以《三国演义》和《水浒传》为代表，是一种反中心主义的讲史模式，众多历史人物近乎自由而平等地生长在文本土壤结构中，属于德勒兹所谓的"块茎状"① 结构。它区别于"树状"结构，比如以《岳飞传》为代表的通俗化的讲史模式中，主要英雄人物往往作为叙事主干构成文本结构中心，其他人物或作为帮手，或作为对手处于陪衬或反衬的位置。与"块茎"文本相比，"树状"文本是一种伪多元主义，骨子里依旧是中心主义思维。所以，中国古代讲史小说虽然都属于以史传体为宗的"后传奇"，但存在着多元主义的野史杂传块茎状结构与中心主义的野史杂传树状结构之别。具体到中国当代长篇历史小说创作中，从姚雪垠到二月河等人，大都习惯于沿用中心主义的野史杂传树状结构模式，这在很大程度上限制了当代历史小说的创作水准，反倒是当代现实题材小说家更多地化用了多元主义的野史杂传块茎状结构模式，这确实是发人深省的艺术现象，值得当代历史小说家警惕。姚雪垠的《李自成》历时四十二年才告完成，尽管他在创作中不断做出艺术调整，尤其是崇祯形象大有反超李自成形象之势，但这部长篇的整体构思依旧属于中心主义的史传体树状结构，尚未真正转换成多元主义块茎状文本结构。作为姚雪垠的后继

---

① 贝斯特，凯尔纳．后现代理论：批判性的质疑［M］．张志斌，译．北京：中央编译出版社，1999：128．

者和追随者，凌力的《少年天子》和《暮鼓晨钟——少年康熙》、徐兴业的《金瓯缺》、二月河的“帝王系列”（《康熙大帝》《雍正皇帝》《乾隆皇帝》）、唐浩明的“晚清三部曲”（《曾国藩》《张之洞》《杨度》）、熊召政的《张居正》、王梓夫的《漕运码头》、朱秀海的《乔家大院》、王跃文的《大清相国》等，无不是采用的中心主义树状结构模式，每部作品都有一个至高无上的中心人物，然后正反两个阵营的人物群体环绕左右，所以每部作品都可以视为关于标题主人公或中心人物的传奇，即文学性的野史杂传。虽然这些历史小说在现代人性内涵方面对明清“后传奇”有所突破，但叙事结构上并未有整体性的创新。

值得注意的是，新时期“历史小说”的这种“后传奇”结构模式在“新革命英雄传奇”创作领域中同样普遍存在。作为一种小说潮流，“新革命英雄传奇”初兴于20世纪90年代中后期，新世纪以后才真正蔚为大观。都梁的《亮剑》、邓一光的《我是太阳》、徐贵祥的《历史的天空》、石钟山的《激情燃烧的岁月》、龙一的《潜伏》、高满堂和孙建业的《闯关东》都是“新革命英雄传奇”脍炙人口的代表作。与1950—1970年流行的革命英雄传奇相同，“新革命英雄传奇”也借鉴并转化了明清古典英雄传奇的文体资源。这就是英雄群像式的野史杂传叙事模式，但不是《三国演义》和《水浒传》那种多中心人物的块茎状结构，而是《岳飞传》那种中心主义的树状结构，虽然人物众多，但必有一绝对中心人物置身于英雄群像之中，故而每部新革命英雄传奇都可以视为这一神圣中心人物的传奇或传记。《亮剑》是“李云龙传奇”，《我是太阳》是“关山林传奇”，《历史的天空》是“梁大牙传奇”，《激情燃烧的岁月》是“石光荣传奇”，《潜伏》是“余则成传奇”，《闯关东》是“朱开山传奇”，每一个传奇的男性主人公都是一个类似神话英雄般的人物，为他们树碑立传的作家“都希望自己创作的文学形象能像神话一样地被传颂下去，那是一部作品不朽的标志”①。但问题是，这种中心主义的树状结构在不同程度上会妨碍一号主人公之外其他人物形象的塑造，《亮剑》中的赵刚、楚云飞、田雨只能作为李云龙的文本陪衬存在，《历史的天空》中的杨庭辉、张普景、东方闻音、朱一刀同样也只是梁大牙的陪衬形象，还有《激情燃烧的岁月》中石光荣的妻子和儿女们，《闯关东》中朱开山的妻子和儿女们，《我是太阳》中关山林的妻子和儿女们，都是作为一号男主人公的艺术陪衬而存在的，这就如同革命英雄传奇《红旗谱》中所有的人物都是作为朱老忠的艺术陪衬一样，这种英雄群像塑造模式其实本质上是非群像或反多元的，在其多元的艺术表象下掩盖着一元化的文本权力等级结构。正是因为“新革命英雄传奇”作家将主要精力放在唯一的新神话英雄人物的塑造上，在其心目中其他人物并未取得平等且独立的文本地位，故而这类革命英雄传奇就只能借助于复杂的故事情节的编排，由此导致了“奇”过于“传”，即单一的传奇性湮没了多元的史传性。有意思的是，昔日革命英雄传奇中的配角或陪衬人物，在后来的“新革命英雄传奇”中一跃成为主角（传主）和中心人物。在革命英雄传奇盛行的年代里，像李云龙、梁大牙、石光荣这样充满了民间草莽气息的、有血有肉的英雄人物必然会因为不够成熟、不够坚定、不够纯粹而受到贬斥，如《红日》中的刘胜和石东根就是有名的例子。这说明和革命英雄传奇相比，“新革命英雄传奇”在传主的选择上隐含着现代个性启蒙意识，而置换了曾经占据主导的革命集体伦理观念，于是赵刚成了李云龙的陪衬，杨庭辉成了梁大牙的配角。由于现代个性启蒙意识的介入，“新革命英雄传奇”中的主人公比革命英雄传奇中的主人公更具有性格上的完整性和丰富性，他们不再是“高大全”式的神话英雄，而是充满了人间烟火气息的走下神坛的另类英雄形象。不仅如此，这类“新革命英雄传奇”大都充满了历史

---

① 石钟山. 激情燃烧的岁月［M］. 长春：时代文艺出版社，2006：序1.

悲剧意识和生命荒诞意识，石光荣、李云龙和梁大牙们都在不同程度上体验到了人生无常和生命孤独乃至绝望的况味，李云龙晚年甚至在绝望中自杀，这无疑强化了“新革命英雄传奇”的哲理性和寓言性，是对革命英雄传奇中流行的乐观主义历史精神的艺术反拨。

与“新革命英雄传奇”相比，“后革命英雄传奇”对革命英雄传奇的艺术突围更加深入，更能体现当下的革命英雄传奇创作水准。“后革命英雄传奇”从根本上走出了主流意识形态写作的樊篱，它们往往站在价值中立的客观立场上进行革命叙事，所以带有更加强烈的历史解构主义特征。陈忠实的《白鹿原》、刘醒龙的《圣天门口》、邓一光的《我是我的神》这几部长篇巨制堪称“后革命英雄传奇”的典范之作。它们没有袭取明清通俗“后传奇”的中心主义树状结构模式，而是化用了明清文人“后传奇”中的多人物中心的块茎状结构模式，但又不是《水浒传》式的人物组合结构，而是《红楼梦》式的以家族人物群像为纽带的有机单体结构。《白鹿原》以革命年代白鹿家族人物群体为叙事主体或多元传主，像浮雕一样雕刻了白鹿原上生长出来的白嘉轩、鹿子霖、白孝文、白灵、鹿兆鹏、鹿兆海、田小娥、鹿黑娃、朱先生等不同社会阶级或阶层的人物群像。白嘉轩并非《白鹿原》的唯一中心人物，虽然他是家长和族长，超越了国共党争的民间立场使其拥有了传统道德人格权威，但这并不能使其在文本结构中占据家长制的中心位置，因为这是一部多中心或反中心的野史杂传性作品，白鹿家族的主要人物都构成了文本结构中不可或缺的艺术中心，因此《白鹿原》无法简化成“白嘉轩传”或“白嘉轩传奇”，也不能简化成“田小娥传”或“田小娥传奇”。而与《白鹿原》的革命家族题材相似的红色经典革命英雄传奇《红旗谱》就不同了，尽管小说中也塑造了朱老忠、严志和、朱大贵、朱二贵、严运涛、严江涛、严春兰、严萍、老奶奶等革命家族人物群像，但几乎所有人物都是围绕着朱老忠这一中心英雄人物成长叙事运转的，所以《红旗谱》可以简称为“朱老忠传”或“朱老忠传奇”，它传承的就是《岳飞传》那种中心主义树状结构叙事模式。和《白鹿原》相仿,《圣天门口》也是取径于明清“后传奇”的多中心人物块茎状结构,阿彩、杭九枫、杭天甲、梅外婆、梅外公、雪柠、雪茄、傅朗西、董重里、段三国、马鹞子、常守义、常天亮、麦香、柳子墨等众多革命年代的风云人物如天门口上空的璀璨星辰,在星罗棋布的历史银河中各自散发着独有的艺术光亮。所以《圣天门口》也不能简化为“阿彩传(传奇)”或“杭九枫传(传奇)”,因为这两个传奇人物并不能兼并或同化其他众多中心人物的独立形象或个性声音。《圣天门口》和《白鹿原》是复调小说,是块茎状文本,而非《红旗谱》那种主调(单调)小说或树状文本。至于邓一光的《我是我的神》,它已经摆脱了《我是太阳》那种树状文本结构的深层制约,一举深入或跃进到了块茎状文本结构境界。在《我是太阳》中,关山林就是整个文本结构中的家长,而到了《我是我的神》中,乌力图古拉将军再也无法遮蔽他的亲人和战友的群体光耀了,无论是妻子萨努娅,儿子乌力天赫、乌力天扬、乌力天时,养子葛军机,还是战友简先民、方红藤、简雨槐、简雨蝉一家,这些人物远非作为配角存在的,他们有着各自不可替代或不可化约的性格和声音,因此《我是我的神》不能简化为“乌力图古拉传(传奇)”,而《我是太阳》是典型的“关山林传(传奇)”。

在“后革命英雄传奇”中还有一类描写“地下斗争”题材的特殊作品。它既不同于同类题材的革命英雄传奇,如《红岩》《野火春风斗古城》的主流意识形态叙事,也不同于同类题材的“新革命英雄传奇”,如《潜伏》《地下地上》的人性化意识形态叙事,而是以解构主义叙事策略剥离历史的意识形态外衣,以此还原或者解密历史的真相。这类作品以李洱的长篇小说《花腔》和麦家的《解密》《暗算》《风声》《风语》等新谍战小说为代表,它们不像“新革命英雄传奇”那样在致力于为英雄祛魅的同时又为其复魅,而是试图揭秘地下英雄作为生命个体的存在困境。所以,同是写地下斗争题材,“后革命英雄传奇”的作者比革命英雄传奇乃至于“新革命英雄传奇”的作者更冷静或冷峻，他们仿佛置身事外的考古学家在探寻历史的隐秘。作为“后先锋”小说家，李洱、麦家在写地下题材的“后革命英雄传奇”时更加先锋，他们实际上是致力于一种反传奇的传奇写作。如《花腔》围绕革命者葛任神秘失踪后下落的多方打探，展开多角度第一人称叙事，第一部《有甚说甚》主要是白圣韬的讲述，第二部《喜鹊唱枝头》主要是赵耀庆的讲述，第三部《OK，彼此彼此》主要是范继槐的讲述，三个历史当事人的讲述都是为了还原或揭秘葛任的身世家史和命运结局，也就是关于葛任的野史杂传汇编。所以《花腔》本是典型的“葛任传”或“葛任传奇”，但由于三份讲述充满诸多不确定性因素，而且葛任之死又充满了荒谬感和悖谬性，致使这部“葛任传”不再是正传而成了外传，传奇被抽空，成了反传奇。再如《解密》围绕破译者容金珍的地下破译生涯展开多人物第一人称叙述，以历史探秘者“我”的叙述为主线，不断穿插“容先生访谈实录”“郑局长访谈实录”“严实访谈实录”，以及容金珍的笔记本自述，从不同角度对传主容金珍的传奇人生进行破译或解密。这原本应该是典型的“容金珍传”或“容金珍传奇”，但由于天才的传主最后陷入崩溃和疯癫，其荒诞的人生结局几乎抽空了这个地下英雄传奇的传奇性内核。与《花腔》和《解密》这种中心主义树状人物传奇结构不同，《暗算》采用了多元主义块茎人物传奇结构，拆开是“阿炳传”“黄依依传”“陈二湖传”“韦夫传”“‘鸽子’传”或他们的传奇，连缀在一起则是神秘机构“701”的合传或传奇。

以上依照时序考察了中国当代不同代际的作家群体，揭示了他们的小说创作与“传奇”这种中国古典小说传统之间的文体血缘，其中既有传承也有新变。当然，进入新世纪以来的中国小说界，除了“50后”和“60后”实力派作家继续充当文坛主力军外，尚有两股文坛新势力在崛起，这就是所谓“70后”和“80后”作家群体。相对而言，“70后”作家如魏微、乔叶、冯唐、朱山坡、田耳、张好好等在传承中国古典“传奇”文体传统上更为自觉，也更有艺术成效，《流年》《认罪书》《不二》《懦夫传》《天体悬浮》《布尔津光谱》等长篇小说便集中展示了他们的这种艺术诉求。由此我们看到了中国当代不同代际的作家群体的艺术接力，他们其实一直都在或显或隐地进行着中国传奇文体的创造性转化，尽管程度不同或者取向有别，但他们的当代小说艺术探索与中国传奇文体传统的深层血缘是不容抹杀的。

第三章

韩少功小说创作转型与中国古代文学文体资源

在中国当代文坛上，韩少功热衷于小说的精神探索与形式实验，在不断的艺术变化中塑造着自己复杂而多变的“作者”形象。在2012年印行的十卷本《韩少功作品系列》的《自序》中，作者这样写道：“眼前这一套作品选集，署上了‘韩少功’的名字，但相当一部分在我看来已颇为陌生。它们的长短得失令我迷惑。它们来自怎样的写作过程，都让我有几分茫然。一个问题是：如果它们确实是‘韩少功’所写，那我现在就可能是另外一个人；如果我眼下坚持自己的姓名权，那么这一部分则似乎来自他人笔下。”① 这是幸福的苦恼，因为并非所有作家都会有自我命名的困惑，只有那种一生中不断坚持艺术革新的作家才能意识到一个作家的名字并不是一个单数而是复数。借用韩少功的话来说，作者的名字其实是一个“复数同名者”，是一个“同名者俱乐部”，是一个“隐秘的群体”。这些同名者

① 韩少功. 韩少功作品系列：暗示［M］. 上海：上海文艺出版社，2012：自序1.

“经常陷入喋喋不休的内部争议，互不认账，互不服输”，因为作者“心中不断蜕变的自我也面目各异，在不同的生存处境中投入一次次精神上的转世和分身”，于是在其创作过程中，“没有葬礼的死亡不断发生，没有分娩的诞生经常进行”①，艺术的内在分裂和外在转换也就在所难免。不过，要想令人信服地如实揭示出韩少功三十多年来小说创作流变的内在理路并非易事，更何况相对于我们这个时代的大多数作家而言，“韩少功”这个“复数同名者”是一个更加“隐秘的群体”。这不仅表现在他的多个不同创作阶段的难以划分上，而且表现在他的不同创作阶段内部的复杂性上。接下来我将从韩少功三十多年小说创作的精神流向与文体演化的角度，立体地勾画出韩少功小说创作流变的内在脉络。

（一）

尽管韩少功在其创作生涯中更多是以反“进步主义”的姿态出现，比如他在长篇小说《暗示》里甚至专门有一节题名《进步主义》加以反思，但必须看到，新时期之初的韩少功其实是一个主动追求“进步”的“进步主义”者。诚如韩少功所言：“‘进步主义’意味着标准统一和直线进化的历史观，意味着所有后发展国家向西方文明融入，特别是冷战结束以后向欧美文明融入。”② 对于“文革”结束后的中国而言，冷战虽未终结，但融入西方现代欧美文明业已成为当时标志着时代进步的历史潮流。告别闭关锁国的本土主义，拥抱现代化的西方世界，把现代与传统二元对立起来，现代意味着西方与进步，传统意味着本土与落后，这是新时期之初的中国思想主潮，其中隐含着五四启蒙思潮的余音遗响。五四一代是深受西方进化论影响的一代，在进化论的直线进化历史观的支配下，现代与传统在时

① 韩少功. 韩少功作品系列：暗示［M］. 上海：上海文艺出版社，2012：自序1.

② 韩少功. 暗示［M］. 北京：人民文学出版社，2002：242.

间上对立，中国与西方在空间上消融，中国开始大规模地深度融入现代化和全球化浪潮。这种“进步主义”在冷战时期的革命中国受到抑制，直至“文革”后重新回潮。自此，文艺界开始告别阶级论的革命现实主义，逐步恢复和重建五四人性论的启蒙现实主义，其实质是重新开启中国文学的现代化进程。而在新一轮的文学现代化进程中，韩少功和同时代的绝大多数作家一样，在追求“进步”的“伤痕—反思—改革”文学浪潮中起落沉浮。难得的是，早在 1982 年，韩少功就在《难在不诱于时利》一文中对自己趋附文学时潮的创作心态进行沉痛的反思。他希望自己能甘于寂寞，独立于所谓进步时潮之外。① 这种艺术警醒足以保证青年韩少功在“集体进步”的作家群体中脱颖而出。

在追求“进步”的小说创作阶段中，韩少功主要致力于小说的现代启蒙意识的高扬。这阶段的小说大都收入《月兰》（广东人民出版社 1981 年版）和《飞过蓝天》（湖南文艺出版社 1983 年版）两本集子。它们都带有明显的过渡性，其中不少篇什遗有革命现实主义话语印痕。这并不奇怪，因为韩少功“文革”后期曾在《湘江文艺》上接连发表《红炉上山》《一条胖鲤鱼》《稻草问题》《对台戏》四篇短篇小说，或歌颂英雄书记学大寨，或宣扬革命小将顶“修风”，不外乎“高大全”“三突出”那种革命文学话语模式，其核心是“政治—人格”叙事话语，即偏重于从政治视角塑造人物形象的理想人格。虽然进入了新时期，但韩少功的笔下依旧出现了“政治—人格”叙事，比如《七月洪峰》中的市委书记邹玉峰、《夜宿清江铺》中的地委副书记常青山、《同志交响曲》中的老将军，都属于高大的革命政治理想人格范畴，只不过不再是“文革”中的激进风派人格而变成了务实开明人格。《雨纷纷》写改革青年曹正根疏于家务，一心搞农技；《谷雨茶》写莲子嫂在责任制后不愿偷盗集体茶叶，遭同伴嘲笑打击；《近邻》写老支

① 韩少功．难在不诱于时利：致《湘江文学》编辑部［J］．湘江文学，1982（4）．

书彭金贵在农村实行责任制后不甘失落，结果自讨苦吃，这些都属于“政治—人格”叙事，类似于周立波的湖南山乡小说形态，虽然叙事的时代背景截然不同，但内在叙事成规如出一辙。比较有新意的是《战俘》和《吴四老倌》，前者刻画国民党投诚将军赵汉笙儒雅而坚定的别样人格，后者描绘农村老汉吴本义对付“左倾”基层干部及其政策的幽默人格，虽然依旧属于政治视角的人格叙事话语，但毕竟提供了有别于主流政治话语的民间人格形态，这也可视为韩少功小说后来转向本土民间叙事的萌芽。当然，韩少功这时期主要的“进步”追求还在于他转向了当时流行的“政治—人性”叙事话语。其成名作《月兰》尖锐地批判了极左时期政治路线给一个农村妇女带来的无可挽回的悲剧，月兰的悲剧折射了政治对人性的戕害，也暴露了政治对农村基层干部人性的扭曲。《飞过蓝天》也属于这方面的杰作，那个绰号“麻雀”的知青最后亲手射杀了忠诚寻找他的鸽子晶晶，鸽子的纯情与浪漫恰好反衬了人性被政治扭曲后的盲目与暴虐。还有《火花亮在夜空》，小芸对饱受政治伤害的姑妈的温情，与她爸妈主动或被动的冷漠之间形成了鲜明对比，人性的扭曲与纯正启人深思。《晨笛》又名《孩子与牛》，小说从人性角度反思“大跃进”，孩子对大黑牛的爱，与成人世界在灾难袭来时对大黑牛的戕害与屠杀之间泾渭分明。《癌》刻画女知青郑星星戏剧性的心理变化，她对地主母亲的拒绝与接纳折射了内心深处人性的善恶纠结，这是一篇典型的“伤痕”式小说，韩少功早年与时代保持同步于此可见一斑。

韩少功早期小说中更能集中体现其现代启蒙精神的作品是《西望茅草地》和《回声》。这两部作品标志着韩少功开启了鲁迅式的“文化—国民性”叙事话语形态，即从文化视角解剖农民形象中隐含的民族文化心理痼疾。韩少功在当时很清醒地意识到“中国的传统文化与农民心理有缘”，所以他“力图写出农民这个中华民族主体身上的种种弱点，揭示封建意识是如何在贫穷、愚昧的土壤上得以生长并毒害人民的，揭示封建专制主义和无政府主义是如何对立又如何统一的，追溯它们的社会根源”，[1] 其实主要是文化根源。《西望茅草地》反思“大跃进”，但没有单纯从政治角度反思，而是深入到了文化深层。据作者自述，他曾想过把张种田写成一个英雄战士，也曾想过把他写成一个“昏君骄臣”，但最后放弃了那种农业国古典戏剧中常见的红白脸谱式写法，决定根据生活原型写出一个复杂的老干部形象。[2] 这等于是放弃了古典式的“政治—人格”叙事，从而转换至现代性的“文化—国民性”叙事，一个“茅草地王国”的“新酋长”形象就此诞生。张种田在茅草地农场既是领导又是家长，他在“共产风”中把茅草地农场变成了一个带有浓厚封建性的家国同构体。他拒绝民主，怀疑科学，对青年男女的工作和爱情实施专制主义和禁欲主义的管理，但这一切与他那“烟酒共产”的豪放和慷慨纠结在一起。他是女儿小雨悲剧的制造者，也是漫长而超稳定的中国专制政治文化心理结构的当代遗物和牺牲品。如果说韩少功在《西望茅草地》里写出了一个“在朝”农民“当权派”的文化心理陋习，那么他在《回声》中就写出了一个“在野”农民“造反派”的国民劣根性。《回声》很容易让读者想起《阿Q正传》，刘根满仿佛阿Q在“文革”中灵魂附体，《掌权逸事》等节的学步痕迹明显。阿Q在庄严的辛亥革命中暴露了国民灵魂中“精神胜利法”的荒唐和虚妄，而根满在荒唐的“文化革命”中凭借“语录创作法”瞒和骗，最终却和阿Q一样被送上了革命的祭坛。刘根满的悲剧实际上暴露了中国传统政治文化心理结构中农民革命的种种文化性格弱点。这与张种田的悲剧同质同构，殊途同归。

韩少功早期小说中现代启蒙意识的觉醒还表现为“社会—人”叙事话语形态，即致力于观照生命个体在当代社会体制中的无奈命运。如《反光镜里》反映了一个失足青年重新立足社会的艰难；《道上人匆匆》和《人人都有记忆》都揭示了在改革开放的社会背景下，一方面是城市青年男女努

---

① 韩少功．月兰［M］．广州：广东人民出版社，1981：270，267．

② 韩少功．留给“茅草地”的思索［J］．小说选刊，1981（6）．

力追求现代知识文明的脚步，另一方面却是社会单位中官僚主义管理体制给年轻人现代诉求带来的压抑，这种矛盾导致了新社会中新的人生痛苦。名篇《风吹唢呐声》则不同，它没有紧跟社会进步叙事，而是把人物命运置放在革命与改革双重社会背景下观照，但男女主人公的命运又超然于社会政治变迁之外。导致哑巴德琪和嫂子二香人生悲剧的并非常见的政治原因，所以政治变局改变不了他们的悲剧结局；同样，作者在这篇小说中也并未着力挖掘人物悲剧的传统文化根源，他所要凸显的是两个孤独而沉默的生命个体在社会变迁中不变的悲剧命运。中篇《那晨风，那柳岸》同样横跨两个时代，小说讲述了四个青年男女肇端于“文革”的人生情感恩怨纠葛，但作者无意于展开控诉型的“政治—人性”叙事，而是集中思索人物的社会人生命运。乔银枝被吴仲阳抛弃后独立自强，还有她与知青袁昌华之间神交已久的无言结局，都令人慨然神伤。吴仲阳难忘旧情给妻子带来了巨大痛苦，最终黑丹子选择了死亡，她那自尊而脆弱的人生性格悲剧同样令人难忘。《远方的树》是一篇力作，作者在这篇典型的知青小说中放弃了“政治—人性”和“文化—国民性”的叙事话语模式，把叙述焦点转移到人物的社会命运与人生困境上来。田家驹多年后以流浪艺术家的身份重访故地，他痛切地意识到自己永远失去了与小豆子之间那种美好纯真的爱情，但他并不后悔当初的人生选择，因为留下来的知青刘力虽然赢得了小豆子的婚姻，但他那平庸的日常生活和精神状态确实不是田家驹的理想人生境界。

除了在叙事话语上追求现代启蒙意识，韩少功早期小说的“进步”倾向还表现为对现代叙事形式的追求。不难看出，在“政治—人格”叙事话语中，韩少功小说习惯于采用传统型的集体本位的第三人称全知叙事，《七月洪峰》等就是如此，而转入“政治—人性”、“文化—国民性”和“社会—人”叙事话语时，韩少功小说要么直接采用个体本位的第一人称叙事，如《月兰》《西望茅草地》《风吹唢呐声》等，要么虽然采用第三人称叙事，但叙事焦点直接对准小说中的生命个体，如《回声》《那晨风，那柳岸》《远方的树》等，这种叙事人称及其性质的转换显然反映了韩少功告别传统、走向现代的小说叙事美学追求。不仅如此，韩少功这一阶段还热衷于运用少年视角，如《火花亮在夜空》中的小芸、《晨笛》中的福它，同样体现了作者突破传统成人大我叙事的努力。还有《飞过蓝天》使用动物视角，创造性地让鸽子“它”与知青“他”之间展开交叉叙事对话，展示了别具一格的叙事个性。从叙事情态上看，这一时期韩少功小说习惯于主观叙事而非客观叙事，叙事中往往夹杂议论或抒情成分，但相对而言，《七月洪峰》等传统叙事中的政治性议论和抒情时常会伤害小说叙事艺术的圆融，而《月兰》《西望茅草地》《回声》《远方的树》等小说中的哲理性议论和抒情基本上属于小说叙事整体的有机构成。中篇《那晨风，那柳岸》叙事情态婉约清丽、缱绻温雅，展示了青年韩少功致力于现代爱情叙事的不俗功力。从叙事结构上看，韩少功早期小说大抵属于以人物为中心的情节结构，有的虽然在叙事时间上也运用倒叙或闪回，如《西望茅草地》《回声》等，但读者还是很容易把握或还原故事的时间顺序。《道上人匆匆》这个短篇最能反映青年韩少功追求现代性的时间叙事结构的急迫倾向。小说由六个部分组成，小标题分别为“六点十五分”“六点五十五分左右”“七点三十分左右”“八点零三分”“八点二十三分”“九点正”，很能反映改革初期中国青年追求知识与进步的那种争分夺秒的现代性冲动。当然，这一阶段韩少功也有《同志交响曲》那种人物串联的空间结构作品，还包括《西望茅草地》那种作者自认是“拼贴连缀式”① 结构的作品，但毕竟不是主导叙事倾向。

① 韩少功．留给“茅草地”的思索［J］．小说选刊，1981（6）．

（二）

如果说1977—1983年间的“伤痕—反思—改革”小说阶段是韩少功小说全面追求现代意识的“进步”时期，那么从1984年底参加所谓“寻根文学”会议——“杭州会议”[①] 前后开始，韩少功的小说就已全面步入以反思现代性为前提、以中西融合为目标的“进步的回退”轨道。虽然韩少功直到新世纪初才正式提出文化和文学意义上的“进步的回退”理念，但他实践这一创作理念由来已久，且延续至今。自1984年开始，韩少功一直就在质疑现代性的“进步主义”。他在《进步的回退》（2001）一文中援引《道德经》名言“为学者日益，为道者日损”，认为老子“是说在学习知识方面要做加法，在道德精神方面要做减法；也就是说，不断的物质进步与不断的精神回退是两个并行不悖的过程，可靠的进步必须也同时是回退”。不仅社会文化发展如此，文学演化同样应该如此。韩少功认为文学不会像电脑那样频繁换代升级，“文学永远像是一个回归者，一个逆行者，一个反动者”，他还相信“一个真正成熟的现代主义者，同时也必定是一个古典主义者”，判定一个作家是现代还是传统取决于我们看问题的不同角度和侧面。[②] 在韩少功那里，进步与回退一体两面，是同一个过程的两个面向。现代与传统的关系同样如此。“进步的回退”意味着“现代的传统”，因为“事情只能是这样，新中有旧，旧中有新，‘传统’与‘现代’在很多时候是一种互相渗透互相缠绕的关系”，任何一次对“传统”的回望都离不开“现代”视角的解释和重构，而且“任何创造都是‘新’‘旧’相因，‘新’

---

① 韩少功在《杭州会议前后》中说“寻根”之议并不构成那次会议的主流。他也反对研究界把“寻根文学团队”和“先锋文学团队”二元对立起来，编排成文学史上的保守与进步、传统与现代两条路线斗争。（参见：韩少功. 漫长的假期 [M]. 上海：上海文艺出版社，2012：213－214.）

② 韩少功. 进步的回退 [M]. 上海：上海文艺出版社，2012：7－8.

'旧'相成的，都是从一次次传统的现代再生”。韩少功就这样拆解了长期以来中国文化界和文学界盛行的新与旧、现代与传统之间的二元对立思维模式，在反对“守旧”“复旧”“怀旧”的同时坚持“创旧”，也就是“旧获新解”“旧为新用”。① 从“寻根文学”开始，韩少功就一直走在这样一条融合新旧、打通中西、熔铸古今的文学大道上，这是对他自己创作初期现代性崇拜的一次有力的反拨或决裂。

韩少功小说创作上第一次大规模“进步的回退”发生在1984—1994年间。这个阶段的小说实验之作大都最早收入《诱惑》（湖南文艺出版社1986年版）和《北门口预言》（南海出版公司1995年版）两个集子。这个时期韩少功以“寻根文学”主将身份亮相，主张“文学之‘根’应深植于民族文化传统的土壤里”，当代中国作家应该寻找自己的“文化根基和文化依托”，“通过释放现代观念的热能”，“来重铸和镀亮”“民族的自我”。② 从精神内涵上看，韩少功“寻根”时期的小说创作总体上呈现出“文化—存在”叙事话语形态。它既有别于“政治—人性”和“社会—人”叙事话语形态，也有别于“文化—国民性”叙事话语形态，因为它既超越了表层的社会政治书写而潜入文化书写的深层，同时也由人性书写和国民性批判深入到了生命存在永恒困境的叩问中。西方现代派文学的存在主题开始占据韩少功“寻根”小说的精神中心，此时的他热衷于非理性的生命存在书写，热衷于对生命存在的精神分析和心理透视，热衷于挖掘当代中国乡村和城市中种种非常态的生存境遇，揭示出其中隐含的病态心理和荒诞意识，由此带来了韩少功“寻根”小说中挥之不去的神秘和虚无气息。除了当年风行全国的西方现代派大家的影响之外，我们不要忘了韩少功那时还翻译了米兰·昆德拉的《生命中不能承受之轻》，在该书的附录中，昆德拉直接告

① 韩少功. 熟悉的陌生人［M］. 上海：上海文艺出版社，2012：327－329.
② 韩少功. 熟悉的陌生人［M］. 上海：上海文艺出版社，2012：271－275.

诉人们，小说必须回答这样的问题："人的存在究竟是什么？其真意何在？"① 这种小说观深刻地影响着韩少功小说叙事话语转向。但必须看到，韩少功"寻根"小说中的存在书写并未脱离而是深深植根于他对当代中国乡村乃至城市文化形态的审视和剖析之中，他在追寻西方现代派文学"存在"主题的"进步"之时，明确地坚守了"回退"到民族本土文化形态叩问或拷问的立场。这方面影响最大的当属于他的乡土"寻根"小说系列。《爸爸爸》中的鸡头寨和鸡尾寨毫无疑问是古老乡土中国的当代缩影，寨中山民正是韩少功所谓的一群"鸟的传人"，而褪去了龙凤图腾外衣的丙崽则沦为了一个在肉体和精神上永远长不大的双重侏儒。老作家严文井最早发现了这篇小说的民族文化神话特征，② 刘再复则进一步指明了丙崽神话思维中非此即彼的"二值判断"模式，③ 这意味着韩少功的小说创作潜入了民族集体无意识，而不再像早期作品那样更多地停留在社会政治和一般文化层面。而李庆西从现代人类生命存在困境角度出发，认为"丙崽的象征意义实在是人类命运的某种畸形状态"④ 的艺术表达。我以为只有综合前者的文化视角和后者的存在视角，才能完整地揭示韩少功"寻根"小说的"文化—存在"叙事话语形态。如果仅从文化视角解读《爸爸爸》，那么无法揭示这篇小说与《回声》的根本区别，《回声》中的刘根满和两个村庄的械斗，正是作者致力于国民劣根性文化批判的产物，而《爸爸爸》则从民族文化批判深入到了人类生命存在困境的悲悯，丙崽的两句神秘谶语"爸爸爸"和"×妈妈"中其实隐含了人类由于恋父恋母所导致的双重"无我"体验。由此可见，韩少功的"寻根"小说既不同于阿城《棋王》式的"文化—人格"叙事话语，也不同于莫言《红高粱》式的"文化—本能"叙事话语。

在韩少功的乡土"寻根"小说中，像《爸爸爸》这样从文化角度潜入

---

① 昆德拉．生命中不能承受之轻［M］．韩少功，译．北京：作家出版社，1992：341.
② 严文井．我是不是个上了年纪的丙崽？［N］．文艺报，1985－08－24.
③ 刘再复．论丙崽［N］．光明日报，1988－11－04.
④ 李庆西．说《爸爸爸》［J］．读书，1986（3）.

民族和人类集体无意识的作品不少，如《归去来》写两个知青黄治先与马眼镜的身份错位与心理合一，既受了中国庄禅传统文化的暗示，也受了西方现代派包括魔幻现实主义的影响。① 小说结尾处，主人公感觉自己无法走出“巨大的我”，这说明了人类文化心理结构的强大和超稳定。与《远方的树》相比，这篇小说同样写知青“归去来”，但精神旨趣已完全不同。再如《诱惑》，写几个知青的深山探险，他们在大山深处穿越了历史与现实的界限，领悟了时空的神秘和永恒。这同样写的是人类集体无意识的苏醒。《空城》中神秘的老妇和锁城，连带着知青一代的集体记忆，全部沦为“一个远古的暧昧不明的神话”，作者探寻的显然是集体无意识心理。《雷祸》围绕死者所展开的山民群体心理嬗变描摹，折射的正是人类集体无意识中的矛盾情感纠结。《蓝盖子》写陈梦桃发疯，那个神秘丢失的“蓝盖子”恰恰隐含了主人公内心隐秘被揭开后的恐惧，它已经成了生命存在焦虑的象征符号。《老梦》写勤保的梦游症，症状中隐含的症结正在于那个特殊年代给一代人带来的深层变态心理焦虑，梦的显义与隐义都已超越了个体无意识范畴。《史遗三录》无论写猎户杨某还是公社秘书何某，抑或写棋霸李某，都在浓郁的传统民族叙事中灌注着强烈的现代荒诞意识，直抵民族文化心理结构深层。《北门口预言》写职业刽子手周老二的杀人和政治犯王癫子的冤死，隐喻了民族文化心理结构中的暴力循环和嗜血情结。这个短篇可视为莫言后来的长篇力作《檀香刑》的艺术先声。《领袖之死》写有历史污点的长科极具表演性的悲痛，透过其符号化的眼泪挖掘社会无意识心理，勘探生命存在的荒谬感。《鼻血》透过伙夫知仁的生理症状窥探其心理症结，通过一场畸形的单恋白日梦的破产，隐喻了生命存在的幻象。《人迹》写“大脑壳”宁愿遁入山林做野人也不愿回归人类生活秩序，表达了作者对人类生存困境的忧思。《山上的声音》写二老倌神秘的“飘魂”，在超验的叙

① 廖述务．韩少功研究资料［M］．天津：天津人民出版社，2008：70－71.

事中叩问人类的非理性经验。《余烬》写福生不可思议地一脚踏入二十年前的记忆河流，如真似幻，暗示了人类历史文化心理结构的超稳定状态，与《归去来》异曲同工。这些“寻根”小说都体现了韩少功创作上“进步的回退”趋向，既有现代的世界性和人类性眼光，又植根于传统的民族本土文化形态。

韩少功“寻根”小说中还有些横跨乡村与城市的作品，最典型的当推《女女女》。幺姑的形象其实在《火花亮在夜空》里已出现过，但那是一个流行的“伤痕”艺术形象，属于“政治—人性”叙事话语的产物，而《女女女》中的幺姑形象实现了对既定现实主义形象模式的改写。这是一个积淀着人类集体无意识的神话原型形象，晚年的她因为“讨账瘫”而退化至婴儿状态，从年轻时的理性的人，退化至蛮不讲理的非理性的人，乃至退化为囚禁在木笼中的猴状物，最终异化为鱼状物。不仅如此，连她的干女儿老黑也随着岁月的推移，逐渐显现出鱼的形象。韩少功通过象征性的神话书写，传达了他对现代人类生存困境的思索。还有《鞋癖》，写父亲不堪政治折磨离家出走，母亲因此罹患“鞋癖”，但作者将这种个体无意识的“鞋癖”追溯至母亲老家澧州历史上的一次集体断足事件，从而抵达了民族集体无意识心理潜层。《那年的高墙》写一堵高墙背后的疯子家庭，通过儿童窥视的眼光，透视特殊年代的非常生存状态，而且与高墙这边的家庭中经常发梦癫的爷爷相映照，与爷爷的乡下老家相勾连，增强了作品的历史文化纵深感。《故人》写阔别多年的海外游子余先生返乡投资，他对乡下故人亦是家族敌人的彭细保充满了心理仇视，作者冷静地透视了复仇者的变态目光，直逼人类阴暗心理的火焰。《暗香》写得更加神奇，城里退休多年的老魏在孤独中迎来了不速之客蒋竹青的拜访，而此人正是老魏早年小说手稿中的花工，浑身暗香的竹青亦真亦幻，他纯朴的乡土气息对于晚年老魏的现代性城市病而言无疑是一次心灵救赎。除了这些横跨乡村与城市的“寻根”作品，韩少功也有纯粹城市题材的“寻根”小说，它们集中于现代城市文化之根的批判性审视。虽然“乡土是城市的过去，是民族历史的博物馆”，其间隐含了“汉魏或唐宋的投影”，但“缺乏个性”“历史短暂”的城市并非不可以寻根，但也不必像王安忆等人那样去“写城市里的乡村”，① 韩少功把笔触直接对准了现代城市文明的生存危机和心理隐疾。《火宅》（又名《暂行条例》）用荒诞戏谑的笔法反讽现代城市社会秩序，诸如语监署和语管局的设置，禁语膏和语管条例的实施，折射了作者对现代城市文明病的反思。《真要出事》和《梦案》（又名《会心一笑》）也都属于荒诞派的现代城市文化“寻根”之作，揭示了现代城市人陷入焦虑和恐惧的无根状态。《谋杀》如出一辙，同样写虚拟的心理真实，但荒诞感减弱，神秘性增强。《昨天再会》（又名《很久以前》）质疑返城知青的集体记忆和个体记忆，《红苹果例外》拷问现代城市人虚伪不实的生存表演困境，无不表明了作者对现代城市文化无根状态的忧思。不过这类城市小说通常并不被认为是“寻根”小说，因为不及韩少功纯写乡村以及横跨城乡的“寻根”小说更能传承民族叙事传统。同样是“文化—存在”叙事，前者西化程度更高，不如后两者更能彰显韩少功“寻根”小说致力于“进步的回退”的文学诉求。

关于韩少功“寻根”小说的文体诉求，王蒙曾敏锐地发问：“聊斋的作者会把二十世纪八十年代的韩少功列为同道吗?”他认为韩少功此时的小说“有一种现实与幻想的交融”“和在他这样年龄的作家中比较少见的平静从容”。② 这主要评说的是韩少功的小说《鼻血》，因为其中写道了神秘的空屋和闹鬼，写道了男女主人公穿越时空的超验心灵感应爱情故事，堪称淘洗和净化过了的现代版《聊斋志异》一则。小说中神秘的大明星小杨子不是花妖狐魅却胜似狐魅花妖，因为更符合现代人对于非理性书写的文学接

① 韩少功．熟悉的陌生人［M］．上海：上海文艺出版社，2012：273.

② 王蒙．空屋及其他：序韩少功作品集［M］//韩少功．中国当代作家选集丛书·韩少功．北京：人民文学出版社，1994：2.

受心理。唯其具有融汇古今中西的文学雄心，韩少功才能在学习“进步”的西方现代派文学的同时致力于以“聊斋”为代表的民族传统文学叙事精华的“回退”，所以他才能获得同龄作家中“少见的平静从容”。关于《聊斋志异》，鲁迅赞其“描写委曲，叙次井然，用传奇法，而以志怪，变幻之状，如在目前；又或易调改弦，别叙畸人异行，出于幻域，顿入人间；偶述琐闻，亦多简洁，故读者耳目，为之一新。”① 而揆之韩少功“寻根”小说，《史遗三录》正所谓偶述琐闻之简洁者，《鼻血》《暗香》《归去来》《诱惑》《空城》《北门口预言》《谋杀》《余烬》《山上的声音》等可谓善写变幻状之志怪者，《爸爸爸》《女女女》《蓝盖子》《雷祸》《老梦》《鞋癖》《领袖之死》《故人》《人迹》《那年的高墙》《真要出事》《梦案》等则堪称出真入幻之别叙畸人异行者。这三者在韩少功笔下并非截然分开，而是互补融合关系，这就如同《聊斋志异》融合幻真，戮力于传奇与志怪的文体融合，而唐人传奇则致力于六朝志怪与野史杂传的文体融合一样。以幻见真、以虚用实，用西方现代非理性潜意识心理学之视野，观照当代中国城乡中奇人异事、畸人异行，既有西方现代派小说做派，亦有中国古典志怪传奇小说风味，这就是韩少功“寻根”小说会通中西的艺术选择。于是我们看到了韩氏“寻根”小说中一系列傻子和疯子形象，这是一群不同程度的神经症患者或心理变态者，他们匪夷所思的言行举止、奇闻逸事，如“坐桩”、“开款”、“飘魂”、“鞋癖”、“入山”、梦游、闹鬼、抬尸、偷窥、抓野人、祭谷神、唱古歌、占卜、谶语、通灵等，无不在非理性的幻域与现实的人间之间游移，堪称中国当代之志怪体传奇小说。实际上，唐人传奇在继承和发展传统史传第三人称全知叙事和六朝志怪第三人称限知叙事的同时，还特别创制了第一人称限知叙事，② 而韩少功在进入“寻根”小说阶段后开始大量运用第一人称和第三人称限知叙事，作者或叙述者不

---

① 鲁迅. 鲁迅全集：第9卷 [M]. 北京：人民文学出版社，1981：209.

② 石昌渝. 中国小说源流论 [M]. 北京：生活·读书·新知三联书店，1994：173.

再充当间离文本的主观型议论者和抒情者，这是一种“不可靠”的中立冷静的客观叙述者，由此增强了韩氏“寻根”小说叙事的神秘氛围。显然，这是韩少功对其早期现实主义小说广泛采用全知叙事的一种“进步”的反拨。不仅如此，韩氏“寻根”小说与其早期小说相比，明显加快了散文化步伐，虽然也追求奇谲怪诞的故事情节，但叙述结构不再以情节为中心，而更近似于野史杂传。由此，韩氏“寻根”小说告别了早期现实主义小说的时间结构主导模式，开始转向散文化的片断式或拼贴式的空间结构模式，这也是韩少功在“寻根”叙事文体上的一个“进步的回退”标志。

（三）

韩少功小说创作生涯中第二次有深度的“进步的回退”发生在1995—2002年前后。这个时期的他作为新版《天涯》的主编卷入了20世纪90年代中国思想界大论战，故而时常以散文随笔作家的形象现身，以至于放弃了中短篇小说创作，转而致力于两部散文化或随笔化的长篇小说《马桥词典》和《暗示》的精心营构。这两部长篇实验文本的诞生，显然与90年代以来的全球化语境有关，也与当时国内流行的西方哲学“语言学转向”有关。如何既保持对西方现代“进步”文化的不断追寻，同时又不丧失本土民族文化与之对话的权利，也就是在新的语境中继续坚持“进步的回退”，这是摆在当年的韩少功面前的一道难题。由此催生出了韩少功将西方现代语言哲学（符号学）与中国本土叙事传统融为一体的长篇小说新形态。韩少功曾明确表示他不赞成西方学界“人—言”分析框架，而倾向于使用“人—符号（象＋言）”分析框架。这既受了当代西方符号学的启示，也得益于中国汉魏时期王弼等人有关“言象意”之辩的滋养。① 所以在韩少功看

① 韩少功，王尧．韩少功王尧对话录［M］．苏州：苏州大学出版社，2003：169．

来，如果说《马桥词典》“主要是研究语言作为一种符号它是怎样介入我们的人生的”，那么《暗示》则是“研究具象作为符号是怎样介入我们的人生”。[①] 前者偏重于“人—言”分析框架，后者致力于“人—符号（象+言）”分析框架，由狭义的语言（方言）进入到广义的语言（包含“言象意”的符号体系），这是韩少功从《马桥词典》到《暗示》中所发生的语言学或符号学的内部转向。韩少功还曾写道：“我在写完《马桥词典》一书后说过：‘人只能生活在语言之中。’这有点模仿维特根斯坦或者海德格尔的口吻。其实我刚说完这句话就心存自疑，而且从那时候起，就开始想写一本书来推翻这个结论，来看看那些言词未曾抵达的地方，生活到底是否存在，或者说生活会怎样地存在。”[②] 在我看来，韩少功这个时期的长篇小说创作已经进入了“语言（符号）—存在”叙事话语形态，他思考的重心在于符号或广义的语言与人的生命存在状态的关系。这是对作者“寻根”时期“文化—存在”叙事话语形态的深化和推进，因为语言或符号正是文化的载体。

虽然“语言—存在”叙事话语是一种典型的西方现代思维模式或言说方式，但在韩少功的笔下依旧散发出强烈的中国本土文化精神气韵。这说明韩少功在西化的同时还是坚持从本土出发，再次彰显了他“进步的回退”的精神姿态。诚如作者所言，他在写《马桥词典》时受到了德国存在主义哲学家海德格尔的语言观的影响，但他并没有被“语言是存在的家园”这类玄妙思辨的哲学命题所纠缠，而是选择了对一个典型的南方中国小镇的方言体系进行搜集、破译和编排，而且通过对这个特殊的方言词语世界背后隐匿的生命存在讯息的打捞、捕捉和还原，韩少功给中外读者呈现的是一个非正统、非规范的游离于汉语普通话语言秩序之外的民间艺术世界。在叙述者“我”的视野中，这是一个充满了矛盾、含混和悖论的民间方言

---

① 韩少功．进步的回退［M］．上海：上海文艺出版社，2012：27.
② 韩少功．暗示［M］．北京：人民文学出版社，2002：前言 1－2.

世界，所有的人与物或事件都无法做出截然的评判，这就如同马桥人的一句俗语“栀子花，茉莉花”一样模棱两可，暧昧、飘忽、游移，让人莫衷一是；又如罗伯的“打玄讲”，真真假假，阴阳莫辨，正所谓“因是因非，即此即彼，玄道本就是不可执于一端的圆通，永远说得清也永远说不清”。马桥人就喜欢使用矛盾而含混的词语，比如“冤头”，包含爱与恨两种含义；比如“怜相”，意指漂亮得让人想哭；比如“狠”，既指本领高超又指不怀好意；“怪器”，包含着赞赏与批评双重含义；还有“白话”，其中居然隐含了欺诳的含义，如此等等。马桥人还喜欢使用“对义词”，比如“醒”与“觉”，比如“元”与“完”，在使用中意思正好与普通话中相反，原本是通向悖论的两极，就此在马桥人这里实现了对立统一。很明显，《马桥词典》既闪耀着西方现代语言哲学和存在哲学的光芒，也释放着中国古老东方哲学的智慧。在这部当代玄怪小说中折射的是现代语言视界中马桥人的一种悖论式存在境遇，而非所谓浪漫式的诗意的栖居。作者无意于对马桥的人事做出简单而明确的评价，诸如摆渡老倌追赶知青索要渡船钱，本仁的前妻送其回江西，马鸣等“神仙府”中人究竟是“科学”还是“懒”，万玉醉心于唱情歌却无男根，丐帮“九袋爷”的奇异人生，陷入政治漩涡的马疤子的生死宿命，茂公誓将“单干”进行到底，“宝气”志煌莽撞而充满才艺，长相“不和气”的漂亮女人铁香的恩怨情仇，喜欢搬弄是非而痴迷权力的“马同意”最后的惨死，“红花爹爹”罗伯与支书本义的同性恋，生了一大堆娃子的“津巴佬”兆青……这些鲜活的人物都有自己的声音，他们众声喧哗，集体构筑了《马桥词典》的多声部世界。而作为一部巴赫金意义上的“复调小说”，《马桥词典》中几乎每一个声音又都具有双重性、矛盾性和悖谬性。

需要指出的是，在《马桥词典》问世的1996年底，韩少功翻译的葡萄牙作家佩索阿的长篇随笔《惶然录》也随之发表。在《译后记》里韩少功写道，《惶然录》是两个“索阿（SOA）”之间的一次长谈，“两个‘索阿’

没有向我们提供任何终极结论，只是一次次把自己逼向终极性绝境，以亲证人类心灵自我粉碎和自我重建的一个个可能性”。又说：“优秀的作家常常像一些高级的笨伯，一些非凡的痴人。较之于执着定规，他们的自相矛盾常常是智者的犹疑；较之于滔滔确论，他们的不知所云常常是诚者的审慎。其惊心动魄的自我紧张和对峙，不是每一个人都能轻易得到的内心奇观，更不是每一个人都敢于面对的精神挑战。”① 联系到《马桥词典》中悖论性的语言秩序背后呈现的悖论式的存在境遇，我们很难不认为韩少功的这段译者告白不是他的夫子自道。《马桥词典》的作者像《惶然录》的作者一样内心中充满了矛盾和焦虑，但佩索阿选择了现代西方式的直接敞开内心的撕裂和挣扎，而韩少功则把自己内心中现代与传统的强烈冲突含蓄地化解到了中国民间的东方智慧中。所以王蒙才这样说：“韩书丝毫没有避开生活中那令人痛苦的一面，但全书仍然洋溢着一种宽容和理解，一种明智的乐观，一种中国式的怨而不怒乃至乐天知命与和光同尘。”② 这种东方式的含蓄和模糊的精神文化立场到《暗示》中就变得明确和坚定多了。《暗示》中的地点由马桥镇变成了太平墟，人物由农民为主变成了以知青为主，韩少功以第一人称剖析并讲述了太平墟知青一代所经历的从革命到改革年代的社会生存状态和精神境遇。无论是“我”还是老木、小雁、大头、大川、鲁少爷，无论在革命年代还是改革年代，无论在乡村还是在城市乃至大洋彼岸，他们的人生都是符号化的存在，他们的存在都被各种语言符号（“文符”）或具象符号（“象符”）体系所裹挟或操纵，他们活在符号中，无力反抗符号的统治而只能囚禁于符号的牢笼。如果说韩少功在《马桥词典》里寄望于用方言反抗普通话的语言符号暴政，那么他在《暗示》中已经放弃了用具象反抗语言，因为那不过是用一种符号反抗另一种符号，实际上言与象两种符号体系不仅共在而且共谋，生命由此被文符和象符所缠

① 佩索阿．惶然录［N］．韩少功，译．上海：上海文艺出版社，2012：289.

② 王蒙．道是词典还小说［J］．读书，1997（1）.

绕并宰制，这是人类生命存在困境的隐喻。韩少功在《暗示》中创造性地清理了中国历史上从“纹治”（具象符号统治）到“文治”（语言文字符号统治）再到“纹治”的内在轨迹，而小说中知青一代所遭遇的正是当代符号化的“纹治”时代，既包括革命年代的政治具象符号统治，也包括改革年代的商业具象符号统治，以及二者之间的互动和互渗。韩少功还重点思考了文象分离、文象相违、言象共在、语言空心化、明言与暗象等问题，其中“言、象、意之辩”一节最能体现他把西方现代语言学和符号学理论与中国古典语言哲学理论相结合的努力。对韩少功而言，摆脱现代社会符号体制统治的唯一途径在于接近自然，因为“接近自然就是接近上帝”（《家乡》），所以《暗示》最后一节题名《乡下》不是偶然的。韩少功在《默契》一节还写道：“我也是一个把感觉留在过去的人——也许是留在唐诗、汉雕、秦篆里。”“我似乎更愿意自己走入一个我不可接受的时代，比方走入青铜岁月的边关驿道，在一次失败的战役之后，在马背上看苍山如海残阳如血。”这就明示了韩少功“进步”中“回退”的精神姿态。

从叙事文体方面看，韩少功这两部现代语言符号学色彩强烈的长篇小说也显示了“进步的回退”特征。这主要表现为它们共同的长篇小说散文化和随笔化倾向。韩少功认为西方小说脱胎于戏剧，属于“后戏剧”叙事传统，而中国小说脱胎于散文，属于“后散文”叙事传统。① 前者注重情节冲突，故而小说戏剧化；而后者淡化情节冲突，所以小说散文化。中国散文化小说叙事传统不仅反对西方戏剧化小说的主导性人物、情节和主题模式，而且具有“夹叙夹议和情理交错”的“跨文体和多文体”特征，故而“文史哲”多位一体，而不像现代小说实行“文体分隔主义”，其本质是现代人的“精神分裂主义”。② 韩少功写《马桥词典》和《暗示》正是为了打破现代中国小说由于西化影响而出现的戏剧化情节模式和文体分裂惯性，

① 韩少功. 进步的回退［M］. 上海：上海文艺出版社，2012：355.

② 韩少功. 文体与精神分裂主义［J］. 天涯，2003（3）.

他宁愿把这两部长篇小说称为“读物”，他想搅和小说因素与非小说因素，“把小说写得不像小说”。他明确表示愿意回到中国古代笔记小说传统中去，他认为古代笔记小说像《清明上河图》那样的散点透视结构比西方小说的焦点透视结构更自由，能传达和承载更多信息，他反对那种让读者产生“信息饥饿”的所谓现代小说。① 于是我们看到韩少功在《马桥词典》和《暗示》中推行文体整合主义，打破文体界限，把中国古典小说文体资源与现代西方学术随笔文体嫁接起来，中国古代笔记小说中诸如博物、搜神、志怪、志人、野史、轶闻、杂俎、丛谈、考证、笑林等传统因素与西方现代词典体、片断体、理论随笔体等文体因素在韩少功笔下熔于一炉。为了实现这种文体融合和文体杂糅，韩少功在这两部长篇中灵活地采用第一人称与第三人称视角相结合，全知叙事与限知叙事相结合，主观叙事与客观叙事相结合，文本中的“我”集叙述者、议论者和抒情者于一身，游刃有余地实现着小说叙事传统中“文史哲不分家”的回归。从叙事结构上看，这两部长篇都属于散点透视型的连缀式组合结构。这种长篇结构方式在中国古代很流行，著名者如《水浒传》和《儒林外史》，重要的小说人物都各自构成单元，各单元之间彼此勾连，由人物渐次传递叙事接力棒。鲁迅说《儒林外史》“全书无主干，仅驱使各种人物，行列而来，事与其来俱起，亦与其去俱讫，虽云长篇，颇同短制；但如集诸碎锦，合为帖子，虽非巨幅，而时见珍异，因亦娱心，使人刮目矣”②。这段话移用来评《马桥词典》和《暗示》实在是确论。王蒙早就发现了《马桥词典》与《儒林外史》的叙事结构渊源，他说韩少功在战略上藐视传统，居然把小说写成了词典，但在战术上又重视传统，把许多个各自独立却又味道一致的故事编在一起。“与其说作者在此书里搞了现代法兰西式反小说反故事颠覆阅读，

① 韩少功，崔卫平．关于《马桥词典》的对话［J］．作家，2000（4）．
② 鲁迅．鲁迅全集：第9卷［M］．北京：人民文学出版社，1981：221．

不如说是他采取了一种东方式的中庸、平衡、韩少功式的少年老成与恰到佳处。"[①] 说到词典体，《马桥词典》当然主要是受了昆德拉长篇《生命中不能承受之轻》中词典体一节"误解的词"的影响，其实也不难看出它与《世说新语》的渊源，该书现存的"三十六门"均以词语标题，如"伤逝""任诞"之类，庶几可视为中国古代的词典体小说。至于《马桥词典》那种由一地之方言组合的短篇集锦式结构，更是深得中国古典长篇小说的结构艺术堂奥。我们不难从中找出一个个的人物单元结构，比较重要的有希大杆子、马鸣、万玉、马疤子、九袋爷、水水、志煌、本义、铁香、复查、兆青、马同意、罗伯、盐早、盐午、房英等，以他们为中心的叙述单元结构在整部作品中占有绝大比重，这些人物单元结构的连缀组合构成了《马桥词典》不同于词典汇编外在结构的内在隐形结构。

《暗示》虽号称"象典"，但其中"暗语"一节由六个词典体短篇小说构成，这也说明了两部作品之间割舍不断的文体渊源。只不过相对于《马桥词典》而言，《暗示》的故事性大为减弱，理论随笔性进一步增强，这使得《暗示》更像中国古人所谓"杂俎"类作品。如用宋人洪迈作比，《马桥词典》大约相当于洪迈的志怪小说集《夷坚志》，而《暗示》则相当于洪迈的野史笔记《容斋随笔》，这意味着一直以来关于《暗示》在文体上能否称为小说的质疑并不是没有来由的。谈到《暗示》的文体，韩少功明确表示自己主动放弃了西方式焦点结构而采用中国传统散点结构，因为焦点结构特别适宜于宏大叙事，而大约从罗兰·巴特开始就在西方出现了"散碎化"叙事和"片断体"结构，[②] 这意味着韩少功特别善于从西方现代或后现代"进步"文体中吸收那些能够与中国小说叙事传统相对接的滋养。确实如此，罗兰·巴特以《神话》《S/Z》《恋人絮语》《符号王国》等为代表的系列长篇理论随笔集给予《暗示》的文体启示是毋庸置疑的，而福柯的《词

---

① 王蒙. 道是词典还小说［J］. 读书，1997（1）.

② 韩少功. 进步的回退［M］. 上海：上海文艺出版社，2012：307－308.

与物》、鲍德里亚的《消费社会》等带有强烈的西方现代语言学和符号学色彩的理论著作也对《暗示》的文体具有重要影响。韩少功在《暗示》里通过剖析知青一代在不同社会语境中的人生遭际，揭示了政治具象符号系统和商业具象符号系统在人生塑形中的意识形态权力本质。前者如“军装”“铁姑娘”“红太阳”“忠字舞”“俄国歌曲”“乡戏”“颜色”“甘地”“精英”“电视政治”“残忍”“极端年代”等，后者如“时装”“卡拉OK”“广告”“包装”“行为艺术”“书”“商业媒体”“城市”“假冒产品”“小姐”等。韩少功别具一格地对知青一代的人生具象做了感性和理性结合的符号学分析，这种编码与解码的分析范式和行文的片断体结构形式基本属于罗兰·巴特式的“文化研究”范畴。但和《马桥词典》一样，韩少功再次袭用了中国长篇小说叙事传统中的人物单元连缀式结构方式，以“我”、老木、小雁、大头、小青和易眼镜、大川、鲁少爷等为中心的一系列叙事单元结构板块被作者巧妙地穿插在不同的具象符号学理论分析中，只不过人物单元结构在《暗示》中是被“象典”连缀，而在《马桥词典》中是被“词典”连缀。这些人物单元结构或片断叙事组织的存在，极大地强化了这两部长篇小说的叙事空间化倾向。这也是韩少功从“寻根”时期转向“语言”时期的一个重要标志。由于散文化和随笔化的程度日益加强，韩氏小说的叙事空间化倾向也随之强化。虽然《暗示》里的人物和叙事远不如《马桥词典》带有传奇志怪色彩，因此也就减弱了所谓小说性，但必须看到，《暗示》中剥离了神秘外衣的日常生活叙事也并非真的丧失了小说性，其中老木的人生具象故事颇为丰富和深邃，而鲁少爷与妻儿的人生具象故事更是令人感慨唏嘘，写鲁少爷中年丧子之痛的《拥抱》一节是全书中最为令人动容的篇章。毋庸讳言，在叙事文体的中西融合即“进步的回退”上，《马桥词典》以中化西，古为今用，更有中国作风和中国气派，而《暗示》的符号学西化色彩似乎过于浓重了一些。

（四）

韩少功谈到《马桥词典》时说过："采用词典体首先出于我对语言的兴趣"，"我把语言当作了我这部长篇小说的主角，一如很多小说家把人物当作他们的主角"。他还说："词典体这种形式迫使我采用一些新的手法和结构来展开叙事，甚至来重组我的思绪。这包括把小说因素与非小说元素结合起来，把小说与散文甚至与理论的元素结合起来。"所以他自认为写的"不是一部严格意义下的小说"，而可能是一部"仿小说""半小说"，或者干脆就是"一本书，一本广义的读物"。"它也许更接近中国古人对文学的定义，接近中国古人那种文、史、哲三位一体的写作。"① 这说的虽然是《马桥词典》，但对于《暗示》同样契合，它们都是韩少功在 20 世纪 90 年代迷恋语言学和符号学而进行中西融合的跨文体写作的产物。应该说，大约在 2002 年完成《暗示》写作的前后，韩少功对语言学和符号学的过度迷恋开始消退，他的小说创作开始步入"去语言化"或"去符号化"的阶段。从 2001 年起，韩少功重新恢复了中短篇小说的写作热情。新世纪以来他的中短篇小说最先收入《报告政府》（作家出版社 2005 年版）集子里，此后又陆续写了一些中短篇，和《报告政府》的部分作品一起收入了《赶马的老三》（上海文艺出版社 2012 年版）这个集子中。这些不拘一格的中短篇小说已经摆脱了语言学和符号学的理论影子，人们仿佛看到从前那个"寻根"时期的韩少功又回来了。不仅如此，韩少功在中短篇小说之外还推出了《山南水北》（作家出版社 2006 年版）和《日夜书》（上海文艺出版社 2013 年版）这两部"长篇读物"。《山南水北》号称"长卷散文"，其实它应该是一部短篇笔记体小说集，当然这是用的中国古人的小说概念。《日夜

① 韩少功．语言的表情与命运［J］．南方文坛，2006（2）．

书》是韩少功新世纪的长篇小说力作，也是他的所有长篇小说中最像长篇小说的一部，在文体上几无争议。但无论是《日夜书》还是《山南水北》，都明显呈现出“去语言（符号）化”的特征。韩少功似乎又回到了“寻根”时期的“文化—存在”叙事话语形态。虽然有时还难免带有语言学或符号学的叙事痕迹，但进入新世纪以后的韩少功小说能够更加直接地逼视和拷问当代中国人在文化变迁中的生命存在困境，这种更加自由自在的小说叙事气象是他执著于语言学和符号学的小说创作时期所缺乏的，据此我认为韩少功在新世纪以后自觉进行了第三次“进步的回退”。

这次“进步的回退”对于韩少功而言不仅是一次文学行动，同时也是一次人生选择和文化选择。早在 1985 年韩少功夫人梁预立为其寻根小说集《诱惑》所作的跋文中就有这样的话：“我们还悄悄约定要办一件事，一件很好很好的事，在将来的那一天。请允许我暂时不说。我盼望着那一天早点到来。”① 这一天终于在 2000 年 5 月如约而至，韩少功迁入了湖南汨罗八景乡新居，从此过起了半乡半城的生活，每年一半在汨罗山乡，一半在海口城市。笔记体小说集《山南水北》就是在这样的人生背景切换下写成的。《山南水北》可以说是一部“去语言化”了的《马桥词典》，而《马桥词典》也可以被置换成一部“去语言化”了的《马桥笔记》。当年韩少功声称要为马桥镇的每一样东西“立传”，其实《马桥词典》最重要的还是“为野生词语立传”，② 为被遮蔽的马桥方言立传，而马桥的人和马桥的物实际上被马桥的方言所笼罩。《山南水北》则不同，剥离了语言学外衣后，除了《笑脸》《准制服》《怀旧的成本》等少数几篇还有符号学痕迹外，韩少功能更加自由和直接地为八溪峒的每一样东西立传，既为山川草木虫鱼立传，如《扑进画框》《地图上的微点》《耳醒之地》《智蛙》《治虫要点》《瞬间白日》《村口疯树》《蠢树》《再说草木》《每步见药》等篇，也为猫狗鸡鸟

---

① 韩少功. 诱惑［M］. 长沙：湖南文艺出版社，1986：262.

② 东西. 为野生词语立传［J］. 南方文坛，2006（2）.

日常生灵立传，如《养鸡》《小红点的故事》《无形来客》《清晨听鸟》《鸟巢》《忆飞飞》《诗猫》《山中异犬》《三毛的来去》《猫狗之缘》等篇，当然还必须为稀奇古怪、性格各异的山村野夫妇孺立传，如《塌鼻子》《神医续传》《老地主》《卫星佬》《意见领袖》《船老板》《笑大爷》《垃圾户》《邻家有女》《最后的战士》《老逃同志》《庙婆婆》《认识了华子》《也认识了老应》《蛇贩子黑皮》《李家兄弟》《农痴》等篇。通过第一人称“我”的视角，韩少功借八溪峒一隅的山川风土人物表达他对当代中国乡村文化生态的沉醉与忧思，这是一种矛盾文化心理，它与《马桥词典》中折射的悖论性精神立场一脉相承，但内在的精神张力更强更显豁。一方面，“我”带着传统古典情怀来山乡“落草”，“我”对山乡的自然风光与纯朴民风充满了浪漫的诗意想象，如《雨读》《农痴》《月夜》《守秋》《青龙偃月刀》等篇散发着浓郁的野趣和逸趣；另一方面，“我”对山乡的愚昧和贫穷又秉持现代启蒙情怀和文化批判立场，如《面子》《垃圾户》《隐者之城》《非典时期》《瓜菜》《非法法也》《疑似脚印》《兵荒马乱》《豪华仓库》《各种抗税理由》《蛮师傅》等篇，或批判传统农民文化人格，或暴露乡村政治阴暗面，或用现代城市文化反思传统乡村文明，由此导致了《山南水北》中两个互相对抗和冲突的韩少功展开或激愤或宽容的精神对话，这就如同《惶然录》中两个索阿在冲突中对话一样。一个韩少功是科学主义者、理性主义者、人道主义者，另一个韩少功是浪漫主义者、古典主义者、反人类中心主义者，他们之间的文化精神张力构成了《山南水北》里矛盾性的现代生命存在困境。这也是作者韩少功“进步”中“回退”的悖论精神境遇。

如果说《山南水北》是“去语言化”的《马桥词典》，那么《日夜书》就是“去符号化”的《暗示》。《日夜书》里几乎找不到符号学理论分析的痕迹，虽然还是有三节采用了词典体，但那是沿袭昆德拉《生命中不能承受之轻》的做法，无伤大体。不难发现，“去符号化”之后《暗示》里的三个主要人物小雁、大川、大头，与《日夜书》里的安燕（小安子）、马涛、姚大甲三个人物之间存在一致性。① 如同《暗示》主要透视太平墟知青一代的生活史和精神史，《日夜书》主要透视白马湖知青一代的生活史和精神史，区别在于前者镶嵌进了一个西化的符号学文化研究框架，而后者则是对前者的解码或改写。韩少功在《暗示》里表达了对知青一代深陷符号化人生的深重忧虑，符号化人生是被操纵的人生，隐含了自由的悖论。而在《日夜书》里我们看到了白马湖知青一代同样充满了悖论性的人生境遇：姚大甲由当初知青中的艺术精英蜕变成了海外行为艺术家，靠贩卖粗鄙话图解集成为生；马涛由当年孤傲的民间哲学家和思想斗士蜕变成了流亡海外的所谓思想达人，脆弱不堪；小安子由当年知青中的铁姑娘蜕变成了私生活泛滥的海外漂泊者；郭又军从当年狂热的革命理想主义者蜕变成了一个日常平庸的“郁闷哥”；贺亦民从一个少年犯变成了打工爷和发明帝，但最终还是被石油城所暗算；马楠从一个逆来顺受、提心吊胆的女孩最终变成了一个性格乖戾的家庭妇女；还有叙述者陶小布，那个当年敢于啃尸骨打赌的知青，最终在一场政治人事纠纷中败北，退休后还被侄女马笑月当作仇视的社会精英阶层代表枪杀。这些主要人物的命运无不充满了荒谬感和虚无感，他们的生命存在困境正是韩少功对当代中国文化变迁中现实人生和精神境遇的艺术投射。正如书中“我”反复提到的那样：“人生就是一部对于当事人来说延时开播的电影。”电影的剧本已经预先被规定，任何生命个体必须“严格就范，出演各种已知的结果”。你以为可以“自选动作或自创台词”，其实最终被证明是既定故事脚本的一个部分或一个插曲。这是小说中挥之不去的宿命氛围，它笼罩在每一个人物的心间。韩少功曾经认为“写小说是重新生活的一种方式”，他以为“重新生活也是修改生活和再造生活，是回忆者们不甘于生命的一次性，不甘于人生草图即人生定案的可

① 实际上这三个人物形象已经多次在韩少功的小说中出现，姚大甲或大头在《远方的树》里是田家驹，小安子或小雁在《昨天再会》里是邢立，马涛或大川在《昨天再会》里是孟海。

恶规则，一心违抗命运的草率从事，力图在生活已经结束以后，再造生活的另一种可能”。[①] 然而《日夜书》表明，韩少功是过于乐观了，他和他笔下的众多人物一道陷入了生命的迷惘和存在的宿命。当年韩少功在为译著《生命中不能承受之轻》所写的《前言》中说：“既然永劫回归（或译永远轮回）是不可能的，那么民族历史和个人生命一样，都只具有一次性，是永远不会成为图画的草图，是永远不会成为演出的初排的。”那么选择和比较就丧失了意义。昆德拉的这种历史和人生观念让韩少功“想起了庄子的‘因是因非’说和佛释的‘不起分别’说”，他在现代西方虚无思想与传统东方宿命哲学中看到了相通之处。[②] 多年后，他在《日夜书》里将这种东西方思想加以熔铸会通，一种类似弘一法师临终前“悲欣交集”的生命情绪弥漫在文本的字里行间。于是在这部昆德拉式的中国小说中，我们再一次看到了韩少功“进步的回退”倾向。

如同《日夜书》和《山南水北》致力于从当代中国社会文化精神变迁的角度透视生命存在困境一样，韩少功新世纪以来的中短篇小说创作也大都遵循“文化—存在”叙事话语形态。虽然《报告政府》等少数篇目有比较强烈的政治诉求，如为社会底层或弱势群体发声之类，但总体上看，包括这些篇目在内的韩少功新世纪中短篇小说依旧倾注着作者对当代中国现代性发展进程中生命存在状态的反思和警觉。这时期有些中短篇小说可以说是为长篇小说《日夜书》练笔而写的，如《方案六号》里的华裔行为艺术家之于姚大甲，《兄弟》里的罗汉军之于郭又军，罗汉国之于马涛，罗汉民之于贺亦民，都有不同程度上的形象相关性，均致力于当代文化人的精神拷问。中篇《报告政府》在精细的写实中凸现荒诞，通过中国监狱生存景观透视生命个体的存在困境，象征意蕴浓厚。中篇《山歌天上来》写得朴拙灵动，通过老寅、老柳、芹姑娘三个性格和命运各异的民间艺术家一

---

① 韩少功. 报告政府［M］. 北京：作家出版社，2005：268.

② 昆德拉. 生命中不能承受之轻［M］. 韩少功，译. 北京：作家出版社，1992：7－8.

生的遭际浮沉，折射了当代中国人在社会历史文化变迁中的悖论性存在境遇。仿佛酒神附体的音乐家老寅最终沦为了精神木偶人，自认还是懂音乐的老柳最终做起了生意，与老寅音乐上精神契合的芹姑娘最终只能以哭丧谋生，他们的苦涩人生无不饱含黑色幽默和荒诞激情。短篇《老狼阿毛》以动物视角检讨了人类中心主义，堪称一则现代人类生命存在困境的绝妙寓言。《月下桨声》关注底层而超越了政治，通过山村小女孩的形象刻画寄寓了人类超越生存困境的美好精神。《空院残月》则写出了新世纪中国乡村破败中的精神孤寂，刘长子和妻儿的病态生存遭遇充满了生命荒原气息。《土地》写失去了土地的孝佬妻离子散，小说中死亡的鸟儿隐喻了新世纪中国乡村濒临绝境的生存图景。《白麂子》写季窑匠的幽灵频现，折射了这个时代的山民各有各的不幸，包括外在的生存悲苦和内在的精神恐惧。《生离死别》写玉老爹与老伴相约杀死对方，最终玉老爹杀妻后无法自杀只能入狱，小说写得沉痛而悲凉，生命绝境被死亡笼罩。《末日》写地震来临前贫下中农王泽彪的阴暗心理，见证了人性的丑陋和生命的荒芜。《西江月》通过底层龅牙仔的惨烈复仇暗示了这个时代的生命恐惧和存在性不安。《生气》则对有闲无聊的富人阶层做了讽刺性刻画，同样隐含了我们时代的病态性不安和神经过敏症。《是吗》写无法确证历史的惶惑，《第四十三页》写误入时间隧道的恐惧，二者都表达了对时间和历史的存在性不安。总之以上作品都表达了韩少功对现代性的忧思，他苦苦寻觅的还是如何在追求现代性“进步”的同时深入挖掘中国传统文化资源，正所谓“进步的回退”，于是我们看到了《赶马的老三》和《金刚怒目》中充满了传统民间文化人格力量的艺术形象。老三（何大万）表面上诙谐机智，能说会道，内心则秉持正义和良知；吴玉和表面上温文尔雅，骨子里却有金刚怒目、威武不屈的浩然之气，他们的存在分明让读者看到了韩少功对文化和文学“寻根”的艺术回归。

从叙事文体上看，韩少功新世纪以来的小说创作虽然也借鉴了西方现代或后现代的文体资源，如《山南水北》对佩索阿“长卷散文”《惶然录》的借镜，《日夜书》对昆德拉《生命中不能承受之轻》“四重奏”或“多重奏”形式的效法，还有《801 室故事》的“反小说”文体试验之类，但他这时期的整体叙事艺术趋势则是向中国传统的小说叙事模式回归和新变。尽管韩少功这一时期的小说已经“去语言（符号）化”，但他依旧承续了“语言（符号）化”时期所追求的“文史哲”文体融合理想，继续把第一人称与第三人称、主观叙事与客观叙事、全知叙事与限知叙事结合起来，由此在叙事上仿佛从容信步、优裕自如，穿梭在不同的文体之间。值得注意的是，作者在《山南水北》开篇中就明确提到纪昀的《阅微草堂笔记》，他不会不知道《聊斋志异》与《阅微草堂笔记》的差异，纪昀曾讥刺蒲松龄是“才子之笔”而“非著书者之笔”，对《聊斋志异》以唐人传奇之法志怪颇有微词，而他的《阅微草堂笔记》“尚质黜华，追踪晋宋”，正与尚绘藻的《聊斋志异》相反。在鲁迅看来：“纪昀本长文笔，多见秘书，又襟怀夷旷，故凡测鬼神之情状，发人间之幽微，托狐鬼以抒己见者，隽思妙语，时足解颐；间杂考辨，亦有灼见。叙述复雍容淡雅，天趣盎然。”① 这虽然说的是纪昀和《阅微草堂笔记》，但移用来评韩少功和他的《山南水北》也大致不谬。《山南水北》中也有少量当代神秘灵怪的故事，如《智蛙》《拍眼珠及其他》《村口疯树》《藏身入山》《山中异犬》《当年的镜子》《寻找主人的船》《蛇贩子黑皮》《十八扯》等篇，但都写得雅洁朴拙，不事夸饰，与韩少功“寻根”时期的神秘小说和《马桥词典》中的神秘叙事都偏重于猎奇藻饰有着显著差异。不难看出，韩少功的《马桥词典》和“寻根”时期的神秘叙事比较接近于《聊斋志异》的写法，用笔记小说文体写传奇小说，大都篇幅较长，属于“笔记体传奇小说”，② 而新世纪以后的《山南水北》中传奇色彩尤其是志怪色彩明显减弱，大都引而不发，“尚质

① 鲁迅. 鲁迅全集：第 9 卷［M］. 北京：人民文学出版社，1981：212 – 213.
② 石昌渝. 中国小说源流论［M］. 北京：生活·读书·新知三联书店，1994：215.

黜华”，故而篇幅短小，比较接近于《阅微草堂笔记》的古典笔记小说文体特征。与《山南水北》的笔记体不同，《日夜书》走的是传奇体路线，整部作品可以视为关于姚大甲、陶小布、郭又军、马涛、贺亦民、小安子、秀鸭婆、吴天保等几个主要传奇人物的传记组合，拆解开来每篇传奇或传记既有相对独立性又有整体关联性。总的来看，包括《山南水北》在内，韩少功新世纪以来的小说创作明显呈现出将传奇现实化或“去神秘化”的艺术倾向，除了《白鹿子》里写道幽灵和《日夜书》里写道“酒鬼”（灵猴），再就是《山南水北》里的少数神秘篇什，读者很难再找到韩少功早年“寻根”小说和《马桥词典》中那么浓重的神秘志怪痕迹，但韩少功新世纪小说的传奇性依旧强烈，传写异人异事异物的传奇体（起源于纪传体）成了韩少功新世纪小说文体的首要选择。诸如《兄弟》《山歌天上来》《白鹿子》《生离死别》《西江月》《赶马的老三》《怒目金刚》，都是韩少功新世纪倾力创造的新古典主义“传奇体”小说力作，或是一个人的传奇，或是二三个人的传奇，相当于合传。

由于选择了传奇体或纪传体，韩少功新世纪小说叙事的空间化程度进一步增强。显然，《山南水北》的主体结构属于近百篇“传奇体笔记小说”的横向空间连缀组合，写剃头匠何爹的那篇《青龙偃月刀》尤其精妙绝伦。而《日夜书》则属于近十个主要传奇人物的“笔记体传奇小说”的长篇艺术组合，它和《马桥词典》以及《暗示》一样，袭用了《儒林外史》为代表的中国古典长篇小说以人物单元连缀式组合为结构特征的叙事传统。这种小说叙事空间化而非时间化的特征不仅体现在两部长篇作品中，而且也表现在韩少功新世纪以来的中短篇小说创作之中。短篇《801 室故事》简直是一篇极端的空间小说，既没有人物也没有故事，只有纯粹的空间展览，这种极端的反时间、反情节的艺术结构方式隐含了韩少功潜在的抗拒现代性“进步主义”的叙事心理冲动，与作家早年小说《道上人匆匆》中狂热追求现代性时间叙事形成了鲜明反差。中篇《报告政府》也是一部典型的空间小说，以叙事人“我”来贯穿或连缀监狱里的多名犯人，如小脑袋、大嘴巴、小斜眼、黎头、老魏、瘸子，还有狱警冯姐等，每个人都有属于自己的传奇，因为监狱固定空间而组合在一起。中篇《兄弟》同样如此，以叙事人“我”来贯穿罗家三兄弟的传奇人生，人物连缀式组合构成空间化小说文本。中篇《赶马的老三》如出一辙，以村干部老三来贯穿或连缀村庄里的各色人等，主要有国少爷、庆呆子、莉疯子、皮道士、善眯子，老三与他们之间发生的故事片段组合成了空间小说文本。中篇《山歌天上来》其实也就是老寅、老柳、芹姑娘三个人的传奇或传记，它们之间的横向组合构成了这部作品的空间叙事结构。其他短篇如《是吗》《生气》《白麂子》《方案六号》《第四十三页》也都属于由不同人物或片段组合而成的空间文本。至于《月下桨声》《空院残月》《土地》等散文化小说本身就可以被视为散文，结构上的散文化和空间化特征更是十分的明显。总之，韩少功新世纪以来的小说创作在“去语言（符号）化”之后，继续沿着中国小说“后散文”叙事传统回归，这是一种“进步的回退”，它不仅是韩少功一个人的文学选择，而且很大程度上也是韩少功那一代作家（包括贾平凹、莫言等）的文学选择。只不过相对而言，贾平凹和莫言在接受文言小说传统影响的同时更多地接受中国古典白话小说传统的影响，而韩少功显然更多地接受了中国古典文言小说传统的影响，但“进步的回退”确实是他们的共同文学选择。

第四章 | ◆

贾平凹小说创作中的“说话”传统

贾平凹的长篇小说系列已经是中国当代文学版图上极为壮丽的文学景观，能与之媲美的作家作品屈指可数。《带灯》的面世再一次成为文学事件，足以证明贾平凹文学影响力之深巨，既关乎当今中国的世态人心，亦牵涉中国小说的文体命运。我不打算从题材和主题的角度来谈论《带灯》，《带灯》的题材和主题无疑是敏感而前沿的，它与当今中国的“三农”问题有关，与乡村基层政权建设有关，与“信访”和“维稳”有关，这都是事关当今中国国计民生的宏大事件，而贾平凹似乎总是能够对当代中国的社会现实生活保持足够的敏感度和判断力。借用巴尔扎克的话来说，他要做的就是我们这个时代的书记员，虽然没有老巴尔扎克的冷峻和犀利，但贾平凹有老托尔斯泰的悲悯和温情，这足以形成贾平凹长篇小说系列中令人尊重的文学精神内核，所以我们必须承认，贾平凹是一位敢于担当时代所赋予的文学使命的作家。但我在这里更愿意说贾平凹是一位卓越的文体家，自从《秦腔》以来，贾平凹的长篇小说文体探索愈益成熟，在成熟中又间有新变，读者已然感受到了《带灯》带来的文体新气象。贾平凹始终行走在中国古代小说叙事传统与西方现代小说叙事资源之间的交叉地带，从而形成了他自己别具一格的长篇小说文体美学。

（一）

贾平凹写小说最初师承孙犁，孙犁就是现代中国文坛很出色的文体家。但孙犁的小说文体一味追求散文化和诗化，虽则精致淡雅，气象和格局却未免狭小，这正是中国古代文言小说的优与弊，所以人近中年的贾平凹毅然舍弃了孙犁的衣钵，开始告别精致的中国文言小说传统，投向中国古代白话话本小说（章回小说是话本小说的延传形态）传统，到宋元以降，尤其是明清以来以“说话”为中心的“说话体”小说传统中去寻找艺术资源。贾平凹对自己的这种艺术转向毫不隐讳，他多次坦白自己深受明清白话长篇小说传统的熏染，尤其是《金瓶梅》和《红楼梦》的艺术熏染，《废都》和《秦腔》与《金瓶梅》和《红楼梦》的艺术渊源是明眼人一望即知的，而贾平凹想延续的正是中国小说的这种民族叙事传统。当然，由于艺术个性的差异，贾平凹本能地选择了兰陵笑笑生和曹雪芹的那种闲聊式的“说话”艺术，而没有选择施耐庵和罗贯中的那种评书式的“说话”艺术，这是因为贾平凹的艺术个性偏于阴柔和沉郁，而明显有别于施、罗雄健豪放的艺术禀赋。我们当然不能就此苛责于贾平凹，因为这是作家艺术选择的自由，也是作家艺术气质的权利。相对而言，我以为以“讲故事的人”自许的莫言更趋近于狂放雄奇的施、罗“说话”传统。毫无疑问，他们是当今中国打通中西小说叙事传统壁垒的两大文坛高手，一个来自山东，一个坐镇陕西，堪称东西辉映。

据《白夜・后记》所言，贾平凹自觉地写闲聊式的“说话体”小说始于《废都》，只不过由于当时《废都》尚属禁物，贾平凹在文中只好欲言又止。《废都》开篇即写“一千九百八十年间，西京城里出了桩异事……”，这与此前的《浮躁》用大段的自然风光描写开局明显不同，《浮躁》走的是现代西方写实小说的路数，戏剧化的场景和对话随处可见，而《废都》则转向了中国古代小说偏重讲述的“说话”传统。正是在《废都》的写作中，贾平凹重新确立了自己的小说观，他认为“小说就是一种说话”，小说的诀窍就在于寻找不同的说法。还是在《白夜·后记》里，贾平凹区分了几种不同的小说说话方法①：第一种是说书人式的说话，其典型特征是“哗众取宠，插科打诨，渲染气氛，制造悬念，善于煽情”。这是中国古代话本小说或章回小说的“说话”体征，尤其是讲史类的历史演义小说或传奇类的神魔小说热衷于这一套说话程式。第二种是领导人式的说话，其典型特征是“慢慢地抿茶，变换眼镜，拿腔捏调，作大的手势，慷慨陈词”。这样的说话体小说在20世纪中国革命年代的文坛中曾经十分盛行，无论是“革命英雄传奇”还是“土改—合作化小说”，大都属于这种说话体制。第三种是“现代洋人”式的说话，这种说话在五四文学革命后成了现代中国小说的主流说话方式，也可以称之为文化人或知识分子式的说话。它反对民间说书人式的说话，认为后者堕落为娱乐和消闲，不够严肃，但它又不同于领导人式的说话的严肃，认为后者异化得刻板而空洞，缺乏说话的艺术性。但这种现代知识分子式的说话体小说也遭遇到了阅读和接受困境，因为它并未在根本上超越“通俗小说”和“政治小说”所制造的说话人与听话人之间的壁垒，它在本质上仍旧属于专制性的说话体制，小说家以知识精英或文化人的身份凌驾于读者和大众之上，这样的说话显然与说书人和领导人式的说话专制没有本质上的差异，其间同样隐含着说者与听者、作者与读者之间不平等的权力话语结构。在很大程度上，现代小说家选择的是一条“反说话”的路子，它是对民间说书人和政治领导人式的说话的反叛，后两

① 贾平凹. 白夜［M］. 北京：华夏出版社，1995：385－386.

种说话一般平铺直叙，注重大众接受心理，而文人或知识分子式的说话则热衷于探索说话技巧，讲究说话艺术的多样性，比如在叙事人称和视角、叙事时间和空间等方面玩弄叙事的新花样，这在现代主义和后现代主义小说叙事策略上表现得最为显著且趋于极端，这类小说家就是一帮不按照常规说话的反说话者，他们的小说也就往往带有颠覆传统现实主义或浪漫主义小说成规的诉求，他们的说话往往把读者绕到所谓叙述迷宫里去了。

对于以上三种小说说话方式，贾平凹都是不以为然的，他觉得根据这些说话方式写的小说要么太像小说了，要么又太不像小说了。他憧憬的是与亲朋好友在一起闲聊式的说话，他决心尝试那种闲聊式的说话体小说。比如：“在一个夜里，对着家人和亲朋好友提说一段往事吧。给家人和亲朋好友说话，不需要任何技巧了，平平常常才是真。而在这平平常常只是真的说话的晚上，我们可以说得很久，开始的时候或许在说米面，天亮之前说话该结束了，或许已说到了二爷的那个毡帽。过后想一想，怎么从米面就说到了二爷的毡帽？这其中是怎样过渡和转换的？一切都是自然而然地过来的呀！禅是不能说出的，说出的都已不是了禅！小说让人看出在做，做的就是技巧，这便坏了。说平平常常的生活事，是不需要技巧，生活本身就是故事，故事里有它本身的技巧。”“所以，有人越是要想打破小说的写法，越是在形式上想花样，适得其反，越更是写得像小说了。”① 闲聊式的说话是不需要技巧的，而技巧就在其中，这是一种大巧若拙的技巧，不是技巧的技巧，其本质特征就是自由自在地说话，像生活本身一样自然地说话，既不像说书人那样哗众取宠，又不像领导人那样拿腔捏调，也不像文化人或知识分子那样故弄玄虚，总之，这是一种真诚而平常的说话，反对夸张矫饰，一切以行云流水的言说为旨归。这种闲聊式的说话体小说自然而然地会形成一种“闲话风”，充满了家长里短、鸡零狗碎般的话语碎

① 贾平凹．白夜［M］．北京：华夏出版社，1995：386.

片，似乎没有逻辑也没有中心，行于所当行，止于所当止。似乎提不到台面上来正襟危坐地讲述，但自有另一番说话的自由境界。这种闲聊式的说话体小说采取的是平视读者或听者的视角，而在以说书人、领导人或文化人为讲述主体的小说说话体制中，读者或听者是以仰视的视角接受讲述主体的话语支配的，反过来说，作为讲述主体的说话人则是以俯视姿态看待读者或听者，这显然是一种不平等的小说说话体制，而闲聊式的说话体小说正是对这种专制性的小说说话体制的艺术反动，因而它是一种民主性的小说说话体制。在中国古代说话体小说的演变过程中，说书人式的说话体小说长期占据着主导地位，宋元话本和明清拟话本小说，以及《三国演义》《水浒传》《西游记》等长篇章回体小说都属于这种说话类型，直到《金瓶梅》和《红楼梦》的出现，才标志着中国古代闲聊式的说话体小说的成熟。这是一种不宜被改编成评书的说话体小说，它不宜在公众场合讲述或演播，因为它营造的是一种私人化的闲聊话语空间。

《废都》源自于《金瓶梅》，《秦腔》脱胎于《红楼梦》，前者是贾平凹走向闲聊式说话体小说的起点，后者是贾平凹实践闲聊式说话体小说成功的典范。尽管有些批评家对这种闲聊式的说话体小说表达了他们严重的不满，但毫无疑问，这种家常式、日常式的说话比起那种说书人、领导人或文化人（知识分子）的说话更具有现代愿景。从《废都》到《病相报告》，贾平凹一直都在苦苦摸索闲聊式说话体小说的艺术。从说话人称和视角来看，《废都》《白夜》《高老庄》袭用了传统的第三人称全知视角说话，《土门》和《怀念狼》采用第一人称限知视角说话，《病相报告》则借用西方现代派小说多人物、多角度交替的第一人称视角说话，从这里我们不难看到贾平凹探索说话艺术的苦心。不管采用哪一种说话人称和视角，贾平凹在这些长篇小说中都尽量保持一种日常平实的说话姿态。相对而言，第三人称说话的三部作品更加厚实，取得了初步成功；第一人称说话的三部作品虽然精致，但稍嫌单薄，还未完全传达出贾平凹期待的那种“中国的味道”，那种“在分析人性中弥漫中国传统中天人合一的浑然之气”。[1]《秦腔》就不同了，它采用疯子（张引生）的第一人称视角说话，既有第一人称限知视角说话的亲切感，又有第三人称全知视角说话的绝对自由，因而更能无拘无束地抵达日常说话的浑然之境。《古炉》表面上是第三人称全知视角说话，其实隐在的视点人物是狗尿苔，这是一个和疯子张引生一样具有通灵超感的说话者，他一直在客观冷静地谛视着古炉村所发生的一切，所以《古炉》貌似第三人称说话而隐含第一人称说话，《秦腔》则貌似第一人称说话而实为第三人称说话，这样，两部作品就都把全知视角与限知视角的说话功能融合在一起，故而在说话中能漫无边际，汪洋恣肆，有一种潇洒旷达、从容自在的说话风度。《高兴》选择刘高兴作为第一人称说话，由于刘高兴并非天赋异禀，故而他的第一人称限知说话能将平实日常的说话风格进行到底，虽然少了《秦腔》和《古炉》的神秘，但多了一份现场感和亲和力。当然，神秘或者神神道道的说话也是中国闲聊式说话的传统特征。

至于《带灯》，贾平凹采用了第三人称全知说话与第一人称限知说话相结合的方式，但这两种说话模式在《带灯》中是组合在一起的，而不是像《秦腔》和《古炉》那样融合在一起，组合式和融合式当然各擅胜场，难分轩轾。在《带灯》中，第三人称全知说话长短相间，长的段落细腻铺排，不惮繁琐絮叨，短的段落浓缩简练而富有力度，充分体现了中国传统说话体小说有话则长、无话则短的说话精神。而小说中以女主人公带灯展开的第一人称说话，也就是穿插在小说文本结构中的那二十六封手机短信，篇幅都比较长，堪称长书而非短札，仿佛屈子的《离骚》《天问》，自白和倾诉中贯穿着女主人公的灵魂自审精神。如果说《带灯》中的第三人称说话是朴实的日常说话，那么第一人称的书信式说话就相对文雅，属于文人化

---

① 贾平凹．病相报告［M］．上海：上海文艺出版社，2002：304.

的诗性话语，这也符合带灯的知识人身份和私人化口吻，因为带灯虽然是一个基层乡镇社会工作干部，但她内心里有着浓郁的知识分子情结，身在乡村，心怀人类悲悯，而且她的短信接收者元天亮也身兼官员与作家于一身，因此他们之间的私人性倾诉采用了相对文雅的诗性说话。《带灯》中的这种组合式说话模式并未破坏，而是拓展了贾平凹所憧憬的平等自由式的，即闲聊式的小说说话体制。小说中的第三人称说话延续了《古炉》全知说话的优长又有所增补，比如增加了长话短说的篇幅，更容易让读者所接受，使说话不至于过分沉闷。而小说中穿插的第一人称说话虽然看上去有点私人化和文人化，与日常化的平等说话有些距离，但在两个文化人出身的干部之间，而且是一个对另一个怀着深切的崇拜，这样的语境下，带灯对元天亮的诗性倾诉也就不至于让读者感到矫揉造作，相反增添了《带灯》这部作品说话的多样性与丰富性。读者实际上也不难体会到《带灯》中两种说话模式之间的对话性，即大众式的闲聊与精英式的闲聊之间的差异性，贾平凹在《带灯》中别出心裁地把这两种闲聊式的说话模式拼贴或穿插成一体，让《带灯》的说话艺术别开生面。

（二）

如前所述，中国古代说话体小说主要分为评书式和闲聊式两种说话类型，前者凌驾于听众和读者之上，后者平等地与听众或读者拉家常，显然贾平凹继承和发扬的是后一种小说说话传统。在评书式说话体小说中，说话者无一例外地袭用第三人称上帝式的全知说话视角，但这种说书人的说话容易流于主观化，经常出现说话者操纵听众或读者以及人物的现象。而到了闲聊式说话体小说里，在表面的第三人称全知说话视角之内其实隐含着大量的第一人称限知视角的说话，譬如《红楼梦》里写林黛玉进贾府、写刘姥姥进大观园就是很好的客观视角说话的例子。当然，《红楼梦》追求客观效果的闲聊式说话源于《金瓶梅》，《金瓶梅》才标志着中国古代小说叙事模式实现了由主观讲述型到客观呈现型的叙事转变，即从让人“听”到给人“读”的转变。① 贾平凹对《金瓶梅》和《红楼梦》的迷恋世人皆知，从《废都》到《带灯》，他一直行走在探索主观讲述型与客观呈现型两种说话模式相融合的艺术道路上。所以我们看到了贾平凹在传统的第三人称全知说话模式之外不断地试验新型的小说说话方式，这主要表现为说话人称和视角的不断变化和不断拓展，前文已作说明。接下来要思考的是贾平凹的闲聊式说话体小说是如何实现客观化的呈现型说话艺术效果的。

根据《金瓶梅》和《红楼梦》提供的艺术经验，贾平凹发现了闲聊式说话体小说的艺术核心在于密实繁复地客观呈现日常生活的原生态。如果说评书式的说话体小说长期以来形成的是一种以情节为中心的说话结构模式，那么闲聊式说话体小说开创的则是一种以细节为主体的说话结构模式，这是一种反情节的说话结构方式，它打破了传统评书式说话体小说的固有结构模式，摒弃了传统的情节流，即情节链条线性结构，而走向了生活流乃至细节流，从而形成了生活细节立体网状结构。贾平凹较早是在《高老庄·后记》里明确地阐述了他的这种生活流或细节流的小说观念。他说：“为什么如此落笔，没有扎眼的结构又没有华丽的技巧，丧失了往昔的秀丽和清晰，无序而来，苍茫而去，汤汤水水又黏黏糊糊，这缘于我对小说的观念改变。我的小说越来越无法用几句话回答到底写的什么，我的初衷里是要求我尽量原生态地写出生活的流动，行文越实越好，但整体上却极力去张扬我的意象。”② 这是一种混沌无序、苍茫厚实的新小说观，《高老庄》初步自觉地实践了贾平凹这种小说艺术理想，而此前的《废都》则是在不自觉的艺术状态下近乎直觉地走上了这条生活流或细节流艺术之路。直到写《白夜》的时候，贾平凹才正式提出了他的闲聊式说话体小说观，《废

① 石昌渝. 中国小说源流论［M］. 北京：生活·读书·新知三联书店，1994：345.
② 贾平凹. 高老庄［M］. 西安：太白文艺出版社，1998：415.

都》闲聊了西京城的几个“文化闲人”的泼烦日子，《白夜》闲聊了西京城的几个“社会闲人”（近乎无业游民）的泼烦日子，两部作品互相补充、相映成趣。相对而言，此后的《土门》《怀念狼》和《病相报告》写得没有《废都》《白夜》和《高老庄》那么密实，贾平凹似乎遗忘了自己曾经有过的艺术体悟，即“在用减法之前而大用加法”①，《土门》《怀念狼》《病相报告》显然是在做减法，而忽视了加法，展示的生活密度不够，主题或理念比较显豁直露，这就和“生活流”或“细节流”的小说形态拉开了不小的距离。《秦腔》被公认为贾平凹长篇小说新文体成熟的标志之作，但我们也不能忽视《高老庄》，《高老庄》是从《废都》到《秦腔》之间的艺术桥梁。《废都》还残留着传统小说情节流的遗痕，《高老庄》则是从情节流到生活流的艺术转型见证，至于《秦腔》，它标志着贾平凹正式建构起了生活细节流小说形态。

在《秦腔·后记》中，贾平凹将这种生活细节流的小说形态表述为“密实的流年式的叙写”，它写的是清风街人的“生老病离死，吃喝拉撒睡”，总之是“一堆鸡零狗碎的泼烦日子”。② 贾平凹并非不擅于讲故事的情节流小说，但他在《秦腔》的写作中确实走上了《红楼梦》的生活流写实道路，虽然《秦腔》中也有基本情节，如清风街两代支书之间为农村发展道路而产生的冲突，但这种基本情节完全被淹没在夏家三代人的日常生活冲突的漩涡之中，主要是夏家的天字辈和庆字辈以及两代妯娌之间的日常生活流年中，这也就意味着小说中情节流被生活流乃至细节流所淹没，就如同《红楼梦》中的政治情节冲突完全隐没在荣宁二府的日常生活流年之中，公子小姐丫鬟们的泼烦琐碎日子成了小说叙事的主干，读者被卷入了日常生活细节流，而差不多把隐含其间的政治情节流给遗忘了。而这正是贾平凹在《秦腔》中所要追求的叙述或说话效果。在《高兴·后记

① 贾平凹．浮躁：评点本［M］．武汉：长江文艺出版社，1999：序言之二 3.
② 贾平凹．秦腔［M］．北京：作家出版社，2005：565.

(一)》里，贾平凹谈到自己五易其稿的时候说：“这一次主要是叙述人的彻底改变，许多情节和许多议论文字都删掉了，我尽一切能力去抑制那种似乎读起来痛快的极其夸张变形的虚空高蹈的叙述，使故事更生活化，细节化，变得柔软和温暖。”① 不难推想，《高兴》的原本并非现在的第一人称限知视角说话，而是那种传统的第三人称全知视角讲述，所以穿插着大量的主观说话，比如情节和议论的放纵，而修改后的定稿在视角上有严格的限制，摆脱了主观化和情节流，从而与《秦腔》生活化和细节化的路数一脉相承。《高兴》之后是《古炉》，《古炉》的写作依旧采取生活细节流式的说话，但在写实的程度上甚至超越了《秦腔》。贾平凹在《古炉·后记》中说：“什么叫写活了，逼真了才能活，逼真就得写实，写实就是写日常，写伦理。脚蹬地才能跃起，任何现代主义的艺术都是建立在扎实的写实功力之上的。”又说：“长篇小说就是写生活，写生活的经验，如果写出让读者读时不觉得它是小说了，而相信真有那么一个村子，有一群人在那个村子里过着封闭的庸俗的柴米油盐和悲欢离合的日子，发生着就是那个村子发生的故事，等他们有这种认同了，甚至还觉得这样的村子和村子里的人太朴素和简单，太平常了，这样也称之为小说，那他们自己也可以写了，这，就是我最满意的成功。”② 确实如此，《古炉》写的就是“文革”时期一个中国村庄里的一群人的一大堆泼烦日子，虽然其间也有造反派与保守派之间的政治博弈，但全然不是那种主题先行的情节流小说，古炉村的日常生活琐碎细节在文本中自然地流淌，枝枝叶叶、点点滴滴，作者“尽力使这个村子有声有色，有气味，有温度，开目即见，触手可摸”③，从而达到逼真写实的境界。

贾平凹在《古炉》中进一步将《秦腔》的生活细节流说话形态发挥到

---

① 贾平凹. 高兴 [M]. 北京：作家出版社，2007：450.
② 贾平凹. 古炉 [M]. 北京：人民文学出版社，2011：606－607.
③ 贾平凹. 古炉 [M]. 北京：人民文学出版社，2011：606.

了极致。这不由让我联想起了法国当代思想家德勒兹的“褶子”理论。德勒兹认为世界就是一个“无限的褶子”，而时常以“有限的褶痕”呈现出来。他还将褶子分为物质的重褶和灵魂中的褶子，灵魂之褶是无限的不能轻易展开的褶子，而物质之褶通常以重重叠叠的重褶的形式出现。充满了褶皱和褶痕。[①] 大千世界，到处有生活，而生活之表象形态无不由物质的重褶所构成，而生活之精神形态则隐藏着灵魂之褶皱，如果连生活的物质重褶都打不开，那就更遑论打开内在的灵魂褶皱了。我以为贾平凹在《秦腔》《高兴》和《古炉》中正在竭力打开日常生活的细微褶皱，让日常生活中不易为人所察觉的各种生活细节的褶痕敞开，生活在打褶，而作家的使命就在于解褶，不仅要解开外褶，即物质之褶，而且要解开内褶，即灵魂之褶。显然，如果一个作家丧失了解开物质之外褶的能力，他也就不可能解开灵魂之内褶，由此我们不难理会贾平凹为何如此心醉于日常生活细节流的叙写，他正是要一反中国古代传统主流写意画的技法，而以宋人张择端画《清明上河图》的艺术气魄和耐心，让当前中国乡村繁荣后破败的生活褶皱、当前中国城市中农民工底层挣扎的生活褶皱，以及“文革”时期中国农村混乱无序的生活褶皱纤毫毕现地敞开，而不同时代不同阶层的人性的褶皱和灵魂的褶皱即蕴含其中。在这个意义上，我以为 20 世纪八九十年代之交在中国文坛曾经繁盛一时的“新写实小说”意外地在贾平凹新世纪长篇小说创作中结下了丰硕的艺术果实。他以写实的画境将“新写实小说”推到了极致境界。贾平凹曾经说他的写作得益于绘画理论，他在《古炉·后记》里说道：“比如，怎样大面积地团块渲染，看似塞满，其实有层次脉络，渲染中既有西方的色彩，又隐着中国的线条，既有淋漓真气使得温暖，又显一派苍茫浑厚。比如，看似写实，其实写意，看似没秩序，没工整，胡摊乱堆，整体上却清明透彻。比如，怎样‘破笔散锋’。比如，怎样使世

---

① 德勒兹. 福柯 褶子 [M]. 于奇智，杨洁，译. 长沙：湖南文艺出版社，2001：102，149.

情环境苦涩与悲凉，怎样使人物郁勃黝黯，孤寂无奈。”① 早在18世纪，德国莱辛就在著名的《拉奥孔》里断言诗（文学）是时间的艺术，而绘画是空间的艺术。贾平凹长期痴迷于中西绘画艺术，他的小说不可避免地接受了绘画这种空间艺术的熏染，从而使其小说出现了空间化的艺术倾向。除去色彩和线条之类的不谈，诸如大面积的团块渲染，看似无序的胡堆乱摊、胡涂乱抹之类，正是贾平凹长篇小说文体美学的一大特色。而且，只有在闲聊式而不是评书式的说话体小说中，只有在说话人称和视角不断变化的日常生活细节流的密实叙写中，才便于实现这种小说叙事的空间化艺术战略。摒弃情节流也就是排斥小说的时间化，转向生活流和细节流也就是走向小说的空间化。毋宁说，贾平凹的闲聊式说话体小说及其日常生活细节流写作，是一种反时间的空间化写作，在《秦腔》和《古炉》这样的长篇大作中读者仿佛陷入了时间停滞后的静态或循环空间中，以至于有些读者和批评家因此而丧失了深度阅读的耐心，而忽视了贾平凹的这种小说说话姿态恰恰就是对我们这个高速发展、流行快餐式阅读的时代的一种艺术抵抗。

《带灯》是对《秦腔》和《古炉》在闲聊式小说说话艺术上的继承和发展。其继承主要表现在《带灯》的主体部分依旧延续了此前的日常生活细节流的叙写路数，而且在《带灯·后记》中贾平凹对这种小说方法有了进一步的体悟，他意识到自己的小说方法与当今西班牙足球的王者巴塞罗那队的相似之处。他说：“传统的踢法里，这得有后卫、中场、前锋，讲究的三条线如何保持距离，中场特别要腰硬，前锋得边跑传中，等等等等。巴塞罗那则是所有人都是防守者和进攻者，进攻时就不停地传球倒脚，繁琐、细密而眼花缭乱地华丽，一切都在耐烦着显得毫不经意了，突然球就踢入网中。这样的消解了传统的阵形和战术的踢法，不就是不倚重故事和

① 贾平凹. 古炉［M］. 北京：人民文学出版社，2011：606.

情节的写作吗，那繁琐细密的传球倒脚不就是写作中靠细节推进吗?”① 这真是奇妙的惊人联想，贾平凹居然在华丽的巴萨足球踢法中看出了自己的小说方法。二者之间确实有着惊人的相似，巴萨的艺术足球在当今世界足球堪称独步，华丽的盘带令人眼花缭乱，但同时又显得沉闷，相当于俗语云温水煮青蛙，就在大家昏昏欲睡时足球入网，而贾平凹的长篇小说说法与巴萨的足球踢法之间有着异曲同工之妙，同样是华丽繁密的翻转腾挪、靠不经意的细节而不靠抢眼的情节推进，打破了传统小说情节流模式和套路，在静静的细节流淌中悄然抵达艺术的大气象。虽然小说中也存在着家族之间的冲突和争斗，比如元家兄弟与薛家兄弟之间的利益争端乃至大规模械斗，这就如同《古炉》中也有夜家与朱家的争斗，《秦腔》中有夏天义与夏君亭之间的政治经济路线之争一样，但从艺术整体效果而言，这些重要的故事情节并没有形成时间的情节流，而是被消解在空间化的日常生活细节流的密实叙写中。比如小说中诸多小山村里和镇街上各色人等的繁琐生活的高密度描绘，各种上访事件事无巨细的还原，基层乡镇政治生活中的蝇营狗苟、纠缠内耗，都被整体纳入作者笔下的日常生活细节流之中。比较作家 20 世纪 80 年代中期的长篇《浮躁》，同样是写道家族争斗，比如金狗置身于田家和巩家之间的权力博弈漩涡中，但金狗的爱情与人生故事被纵向编织进了家族政治博弈的情节流之中，而《带灯》里的带灯则拒绝被纳入纵向的时间流中，她与元家和薛家之间的家族争斗乃至樱镇各色人等的矛盾冲突都被消解在横向的日常生活空间书写中，由此我们不难发现贾平凹 90 年代以来空间化的长篇小说文体美学与 80 年代传统型时间化的长篇小说文体的相异之处。

与《秦腔》和《古炉》相比，《带灯》也有了艺术新变。这主要表现在小说中穿插的那二十六封信上。如果说《带灯》的主体部分依旧是反情

① 贾平凹. 带灯 [M]. 北京：人民文学出版社，2013：360.

节流的生活流与细节流叙写，那么穿插其间的书信部分则是女主人公的情绪流乃至于意识流的抒写，这同样是反情节流、反时间化的空间艺术行为。与意识流相比，情绪流介于理性与非理性之间，因为西方文学中通常将意识流限定在非理性或潜意识的领域，这意味着我们通常说的意识流其实应该是潜意识流或无意识流。带灯之所以给元天亮写信，主要是为了抒发自己内心的苦闷，包括生活的苦闷和心灵的苦闷。她无法把自己作为一个乡镇基层干部的亲历亲闻事无巨细地写给元天亮，那种密实的日常生活细节流叙写已经在作品中以第三人称全知叙事的形式得以呈现，那么她在信中所要做的就是以第一人称的抒情而不是写实的方式向元天亮倾诉自己的理想和痛苦。这在小说文本结构中表现为女主人公的情绪流和意识流，带灯的二十六封信集中抒写了她的心理情绪流动或潜意识流动的过程，这种情绪流或意识流与小说主干的生活流和细节流相映成趣，相辅相成。如果说日常生活细节流主要是为了书写和拆解生活中物质的重褶，进而折射人性和灵魂的褶皱，那么日常生活情绪流或意识流的抒写则是为了直接敞开女主人公的人性和灵魂的褶子，包括内褶和外褶。贾平凹直接抒写带灯的情绪流或意识流与他整体叙写樱镇日常生活细节流一样，都是为了反抗小说的时间化，虽然带灯的情绪流或意识流的抒写中也折射了她的时间流逝的体验，但此时的物理时间已经内化为心理时间和情绪时间，即普鲁斯特所谓作为“纯粹时间”的瞬间感受，这就已经不是时间而是空间了，外在的物理时间转化为了内在的心理空间。①

（三）

中国古代白话长篇小说大抵以说话为本，无论是评书式的说话体长篇

① 弗兰克，等. 现代小说中的空间形式［M］. 秦林芳，编译. 北京：北京大学出版社，1991：15.

小说《三国演义》《水浒传》《西游记》之类，还是闲聊式的说话体长篇小说《金瓶梅》《儒林外史》《红楼梦》之类，都有人物群像结构在支撑着整部作品的艺术大厦。诚然，前一类长篇小说往往经过了一个“滚雪球”式的形成过程，归根结底可以视为集体创作，故而不难发现文本中比较松散的连缀式或组合式结构，但《金瓶梅》和《红楼梦》却是地道的个人创作，其人物群像结构丝毫不亚于前一类长篇小说，甚至还构成了对前者的艺术超越。而反观五四以来的所谓现代性的长篇小说，自《倪焕之》《子夜》以降，大都是围绕某一两个中心人物而展开，群像结构式的长篇大作并不多见，值得一提的仅有巴金的“激流三部曲”、老舍的《四世同堂》、路翎的《财主底儿女们》等少数几部，而且不难看出它们都和《红楼梦》有着不解之缘。中华人民共和国成立后盛极一时的“革命英雄传奇”，如《红岩》《铁道游击队》《林海雪原》之类，明显向中国古代评书式说话体长篇小说学习，故而也大多采用人物群像结构，虽然世易时移，但是其中许多英雄人物形象至今依旧深入人心，这也是值得我们许多一味模仿西方现代长篇小说文体者所深思的现象。改革开放以来，我们的长篇小说很少有塑造出了人物群像结构的成功之作，而这正是陈忠实的《白鹿原》长期为人所称道之处。如果说陈忠实的《白鹿原》更多受西方长篇小说影响，只是暗合了中国古代评书式说话体长篇小说的人物群像结构，那么贾平凹自《秦腔》至《带灯》，就是在明确主动地追步中国古代闲聊式说话体长篇小说的人物群像结构了。

在现代长篇小说发展过程中，继承中国古代长篇小说中人物群像结构模式具有革命性的意义。因为它打破了现代长篇小说中习见的由单一或少数主人公为叙事中心的中心人物结构模式，这种中心人物结构模式发展到“文革”就变成了后来饱受诟病的“高大全”和“三突出”人物结构模式。群像结构是一种多中心或反中心的人物结构模式，它在理论上应该与《金瓶梅》和《红楼梦》那种生活流的长篇小说相契合，而与传统的情节流长篇小说在本质上相抵牾，但由于中国古代以《三国演义》和《水浒传》为代表的情节流长篇小说大都是“滚雪球”式的集体创作或拼合成书，所以其群像结构照样也能成功，而一般作者模仿或学步之作就沦为末流，这就是诸多历史演义情节流小说虽袭用群像结构而未能成功的原因。之所以说群像结构与日常生活细节流小说在本质上相契合，是因为日常生活的原生态本应就是多中心的人物结构形态，每个人物都应是自己日常生活的中心和主人，而不应是别人的陪衬或客体。那种常见的中心人物结构模式正是对日常生活形态中多中心状态的艺术反动。法国思想家德勒兹曾提出“树状思维”与“块茎状思维”以及“树状文本”与“块茎文本”的概念，并指出“树状思维”的实质是“国家式思维”，而“块茎状思维”的实质是“游牧式思维”。① 在我看来，小说中的群像结构正是一种块茎文本结构，它强调人物的差异性和多元性，反对人物塑造中的中心主义思维和二元对立思维。而小说中的中心人物结构模式则是一种树状文本结构，也可以叫作根茎文本结构，因为埋藏在地下的根茎及其派生的根须，与生长在地上的树干及其派生的树枝树叶一样，都具有鲜明的中心主义特性。树状结构或根茎结构并非一定是单一性的线性结构，它更可能是复杂性的网状结构，但网状结构通常是中心主义结构，它坚持以某一两个人物为形象塑造中心，其他众多人物作为配角做众星捧月般的陪衬，从而形成一张人物之网，并通常与情节之网或情节之流相匹配。而块茎结构就不同了，它在理论上是严格的反中心的多元结构，因为生活就是一个巨大的块茎，块茎最大的特点就是它上面与生俱来许多生长点，在适当条件下就能多处发芽，自由生长。在这个意义上，中国古代说话体长篇小说中的群像结构其实应该成为现代中国长篇小说创作的重要资源，中国当代作家有责任对这种群像块茎结构艺术传统进行创造性的转化，而贾平凹正在自觉地进行着这种中国小

① 贝斯特，凯尔纳．后现代理论：批判性的质疑［M］．张志斌，译．北京：中央编译出版社，1999：128－133．

说传统的现代转化实践。

《废都》是贾平凹实践闲聊式说话体小说的转型之作。这部长篇的人物群像结构与《金瓶梅》如出一辙，庄之蝶对位于西门庆，牛月清对位于吴月娘，唐宛儿对位于潘金莲，柳月对位于春梅，景雪荫对位于李瓶儿，还有孟云房对位于应伯爵，汪希眠对位于花子虚之类，贾平凹几乎是把古代清河县的各色人物改头换面搬到了现代西京城里上演。与此前的社会情节流小说《浮躁》相比，同样是写情感纠葛，金狗的情感故事主要是历时态的演变，而庄之蝶的情感状态则是共时态的呈现；同样写朋友，金狗与雷大空之间是二元对立的人物结构，雷大空是用来反衬金狗的，而西京城的“四大名人”设置，汪希眠、龚靖元、阮如非本来是可以不作为庄之蝶的陪衬而存在的，只可惜作者没有写出另三个“名人”的各自性格深度来，也就是说《废都》的人物群像结构并不是立体化的浮雕群像，与多位女性人物相比，小说里的众多男性人物，除庄之蝶外，大都比较扁平化，这就等于是把《金瓶梅》中的人物群像块茎结构变成了以庄之蝶为中心的网状结构了。《白夜》写的是西京城的一群“社会闲人”，和《废都》一样采用人物群像结构，但最终也沦为了人物网状结构而没有达到人物群像块茎结构的境界。《土门》在人物群像塑造上存在着和《白夜》同样的问题，除了梅梅和成义之外，其他各色人等也很难给读者留下深刻印象。《怀念狼》的理念化和意象化倾向过于明显，人物塑造更是中心主义思维，基本上围绕“我”和猎人傅山展开，思想大于形象。《病相报告》虽然借用多角度第一人称叙述，但属于典型的人物群像结构，这种让每一个人物都以自己的身份和口吻说话的方式，更接近于所谓人物群像块茎结构，让每一个人物形象都在作者搭建的生活平台或艺术空间中自然地生长和表现。胡方作为男主人公并未遮蔽其他男女人物各自独立存在的艺术形象。所以《病相报告》属于德勒兹意义上比较典型的块茎文本，它遵循的是“游牧式思维”，即非中心的发散式思维，而不是中心主义的“国家式思维”。《高老庄》也属于人物群像块茎结构，大学教授高子路、后妻西夏、前妻菊娃、厂长王文龙、园主蔡老黑，还有苏红、子路娘、迷糊叔、顺善、庆来，各色人等都塑造得栩栩如生，作者没有在所谓男女主人公与其他人物形象之间顾此失彼，不管各自在文本中所占篇幅大小如何，他们都在属于自己的艺术生活空间中自由地生长和表现，这就是游牧式的思维和块茎化的文本结构。可以说，《高老庄》是《废都》与《秦腔》之间的艺术桥梁。《废都》之后，贾平凹的长篇小说文体探索有过迷惘和挫折，但《高老庄》是通往《秦腔》的艺术界碑。

以《秦腔》为标志，包括《高兴》《古炉》和《带灯》在内，贾平凹正式全面确立了长篇小说人物群像块茎结构方式。在《高兴·后记（一）》里，贾平凹这样写道：“原来的书稿名字是《城市生活》，现在改成了《高兴》。原来是沿袭着《秦腔》的那种写法，写一个城市和一群人，现在只写刘高兴和他的两三个同伴。原来的结构如《秦腔》那样，是陕北一面山坡上一个挨一个层层叠叠的窑洞，或是一个山洼里成千上万的野菊铺成的花阵，现在是只盖一座小塔只栽一朵月季，让砖头按顺序垒上去让花瓣层层绽开。”① 贾平凹在这里谈到了《秦腔》与《高兴》的人物结构差异，《秦腔》是写一群人，而《高兴》是写几个人。《秦腔》的人物结构如同陕北山坡上层层叠叠的窑洞群，如同陕北山洼里成千上万的野菊阵，每一个人物如同一孔窑洞、一朵野菊花，尽管他们外形上有大小，在文本里的篇幅有差异，但他们都是独立的艺术生命个体，在文本结构中享有不可替代的地位。不管是夏家的天字辈（天仁、天义、天礼、天智），还是庆字辈（庆金、庆玉、庆满、庆堂等），抑或媳妇妯娌们（淑贞、菊娃、竹青、梅花等），还有引生、君亭、上善、秦安、武林、三踅、黑娥和白娥等众多人物，他们并没有被夏风和白雪这一对怨偶形象及其爱情故事所冲淡或遮蔽，

---

① 贾平凹. 高兴［M］. 北京：作家出版社，2007：449－450.

而是在整个清风街的艺术生活空间里自由生长，且生长出各自的性格风采来。这就是大规模的人物群像块茎结构的艺术魅力，如同层层叠叠的窑洞一样密实恢宏，如同漫山遍野的花团锦簇一样绚烂辉煌。《古炉》的人物群像结构与《秦腔》如出一辙，尽管两部作品的题材不同，《秦腔》叙写的是中国农村改革进入深水区后所发生的乡村溃败景象，《古炉》叙写的是十年浩劫期间中国农村的混乱世象，但《古炉》沿袭了《秦腔》的人物群像块茎结构，且在规模上有过之而无不及，《古炉》可以说是贾平凹精心倾力构筑出的又一个大型艺术窑洞群像或山村野花方阵。婆、狗尿苔、秃子金、水皮、牛铃、夜霸槽、杏开、天布、朱大柜、马勺、老顺、麻子黑、朱满盆、善人、戴花、面鱼儿、守灯、迷糊、欢喜、黄生生、灶火、磨子、铁拴、来回、长宽、马卓，这一连串的充满山野气息的人物如同漫山遍野的无名花朵向读者扑面走来，带着山野的温度和灵性，各自或卑微或勇猛或隐忍或刚愎地活着，蠕动在那个特殊政治年代的山村舞台上。他们各自的生存状态与政治有着或显或隐、或深或浅的关系，但他们独立的艺术生命并未被政治话语和宏大叙事所湮没，相反，小说中的政治宏大叙事情节流被切割或消解于这众多人物的日常生活细节流之中。夜霸槽和朱大柜毫无疑问是这部作品中最重要的人物，但你却不能因此而忽略其他大大小小的各色人物的艺术生命价值。这就如同贾宝玉、林黛玉和薛宝钗是《红楼梦》中当仁不让的主要人物角色，但读者却无法忽略大观园中其他众多小姐和丫鬟的艺术生命一样，因为他们都是《红楼梦》人物群像块茎结构中不可或缺的艺术生命体。这样说并不意味着我认为《古炉》和《秦腔》就达到了《红楼梦》的水平，我只能说贾平凹行进在通往中国古典小说传统制高点的艺术大道上，并取得了让同代人羡慕的艺术成就，但如何让人物群像块茎结构生长出枝繁叶茂的艺术大树来，让作品中生长出更多更有深度的艺术典型人物形象来，这是摆在贾平凹面前的一道艺术难题。

虽然《高兴》只写了刘高兴、五富、黄八、石热闹、杏胡夫妇、孟夷纯这为数不多的几个农村人物在城市里的日常生存状态，人物的数量和规模远远比不上《秦腔》和《古炉》，但《高兴》同样属于人物群像块茎结构。人物群像结构究竟是根茎结构派生的网状结构，还是块茎结构，不在于人物形象数量多寡，关键是看在特定的人物形象群体中多数艺术生命个体是否拥有独立地位，是否有少数艺术生命个体成为了文本结构的绝对中心，而其他人物则沦为了对中心人物形象的艺术陪衬。所以人物群像块茎结构是一种民主型的文本结构，而人物形象根茎结构是一种专制型的文本结构，至于人物形象网状结构则介于二者之间，它表面上接近于块茎结构而实质上属于根茎结构的派生物或复杂形态。贾平凹在《高兴・后记（一）》中一开头就说他在家里正读《西游记》，突然刘高兴的生活原型刘书桢闯进门来拜访，这一细节值得回味，因为《高兴》的人物群像块茎结构正是脱胎于《西游记》。《西游记》里唐僧、孙悟空、猪八戒、沙和尚师徒四人去西天取经，与《高兴》中刘高兴与五富、黄八、石热闹、杏胡夫妇一起在城市拾破烂谋生，事件的性质虽然相距霄壤，但人物的结构却是相同的，只不过《西游记》里遇到了太多的妖魔鬼怪，而《高兴》中偏偏也出现了一个孟夷纯，在叙述功能上略近于白骨精或玉兔精之类。《西游记》是小型的人物群像块茎结构，《红楼梦》是大型的人物群像块茎结构，这就如同《秦腔》和《古炉》走的是大型块茎文本之路，而《高兴》走的是小型块茎文本之路。明眼人还会发现，《高兴・后记（二）》题名《六棵树》，文章依次写了故乡的皂角树、药树、楸树、香椿树、苦楝树、痒痒树，每一棵树都有自己附着的故事，彼此独立而不能替代，它们都在故乡的土地上生长，而这正是《高兴》中几个主要人物形象组成的艺术群像块茎结构的隐喻。

中国古代长篇小说中往往都是英雄人物群像或贵族人物群像的块茎结构，而现代中国长篇小说中更注重塑造日常生活中的小人物或普通人的人物群像块茎结构。《秦腔》《高兴》和《古炉》中的小人物群像块茎结构正是在这个意义上凸显出了它的文体史价值。《带灯》显然也属于这种小人物群像块茎结构。它包括三个小人物形象系列：一个是由带灯、竹子、书记、马副镇长、白仁宝、侯干事、刘秀珍等组成的基层乡镇干部系列；一个是由元家兄弟（元黑眼、元斜眼、元老三）、薛家兄弟（拉布、换布）、曹老八、张膏药、陈大夫、马连翘等组成的樱镇小镇人物系列；一个是由分布在各村寨的带灯的“老伙计”（如刘慧芹、六斤、陈艾娃、李存存、范库荣等）、“十三个妇女”（丈夫都在大矿区染病），还有一些“老上访户”（王后生、杨二猫、朱招财、王随风等）组成的村寨人物系列。这三个小人物形象系列都生存在一个正在走向现代城镇化的中国乡镇——樱镇的土地上，他们之间彼此联结，编织成网，但这是生活之网而不是情节之网，因为维系整个文本的是众多小人物的日常生活细节流而不是一环套一环的故事情节流。虽然小说以带灯的名字为题，但此题实际上是一个巨大的隐喻，它隐喻了当前中国现代化进程带灯前行的处境，故而作为人物形象的带灯并非小说中绝对的主人公或中心人物形象。毋宁说，带灯这个人物更像是一个参与到小说的整体情境之中的叙述者或者说话人。小说中竹子、马副镇长、元家兄弟、薛家兄弟、“老伙计”、“老上访户”的形象都不是带灯所能代替或遮蔽的，甚至有些人物在完整性和深刻性上还超过了带灯。这正是人物群像块茎结构的艺术妙处，它能促使作家更客观公平地塑造笔底下的各色人物形象，而不是出于对个别人物的迷恋而写作。由此可以发现，人物群像块茎结构实际上大大地拓展了小说的话语空间。如果说从《废都》到《带灯》，贾平凹走向了闲聊式的说话体，走向了日常生活细节流，实现了贾氏长篇小说从时间化到空间化的艺术转变，那么，从《秦腔》到《带灯》，贾平凹进一步通过人物群像块茎结构而实现了其长篇小说的空间化转型。

（四）

自《废都》到《带灯》，贾平凹要复活的就是中国古代说话体小说传统，当然是那种闲聊式的而不是评书式的说话体小说传统，因为正是在这种闲聊式的说话体小说传统中隐含着现代性的文体资源。中国古代说话体小说无论评书式还是闲聊式，都同时受到了中国古代诗文传统的影响，准确地说，是受到了中国古代史传文学与诗赋文学的影响。相对而言，评书式说话体小说更多地受史传文学中正史和野史的双重影响，诗赋文学不过是作为艺术点缀品而存在，而闲聊式说话体小说更多地受史传文学中民间化和个人化的野史的影响，由此诗赋文学也不再是附庸而是作为内在的精神底蕴而存在。前者以《三国演义》和《水浒传》为代表，后者以《金瓶梅》和《红楼梦》为代表，这种文体影响是看得比较分明的。到了现代中国小说发展史中，尽管明显受到了西方现代文学传统的影响，但欧洲汉学家普实克认为中国古代文学的两大传统——“抒情”与“史诗”或曰主观与客观，依旧潜在地制约着中国现代作家的文学包括小说创作。① 陈平原则更准确地提出“史传”传统与“诗骚”传统共同制约着中国小说叙事模式发生现代转变的论断。② 虽然所用概念不一，但大体意思相同，即现代中国小说除受西方影响外，还受到了中国传统的“史”与“诗”的双重影响。

就贾平凹的闲聊式说话体小说而言，它直接源自于《金瓶梅》和《红楼梦》的说话传统，因此，如同曹雪芹在骨子里是诗人而又有民间历史书写冲动一样，贾平凹也有“史”与“诗”的双重文体追求，他的小说文体同时受到了客观历史书写与主观诗歌抒情的双重渗透。在《高兴·后记

① 普实克. 抒情与史诗：中国现代文学论集［M］. 郭建玲，译. 上海：上海三联书店，2010：序言 2－4.

② 陈平原. 中国小说叙事模式的转变［M］. 北京：北京大学出版社，2003：209.

(一)》中，贾平凹这样谈到自己的创作意义："我掂量过我自己，我可能不是射日的后羿，不是舞干戚的刑天，但我也绝不是为了迎合和消费去舞笔弄墨。我这也不是在标榜我多少清高和多大野心，我也是写不出什么好东西，而在这个年代的写作普遍缺乏大精神和大技巧，文学作品不可能经典，那么，就不妨把自己的作品写成一份份社会记录而留给历史。"① 正是在这种为将来的历史保留社会记录和社会档案的驱动下，贾平凹写了《高兴》，写了几个卑微的农民在现代城市中拾垃圾的尴尬生存状态。这是野史而不是正史，正史是不会接纳这群卑微的底层人物的个人生活史的，但贾平凹以客观精细的笔触，冷静地书写了这一群底层人物的日常生活细节流，用文学的方式存史，这是现在和以后的正史书写所无法替代的民间文字。《高兴》是如此，《废都》也不例外。当年《废都》招致大量误解和诋毁，如今看来，这部作品大胆而真实地书写了商品经济时代来临后中国知识分子的生活和精神的双重溃败史，可谓为20世纪八九十年代之交转型时期中国知识界立史存照。这也是正统的当代史家所不会触及的历史侧影。《废都》令人想起《金瓶梅》，而《金瓶梅》正可以看作是为明代中期社会商业化和世俗化历史潮流书写的一部无可替代的鲜活的民间野史。当代庄之蝶的沉沦在某种意义上比明代西门庆的堕落更令人绝望，因为西门庆是商人豪强的堕落，而庄之蝶是文化人或知识分子的沦丧。《秦腔》的写作也有巨大的民间历史书写冲动在驱使，贾平凹坦言写《秦腔》就是为了替自己行将消失的故乡"树起一块碑子"。② 而所谓碑子，正是历史纪念碑之意。不过不是官方的庙堂纪念碑，而是民间的被岁月风雨所剥蚀的残缺纪念碑。《秦腔》中那种传统大家族的日常伦理的消逝写得细腻而有力度，力透纸背，贾平凹为最后的中国乡村立史的文学理想基本达到了。《古炉》则是为"文革"留下了一份属于贾平凹的个人化历史书写记录。作为那段历史的亲历者，

---

① 贾平凹. 高兴［M］. 北京：作家出版社，2007：440.

② 贾平凹. 秦腔［M］. 北京：作家出版社，2005：563.

贾平凹在三十多年后以一种历史旁观者的视角加以叙写，他不仅写了自己一个人的“文革”记忆，而且也浓缩了一个民族的“文革”记忆。而记忆就是历史，对于作家而言，个体的记忆比集体的历史更加可靠，更加真实。至于《带灯》，贾平凹同样有着为民间存史的冲动，通过书写樱镇一群乡镇干部在社会综合治理过程中所遭遇到的形形色色的中国农民群像，作者把属于我们这个时代独特的社会政治现象——“维稳”和“信访”作了文学意义上的实录，这使得这部作品具备了文学之外的社会学、政治学、历史学、文化学的意义。尤其值得注意的是，贾平凹在《废都》以至《带灯》的长篇小说创作历程中，为了增强小说的历史感，经常采集大量的民歌民谣、奇闻轶事、笑话段子、野史方志、残碑断简、地方曲艺之类穿插其中，《带灯》里甚至还少量穿插政府公文、领导计划、会议记录、工作日记之类，不仅没有显得生硬和不协调，反而经过作者的艺术剪裁后呈现出别一副艺术笔墨的味道。这是一种大胆的文体杂糅，既增添了作为小说的说话的谐趣，也强化了闲聊式说话体小说的历史感。甚至我们还可以发现，贾平凹写《高兴》和《带灯》的时候，是抱着明确的为两个认识的生活原型立传的冲动而写作的，这是典型的纪传体历史书写思维，但作家并没有停留在为喜爱的生活原型立传的层面上，而是继承了中国古代人物群像块茎结构的叙事模式，塑造出立体鲜活的小人物群像来，这样为小人物群体立传的文学诉求，确实值得尊重。

除了历史冲动和历史的文体渗透，贾平凹的长篇小说系列中还存在着抒情冲动和诗赋的文体渗透。关于贾平凹小说创作受到诗歌的影响，这是个老话题了。贾平凹最初就是写诗出身，由作诗而写小说，小说里不可避免会有诗的内质在起作用。读《废都》，读者不难从小说中那头奶牛哲学家的身上体味到哲理诗的悲苦与哀伤，那是深陷现代城市的庄之蝶内心中无法返回传统乡村诗意生活的悲伤。读《怀念狼》，读者不难把这部长篇当作现代人寻找野性家园而不可得，由此发出的绝望的哀鸣，这同样是诗性的调子。读《秦腔》，读者更能体味到这是一首忧伤的长篇乡村歌谣，秦人秦腔撕心裂肺的吼叫夹杂着无望的情绪在回荡，《秦腔》由此成为了一曲荡气回肠的当代乡村历史挽歌。读《带灯》，读者从女主人公带灯的那二十六封情意绵绵、充满诗情画意的信中不难体会到作家胸中那难以遏制的抒情冲动。然而，正如贾平凹在《带灯·后记》里说到的那样，写《带灯》，作者既“喜欢《离骚》”，又“兴趣了中国西汉时期那种史的文章的风格”。① 如果说文本中带灯的自我倾诉属于中国古代诗骚传统使然，那么作为文本主体的樱镇日常生活细节流的密实叙写，中间穿插直白肯定的简练文字，就属于作者向西汉史家致敬的笔法了。“史家之绝唱，无韵之离骚”，这是鲁迅对太史公《史记》史中有诗的高妙评价。反过来，曹雪芹的《红楼梦》完全担当得起诗中有史的定评。贾平凹所憧憬的正是让“史”与“诗”在小说中交融的艺术境界。这使得他的多数长篇虽然以虚构为本，但其“说话”既有诗性又有史感。然而遗憾也不是没有，贾平凹依旧未能抵达“诗”与“史”、主观与客观、精神与物象、形而上与形而下，也即虚与实交融的艺术胜境。他曾说：“生活如同是一片巨大的泥淖，精神却是莲日日升起，盼望着浮出水面开绽出一朵花来。”② 但那朵圣洁的艺术莲花何时才能出现呢？他还说过：“生活有他自我流动的规律，日子一日复一日地过下去，顺利或困难都要过去，这就是生活的本身，所以它混沌又鲜活。如此越写得实，越生活化，越是虚，越具有意象。以实写虚，体无证有，这正是我把《怀念狼》终于写完的兴趣所在啊。”③ 但《怀念狼》这部精致的小长篇毕竟未能抵达虚实相生、有无相通的艺术境界，和后面的《秦腔》与《古炉》相比，艺术格局毕竟狭窄，虚过于实，做精神升腾的地气是不足的。《古炉·后记》里有一段话说得很是灵妙：“写实并不是就事说事，为写实而写

① 贾平凹．带灯［M］．北京：人民文学出版社，2013：361．

② 贾平凹．高老庄［M］．西安：太白文艺出版社，1998：415．

③ 贾平凹．怀念狼［M］．北京：作家出版社，2000：271．

实，那是一滩泥塌在地上，是鸡仅仅能飞到院墙。在《秦腔》那部书里，我主张过以实写虚，以最真实朴素的句子去建造作品浑然多义而完整的意境，如建造房子一样，坚实的基，牢固的柱子和墙，而房子里全部是虚空，让阳光照进，空气流通。”① 平心而论，《秦腔》和《古炉》的虚实有无艺术达到了当今中国文学所不曾抵达的胜境，但离贾平凹所心仪的《红楼梦》毕竟还有距离，这两部大书依旧存在着实过于虚或虚过于实的问题。

① 贾平凹．古炉［M］．北京：人民文学出版社，2011：607.

第五章 | ◆

迟子建与中国长篇历史小说传统的重建

在迟子建30余年的小说创作历程中，长篇小说《伪满洲国》无疑占有举足轻重的地位。这不仅因为它是迟子建迄今为止篇幅最长、规模最大的作品，更重要的原因在于，我们看到了迟子建在这部长篇小说创作中试图重构中国历史小说叙事传统所取得的艺术实绩。这部60余万字的长篇巨著最初落笔于1998年4月12日，最终改定于2000年1月16日，虽然实际写作时间不到两年，但最早的创作动机却是萌发于作者20世纪80年代末在北京鲁迅文学院求学时期，可谓酝酿已久。只不过那时的迟子建对伪满洲国的那段历史所知甚少，故而写作动机很快被湮没和冲淡，直到1990年底作者赴日本东京访问期间，由于受到一位曾经参与过伪满新闻报道工作的日本老者的言语刺激，迟子建书写伪满洲国历史的创作冲动才不可遏制地再度强烈起来。为了使心中的艺术雏形得到孵化，迟子建在接下来的七年时光里想尽一切办法搜罗有关伪满洲国的历史资料加以咀嚼和消化，直到1998年迎春初放之际，作者觉得心中的艺术意象愈益丰满，呼之欲出，才正式开启了这部长篇历史小说的写作。① 在中国古代小说史上，以《三国演义》《水浒传》为代表的长篇“讲史”作品早已确立了经典的历史叙事规范，往往根据特定朝代或地方政治集团的史实加以敷衍铺展，区别仅仅在于纪实与虚构的比例差异，故有历史演义的陈说流传至今。近人蔡东藩在1916—1926年间还曾集中推出过《历朝通俗演义》十一种，从秦汉史一直演义到清末民初，惜乎“太实则近腐”（明谢肇淛《五杂组》十五），反不如《三国演义》“七实三虚惑乱观者”（清章学诚《丙辰札记》）更有艺术的魔力。② 显然，迟子建的《伪满洲国》可视为关于民国年间伪满洲国的一部历史演义，但小说中的虚实比例并非《三国演义》式的“七实三虚”，反而更接近于《水浒传》式的以虚为主和虚实相生艺术。不仅如此，迟子建的这部长篇历史小说还受到了以沈从文的《边城》和萧红的《呼兰河传》为代表的中国现代地方志小说或抒情小说叙事传统的影响③。但不同于现代文学前辈的是，迟子建不仅仅满足于日常性、抒情性、地方性的小叙事，而是将其纳入全局性、整体性的宏大历史叙事框架中，并且灌注了现代人性人道主义的精神血液，这就为古老的中国历史小说叙事传统的复活或再生提供了新的艺术形态，值得我们展开深入的艺术探究。

（一）

迟子建构思和写作《伪满洲国》是在20世纪80年代后期至90年代末期，那时的中国文坛正逐步兴起所谓“新历史小说”创作潮流，终至蔚为大观。但迟子建始终不肯依附文学时尚，尽管她也感知到了新历史小说时

---

① 迟子建．伪满洲国：下［M］．北京：作家出版社，2004：1 043－1 044.

② 参阅鲁迅《中国小说史略》中的论述，此处反其意而用之。（参见：鲁迅．鲁迅全集：第9卷［M］．北京：人民文学出版社，1981：129.）

③ 作为萧红的当代小说艺术传人，迟子建对萧红十分推崇。（参见：迟子建．年画与蟋蟀：迟子建散文［M］．杭州：浙江文艺出版社，2014：131－136.）

潮的侵袭，然而她无意于束手就范，比如像许多先锋小说家那样以叙述游戏的姿态消解历史，或者像时兴的历史小说家那样以文学商业化的策略消费历史，这两种历史小说叙事模式都带有剑走偏锋的色彩，与其说是为了还原历史，还不如说是为了颠覆历史。作为土生土长的东北人，面对着自己土地上曾经发生过的那一段伪满屈辱史，迟子建是无法以游戏或商业姿态去讲述那段特殊的中国史的，相反，她在创作中秉持着纯文学的严正历史立场，试图以民间的日常生活叙事和现代的人性人道主义精神还原伪满洲国的历史现场。此时的她不得不求助于中国古典的长篇历史演义小说叙事传统，虽然外在的章回体叙事框架可以弃置不用，但在纪实与虚构的艺术配置比例上却有着不可忽视的借鉴与传承意义。于是我们看到，与《三国演义》那种“七实三虚”的艺术资源配置不同，《伪满洲国》这部历史演义反其道而行之，大约是“三实七虚”的艺术格局。小说中关于伪满洲国的历史大事件无疑是严格合乎史实和正史记载的，从 1932 年伪满洲国成立到 1945 年伪满洲国垮台，作者严格依时序编年叙史，诸如日俄政治力量在伪满洲国的博弈，国共两党政治力量在伪满洲国的争夺，日美太平洋战争对伪满洲国时局的影响，乃至于具体的重要历史人物，如溥仪、溥杰、婉容、谭玉龄、李玉琴、陈曾寿、郑孝胥等伪满宫廷人物系列，吉冈安直、甘粕正彦、岸谷隆一郎、李香兰、川岛芳子等日伪人物系列，杨靖宇、周保中、程斌（后叛变）等东北抗日联军将领系列，其人其事无不大体合乎史实，无乖乎正史叙述。但这些真实的历史人物和历史事件在全部小说篇幅中所占的比例并不高，相对于作者虚构的众多民间底层人物群像而言，真人真事不过是这部当代历史小说接续传统历史演义叙事模式的前提而已，小说中更多的还是“真人假事”（如对真实历史人物生活细节的还原），“假人真事”（如日本医生抓捕中国人做人体细菌实验）或“人事两假”（小说中虚构的大量的民间小人物生活命运)①。这说明，《伪满洲国》的艺术资源配置更接近于《水浒传》而非《三国演义》，真实的历史人物和历史事件不过是作家铺排和演绎大历史的“楔子”或“语境”而已，这就如同《宋史》中关于宋江农民义军的记载不过是《水浒传》的叙事源头一样，正史成了野史的艺术渊薮，小说也就成了所谓“讲史”，即历史演义。

众所周知，中国古代长篇历史演义小说的成书方式不外乎两种：一种是以《三国演义》为代表的“滚雪球”式累积，大体遵循历史时序讲述历史故事，小说中有比较清晰的历史年份或年号变迁的时间轨迹，基本上可以归结为“准编年体”历史演义。再一种是以《水浒传》为代表的“聚合式累积”②，年份或时序痕迹不明显，主要依靠不同的人物故事板块拼合连缀而成，这就形成了比较典型的“准纪传体”历史演义。前一种是偏重于历时性叙事的时间型小说结构，后一种是偏重于共时性叙事的空间型小说结构。这两种小说结构方式分别反映了中国古代两种历史叙事模式——编年体与纪传体——对中国古典历史演义小说叙事的影响。进入现代中国长篇历史小说创作进程中以后，在现代线性时间观念的冲击下，由于普遍追求整体性叙事和单体式结构，连缀式的“准纪传体”历史小说模式逐步被抛弃，整体式的线性“准编年体”历史小说比较多见，而迟子建的《伪满洲国》的文体美学意义在于，它不仅大胆地直接采用了“纯编年体”结构作品，而且在“纯编年体”的外部结构内又依靠“准纪传体”的内部结构展开叙事，由此实现了编年体与纪传体这两种历史叙事模式在当代中国历史演义小说中的立体复活。据这部作品的外部结构来看，全书共分为14章，每一章的题目以大写的公元纪年标示，同时附以中华民国、日本国和伪满

① 茅盾. 茅盾评论文集：下［M］. 北京：人民文学出版社，1978：209.
② 石昌渝. 中国小说源流论［M］. 北京：生活·读书·新知三联书店，1994：319.

洲国的年号①表明特定的历史语境，这样就使全书形成了一部“伪满洲国编年史”的外部述史结构，十分明显地体现了作者有意借鉴《春秋》《左传》《资治通鉴》的历史编年体叙事意图。应该说，像这种“纯编年体”构架在中国从古至今的历史演义小说中都是比较鲜见的，一般都习惯于采用“准编年体”的历时叙史框架，由此可见迟子建在当代历史小说创作中有意复活编年体结构的艺术雄心。毫无疑问，《伪满洲国》的这种纯编年体标目的做法取得了出人意料的艺术效果，它使这部当代长篇历史小说平添了许多历史的庄严感、真实感和现场感，虽然是虚构的小说作品，但其真实性和历史感是不可拒绝的，直接给读者营造了一种阅读信史的艺术氛围。

采用纯编年体的《伪满洲国》共分三部，依年叙事，上部包含第一至五章，讲述了伪满洲国建立初期从宫廷到市井的社会众生相。其中，第一章“一九三二年（民国二十一年/昭和七年/大同元年）”围绕着伪满洲国的成立和日寇制造的平顶山血案展开历史叙事，第二章“一九三三年（民国二十二年/昭和八年/大同二年）”围绕日寇在所谓新满洲建立移民开拓团的军事扩张政策展开历史叙事，第三章“一九三四年（民国二十三年/昭和九年/大同三年/康德元年）”围绕日寇对溥仪的伪满宫廷的控制展开历史叙事，第四章“一九三五年（民国二十四年/昭和十年/康德二年）”围绕伪满宫廷内部矛盾和伪满政府实行“归屯并户”政策并建立集团部落而展开历史叙事，第五章“一九三六年（民国二十五年/昭和十一年/康德三年）”围绕日寇对伪满宫廷的加强控制和南满抗日游击队的军事斗争展开历史叙事，其间还写道了鲁迅逝世和西安事变给伪满时局和社会各界造成的影响。《伪满洲国》的中部包括第六至十章，集中讲述抗战全面爆发后被日寇全面加强控制的伪满洲国的社会众生相。第六章“一九三七年（民国二十六年/昭

① 其实《伪满洲国》每章标题中所附的三个叙事年号分别指向三个国家或政权，即中华民国、日本国和伪满洲国，这使得这部长篇历史小说在政治叙事框架上有些类似于《三国演义》的魏、蜀、吴集团，三者之间展开政治博弈，但必须看到，涉及中华民国中各种政治力量时，作者是以中国共产党领导的东北抗日联军为主，国民党地下特工为辅。

和十二年/康德四年)”主要围绕卢沟桥事变后伪满洲国的政治局势展开历史叙事，第七章“一九三八年（民国二十七年/昭和十三年/康德五年)”主要围绕南京大屠杀后日寇在伪满实行“人圈”政策和细菌实验展开历史叙事，第八章“一九三九年（民国二十八年/昭和十四年/康德六年)”主要围绕日寇操控溥仪的伪满政权和在伪满实行慰安妇政策而展开历史叙事，第九章“一九四〇年（民国二十九年/昭和十五年/康德七年)”主要围绕东北抗日联军总司令杨靖宇将军之死展开历史叙事，第十章“一九四一年（民国三十年/昭和十六年/康德八年)”主要围绕日满映画协会的文化殖民战略和日军内部反战情绪而展开历史叙事，以此揭示伪满洲国已进入风雨飘摇阶段。这部长篇历史小说的下部包含第十一至十四章，集中讲述伪满洲国的崩溃史与社会众生相。第十一章“一九四二年（民国三十一年/昭和十七年/康德九年)”主要围绕太平洋战争爆发后日寇七三一细菌实验部队的丧心病狂和东北抗日联军与苏军进行战略合作准备进入反攻而展开历史叙事，第十二章“一九四三年（民国三十二年/昭和十八年/康德十年)”主要围绕日寇实施的日满亲善政策与伪满皇宫内部的腐朽堕落而展开历史叙事，第十三章“一九四四年（民国三十三年/昭和十九年/康德十一年)”主要围绕日寇变本加厉的集中营管理和惨无人道的人体细菌实验而展开历史叙事，表明伪满洲国已到崩溃边缘，直至最后第十四章“一九四五年（民国三十四年/昭和二十年/康德十二年)”，集中讲述伪满洲国史的正式落幕和此间社会各界众生相。应该说，迟子建的这部长篇历史小说的创作是建立在她对伪满洲国史的客观而深入的历史把握基础上的，她在小说的编年章节中所选择并反映的重大历史事件或历史背景是无乖史实的①，由此我们可以清晰地看到迟子建创作一部《伪满洲国演义》的叙事意图，这是她对养育自己的那片东北黑土地的最好的艺术报答。

---

① 姜念东，等．伪满洲国史［M］．长春：吉林人民出版社，1980.

然而，仅仅采用以重大事件为中心的纯编年体进行历史小说叙事毕竟还是显得庄严有余而灵动不足，为此，迟子建在《伪满洲国》的内部叙事结构上又做了新的处理，即以多人物、多场域、多中心的“准纪传体”的述史方式展开空间化叙事，以此打破纯编年体的时间化叙事所带来的艺术限制。曾经有西方汉学家认为中国古典长篇小说缺乏“时间化”的有整体感的艺术结构，而盛行“空间化”的“缀段性”的组合结构①，这种观点并不符合中国古典小说创作的实际情形，因为我们不仅有《水浒传》式的“准纪传体”空间组合小说叙事模式，也有《三国演义》式的“准编年体”时间整合小说叙事模式，甚至还有二者相交叉的情形出现，这两种历史时空叙事模式各有侧重，代有传承，不绝如缕。不难看出，迟子建的《伪满洲国》就属于两种时空模式交叉融合的情形，这不仅是对中国古代长篇小说叙事传统的继承和激活，更是对中国古代长篇历史小说时空观念的改造与重构。在《伪满洲国》全部 14 章的 14 个年份的纯编年体历史叙事中，作者把每一章的每一个年份的历史叙事分解成 6 节（只有第一章和第五章是分解成 7 节），而且每一节都属于相对独立完成的历史叙事片断，它们“缀段性”地组合在一起，构成了每一章的历史纪年叙事，可见作者是有意识地将历时性或时间化叙事转化或拆解成了共时性的空间化叙事形态。比如在第一章中，第 1 节主要讲述王金堂和吉来祖孙俩的故事，第 2 节主要讲述王小二暗恋王美莲（吉来的姑姑）的故事，第 3 节主要讲述王亭业和郑家晴参加读书会的故事，第 4 节主要讲述谢子兰（王小二外甥女）的家庭亲友故事，第 5 节主要讲述王恩浩（吉来的父亲）开当铺的故事，第 6 节主要讲述导致王美莲等人惨死的平顶山血案，第 7 节主要讲述溥仪和婉容的伪满皇宫故事。其中，第 1 ~ 3 节的故事发生地是伪满首都新京/长春的市区，第 4 节的故事发生地是哈尔滨，第 5 节的故事发生地是奉天/沈阳，第

① 浦安迪. 中国叙事学 [M]. 北京：北京大学出版社，1995：60 - 61.

6节的故事发生地是抚顺/平顶山，第7节的故事发生地是长春/皇宫。这说明，在小说第一章的编年纪事中，不仅是分头绪的多中心和多人物叙事，而且是多处四散发生的多场域叙事，包括长春、哈尔滨、奉天等在内的东三省主要场域都已初步出现在了第一章中，作者从一开始就发散性地分镜头聚焦伪满洲国的不同场域，仅从地域的更迭上就不难看出这部长篇历史小说的空间化叙事诉求。不仅如此，我们从多人物和多头绪叙事中同样可以发现这种空间化叙事的努力，作者是通过7个不同的故事或场景的组合来完成关于1932年伪满洲国成立之年的历史叙事。这是一种散点透视的叙事方式，在中国古代连缀组合式小说如《水浒传》《儒林外史》等中所见甚多，同时这也是一种西方所谓的蒙太奇叙事方式①，第一章中的7节每一节都相当于一个镜头，这些镜头之间除了存在着所谓最强烈的“冲突”或“撞击”② 性的联结关系之外，也存在着平行、交叉、层递、陪衬等多样化的联结关系，但正如爱森斯坦所说，“两个蒙太奇片段的对列不是二者之和，而更像是二者之积”，因为它们之间“必然结合为一个新的概念，由这一对列中作为一种新的质而产生出来”③。这意味着，《伪满洲国》第一章中的7节或镜头通过作者的有效剪辑、拼接或组合，它所产生的历史叙事力量，要比单一的人物或情节构成的中心主义叙事模式大得多。第一章如此，其他13章亦然，迟子建激活中国古代小说空间化叙事传统的努力可见一斑。

如果说迟子建的《伪满洲国》仅仅是展示同一个空间中的多个人物的生活片段场景的组合，那么它在叙事时空结构上也就并未超越前辈萧红的《呼兰河传》；同理，如果《伪满洲国》仅仅是将不同空间中的多个人物的叙事单元板块拼合在一起，那么它也无法实现对《水浒传》的结构性超越。《伪满洲国》叙事结构的卓越之处就在于，它用外在的编年纪事结构贯穿了

① 迟子建多次表达对电影的喜爱，可参阅《两个人的电影》。（迟子建．迟子建散文［M］．杭州：浙江文艺出版社，2009：64－66.）

② 爱森斯坦．蒙太奇论［M］．富澜，译．北京：中国电影出版社，1998：459.

③ 爱森斯坦．蒙太奇论［M］．富澜，译．北京：中国电影出版社，1998：264－265.

内在的人物空间组合结构，从而实现了编年体与纪传体、时间型与空间型相结合的立体叙事形态。用迟子建自己的话来说，这是一种“海洋”型的长篇小说，它不同于“溪流”型的短篇小说，也不同于“江河”型的中篇小说，“海纳百川，方可磅礴”①，具备了这种海纳百川的时空组合结构气势。不难注意到，《伪满洲国》的14章之间在整体上具有连续性，主要的人物系列故事虽然被分割在了不同的章节中，但从整个编年纪事的完整性来看，这些多人物、多场域、多中心的叙事片段又被连缀成了各自相对独立的历时性叙事链条，而且它们之间彼此互动和交叉，又被整合成了一个庞大而立体的共时性叙事网络。因此，从局部的每一章节而言，《伪满洲国》主要运用了蒙太奇的排列组合技法，而从整体的全部编年叙事结构而言，这部长篇历史小说又可以被看作是西方人所谓的纪实性长镜头叙事的产物。诚如法国人巴赞所言，“现代导演利用景深拍出的镜头段落并不排斥蒙太奇”，“而是把蒙太奇融入他的造型手段中”②，由此可见迟子建深谙现代电影观念与技法，她让《伪满洲国》中的局部蒙太奇与整体长镜头叙事密切地交融于一体。这些以不同人物为中心的系列叙事长镜头的自由组合，给读者制造了关于伪满洲国真实历史的整体艺术幻象，仿佛大历史从遥远的深处走来，阔大而深沉。而且它们之间相对独立而又自由组合的叙事之流又如同多条溪流或江河汇聚交合，最终流贯成波澜壮阔的“海洋”小说艺术格局。需要注意的是，《伪满洲国》中很好地处理了章与章之间的连贯性与断裂性，由此造成似断似续或似续实断的结构性印象。总体而言，全书14章中前一章的6（7）节与后一章的6（7）节中一般有3（4）节处于连贯性的叙事，另有3（2）节处于断裂性叙事，至少也有1节保持着前后两章之间的连贯性，反过来说，作者为了避免编年叙事的机械与呆板，有意制造了编年叙事中的断裂与延宕，让每一章的6（7）节中一般有3（4）

---

① 迟子建．迟子建中篇小说编年［M］．北京：人民文学出版社，2014：自序．
② 巴赞．电影是什么？［M］．崔君衍，译．北京：中国电影出版社，1987：77．

节在下一章中处于中断或悬置状态，这样就形成了整饬的编年叙事中的摇曳错落之姿，不至于因为要在当代小说中复活古老的纯编年体述史模式而陷入古典主义的泥淖。

（二）

事实上，早就有外国学者指出："前代的西方汉学家在探讨中国叙事文的时候，往往会自觉或不自觉地用西方'novel'的结构标准去要求中国古典小说，因而指责中国明清长篇章回小说的'外形'缺乏艺术的整体感（unity），也就是说，缺乏'结构'的意识。"① 这种观点甚至长期以来在中外学界占据主导地位，包括鲁迅、胡适、陈独秀、钱玄同、茅盾、阿英以至夏志清等都持有这种看法，认为中国古代和近代长篇小说均缺乏整体的结构意识，殊不知他们在比较中都是拿19世纪西方长篇小说整体性的叙事模式作为典范，其西方中心主义的小说史观显而易见，故而遭到了部分西方汉学家的辩驳②。其实，按照米兰·昆德拉的著名说法，所谓19世纪西方长篇小说的整体性叙事模式，不过是一种"下半时"小说叙事范型而已，在19世纪以前的西方小说更流行的是所谓"上半时"小说叙事范型，二者的差异主要在于，"下半时"小说叙事范型追求人物和情节的整体中心主义叙事，而"上半时"小说叙事范型则几乎没有文体限制，故而是一种开放式或松散式的小说叙事结构，这以拉伯雷的《巨人传》、塞万提斯的《堂吉诃德》、薄伽丘的《十日谈》等文艺复兴时期的长篇小说为代表，由此与19世纪司汤达、巴尔扎克、狄更斯、老托尔斯泰等人长篇小说的文本中心主义叙事结构之间形成了鲜明的对比③。显然，昆德拉是主张向"上半时"小

---

① 浦安迪．中国叙事学［M］．北京：北京大学出版社，1995：56．

② 米列娜．从传统到现代：19至20世纪转折时期的中国小说［M］．伍晓明，译．北京：北京大学出版社，1991：35－37．

③ 昆德拉．被背叛的遗嘱［M］．余中先，译．上海：上海译文出版社，2011：78－79．

说叙事范型学习的，他反对“下半时”小说的中心主义固化叙事结构，这对中国当代小说创作有着重要的启发性。毫无疑问，迟子建的《伪满洲国》在整体叙事结构上是对中国古典长篇小说组合式叙事结构的艺术回归或激活，这是对五四以来现代中国长篇小说整体性的单体叙事结构潮流的艺术反拨，它和贾平凹的《废都》、韩少功的《马桥词典》、莫言的《檀香刑》、王安忆的《长恨歌》等20世纪90年代的中国当代长篇小说佳作一道，共同实现了对中国古代长篇小说叙事传统或文体美学的“进步的回退”①，其小说文体史意义不容低估。

但毋庸讳言，像《伪满洲国》这种组合型的长篇小说容易在塑造人物形象上失之于杂乱而单薄，毕竟在编年体与纪传体的时空组合叙事模式中，要兼顾到不同时空中的人物群像的艺术雕塑并不容易，相反，很容易出现人物群像中只突出了某一个中心人物而忽略了其他大多数人物形象塑造的情形。由此导致所谓的“树状”人物结构模式，在本质上属于中心主义的文本结构，虽然小说中人物众多，但并非“块茎状”② 的人物结构模式，后者本质上属于反中心的多元主义人物结构模式，在这种长篇小说人物结构模式中，我们无法断定哪一个人物是长篇小说的主人公或中心人物，换句话说，即使不是全部人物形象，至少是大多数人物构成了作品的主要人物形象，甚至在这种作品中连人物之外的艺术形象（包括自然环境和社会环境的书写）也会构成文本中不可或缺的主要艺术形象，有时候还起到了不亚于人物形象的艺术作用，像萧红的长篇小说《呼兰河传》和迟子建的《伪满洲国》中就存在着这种艺术情形。反之，中国明清长篇小说说部中出现的《说岳全传》就属于那种人物众多但存在着中心主义人物形象的树状人物结构模式，这种中心主义树状结构模式在新中国前三十年的革命历史

---

① 韩少功．进步的回退［M］．上海：上海文艺出版社，2012：7－8．

② 凯尔纳，贝斯特．后现代理论：批判性的质疑［M］．张志斌，译．北京：中央编译出版社，1999：128－133．

小说和农业合作化小说中屡见不鲜，正好构成了新时期中国小说创作逐步要超越的艺术屏障。不难发现，同样是长篇准纪传体的多元人物结构模式，萧红的《呼兰河传》仅仅是为东北的一个小县城的人物立传，而迟子建的《伪满洲国》则是为了整个伪满时期的东三省各色人物整体立传，其艺术上的气魄和规模无疑要更加的阔大。所以读者需要更多地体会迟子建在《伪满洲国》中驾驭和调配众多人物形象时的苦心和匠心，仔细寻绎出这部体制宏伟的长篇历史小说的叙述头绪，用以说明这部长篇小说并非那种随意性强的散文化结构，而是有着严密的叙述肌理或机制的整体性叙事结构。

实际上，在《伪满洲国》中有四个关键性或枢纽性的叙事线索人物，他们牵一发而动全身，各自维系着一大串千姿百态的大小人物群像。首先当然是王吉来，吉来是全书中出现的第一个人物，由他牵连出爷爷王金堂和奶奶，牵连出姑姑王美莲及其暗恋者王小二，牵连出教书先生王亭业，牵连出在外地的父亲王恩浩，牵连出底层乞丐狗耳朵，牵连出他与洗衣房店主女儿李小梅和日本姑娘麻枝子之间的爱情纠葛。在吉来所形成的人物链条上又派生出几个次级的关键性或枢纽性人物，比如王小二恋爱失败后远走哈尔滨投奔姐姐和姐夫，由此牵连出外甥女谢子兰，牵连出白俄商人阿廖沙，牵连出房东女儿李秀娟（后来沦为妓女“四喜”），牵连出汉奸土匪刘麻子和他后来受辱的女儿刘青，牵连出苍泉酒馆老板娘陆天羽（实际是国民党地下特工），牵连出诗人陈希金的荒诞爱情故事；又比如由王美莲远嫁平顶山而牵连出杨家血案中死里逃生的杨浩，又牵连出养父杨老汉和杨路、杨昭兄弟的故事，由杨路投军又牵连出东北抗日联军将领杨靖宇和李文的故事，由杨浩又牵连出杨三爷和杨三娘夫妇、栾老四和栾喜梅父女的故事，由杨昭又牵连出宾县屠夫一家人的故事，由李文又牵连出苏联教官阿列斯基和“香肠姑娘”尤里娅的故事；再比如由王金堂牵连出和他一起被日本人劫持进劳工棚的祝兴运一家的故事，牵连出祝兴运老婆杂货张与货栈老板、伙计，还有丁屠夫的私情故事，牵连出祝梅、祝岩姐弟的故事，牵连出劳工棚里的陈工头、难友李大手爪、国民党俘虏陈大耳朵、送菜工王三的故事；再比如由王亭业牵连出教员同事郑家晴和沈雅娴夫妇的故事，牵连出剃头匠参加抗日游击队的故事，牵连出他老婆刘秋兰和女儿宛云的故事，牵连出他在狱中遭遇的北野南次郎给泥人邱等犯人做人体实验的故事，然后由宛云又牵连出酱菜园老板李金全、老板娘朴善玉（朝鲜人）和傻儿子阿永的家庭故事，牵连出刘秋兰与李金全、丁立成（蒙古族）的私情故事，牵连出媒婆张家老太的故事，同时又由郑家晴牵连出房东女儿香雪和香琴的故事，牵连出卖扇子的古怪老人的故事；再比如由王恩浩牵连出干娘张荣彩和她远在南京的儿子的故事，牵连出日本人山口川雄与于小书的爱情故事，牵连出老郎中王正坤的故事；还有由乞丐狗耳朵牵连出的丁家寡妇与养子丁力、丁阳的故事，由丁阳牵连出裁缝李进才的儿子李大风的故事，牵连出李进才与夏荷的爱情故事。应该说，在王吉来的这条枢纽性的人物叙事线索上，王小二、王美莲、王金堂、王亭业、王恩浩、狗耳朵等六人各自担负着派生性的人物叙事线索功能，他们所引发的叙事支流如水银泻地，汗漫无间，作为“江河”或“溪流”共同构成了全部作品的“海洋”格局和气势。

当然，对于《伪满洲国》这部致力于反中心主义的多元人物块茎结构的多卷本长篇历史小说而言，仅仅只有王吉来这一个原发性的叙事枢纽人物还不够，只有伪满洲国皇帝溥仪、土匪胡二、日本羽田少尉另外这三个原发性的叙事枢纽人物的共时性介入，才能弥补城市平民或小市民王吉来的叙事视野所带来的历史局限性。《伪满洲国》毕竟是一部长篇历史小说，它致力于讲述伪满洲国的历史故事，这中间除了平民或市井视角外，不可能让帝王或宫廷视角缺席，否则容易让这部长篇历史小说失重，即失去大历史或宏大叙事的重心。在这部作品中，虽然王吉来的第一原发性叙事枢纽人物的地位不可撼动，但王吉来毕竟只能代表底层社会视野，而溥仪所代表的叙事视野则体现了民国时期伪满国内国际的高层政治动向。在全书

14 章中，时断时续地展开着以溥仪为代表的伪满宫廷政治叙事，其中牵涉到伪满政权与日本军国主义势力之间的复杂关系：第一章第 7 节讲述溥仪与皇后婉容的故事，穿插了汉奸女间谍川岛芳子（金壁辉）的故事；第三章第 5 节讲述溥仪与宫廷小茶房孙小龙的故事；第四章第 3 节讲述溥仪出访日本及其与郑孝胥、陈曾寿等伪满大臣的故事；第五章第 5 节讲述溥仪与关东军参谋吉冈安直、蒙古族伪满大臣凌升、宫廷大太监李国雄的故事；第六章第 4 节讲述抗战全面爆发后溥仪与日本军方的矛盾以及他与皇后婉容、祥贵人谭玉龄的关系；第八章第 5 节讲述溥仪北巡中被日本军方加强控制以及郑孝胥被日本军方谋杀的故事；第十章第 2 节讲述溥仪与日本明星李香兰的交往以及伪满洲国映画协会负责人甘粕正彦的故事；第十一章第 5 节讲述太平洋战争爆发后日本军方害死溥仪爱妃谭玉龄的故事；第十二章第 6 节讲述性无能的溥仪迎娶福贵人李玉琴的故事；第十四章第 3 节讲述日本天皇下诏投降和溥仪宣布退位的故事。可见全书 14 章中有 10 章辟了专节讲述伪满宫廷的政治斗争故事，所占篇幅和比例不可谓不高，这正是《伪满洲国》传承中国古典历史演义小说叙事模式的证明。值得关注的还有日本羽田少尉这个原发性的叙事枢纽人物，他提供的是不同于溥仪那种伪满洲国上层政治斗争的宫廷视角，而是作为外来入侵者的多重政治渗透的普通日本殖民者视角，以此也区别于吉冈安直的日本高层军方视野。羽田最初出现在第二章第 4 节，他随着北满移民开拓团进入读者视野，由他牵连出中村正保与满族姑娘张秀花的婚姻悲剧故事，由他另牵连出北野南次郎的变态细菌实验故事，由他还牵连出朴善姬等朝鲜慰安妇的故事，一直到第十三章的第 6 节，羽田才和南次郎一起消失在历史的深处。羽田的叙事视野将读者带入了日本殖民主义政策实施的历史暗角或日常生活中，这是对溥仪的宫廷政治叙事视野的必要补充。还有一个原发性的叙事枢纽人物是土匪胡二，显然他提供的是一个民间历史视野，这个风流成性的土匪在抗日失败后选择了与情人紫环逃亡到深山老林中，由此牵连出野人乌日楞和鄂伦春人的故事，牵连出三合店店主王哥和王嫂的故事，牵连出陈家客店老板娘的故事，牵连出谢子兰与阿廖沙的离婚故事，最后还牵连出中村正保（化名刘三保）的逃亡故事。这一欲避世而不可得的民间人物历史叙事视野的引入，与溥仪所代表的正统宫廷政治叙事视野、羽田所代表的日本基层殖民者叙事视野，还有王吉来所代表的中国平民或市民的历史叙事视野一起，共同实现了《伪满洲国》历史叙事视界的整合。

需要指出，无论是原发性还是派生性的叙事枢纽人物，他们在《伪满洲国》中都是相对独立而自足的艺术生命体，在整个块茎状的人物群像结构中处于大体平等而相对自由的艺术地位。虽然这些不同层次的叙事枢纽人物在《伪满洲国》的历史叙事中起着穿针引线的"穿连程序"或"串联结构"① 的作用，但他们不仅仅是叙事发动的牵连者，也不仅仅是叙事展开的串联者或穿连者，而且也拥有各自相对独立的叙事单元或故事系列，甚至他们各自的叙事单元或故事系列之间还经常地互动和穿插，从而将各自不同的线形串联结构并置或交织在一起，由此生成了串联与并联高度融合的立体叙事结构。毫无疑问，置身于这样的立体历史叙事结构中的众多人物形象必须要避免沦为走马灯或跑龙套似的艺术道具，他们必须要力争使自己成为有相对独特的艺术声音的独立生命个体，而不能成为整个文本结构中被其他中心人物或重要人物展开话语兼并的对象，如果出现了那种创作情形，那么小说就不再是现代人倡导的"复调小说"② 而是"单调小说"了。中国明清长篇小说中的佼佼者都反对人物中心主义的"复调小说"，只有那些艺术品格不是很高的通俗长篇章回小说才会遵从"单调小说"的写作模式，由此造成了千人一面、千部一腔的恶劣印象，这在明清时期的历

① 俄国形式主义文论家什克洛夫斯基的艺术概念，在方珊等译的《俄国形式主义文论选》（三联书店 1989 年版，第 28 页）中被翻译为"穿连程序"，在伍晓明译的《从传统到现代：19 至 20 世纪转折时期的中国小说》[（捷克）米列娜编，北京大学出版社 1991 年版，第 38 页] 中被翻译为"串联结构"。

② 巴赫金．巴赫金文论选 [M]．佟景韩，译．北京：中国社会科学出版社，1996：3.

史演义或才子佳人小说中表现得至为明显。真正的复调小说必须让文本中的大多数人物自由地生长，自由地发声，而《伪满洲国》恰恰是具备这种现代长篇小说艺术气质的作品，小说中的人物谱系在多元块茎状的文本结构中散漫而有序地分布并绵延，充满了各自独特的生命体温和性格质感。然而，在如何让众多人物群体发声的艺术策略上，不难发现，《伪满洲国》的作者从《红楼梦》和《金瓶梅》那里有效地汲取了中国化的日常生活叙事手法①，而有意回避了《水浒传》和《三国演义》那种古典英雄传奇或历史演义的宏大叙事模式。其实，作为一部长篇历史小说，迟子建的《伪满洲国》完全可以借用古典英雄传奇或历史演义的写法，就像革命年代的东北题材小说《林海雪原》曾经所做的那样以革命叙事铺展宏伟历史，但迟子建却偏偏选择了具有现代意识的民间日常生活叙事来展示伪满洲国的那一段民国痛史，她在小说创作中一直注意把叙事焦点对准伪满时期底层民众的日常生活形态，无论是城市市民王吉来、日本军人羽田少尉还是土匪胡二，他们所牵连出来的伪满时期中国东三省从城市到乡村的日常生活图景的书写，无不深入而细腻，抵达了历史的微观描摹，而不是停留在历史的宏观扫描上。即使是在溥仪所牵连出来的伪满宫廷政治叙事的文本板块中，我们也不难看出作者有意识地将政治叙事转化为日常生活叙事的艺术诉求，比如小说中频繁地出现对溥仪和几个后妃的夫妻家庭生活的书写，还有溥仪眼中的太监和随侍的日常生活形象，这些都有意地冲淡了这部大历史小说的紧张艺术氛围，使《伪满洲国》没有成为以战争或政治叙事见长的所谓史诗性小说，而是彰显了以战乱中的普通人的历史命运和人性深度为艺术重心的现代小说叙事传统。

---

① 迟子建多次表达对《红楼梦》的喜爱。（参阅：迟子建. 迟子建散文［M］. 杭州：浙江文艺出版社，2009：163.）

（三）

读过迟子建的中篇成名作《北极村童话》的读者一定对小说的结局记忆犹新：小小的女主人公突然发现自己把五彩的项圈丢失在北极村了，刹那间她的眼前一阵晕眩，死去的老奶奶讲过的北极光终于在幻觉中出现，“粉的、红的、金的、绿的、蓝的、紫的、灰的、白的”多彩光芒瞬间照亮了她的心灵。其实这种多彩的光谱不仅仅可以作为小说中的隐喻或象征而存在，它也可以作为小说的结构方式和叙事模式而存在，比如在长篇历史小说《伪满洲国》中，我们就不难发现这种多彩或多重的光谱叙事结构形态。如前所说，这部长篇的总共 14 章中每一章都被有意识地分解为 6 至 7 节展开历史叙事，这就如同作者手中执导着一部高级的历史显微镜或光谱仪，她巧妙地把每一个历史横断面分解成了多彩多姿的历史光束，让混沌一团的大历史以多彩而有序的艺术结构展现出来。不仅如此，如果我们把全书的 14 章连贯起来做整体考察，就会发现这部长篇历史小说中既有线状光谱也有带状光谱，其中线状光谱是指小说中具有连续性的“节”所断断续续地组成的众多叙事线，这是一些以不同的主人公为核心而形成的叙事单元；而带状光谱则着眼于全书的全部章节，即由多种线状光谱的排列与组合而构成了五彩斑斓的历史彩带。这种复杂而有序的光谱叙事结构给《伪满洲国》带来了巨大的叙事力量，既拓宽了叙事空间也延展了叙事时间，这在以前的中国长篇小说叙事传统中是比较少见的，是对从《水浒传》到《呼兰河传》的中国长篇小说叙事时空的创造性转化和发展，体现了散点透视形态的中国长篇小说时空组合结构传统的艺术生命力。

在《伪满洲国》的大型光谱叙事结构中，出现了众多相对独立而自足的艺术生命个体，这些五彩斑斓的人物形象才是这部“光谱小说”的艺术之源。有意思的是，我们在《伪满洲国》的许多人物形象的生命史中都可以察觉到难以排解的反讽意味。这应该不是偶然，而是出于作家迟子建在小说创作的人物塑造和意蕴开掘上的主动选择。事实上，中国古代长篇小说文体中并不缺乏反讽的寓意传统，虽然迟子建在《伪满洲国》中大量运用反讽的寓意手法肯定与西方现代派文学的影响有关，如存在主义小说、荒诞派戏剧、黑色幽默等的影响，但我们同样不能忽视《伪满洲国》中的反讽寓意艺术与中国明清长篇小说奇书文体传统的关联性。曾经有海外汉学家在研究中国明清长篇小说奇书（主要包括四大名著和《金瓶梅》《儒林外史》等）文体时指出："在研究中，我们已经发现奇书文体有刻意改写素材的惯例，在某些场合下甚至对素材作戏谑性的翻版处理，不再单纯地复述原故事的底本，而注入了一层富有反讽色彩的脱离感。这类惯例促使我们回到一个困扰已久的问题——奇书文体作为一个文化意义上的叙事整体，究竟要通过反讽和寓意曲折地表达什么样的潜在本义？"① 之所以说明清奇书文体中大量运用了反讽寓意手法，这是因为奇书作者们在小说的素材选择、编排和改写中渗透了自己对人物和事件的独特理解和认知，尤其是联系这些长篇小说的情节结构编排而言，情形更是如此。比如《水浒传》的整体情节编排中就存在着"造反"与"招安"的前后反差，《三国演义》的整体情节编排中就存在着"从英雄到末路"的前后落差，《西游记》的整体情节编排中也存在着"取经"过程与目的的脱节，而《红楼梦》的整体情节编排中同样存在着"反抗"与"回归"的前后不一致。这种整体情节编排中的叙事症候恰恰隐含了奇书作者们的反讽寓意，使得读者在掩卷后不得不对奇书中的主要人物和故事做出新的判断，这种判断与最初的英雄叙事、历史叙事、宗教叙事和爱情叙事等判断之间产生了明显的差距或龃龉，由此滋生出悲凉感、虚无感和荒谬感，这正是反讽寓意之所在。作为一种文化潜意识，明清奇书中的这种超前的反讽意识必然会在不同程度上

① 浦安迪．中国叙事学［M］．北京：北京大学出版社，1995：167．

影响到现代中国作家的写作，一旦这种传统的反讽意识与西方现代派哲学和文学观念相遇合，就必然会生成中国文学中的现代主义意识。

在《伪满洲国》中，大部分人物形象塑造中都使用了反讽手法，由此凝结了浓重的生命荒诞意味。就拿全书中的几个叙事枢纽人物来说，比如王吉来，作者在塑造这个人物的过程中明显留下了《红楼梦》中贾宝玉影响的痕迹。他生性顽劣调皮，经常做些糊涂事但又有聪明劲和正义感。他陷入了两个姑娘的爱情漩涡中：一个是中国姑娘李小梅，习惯使小性子如同林黛玉；另一个是日本姑娘麻枝子，温柔贤惠如薛宝钗。王吉来居然同时让两个姑娘怀孕，这引来了他父亲王恩浩（有点像贾政）的家庭拷打，这也颇有宝玉挨打的叙事原型意味。拷打的结果是吉来和李小梅很快完婚，但婚后很不幸福，争吵成了婚姻常态。而麻枝子偷偷生下了她和吉来的儿子，十分惹人怜爱。王吉来最后的堕落实在是与他的婚姻家庭生活受挫有关，他选择了李小梅而放弃了麻枝子，这类似于选择了“林黛玉”而放弃了“薛宝钗”，这里面隐含了《伪满洲国》的作者对《红楼梦》中经典的宝黛钗爱情叙事模式的改写，但改写的结果却是另一场悲剧，甚至完全是一场闹剧，其中的文化反讽与生命荒诞意味可想而知。再如溥仪，他虽贵为伪满洲国皇帝，但其实压根就没有自由，甚至连最基本的生命本能欲望也被压抑和扭曲，他只能为皇后婉容对他的背叛而绝望地咆哮。至于他喜欢的两位贵人——谭玉龄和李玉琴，他对她们完全丧失了爱的能力，他不仅无法保护谭玉龄的人身安全，使她最终被日本人毒害，而且在和李玉琴相处的过程中，他的虚伪、脆弱与暴戾性格暴露无遗。不仅如此，在吉冈安直等日本关东军首领的监控和摆布下，溥仪其实就是一个政治玩偶，一个看似君王而实则是奴隶的政治玩偶。可以说，迟子建笔下的溥仪形象完全是一个隐含的“仆役”形象，其中的反讽意味于兹可见。再如胡二，这个生性风流的土匪在劫得美人逃进大兴安岭深处后，并没有好好珍惜紫环给他带来的安逸生活，而是不断偷腥，等他彻底明白了那些女人不过是在利用和压榨他的时候，紫环早就对他死了心，他再也无法回到过去那种幸福生活中，这是痛苦的领悟，也是荒诞的嘲弄。再如日本人羽田少尉，他心中念念不忘的日本少女吉野百合子最后成了他在伪满洲国押解的一名慰安妇，这种反讽叙事对于羽田的心理打击相当致命。还有王小二，这个一辈子都在不断追求爱情的小市民，最后发现他所爱的女人不是被日本人屠杀就是被自己人玩弄，所以他只能清醒而又麻木地活着，用程式化的店员生活方式去抵御生命的虚无。至于郑家晴由革命知识分子堕落为依靠男色谋生的灰色商人的故事，杨浩与栾喜梅之间的美好爱情最后蜕变成强暴与复仇的故事，王亭业的老婆刘秋兰和女儿宛云各自的灰色婚姻故事，狗耳朵因为对丁家寡妇的绝望而离家出走的故事，裁缝李进才因为职业习惯而被日本兵砍了双手的故事，诗人陈希金令人啼笑皆非的浪漫故事，还有祝兴运老婆杂货张那令人同情的苦涩命运故事，等等，无一不充满了人生的反讽与生存的荒诞意识。

应该承认，正是这种现代荒诞意识和反讽艺术的介入，《伪满洲国》中的众多人物形象才变得格外鲜活起来，那些穿插或游走在这部纯编年史体例的长篇历史小说中的各色人等和大小事件才变得别样生动起来。有西方历史哲学家曾说："历史是活的编年史，编年史是死的历史；历史是当前的历史，编年史是过去的历史；历史主要是一种思想活动，编年史主要是一种意志活动"①，这就把主观型与客观型的两种历史观念完全对立起来了，其实编年史并非死去的历史死尸，用编年史体例写就的长篇历史小说就更不可能是拒绝思想的历史灰烬了。一般而言，一部有价值的长篇历史小说中必然会灌注历史叙事人的思想观念和主体意识，《伪满洲国》自然也不例外。迟子建对伪满洲国的历史叙述显然受了近现代西方战争文学的影响，这其中既有老托尔斯泰的《战争与和平》那种经典的近现代人道主义文学

① 克罗齐．历史学的理论和实际［M］．傅任敢，译．北京：商务印书馆，1982：8.

思潮的影响①，也有许许多多反映和反思“二战”历史的后人道主义文学思潮的影响，她在人道主义文学思潮中学到了对战争中人的生命价值和个体人格尊严的尊重，而在后人道主义文学思潮中领悟到了战争中个体生命存在的虚无意识与荒诞感。于是我们看到在参观“二战”诺曼底登陆历史旧址时，迟子建面对那些生命早夭的年轻战士的墓地，敏锐地察觉到了它与“二战”历史风云人物艾森豪威尔将军的丰功伟绩之间形成了鲜明的反差，所以她在《最苍凉的海岸》中认为“他们的死亡，在历史教科书中，是伟大的辉煌的死亡。可是再崇高的定义，也不如生命本身的存在更富有诗意”②，由此一代“二战”历史名将的伟岸形象也在瞬间变得黯淡起来。而在《我的2001》中，也就是迟子建刚刚写完《伪满洲国》的翌年秋天，她还将两部“二战”题材影片放在一起对比，并认为美国大片《珍珠港》虽然在战争场面的拍摄上很好看，但对人物情感的处理却显得苍白；而意大利影片《西西里的美丽传说》从人性透视战争的摧毁性，这种切入角度深得迟子建赞赏③，由此可见她的人性人道主义战争立场。这种立场在《赎罪日前夜》中得到了强化，迟子建针对《大屠杀》《辛德勒名单》《抵抗者》这三部“二战”题材小说感叹道：“我多么希望这样的赎罪日会永远从人类的史册中消去啊。我们重温这样的历史，其实就是对今天的珍重，也是对人类曾迷失和沦丧过的尊严的拾取。”④ 不难体会，当迟子建在谈论“二战”与“二战”题材的文艺作品之时，她的话语中已经饱含了我们民族在“二战”中所遭受的日本军国主义制造的巨大历史创伤，只不过此时的她作为一个具有世界视野和人类意识的当代作家，还必须超越狭隘的民族国家情感，在谴责发动战争和殖民的法西斯主义的同时，也对人类战争本身和

① 迟子建对从普希金到老托尔斯泰的俄罗斯近现代文学传统十分尊崇。（参阅：迟子建．迟子建散文［M］．杭州：浙江文艺出版社，2009：127－129.）

② 迟子建．迟子建散文［M］．杭州：浙江文艺出版社，2009：36－37.

③ 迟子建．迟子建散文［M］．杭州：浙江文艺出版社，2009：167.

④ 迟子建．迟子建散文［M］．杭州：浙江文艺出版社，2009：209.

人类本性问题做出新的历史思考。

显然，正是这种现代人性人道主义思想的灌注，才使得《伪满洲国》作为一部当代长篇历史小说与《三国演义》《水浒传》那种古代长篇历史小说的寓意模式区别了开来。不同于中国古代长篇历史小说中惯常采用的儒道释思想话语体系，如拥刘反曹的儒家正统政治立场、只反贪官不反皇帝的儒家仁政理想之类，《伪满洲国》不仅用现代人性人道主义思想烛照出了“伪满洲国”皇帝溥仪的人性扭曲和人格虚伪，对中国现代封建皇权复辟思潮做了无情的针砭，而且用同样的现代视角透视了佛教思想在现代中国文化生活中的困境，如小说中着重讲述了杨昭在绝望中皈依佛门，最终却被土匪谋害并吃人肉的悲惨结局，这种反讽性的叙事无疑表明了迟子建在《伪满洲国》创作时期对佛教救世思想的基本态度和立场①。不仅如此，迟子建在《伪满洲国》中还通过重点讲述土匪胡二在战乱中流亡的故事，表明了他对中国传统社会结构中的民间野性力量的批判性反思，正如闻一多先生早就指出过的那样，“土匪究竟是中国文化的病，正如偷儿骗子也是中国文化的病”②，土匪是墨家文化的变体，而偷儿与骗子则是儒家和道家文化的衍生物。对于土匪胡二，虽然作者也竭力地表现他身上的原始生命强力，但对其被生命本能冲动所裹挟的原始生存状态还是持有明显的批判立场。至于书中对知识分子形象的塑造也无不体现了作者对启蒙精英文化的自我批判态度，比如在塑造王亭业的时候，虽然作者也竭力地彰显王亭业在狱中艰难生存的生命勇气和拒不变节的民族大义，但将他对女儿的牵挂、对妻子的淡漠与对一个暗恋对象于小书的念念不忘多次并置在一起叙述，还是明显流露出作者对王亭业知识分子性格中的软弱的嘲弄。而对郑家晴形象的塑造，作者更是极尽讽刺与揶揄之能事，把现代中国知识分子国难

---

① 迟子建对佛教的态度后来有所转变，这与她母亲是个虔诚的佛教徒的影响有关，也与她中年失去丈夫的命运遭际有关。（参见：迟子建．迟子建散文［M］．杭州：浙江文艺出版社，2009：56－58．）

② 闻一多．闻一多全集：第2卷［M］．武汉：湖北人民出版社，1993：381．

当头时期的逃避、软弱、虚伪、堕落、绝望展现得淋漓尽致。倒是对诗人陈希金的形象塑造，作者选择了与塑造郑家晴不一样的方式，即不再是欲抑先扬、高开低走，而是反过来，让读者对这个最初令人充满鄙弃的知识分子逐步有了同情，看到了他身上其实确有理想和赤诚的一面。但无论如何，通过考察《伪满洲国》中的知识分子形象塑造，我们大体上还是可以窥见迟子建对中国现代知识分子及其所代表的现代精英启蒙文化的看法，这就是启蒙知识精英自身的软弱性，他们尚未确证现代知识文明的强大力量。

明眼的读者会发现，《伪满洲国》把许多笔墨用在了伪满时期中日民间日常生活形态的侵略与反侵略叙事上，这显然是受到了萧红的小说成名作《生死场》的艺术启示，而与同样讲述东北沦陷时期历史的萧军长篇小说《八月的乡村》有着明显的艺术分野。《八月的乡村》那种讲述东北抗日游击队武装反抗的革命叙事模式在中国现当代小说史上屡见不鲜，《伪满洲国》中围绕杨靖宇的牺牲也展开过类似的革命叙事，但必须看到，《伪满洲国》中的宏大革命叙事所占篇幅极其有限，而萧红式的日常生活叙事则占据主导地位。迟子建在长篇历史小说中对日常生活叙事模式的推崇，显然与她内心秉持的现代人性人道主义思想信仰有关，所以她才会在创作中把笔触深入到伪满时期中日两国不同民族之间的日常生活斗争的肌理之中，努力站在超越现代民族国家的人类立场上审视那场战争给中日两国人民各自所带来的生活苦难和心理创伤。如小说中重点讲述了伪满洲国实施“归屯并户”政策、建立集团部落即“人圈”给狗耳朵、丁家寡妇及儿子丁力和丁阳，给裁缝李进才及儿子李大风、情人夏荷等人所带来的贫苦、屈辱与痛苦。小说中还通过讲述东村正男和汉奸王包发带领粮谷收荷班收粮过程中侮辱土匪刘麻子的女儿刘青，致其上吊自杀的悲剧故事，强烈地谴责了日本法西斯主义者的暴行与丑行。但与此同时我们也注意到，作者在讲述满族姑娘张秀花被中村正保强娶之后，一方面，小说中叙述了张秀花被迫和中国恋人拆散的内心痛苦，作者对此饱含同情；另一方面，对于张秀花故意杀死她和中村正保生下的儿子，作者又流露出复杂而矛盾的痛楚。而且，与小说中写道的吉冈安直、北野南次郎等日本军国主义者相比，中村正保其实是一个人性比较健全的日本农民形象，他对张秀花的爱最初是真诚的，直至张秀花杀死了他们的儿子，他对中国妻子的态度才发生转变。和中村正保一样，作者对羽田少尉的形象塑造也充满了人道主义同情，这位年轻的日本反战军官内心里良知未泯，他对日本家乡的怀念和对战争的厌恶与北野南次郎那种阴险、狡诈、残忍的法西斯变态人格之间形成了鲜明对比。凡此种种，我们不难发现，迟子建的长篇历史小说《伪满洲国》其实在致力于现代人性人道主义的新历史叙事，这既是对伪满时期流行的长篇小说《新旧时代》《协和之花》《凯歌》中的“新满洲”殖民小说修辞策略的全面颠覆与修正①，也是对两位东北文坛前辈萧军和萧红笔下的东北沦陷叙事的一次艺术传承与超越，归根结底，还是对中国古代长篇历史小说叙事传统的一次创造性转化或现代转换。

① 刘晓丽.“新满洲”的帝国主义修辞［N］. 文汇报，2014－03－17.

第六章 | ◆

格非小说创作中的“乌托邦”叙事传统

（一）

格非的《人面桃花》三部曲终于全部面世了。这绝对是新世纪文学中的一个事件。在乱花迷眼的新世纪文坛，格非的长篇三部曲无疑不是那种注定属于明日黄花的作品，相反，它以其举重若轻的百年中国叙事，从清末民初一直写道新的世纪转折，隐喻了一个古老民族在寻求新生的过程中的世纪性孤独，轻灵中透出沉重，浪漫中散发出宿命的气息。对于格非来说，从《人面桃花》（2004）到《山河入梦》（2007），再到《春尽江南》（2011），这绝不仅仅是一次叙述的历险，更是一次漫长的精神苦旅。在将近十年的写作时间里，格非要经受住的是参透百年历史迷雾后的悲凉，准确地说，他要直面我们民族百年乌托邦冲动中背反与轮回的挣扎和洗礼。这是一种灵魂的煎熬，而作为煎熬的馈赠，则是参透历史悲凉后的平静，一如《春尽江南》附录的《睡莲》诗中所描述的那样：“事物尚未命名，横暴尚未染指/化石般的寂静。”

在中外文学史和文化史上，乌托邦叙事由来已久，这得归因于人类集体无意识中永不衰竭的乌托邦冲动。古代中国的乌托邦叙事带有浓郁的浪漫主义和理想主义色彩，陶渊明的《桃花源记》可以说是对孔子的“大同世界”的文学写照。而在西方，从柏拉图的《理想国》到莫尔的《乌托邦》和康帕内拉的《太阳城》，再到莫里斯的《乌有乡消息》，同样性质的乌托邦叙事一直不绝如缕。然而，进入20世纪以来，西方文坛出现了所谓“反乌托邦三部曲”，扎米亚京的《我们》、奥维尔的《1984》和赫胥黎的《美丽新世界》，它们以其强烈的现代主义乃至解构主义的叙事方式彻底颠覆了古典的乌托邦理想及其叙事模式。从乌托邦叙事到反乌托邦叙事，显然，20世纪是人类乌托邦冲动及其叙事的历史分水岭。然而，具体到20世纪的中国却有所不同。作为一个后发性的现代化国家，传统中国在向西方现代化认同的现代性进程中无法与20世纪西方的反乌托邦叙事保持同步，相反，传统的乌托邦冲动及其叙事模式在20世纪的中国文坛长期占据着主导地位，这在1949年以后的“50—70年代文学”中表现得至为明显，以柳青的《创业史》和浩然的《艳阳天》《金光大道》为代表的“红色经典”长篇小说即是明证。直到20世纪末期的中国文坛，才出现了以阎连科的《坚硬如水》和《受活》为代表的激烈的反乌托邦叙事作品。如果把阎连科的反乌托邦叙事与柳青和浩然等人的乌托邦叙事加以简单对照，不难发现，两者之间存在着二元对立的绝对主义思维定势，前者是后者的反题，后者是前者解构的对象。事实上，如何看待20世纪中国的乌托邦冲动及其叙事，并非是一个简单的非此即彼的立场问题，虽然一个作家在乌托邦叙事中择定一种明确的价值立场进行叙述要便利和容易得多，但我们不能忽视历史及其本身隐含的历史文化心理结构的复杂性和多元性，而且在很多时候面对着历史，我们是无法做出简单的价值判断的。这意味着还存在更复杂和更客观的书写20世纪中国乌托邦冲动的叙事形态。

在我看来，格非的《人面桃花》三部曲正好提供了一种客观而复杂的20世纪中国乌托邦叙事形态。格非并没有轻易地落入乌托邦叙事与反乌托邦叙事二元对立的叙事陷阱中，他的叙述立场显得高远而超拔，这是一种俯视历史的悲悯情怀，已经超越了简单的道德价值评判。不难看出，传统的乌托邦叙事大抵遵循传统的现实主义与浪漫主义相结合的叙事成规，其中，浪漫主义是主导，现实主义是表象，这在所谓“革命现实主义”叙事或者毛泽东倡导的“两结合”叙事中表现得很分明。而在现代的反乌托邦叙事中，现代主义的荒诞叙事与后现代主义的叙述游戏占据了主导位置，这在西方的“反乌托邦三部曲”中表现得极其强烈，同样，在阎连科的所谓狂欢化叙事和荒诞现实主义叙事中也留下了深深的印痕。而我要说的是，在格非的乌托邦叙事中我们已经看不到乌托邦与反乌托邦之间的截然界限，作者对乌托邦冲动的情感和态度不是简单地溢于言表，而是隐含在叙述的深层，而且作者的情感价值立场是复杂而冲突的，由此带来了格非的乌托邦叙事中的多种声音，类似于巴赫金所说的“复调小说”。之所以出现这种叙述效果，得益于格非没有简单地像自己早期的先锋小说那样径直采用现代主义和后现代主义的叙事策略，而是转向了寻找现实主义与现代主义相结合的新的叙事形态。这是一种叙述的回归，但绝不是简单的回归传统，而是谋求传统的现实主义与现代的现代主义之间的叙述融合。正如格非所言：“这种回归是建筑在对传统现实主义及现代主义小说全面考察的基础之上的，并非意味着对过去的简单重复……越来越多的作家在传统现实主义和现代主义之间选择了一条谨慎的中间道路。我认为，这条道路至少在目前是可行的。因为他们一方面使传统现实主义小说中的过时成分得以消除，同时，又避免了小说最终走向分裂。”① 格非之所以选择这样一条“中间道

① 格非．塞壬的歌声［M］．上海：上海文艺出版社，2001：51.

路”，还因为他后来逐渐意识到，也许并不存在现实主义与现代主义的截然界限，实际上二者之间常常是彼此交融的，现实主义中有现代主义因素，而现代主义中有现实主义因素，前者如老托尔斯泰、陀思妥耶夫斯基、福楼拜的小说，后者如卡夫卡和普鲁斯特的小说，他们的小说中都包含了各自的所谓对立面。正是在这个意义上，格非不认为自己的小说创作存在着所谓前后期的“断裂”，而是更多地强调自己小说的连续性。[①] 当然，这样说并不意味着格非的小说创作历程中真的并不存在叙述转型的问题，实际上他早年就经历过“从规矩到乱的过程”，[②] 即摆脱传统现实主义叙事成规、走向先锋派的现代主义与后现代主义叙述策略的过程。以此观之，则新世纪以来，格非又经历了反向的“从乱到规矩的过程”，这就是格非在《人面桃花》三部曲中所实现的小说叙述回归，但绝不是简单地回归传统的现实主义，而是谋求传统的现实主义与现代主义的艺术视域融合。

唯其追求这种传统与现代的叙述融合，格非的乌托邦叙事才有所谓“向内转”的倾向。对此，格非的解释包括两个方面：一个是叙事方面更加“内在”，不像先锋时期那样直露地做形式实验；一个是作者开始注重吸收传统叙事资源，向内而不是向外拓展。[③] 格非想以此划清他的“向内转”与20世纪80年代中期文艺界的“向内转”思潮之间的界限。实际上两种“向内转”之间并非没有联系，格非在《人面桃花》中对人物的心理世界的挖掘是颇见功力的，而且“小说当中涉及的人物也好，历史事件也好，都与历史关系不大。写的都是我的感觉，我的经验。这些人物也是‘我’。比如说秀米这个人物，我对她给予了很大的同情，她的感觉也是我的感觉”[④]。转向人物的内心，最终转向作者的内心，凸现人物（作者）在百年乌托邦冲动的背反与轮回中的心理困惑和精神痛苦，这就是《人面桃花》三部曲

①④　格非，于若冰．关于《人面桃花》的访谈［J］．作家，2005（8）．
②　格非，任赟．格非传略［J］．当代作家评论，2005（4）．
③　张学昕，格非．文学叙事是对生命和存在的超越［J］．当代作家评论，2009（5）．

"向内转"的深层意义之所在！只有在这个意义上，我们才能理解格非为什么要在关于《山河入梦》的访谈中这样说："伟大作品拥有顽固的记忆力。作家在某种程度上说是一个记录者。他们用文学的方式记录永不磨灭的人类心灵史。"①

（二）

《人面桃花》第一部问世后好评如潮。人们都相信曾经的那个先锋作家格非在沉寂多年后又回来了，而且是以一种更为老到的姿态强势回归，这就是前面所说的现实主义与现代主义相融合的叙述姿态。关于《人面桃花》的评论焦点，几乎都集中在所谓乌托邦叙事上，作者在访谈中对此也做过明确的表述。他说："我所关注的正是这些东西——佛教称之为'彼岸'、马克思称之为'共产主义'的完全平等自由的乌托邦，《人面桃花》中讲到的桃花源也是这么一个存在于想象之中的所在。"② 然而，关于《人面桃花》的乌托邦叙事研究依然有待进一步深化，我们需要做的是立足文本的叙述结构去破译作者乌托邦叙事的策略和意图。

首先需要注意的是，这部长篇小说中有两种不同性质的乌托邦形态：一种是王观澄所创建的以花家舍为载体的古典形态的江湖乌托邦，一种是陆秀米所创建的以普济学堂为代表的现代形态的革命乌托邦。关于这两种形态的乌托邦叙事占据了这部长篇的绝大部分篇幅，而女主人公陆秀米的人生历程恰好把这两种形态的乌托邦叙事贯穿了起来。正所谓物以类聚、人以群分，小说中两种不同形态的乌托邦叙事也凝聚了各自不同的群体成员，亦可谓之为精神家族。从古典形态的乌托邦来看，陆秀米的父亲陆侃

① 格非，王小王．用文学的方式记录人类的心灵史：与格非谈他的长篇新作《山河入梦》[J]．作家，2007（2）．

② 格非，于若冰．关于《人面桃花》的访谈 [J]．作家，2005（8）．

无疑属于这一精神阵营。陆侃饱读诗书，学优则仕，然而仕途并不通达，罢官后在普济筑屋隐居，怡然自乐。但陆侃心中一直有着难解的桃花源梦想，他时常对着据说是出自韩愈手笔的《桃源图》发呆发痴，他想在普济重现陶渊明的世外桃源的现实图景，他甚至构想建筑一条风雨长廊把普济的住户连接起来，让老百姓不惧风雨、安居乐业。在普济人的眼中，陆侃就是一个疯子，他的妻子和女儿还有家佣，全都把他看作疯子。疯子是孤独的，因为他有着常人难以理会的超越现实的冲动，这种冲动常常就是西方人所谓的乌托邦冲动。在常人那里，这种乌托邦冲动往往被压抑在潜意识域，而在疯子或先知这里，这种冲动时刻在寻觅着对象化或现实化的契机，这就是常人与疯子的一大区别。疯子陆侃的离家出走，给女主人公秀米的人生带来了重大转折，因为革命党人张季元随即住进了普济秀米的家，他是秀米的母亲的情人。在很大程度上，张季元充当的是陆秀米的“代父”角色，他的到来改变了秀米的人生方向，他给秀米带来了现代的革命乌托邦冲动。张季元是清末革命党组织——蜩蛄会的核心成员，推翻封建专制的腐朽清王朝，建立现代的民主自由世界是他那一类人的桃源梦想，小说中的薛举人薛祖彦、小驴子周怡春，包括女主人公陆秀米等在内，都属于这个乌托邦家族的精神成员。不过对于秀米来说，她一开始并未明确地接受“代父”张季元的革命乌托邦冲动的影响，她对张季元的恋父冲动更多地表现为她与母亲梅芸之间的暗中情感较量。转折发生在秀米被劫掠至花家舍以后，她在花家舍这个土匪窝子里面居然看到了父亲理想中的桃源梦境全部得以实现了！在花家舍里，包括总揽把王观澄在内，其他五位爷都是很有些来历的人，有的从文、有的习武，他们把花家舍经营得像一片世外桃源，让来者无不叹为观止，但对于知情者而言，花家舍就是一个土匪窝，就是一个江湖世界，其中充满了刀光剑影和尔虞我诈，充满了血和泪。花家舍其实是一个人间天堂的幻影，看似美妙无比，实则隐藏着巨大的灾难和危机。秀米在花家舍惨遭蹂躏、九死一生的经历使她最终放弃了父亲陆侃的古典乌托邦理想，而走上了“代父”张季元远走东瀛，致力于反清抗暴、建构现代革命乌托邦的道路。

值得注意的是，格非在《人面桃花》中不仅写出了古典江湖乌托邦的破产，而且也写出了现代革命乌托邦的危机。秀米自日本归来后继承了张季元的遗志，她在普济一带神出鬼没，仿佛当年的张季元再世重生。她领导成立了普济地方自治会，在一间寺庙里设立了育婴堂、书籍室、疗病所和养老院，然而一切如同虚设，她牵头的水渠工程甚至还差点给普济带来灭顶之灾。自治会计划受挫后，秀米又办起了普济学堂，自任校长，直接致力于反清革命活动。正如陆家的老管家宝琛所察觉到的那样，他对老夫人说：“你说她走了当年陆老爷的老路，我看不大像，照我看，她是把自己变成了另一个张季元。那个死鬼，阴魂不散！”确实如此，秀米就是另一个张季元，她心中涌动的是张季元式的现代革命乌托邦冲动，而不是陆侃式的古典江湖乌托邦冲动。秀米无意于相忘于江湖，过那种隐居般的桃源生活，她需要的是介入，介入到改变现存社会秩序的乌托邦进程中。这意味着暴力革命，秀米也确实卷入了革命的暴力之中，她甚至因为沉迷于暴力革命而忽视了基本的亲情伦理，母亲和儿子的死在不同程度上她都难辞其咎。这不禁让读者想起了书中张季元的一则日记，日记中记载了蜩蛄会成员在夏庄薛宅中商定的《十杀令》，中间竟然有“妓女杀”“缠足者杀”“媒婆、神巫、和尚、道士皆杀”等条款。由此可见现代革命乌托邦冲动非理性的另一面。我们甚至可以说，此时的革命乌托邦已经成为了一种政治意识形态。关于乌托邦与意识形态之间的关系，德国学者曼海姆有过十分精辟的阐述，有研究者则做出了极为简洁的归纳，即意识形态是“指导维持现存秩序的活动的那些思想体系”，乌托邦是“往往产生改变现存秩序活动的那些思想体系”。[①] 这种归纳虽然点明了意识形态与乌托邦之间的区别，

---

① 曼海姆. 意识形态与乌托邦［M］. 黎鸣，译. 北京：商务印书馆，2000：序言14.

即对立关系，然而却忽视了两者之间还具有内在的同一性和相对性，即乌托邦与意识形态之间是可以相互转化的。正如曼海姆所说：“在一定的情况下，什么表现为乌托邦，什么表现为意识形态，本质上取决于人们运用这种标准来衡量的现实的阶段和程度。显然，那些代表了占主导地位的社会秩序与思想体系的阶层，会把他们所具有的那种关系结构感受为现实，而被迫反对现存秩序的集团则对他们所力争的和通过他们而实现的社会秩序的初次感到兴奋。一定的秩序的代表，会把从他们观点来看在原则上永不能实现的概念叫乌托邦。”① 既然乌托邦和意识形态是可以相互转化的，那就意味着乌托邦冲动在现实化的进程中隐含着与生俱来的悖谬性。而格非在《人面桃花》中正好揭示了古典与现代两种乌托邦冲动的悖谬性，这是一种历史的两难，如同二律背反，无法摆脱，散发出历史的宿命气息。从古典形态的江湖乌托邦来看，陆侃的桃源情结属于原发性的乌托邦冲动，它是中国传统士人力图逃避或者改变现存社会秩序的一种潜在心理诉求，然而，一旦这种潜在的心理诉求或者文化冲动诉诸现实社会进程，即由王观澄为代表的花家舍人逐步变为现实，原先的不确定的乌托邦冲动就衍变为凝固的意识形态了。在这个意义上，意识形态是对乌托邦的反动。于是我们看到在《人面桃花》中，花家舍被掀开了诗意温情的面纱，而裸露出暴力和杀戮的真相。不仅古典的江湖乌托邦存在着这种历史的悖反，现代的革命乌托邦也不例外。当陆秀米继承了张季元等人的遗志而投身革命后，革命先辈的乌托邦冲动便开始在现实的革命进程中流露出了意识形态的本质。

尤其是当我们看到正是革命党人“小驴子”周怡春策划了花家舍的内部暴力事件时，两种乌托邦之间的精神同一性可谓一目了然。无论是古典的江湖乌托邦还是现代的革命乌托邦，当它们走向现实社会进程的时候，

① 曼海姆. 意识形态与乌托邦［M］. 黎鸣，译. 北京：商务印书馆，2000：200.

其自身的历史背反如出一辙。而且在特定的历史条件下，二者会呈现出合流或合谋的倾向，即如《人面桃花》中的乌托邦叙事所暗示的那样，现代的革命乌托邦与古典的江湖乌托邦之间不仅同构而且同质，于是革命乌托邦也就褪去了现代色彩，演变成了新古典主义的乌托邦。这当然是一种历史的轮回，而不仅仅是我们习惯上所说的辩证螺旋式的上升。小说中关于乌托邦叙事的历史轮回还借助于几个颇有些神秘性的物件或意象给予了暗示。一个是花家舍，它在小说中反复出现，沟通了古典的江湖乌托邦与现代的革命乌托邦之间的精神渊源。二是金蝉，它是小说中革命党人之间传递的信物，女主人公秀米的一生与金蝉有着不解之缘。当初张季元在临难逃亡前第一次赠给她金蝉，这是两人之间革命乌托邦冲动传递的精神信号。第二次是在花家舍被困期间，老尼韩六送金蝉给秀米，在某种意义上唤醒了秀米内心的革命乌托邦冲动。第三次是小驴子送金蝉给秀米，此时秀米在革命失败后闭门禁语，她拒绝小驴子的来访，这意味着革命乌托邦冲动在她的内心深处已寂灭。丧失了革命乌托邦意义的金蝉不过是一个无用的空壳而已，它在灾难的岁月里只能被废弃。小小的金蝉脱壳，恰好隐喻了秀米追逐乌托邦的迷幻人生。还有一个在小说中反复出现的意象是瓦釜，它其实是一件古老高妙的乐器，这是父亲陆侃的遗物，晚年的秀米在瓦釜里逐渐融化的冰花中仿佛看到了自己的过去和未来，远去的父亲陆侃和遗失的儿子谭功达正在向她走来。秀米就在这种幻觉中死去，她无法拯救自己，除了弥合自己内心的创伤，她无法阻止自己精神密码中的乌托邦冲动开始再度轮回。

（三）

关于《人面桃花》和《山河入梦》的创作动机，格非这样说道：“一部小说的动机往往来源于一个简单的比喻。我在写《人面桃花》时，无意中想到了冰。在瓦釜中迅速融化的冰花，就是秀米的过去和未来。这个比喻是我的守护神，它贯穿了写作的始终，决定了语言的节奏和格调，也给我带来了慰藉和信心。那么，什么是《山河入梦》的比喻呢？我想到了阳光下无边无际的紫云英花地。假设，花地中矗立着一棵孤零零的苦楝树；假设，一片浮云的阴影遮住了它。望着这片阴影，姚佩佩在心中许了一个愿，闭上了眼睛。不管姚佩佩如何挣扎，那片阴影永远不会移走，因为它镌刻在她的心里。为什么我的内心一片黑暗，可别人的脸上却阳光灿烂？这是姚佩佩的问题，也是我的问题。”① 在我看来，《山河入梦》中的这个核心比喻或者中心意象具有双重性，阳光下苦楝树的阴影遮蔽了一片紫云英花地，简言之，阳光与阴影，各自象征着一种乌托邦冲动，构成了这部长篇小说中乌托邦叙事的分裂、冲突与背反。

与《人面桃花》把故事时间选定在清末民初不同，《山河入梦》的故事时间主要被安排在中华人民共和国建立后的20世纪50年代末到60年代初，广义上就是人们习惯上所说的“十七年时期”。这个时期产生了大量的“红色经典”，尤其是农业合作化题材的长篇小说中普遍具有乌托邦叙事的特征。但《山河入梦》并没有简单地重复当年的革命浪漫主义形态的红色乌托邦叙事，而是以冷峻的历史眼光回望那一段乌托邦冲动的历史，不仅写出了那种充满了“大跃进”精神的共产主义乌托邦冲动的历程，而且揭示了被共产主义乌托邦冲动所压抑或遮蔽的另一种人道主义或自由主义的乌托邦冲动。如果借用那个年代的习惯用语，那么前一种属于红色的乌托邦冲动，拜太阳或阳光所赐，而后一种属于灰色的乌托邦冲动，带有所谓不可见人的“小资情调”，只能存在于阳光下的阴影中。这两种乌托邦冲动在小说中分别由男女主人公谭功达和姚佩佩来体现。值得指出的是，格非在《山河入梦》中的乌托邦叙事是充满了矛盾和缠绕的，作者既写出了红色的

---

① 见格非的《山河入梦》封底文字。（格非．山河入梦［M］．北京：作家出版社，2007.）

共产主义乌托邦冲动与灰色的自由主义乌托邦冲动之间的矛盾和冲突，又写出了红色的共产主义乌托邦冲动内部的裂隙和矛盾，还写出了两种不同性质、不同色彩的乌托邦冲动之间的融合和交集。这种种矛盾和冲突着的乌托邦叙事，在小说中主要借助于男女主人公谭功达和姚佩佩的凄凉的爱情故事和不幸的人生遭遇来完成。

从红色乌托邦来看，一切都离不开谭功达，他是小说的男一号，也是小说中乌托邦叙事的关捩和纽带。谭功达是陆秀米之子，长大后投身革命，中华人民共和国成立后出任梅城县县长。按照新的建制，在梅城县和普济乡，到处都有关于陆秀米的传奇人生故事在流传。生性敏感的谭功达多少年来在内心中一直有一种隐隐的恐惧，不管自己如何挣扎，他终将走到母亲的老路上去，无可逃遁。这是无可选择的命运，更是历史的圈套和轮回。事实上，革命成功后的谭功达确实沉浸在了天下大同的桃源梦中，他要做的就是把母亲陆秀米乃至外祖父陆侃的桃源梦接续起来，这是超越时空的精神链接，显示了20世纪中华民族文化心理结构中乌托邦冲动的超强力量。正如谭功达革命年代的文书高麻子乡长在匿名书中所言："公主梅城县政，不思以布帛菽粟保暖其身，而欲汲汲于奇技淫巧、声光雷电，致使道有饿殍，家无隔夜之炊。民怨鼎沸，人心日坏。造大坝，凿运河，息商贾，兴公社，梅城历来富庶之地，终至于焦瘁殆尽。为公思之，每恻然无眠。须知梅城小县，非武林桃源，不能以一人之偏私，弃十数万生灵于不顾。退社之风，盖有源于此。人事天道，自有分界。人事所不能，待以天道而已。夫人定胜天者，闻所未闻，非愚则妄，不待详解。至若共产主义于一九六二年实现，则更是荒诞不经，痴人说梦。"高麻子是谭功达的诤友，他对李自成和朱元璋的一番明辨，其意在于使谭功达幡然悔悟，不再执迷于天下大同的桃花梦。可惜谭功达并未清醒地意识到自己正置身于一个"天下山河都入梦中"的时代幻境之中。他还请人画了一张梅城规划图，技法精湛、出神入化，名曰《桃源行春图》。正当他雄心勃勃地准备实现自己的桃源梦时，他力主修建的普济水库崩溃，因情节严重，他被撤职反省。然而，谭功达并未因此而从红色的乌托邦迷梦中醒来，在被边缘化的日子里他仍然坚守着自己的共产主义大同理想。如果借用曼海姆的观点，此时的谭功达依旧在拒绝让个人的乌托邦冲动意识形态化，他顽强地守护着内心中的共产主义乌托邦理想，而无视现实中共产主义乌托邦已经陷入了意识形态困境。比如在郭从年领导和主宰着的花家舍人民公社里，尽管道不拾遗、秩序井然，然而掩盖不住社员内心的忧戚，因为他们的人身自由遭到限制，神秘的101组织暗中监控着花家舍所有人的生活。就连临时寄居在花家舍的谭功达的一举一动也遭到了严密监视，他与姚佩佩的通信也无任何私密可言。知道了这一切后的谭功达十分恐惧，郭从年和他的花家舍共产主义乌托邦在谭功达的心目中是彻底地坍塌了。然而，谭功达虽然抛弃了这种完全意识形态化了的红色乌托邦，但他内心深处的共产主义乌托邦冲动至死未泯，他临死前还念念不忘他的“梅城规划草图”。

在《山河入梦》中，与红色乌托邦叙事相对立的是灰色乌托邦叙事。姚佩佩是灰色乌托邦叙事的主人公，她内心深处永不磨灭的是一种人道主义—自由主义乌托邦冲动。这种乌托邦冲动与那种意识形态化或者体制化了的红色乌托邦秩序之间存在着巨大的张力，甚至可以说是背道而驰。而怀抱着这种另类乌托邦冲动的姚佩佩，在艰难苦恨的人生坎坷中始终痴心不改，执意向着自己内心中的乌托邦境界进发。姚佩佩出身于政治问题家庭，父亲在新中国建立初被镇压，母亲自缢身亡，她像一棵苦楝树一样孤零零地生存在阳光普照的大地上。孤独的姚佩佩渴望自由，但就连一点微薄的人道尊严竟也难以实现。她一直觉得自己生活在黑暗中，她内心的黑暗无边无际，她短暂的一生始终在追求着光明而不可得。她深爱着谭功达，但这个迟钝的中年男人一再与她失之交臂。她唯一可以说上话的女友是汤碧云，但正是汤碧云狠下心出卖了她。她被金秘书长强暴后复仇成功，但因此而成了被通缉的杀人犯。她在逃亡中历经劫难，但最终鬼使神差地从终点回到了起点，自投罗网。姚佩佩死了，带着她永难实现的自由主义乌托邦梦幻死了。但她在逃亡中写给谭功达的书信产生了奇妙的效果，阅读姚佩佩的书信，谭功达觉得自己的身心与姚佩佩已合为一体。所以小说的结尾专门写道了谭功达在弥留之际与姚佩佩在幻觉中重逢，那是一个“没有死刑、没有监狱、没有恐惧……没有烦恼”的世界，共产主义乌托邦与自由主义乌托邦在那里仿佛不再是两难选择，而是融为了一体。

由此我们不难理解格非为什么对姚佩佩如此的偏爱，正如他所说：“我想《红楼梦》里面最能表达作者内心的也不是贾宝玉，而应该是林黛玉。在《山河入梦》里，姚佩佩在相当程度上隐含了作者。”又说：“其实姚佩佩的身上，更多地寄托了我的情感和我对这个世界的思考，她身上当然有我自己的观念和情感。谭功达是这部小说的主人公，但写出谭功达之后，我立刻感到了不满足，觉得他不足以表达我的内心，便想到了姚佩佩，写着写着对这个人物的感情就超过了谭功达，就发现自己跟她之间那种深切的关联。”① 格非说的是实话，对于他来说，与谭功达的共产主义乌托邦冲动相比，姚佩佩的自由主义乌托邦冲动更能与他心心相印。而且遥想那个战天斗地的红色年代，格非的人生遭遇与姚佩佩之间也并非没有关联，因为他的祖父当时因为政治问题而坐监，这种阶级成分问题曾经长期困扰着少年时代的格非。② 由此我们发现，作者与女主人公之间不仅有着内在精神自传上的同一性，而且还有外在生活自传上的相似性。

（四）

《春尽江南》是格非的《人面桃花》三部曲的收官之作。这部书让我想

① 格非，王小王．用文学的方式记录人类的心灵史：与格非谈他的长篇新作《山河入梦》[J]．作家，2007（2）．

② 格非，任赟．格非传略 [J]．当代作家评论，2005（4）．

起了格非早年的另一部长篇小说《边缘》。在《春尽江南》中，作者主要就是站在“边缘者”的立场上讲述我们这个时代的故事。我们这个时代一直被主流媒体称作“盛世”，我们这个时代的大街小巷也一直流行着《春天的故事》。格非显然没有那么乐观，他要做的就是从一个客观冷静乃至有些戏谑的叙述者角度，来透视我们这个习惯于以“春天”命名的时代里所隐藏的真相，当然包括社会众生相，但更重要的是一个时代的精神真相和心理潜影。唐人杜牧有诗云“秋尽江南草木凋”，折射了晚唐的衰飒和没落，而格非以一字之易，其“春尽江南”的中心意象，显然也包含了作者对于我们这个所谓盛世的末世情怀。书中的主人公谭端午一直喜欢阅读欧阳修的《新五代史》，据说就是一本“末世之书”，这应该不是偶然的。格非能在盛世中怀抱末世之感，是因为他看透了百年中国乌托邦冲动中暗含的循环和轮回，时空在流转，而精神总是跌入深渊。早在关于《山河入梦》的访谈中格非就明确地说过：“是的，我是一个宿命论者。其实我们每个人的内心都是一个预言家，对未来我们早就心知肚明，可是有些人装作看不到，自我麻痹，时间久了就是真的麻木了。”他同时又为自己辩解：“我常说，悲观就是乐观。……悲观是乐观的前提，要有勇气看到悲观的东西，并且有能力去承受。”① 所以，我们可以说，格非的《人面桃花》三部曲是悲观之书，也是乐观之书，乐观来自于悲观，正如希望来自于绝望。

尽管叙事背景已转换至“改革开放”年代，但《春尽江南》在精神脉络上依旧与前两部紧密相连。谭端午、庞家玉、王元庆、绿珠、陈守仁，在这些主要人物的心灵深处，其实都涌动着乌托邦冲动，只不过与陆秀米、张季元、谭功达、姚佩佩等人相比，他们的乌托邦冲动在新的历史语境中呈现出了新的形态而已。显然，新的乌托邦形态并未完全割断与旧有的乌托邦形态之间的联系，就连谭端午那絮絮叨叨的母亲，也就是谭功达的遗

---

① 格非，王小王．用文学的方式记录人类的心灵史：与格非谈他的长篇新作《山河入梦》［J］．作家，2007（2）．

孀张金芳也看出来了，她的两个儿子都有点疯疯癫癫、与众不同，区别在于，王元庆更像死去了的老鬼谭功达，而谭端午的身上似乎有着姚佩佩的精神血液。也许老太太朴素的直觉并不错，但毕竟是置身在一个所谓以新见称的时代里，谭端午和王元庆们的乌托邦冲动必然带有属于这个新时代的色彩和特质。从书中反复出现的关于“春尽江南”的写景描摹文字来看，“春”的象征意义不言而喻，它指涉我们这个时代的改革开放进程，简言之，即现代化神话。从20世纪80年代跃进到90年代以后，古老的中国已经和正在现代化的高速路上飞奔。如果说80年代的现代化暂时还未大规模地暴露其流弊的话，那么90年代以来的现代化进程就已经深深地酿成了大部分人的心理隐痛了。换句话说，如果说现代化或现代性在80年代还属于神话或者乌托邦的范畴，属于民众满怀期待要实现的理想，那么，经过90年代和新世纪的大规模的现代化扩张之后，现代化或现代性业已成为一种主流意识形态，丧失了其早先作为乌托邦思想和冲动的反抗性，由此也沦为了新的乌托邦思想和冲动所要反抗的对象。只有在这个意义上，我们才能理解为什么谭端午和王元庆们要反对自己的时代，为什么他们置身在一个春天的盛世里却有着秋天的悲凉，因为他们怀抱着另一种乌托邦冲动，这是对曾经的现代化乌托邦冲动沦为主流意识形态的一种反抗。他们对时代的疏离、拒绝和反抗，并不能简单地理解为反现代化，其实质是对现代化或现代性的反思，由此形成了与主流的现代性意识形态相对抗的另一种乌托邦思想和冲动，即新保守主义或新传统主义乌托邦。

不难看出，《春尽江南》中的几个主要人物都经历过由现代性追求转向新保守主义的精神嬗变。男主人公谭端午的人生转折发生在20世纪八九十年代之交，主要是80年代末的那次政治事件改变了他的精神航向。作为知名诗人，谭端午在80年代以现代性的名义疯狂地追逐着爱情和政治，这个时期的谭端午确实与他父亲谭功达当年心爱的女人姚佩佩在精神上一脉相承，他们追逐的都属于人道主义—自由主义的激进乌托邦。小说中重点暗示了诗人海子之死对于谭端午那一代人精神转折的象征意义。在遭受政治和人生挫折后，谭端午返回原籍，进了鹤浦市方志办公室任闲职。从此，他开始了另一种人生状态，用妻子庞家玉的话来说，谭端午过着一种“正在一点点地烂掉”的生活，而且乐此不疲。他陶醉在各种西方古典音乐中，他对工作和婚姻没有任何的激情，他在小说中自始至终都在读欧阳修的那部《新五代史》。他不仅厌倦了政治和婚姻，他甚至对消费主义时代的欲望消费也丧失了兴趣，这与他当年的诗友徐吉士形成了分流，后者由80年代的自由主义乌托邦直接滑向90年代以来的欲望化漩涡，而谭端午选择了疏离和对抗，所以他在妻子的心中定格为一个“当代隐士”，这与小说中的那座招隐寺不谋而合。在漫长的《新五代史》阅读中，谭端午对欧阳修的忧世伤生感同身受，尤其是对书中频繁出现的“呜呼”二字心有戚戚，显然他在这部“衰世之书”中看到了我们时代的另一精神面影。他对钱穆和陈寅恪关于《新五代史》的赞语深以为然，恨不能像欧阳修那样“用一本书的力量，使时代的风尚重返淳正”。小说附录的那首诗《睡莲》，既可以视为谭端午对死去的妻子庞家玉的和解与呼唤，也可以视为作者对我们这个腐烂的时代的招魂和抗议。有意思的是，当庞家玉认为谭端午“正在烂掉”的时候，其实她不知道她说的正是她自己。庞家玉原名李秀蓉，在叫作李秀蓉的80年代里，她和端午一样是个有浪漫情怀的青年诗人，但在90年代以来的市场经济体制中，她在现代化的神话或意识形态里越陷越深，她由诗人摇身变成了律师，她与谭端午的价值立场越来越远，为了迎合这个时代的需要，她甚至不惜奉献自己的肉体，她对儿子学习的苛刻要求更体现了她与这个时代的合谋。只有当死神提前来到她面前的时候，庞家玉才幡然悔悟，她决意听从内心声音的召唤，抱病出走西藏。西藏在庞家玉的心中意味着乌托邦，那是一个也许还没有被现代化污染的地方，她在最后时刻与谭端午的精神终于息息相通。还有谭端午同母异父的哥哥王元庆，这个在市场经济年代发迹的老板，突然斥资几千万元建了一个“城市山林”

别墅群，其实就是一座精神病院，而他自己成了第一个住进去的精神病人。显然，王元庆的精神裂变中隐含了他对现代化神话和消费主义意识形态的拒绝和反叛。他在精神病院中还念念不忘要在花家舍里建成一座传统书院，而事实是，花家舍被他的投资合伙人张有德改造成了一座销金窟，在那里成天上演着花家舍历史上各种传奇人物的搞笑故事，曾经的乌托邦历史就这样被消费和消解了。

在《春尽江南》中，与其说花家舍是乌托邦，不如说“城市山林”那座精神病院更像是乌托邦。新世纪的花家舍已成了温柔富贵乡，是消费主义的天堂。在这里我们看到了这个时代里乌托邦与意识形态之间合谋性的融合。同样，陈守仁的别墅“呼啸山庄”，还有谭端午和绿珠时常光顾的“荼蘼花事”，都不是纯粹的乌托邦，因为市场经济时代的消费主义意识形态完全渗透其中。即使是谭端午的红颜知己绿珠一直恋恋不舍的那座“香格里拉乌托邦”，最后也被她亲身证明不过是另一个被改造过的花家舍而已。这意味着现实生活中不可能有纯粹的乌托邦，真正的乌托邦是一种精神、一种理想、一种冲动，它必须处于待定和未完成的状态，一旦现实化和对象化，它必然沦为固化的意识形态，从而成为新的乌托邦所反抗的对象。这就是乌托邦与意识形态之间的悖论。在《人面桃花》三部曲中，格非不仅向我们揭示了百年中国乌托邦进程中的历史悖论，而且暗示了这种历史悖论中无法摆脱的集体无意识力量，因为乌托邦也好，意识形态也罢，其本质都属于集体无意识范畴。① 然而，格非在《春尽江南》中所凸显或流露的新保守主义或新传统主义姿态，作为我们这个时代的一种乌托邦冲动或集体无意识，难免会遭到误解。事实上，新传统主义并不意味着完全回归传统，而是指向对传统的创造性转化。如格非所言：“我们今天重新谈回到传统，谈到对传统的认知，谈到对中国传统资源的一种认可，一种继承，

---

① 曼海姆. 意识形态与乌托邦［M］. 黎鸣，译. 北京：商务印书馆，2000：41.

它本身也是一种意向，实际上是回不去的。而传统价值我觉得也是有道理的，有必要的，不是说要将我们现在的维度整个抛掉……我觉得这也是一种误解，没有这回事。”① 这虽谈的是关于中国传统叙事资源的话题，但对整个中国传统文化资源同样适用。新传统主义或新保守主义并不完全拒绝现代性维度，它要表达的是对单一现代性神话的超越，它最终指向的是民族文化和文艺的复兴。

① 格非，于若冰．关于《人面桃花》的访谈［J］．作家，2005（8）．

第七章 | ◆

成一“晋商小说”创作与重述“传统”

（一）

在新世纪以来日渐繁荣的“商业历史小说”创作潮流中，山西作家成一的文学史地位正在日益凸显。其实，成一成名甚早，早在1978年，他的《顶凌下种》就曾荣获全国首届优秀短篇小说奖。可惜此后随着“山西作家群”在整体上失去了昔日的荣光，成一的小说创作始终处在转型的痛苦和困惑中，成一的名字也在文坛和读者中依稀莫辨。成一最初是凭借农村题材的小说而登上文坛的，但最终奠定他的文学史地位的还是商业题材的小说，准确地说，应该是“商业历史小说”。当今商业题材的小说中，着眼于现实商战的大多艺术境界不高，但着眼于商界历史的长篇小说则时常显示出别具一格的思想和艺术魅力。

成一的小说创作从现实的农村题材转向历史的晋商题材发生在1986年，

他把自己的这一文学转型看成是“弃农从商”,① 这是成一文学创作道路上的一次根本性的转移，他终于找到了属于自己的文学领地。可以毫不夸张地说，成一是当代中国大陆“商业历史小说”第一人。如果放眼港台，那么这顶桂冠应该要戴在台湾作家高阳的头上，高阳的《胡雪岩全传》在民间读者众多，他把徽商胡雪岩的传奇人生实现了艺术的复活，这是现代中国“商业历史小说”的一大创获。但高阳的“商业历史小说”偏近于历史通俗演义，这与成一由来已久的严肃文学旨趣还是很不一样的。② 成一迄今写晋商的三部长篇小说《真迹》（1993）、《白银谷》（2001）和《茶道青红》（2009），尽管也有意增强了作品的可读性，但还是难掩作者骨子里的纯文学追求。事实上，大陆这些年来勃兴的“商业历史小说”主要走的是成一这样以纯文学为主的路子，早的如王旭烽的《茶人三部曲》，近的如朱秀海的《乔家大院》、都梁的《荣宝斋》，还有二月河与人合作的《胡雪岩》之类，虽然写的是商业题材，但由于有了严肃的历史视野的观照，故皆能写出个体的人在历史转折中的悲剧命运，从而冲淡了商业色彩，所以不能因为它们与电视媒体的联姻而简单地斥之为通俗的流行文本。

在中国商业史上，素来有“五大商帮”之说，尤其是明清以降，以晋商、徽商、浙商、苏商和粤商为首的商帮在中国商界风云际会、呼风唤雨，上演了一幕幕民间商界传奇。近些年来，根据这些商帮题材而创作的各种叙事文本也在悄然兴起。随着《白银谷》和《乔家大院》走红影视网络，晋商和“晋商小说”已然构成了当代文坛一个无法绕开的话题。而要探讨“晋商小说”，我以为成一肯定是第一选择，这不仅是因为成一的“晋商小说”开了当代中国大陆“商业历史小说”的新风气，更重要的是，成一的“晋商小说”创作历程中隐含了新时期以来中国作家从事商业历史叙事的艺术观念的变迁。与高阳、王旭烽、二月河、朱秀海等作家一出手就相对定

---

① 成一. 白银谷：下［M］. 北京：作家出版社，2001：1 031.
② 刘江华. 成一：不学高阳《胡雪岩》［N］. 北京青年报，2004－02－26.

型的商业历史叙事趣味不同的是，成一的“商业历史小说”写作经过了一个不断展开思想和艺术探索的里程，比如由早期的先锋式解构型写作，转入传统的写实型写作，再转入诗意化的理想型写作，成一的“晋商小说”体现了他不断求索的商业历史叙事旨趣。在这个意义上，成一的“晋商小说”是我们探究当代中国作家从事商业历史叙事的一个不可多得的标本。

从现在比较流行的商业历史叙事作品来看，存在着若干艺术取向：第一种类型是重商业而轻历史，作者过于迷恋讲述商界的奇闻轶事、商场的经营博弈和商人的传奇人生，因此而忽视了对历史本身的思考，如邓九刚的多卷本长篇小说及长篇电视连续剧《大盛魁商号》就是著例。第二种类型是重历史而轻商业，所谓借商业而言历史，如二月河与薛家柱合著的长篇小说《胡雪岩》，以古老的章回体来讲述红顶商人胡雪岩的传奇人生，但作者意不在商业而在历史，商业是躯壳和外衣，历史才是核心和关键，揭示胡雪岩传奇人生中的历史悲剧才是作者的创作旨趣所在。当然这里的历史有“大历史”与“小历史”之别，二月河迷恋的是大历史，他喜欢把商界精英的商业奋斗放在宏大的政治斗争中去表现，而王旭烽更看重小历史，她以女作家的细腻才情着意于表现商人家族在历史浮沉中的世相人生。第三种类型则是以成一的《白银谷》和《茶道青红》为代表的商业和历史并重的商业历史叙事，这是一种没有把“商业”和“历史”强行分离或简单叠加的“商业历史小说”，它抓住了“商业历史小说”的根本，即再现中国商业史中商业制度的变迁，而把商界人物的性格和命运置放在这种商业制度变迁的背景中予以艺术的展现。显然，成一的商业历史叙事相比其他作家而言要“专业”得多，他对晋商或曰西商历史的书写抓住了这种特殊题材的灵魂。

这样说并不意味着成一从开始就抓住了商业制度史的写作核心，其实从他的早期“晋商小说”写作来看，在成一最初的心目中“晋商”实在是一个巨大的历史谜团，只是随着时间的推移和时代的变迁，作家对历史的认识才逐步发生了深刻的变化，晋商之谜才渐次解开。正如作者所言：“笔者留意明清时代的山西商人，是从 1986 年开始的。那时的神州大地，商风还未兴。令笔者惊异的是，在民间被神化了的晋商，在山西省志以及它的发祥地太原、祁县、平遥、太谷等州县的地方志中，竟然没有一字提到！寻了许多相关的文人笔记野史，也几乎不着痕迹。在一百年前，商家还挤不进中国的正史，就是到了改革开放前的 70 年代，商也依然离异端最近。而到 90 年代，忽然就举国崇商，无人不言商。真是沧海桑田，你不长阅历也难。”① 由于资料的匮乏和视野所限，成一早期写的“晋商小说”大抵属于消解历史的“新历史小说”，而随着作者对晋商历史的认识加深和精准把握，他的“晋商小说”就转而致力于挖掘并复活真实的历史了。而由于作者此时抓住了商业制度史的核心，故而这时期的“晋商小说”转向了“发明传统”，即在历史资料十分匮乏的情况下，通过实证和想象相结合的方式，把一种几乎已消亡的中国商业文化传统——晋商文化传统加以创造性的复活。在这种以“发明传统”为取向的“晋商小说”中，商业制度史或者文化史已经取代了表层的商战史。

（二）

成一转向晋商题材的 1986 年正是中国当代文学史上“寻根文学”方兴未艾而“先锋文学”后来居上的时节。无论“寻根”还是所谓“先锋”，20 世纪 80 年代中期的中国文坛在文学观念和写作策略上正经历着巨大的裂变。我们很难说成一当年的创作转向没有受到这种文坛裂变的影响。放弃原先轻车熟路的山西风味的农村小说路子，而转向陌生的几乎毫无依傍的晋商题材历史遗痕，这对于成一来说既是一场文学的历险，也是响应文学

① 成一．千山［M］．太原：北岳文艺出版社，2001：自序 2.

的召唤，因为在一个文学变革的年代里，与其墨守成规，毋宁开辟新径，做一个文学的拓荒人。成一 20 岁以前一直生活在“祁太平”中的太谷县城，他的祖、父两代都在那里经商，① 虽然他的青少年时代是一个商风不兴反受抑的年代，但毕竟早年的生活环境中遗存的历史的蛛丝马迹，还是给日后成一的创作转向埋下了艺术的伏笔。正是在这种得天独厚的个人生活环境和文学时代精神的交互作用下，成一转向了“晋商小说”写作，并且为当代文坛别开了新生面。一方面，成一的转向可以视为“寻根”行动，他对晋商历史的追寻，包孕着作家与生俱来的一种寻根溯源的冲动；另一方面，成一早期的“晋商小说”毕竟与常见的“寻根小说”之间有着很大的差异，与后者一般习惯于将历史和文化加以神秘化或神圣化处理不同，成一的早期晋商文本对于晋商历史的处理属于解构性的，成一热衷的是历史的祛魅而不是神化。在这个意义上，成一早期的“晋商小说”与其说属于“寻根文学”范畴，毋宁说与“先锋文学”有着更加深厚的精神血缘。

其实，20 世纪 90 年代以来大兴的“新历史小说”潮流正滥觞于 80 年代中期的“寻根小说”和“先锋小说”思潮之中，莫言的《红高粱》和格非的《迷舟》都属于最典型的例证。《红高粱》和《迷舟》最初是作为“寻根小说”和“先锋小说”的典型文本而广为人知的，及至“新历史小说”蔚为大观之后，它们隐含的文学史贡献才得以被追认。如果说《红高粱》在追寻民族精神的过程中悄然消解了正统的革命历史叙述成规，那么《迷舟》则以近乎编年史的叙述形式反讽地解构了正统历史叙述的合法性。毫无疑问，消解历史是“新历史小说”的核心叙述法则。在“新历史小说”的历史上，成一也许算不上是一个开风气的人，虽然他早在 1986 年就开始涉足“晋商”的历史题材了，但他真正推出消解历史的“晋商小说”则到了 90 年代初，可见成一是一个慢工出细活的作家，他对自己的写作一直秉

① 成一. 白银谷：下［M］. 北京：作家出版社，2001：1 031.

持着“经济”的原则，拒绝重复和自我重复，这在当代中国文坛尤为可贵。90年代初，成一发表了包括长篇小说《真迹》和中篇小说《商家笑史》《惊人之举》在内的“晋商小说”系列，惜乎影响不太大，但今天看来，它们毕竟开了中国当代“商业历史小说”的先河，尤其是开了“晋商小说”写作的先河。这几部作品基本上都属于消解历史的“新历史小说”，其意在于祛除笼罩在“晋商”上的神秘历史面纱。长期以来，虽然官修的正史上没有晋商的位置，但民间关于晋商的传说故事众多，这就更加增强了晋商历史的神秘性。如何破解或者祛除这种神秘性，就成了成一最初的“晋商小说”写作所面临的最大问题。从《商家笑史》这个题目来看，作者消解晋商历史神秘性的意图便一目了然。作者无意于去书写晋商的正史，或者说是光荣史和传奇史，他感兴趣的是晋商光荣史背后的历史暗角，甚至是让曾经叱咤风云的晋商大亨们难堪的历史瞬间或者历史噱头。小说的主人公何召棠尽管早年做过天成元的京号副帮，也算是晋商中有过显赫业绩的人物，但作者没有把笔墨花在何老帮如何驰骋商场上，而是对准了何老帮最不堪回首的人生拐点，即他是如何从何老帮沦落为“何老爷”的。何老帮原本在商海如鱼得水，孰料一念之差走上了科举路，而且一不小心就中了举，成了“何老爷”，他的人生由此急转直下，因为按照大清律法，商家是不能驱遣举人老爷的，他只能退而求其次，在老东家里委曲求全做一个私塾先生，年薪一落千丈。何老帮的人生于是成了商家笑谈，晚年只能以冯梦龙编的《古今笑史》排遣郁闷。他自以为从这本修炼风流名士的经典中看出了对于从业商界者的明鉴，遂向老东台提出批注并印行《古今笑史》，用以培训各路伙友，可见他重返商界的念头依旧执着，但他的最后念想遭到了东家轻描淡写的排拒，绝望中他只能跟随护院武师练拳虚度余生了。小说这样子的结局无疑是辛酸的反讽，仿佛让后人看到了辉煌的晋商史上的一个不和谐的斑点。与《商家笑史》重在讲述历史的噱头不同，《惊人之举》直接对准了晋商走向没落的历史隐痛。当清末朝廷准备组建户部银行之际，晋商票号中执牛耳者——蔚泰厚的大掌柜毛云生却在晋中平遥老号里因长年吸食鸦片烟而苟延残喘，而京帮李宏龄对此却一无所知，一直在苦等毛老总的“惊人之举”来化解危机。小说在最后时刻点明了毛云生的隐秘，晋商的辉煌史顿然轰塌。不难看出，成一在这两部中篇的写作中都采用了类似“戏说”的方式消解晋商的历史，但这毕竟不是成一商业历史写作的本色。

真正能体现成一早期“晋商小说”本色的是长篇小说《真迹》。这是一部典型的“新历史主义”长篇小说。作者用戏仿的叙述策略从根本上颠覆了晋商的传奇神话。关于自己的新历史观，成一解释说，他小时候居住的小城中有一座东寺，东寺中有一座藏经楼，“拆迁时，我亲见一砖一瓦细心卸下，编号装箱，说是将在一个更美好的地方原样复制出来。多年后，我在省城的一个大公园中，见到了复原出来的这座藏经楼。它焕然一新，重加漆画，但我怎么也不能习惯，总觉得它似老妇浓妆，不忍细睹”。“所以，我在写这个过去的故事时，没有敢企图‘重现历史’，仍然是把它当作一个现代故事来讲。”① 成一在这里已经再明白也不过地表述了自己无意还原历史的创作观念，他对“重现历史”持怀疑态度，这与海登·怀特等西方新历史主义哲学家怀疑历史叙述的真实性和可靠性如出一辙。所以，成一选择了讲述一个关于晋商的“现代故事”，他巧妙地借用了侦破小说的叙述模式，表面上是企图侦破晋商大户——康家天成元号的一起失窃案件，实则是为了隐喻以天成元为代表的辉煌晋商历史的虚无与荒诞。这是一个没有结局的侦破故事，从根本上颠覆了侦破小说必须有侦破结果的叙述成规，从而成为了名副其实的反侦破小说。中国当代先锋小说家一度十分热衷于这种文体的戏仿与解构，如马原、格非、余华、北村等人时常借用通俗小说文体，如侦破、爱情、寻宝、武侠等来传达自己反通俗的先锋姿态，成

---

① 成一．真迹［M］．上海：上海文艺出版社，1993：302.

一似乎也未能例外。《真迹》事关晋商的历史之谜，但作者的叙述实则是一个没有谜底的谜面。晋中天成元康府出了盗石案，康老太爷钟爱的一套冻石印章无端被盗，丁侦探从上海来山西侦破，但他动用了自己全副西式的逻辑推理手段和种种勘查侦破技巧，终归一无所获。包括老太爷身边的老夫人在内的康府各色人等几乎都被丁侦探逐一怀疑并悉心排查，连老号的孙大掌柜和京号的梁老帮等人也成了潜在的嫌疑犯。但丁侦探的侦破行动出现了他自己都难以接受的尴尬局面，他发现自己越来越成了被监视的对象，他六次私闯老院，一心寻找盗窃犯，结果自己似乎也变成了嫌疑犯。即令如此，他还是没有查获案犯，只能在万般的迷惑与遗憾中离开了康府。几年后，丁侦探在上海重逢昔日的侦破助手刘守义，据刘陈述，原来当初康府根本就没有发生盗窃案，因为从老太爷卒后的遗物中发现了端方的信函，那套石头为端方所赠，但端方有意留下了两方贵重的石印，即老太爷传说中丢失的两块石头。这样看来，丁侦探从一开始就跌入了一个陷阱，只不过制造陷阱的人并不是作案者，反而是案件的当事人。很可能因为老太爷年老失忆，过着似梦非梦、似真非真的生活，在精神恍惚中制造了这次盗石案。但丁侦探最终还是不能确定这种解释的合法性，因为所有关于老太爷的陈述都是出自他人，而老太爷自始至终都未现身，那么，谁的陈述是真实的？这是一个永远无法验证的问题。十年后，丁侦探再次与刘守义重逢，刘告知老太爷念念不忘的那两块石头其实找到了，但古董商为了迎合康老太爷的趣味，把石印上的真迹抹去了，重新篆刻了新印章。“丁侦探毫不怀疑这是一种附会，一种虚构，一种传说。”《真迹》就在这样意味深长的氛围中结束了。成一以此颠覆了民间种种关于晋商辉煌历史的神话和传说，流露了他早期消解历史的叙述诉求。

（三）

20 世纪 90 年代末、新世纪之初，成一经年闭关修炼，终于写出了八十万言的长篇巨著《白银谷》，这部作品标志着成一消解历史的创作旨趣发生了根本性的改变。这是第一部真正意义上的还原晋商辉煌历史的大作，如果没有多年来关于晋商的学识素养的积累，以及这种积累到了一定境界所发生的质变，成一是断难写出如此宏大的历史叙事的！在某种意义上，消解历史比还原历史要容易得多，前者往往可以凭借新奇的写作技巧和观念来举轻若重，而后者只能迎难而上，在掌握充分的史料并对历史有了透彻的理解之后才能举重若轻。这就是为什么先锋作家或新历史小说家热衷于炫耀叙述策略，而一旦他们转向之后，都纷纷回归传统的写实主义的缘故，因为只有举重若轻的作品才是大气的作品，更能体现一个长篇小说家的驾驭能力。平心而论，《真迹》写得巧则巧矣，虽令人眼花缭乱，但只能诉诸读者的理性和智慧，而不能诉诸读者的情感和心灵。而《白银谷》则不同，这部长篇规模宏大，在晚清末年庚子国变的大时代背景中，作者有条不紊地铺叙了以天成元为代表的西帮票号在民族灾难中自救与救国的历史波澜，西帮票号巨贾凭借富甲天下的财力，在历史巨变中不仅上演了惊天动地的“赔得起”，而且在迎接两宫西狩的大排场中让世人真正见识了晋商的大气魄。没有花哨的写作技巧的卖弄，作者仿佛返璞归真，但扎实的细节描写却产生了巨大的艺术魅力。

为了还原晋商的历史，成一在小说观念上显然做了必要的调整。他说：“小说，先得要好看。历史小说要好看，主要得靠历史的魅力，史实的魅力，而不能只靠今人的‘戏说’。这是历史小说的规矩。事实上，没有足够的史实做依据，今人也是很难将西帮的传奇，‘戏说’出来的。”① 这种强调史实的实证精神，与作者写《真迹》时期的新历史小说观念之间相距何止霄壤。在广泛搜罗并消化晋商史料的过程中，成一选择了晋商独创的票号作为突破口。西帮票号是清代商界的一个金融传奇，它既与同时期东西

① 成一．白银谷：下［M］．北京：作家出版社，2001：1 030.

洋的银行有异，同时也有别于本土的钱庄或典当行之类。晋商由传统的经营茶叶和绸缎发展到垄断全国的金融业，标志着晋商达到了历史的高峰。但由于历来官家轻商，士农工商的封建等级秩序千古难易，故而历来正史关于票号的记录阙如，倒是民间流传着许多关于票号的神秘传说。如关于票号的起源，民间相传是明末李自成败走北京时携带了巨额金银财货，逃经山西时一路散失，山西人得其资遂立为票号。而票号极为严密的规则则由顾炎武和傅山两位遗民名士所立，故票号还负有反清复明的秘密使命。然而，成一并没有被这种炫目的民间传说和历史演义所蒙蔽，他从民国学者陈其田的《山西票庄考略》等著述中得知，这些传说和演义不足为训。虽然山西票号史确实是秘史，但成一并未避重就轻，径直去“大胆地假设（想象）”，而是继承了胡博士的精神，长年累月地“小心地求证”。他说：“这也有些像考古发掘，得小心，耐心，旷日持久才成。不像‘戏说’，演义，那是做仿古制品。不必守太多的规矩。”① 由早期的晋商小说不要规矩，甚至以颠覆规矩为乐，到现在恪守历史小说的规矩，这不能不说是成一“商业历史小说”写作的一次全新的回归与变革。于是我们看到，当何老爷再次出现在《白银谷》中时，他身上的喜剧成分几乎被淡化到最低限度，而悲剧因素则得到了极大的强化。作者不再把何老爷的故事纯粹当作“商家笑史”来讲述，而是发掘出了这个人物性格和命运中的历史和文化内涵，比如在沦为康府家塾先生以后，何举人在太后西狩期间还曾被康老太爷有意派往西安协助邱老帮平稳渡过危局，这无疑是他生命晚年的最后一缕辉煌，何举人的形象因此而有了正剧或者正史的意味。

当然，成一的小说观念转变并不仅仅只是表现在由消解历史走向还原历史上，更重要的是，他还进一步由还原历史深入到了“发明传统”的境界。对于成一来说，要想还原晋商票号的历史，不可避免要涉及票号背后

① 成一. 白银谷：下［M］. 北京：作家出版社，2001：1 031.

的晋商文化，而一种成熟的文化必然是一种形态、一个系统，通常应包含物质、制度和思想（即狭义的文化）三个层面，而且三个层面之间是彼此渗透的，比如制度文化与文化制度就是最好的例证。成一明言："我这部小说，不是写一个富商群体，也不是写一个地域传奇，而是取了一个广角式的视角：将票号作为一个带传奇色彩的金融制度、商业制度来写。"① 不得不佩服成一的别出心裁和独辟蹊径。抓住金融制度或者商业制度这个核心视角，《白银谷》在书写晋商历史时委实显得与众不同。以商业制度为叙述中心，作者不仅能借此展开山西票号制度的表层物质经济层面的书写，如具体的商战和经营博弈之类，而且还能借此挖掘出这种票号制度背后的深层文化内涵，如支撑山西票商的传统儒家文化观念与异质性的本土商业文化观念之间奇特的融合与冲突。由此可见，成一在《白银谷》中选取的商业制度角度，其实是一种立体的多层次交融的商业文化形态史角度。在这个意义上，《白银谷》的写作可以视为一种文化寻根行为。与《真迹》不同的是，《真迹》的寻根是为了解构和颠覆历史，而《白银谷》的寻根是为了建构和还原历史，故而前者属于典型的"先锋文学"文本，而后者基本上可纳入"寻根文学"的范畴。尤其重要的是，《白银谷》的寻根是一种商业制度文化史的寻根，作者所要追寻和复原的这种商业文化制度或者商业制度文化，其实是一种"作为指导范型的传统"②，它在特定的历史语境中具有高度的操作性、稳定性和延续性，而且具有高度的仪式性和象征性，是被清代晋商所发明、建构并确立的一种中国商业文化传统。此即西方人所谓"被发明的传统"，它意味着"一整套通常由已被公开或私下接受的规则所控制的实践活动，具有一种仪式或象征特性，试图通过重复来灌输一定的价值和行为规范，而且必然暗含与过去的连续性"③。作为晋商的后裔，

---

① 成一．白银谷：下［M］．北京：作家出版社，2001：1 029.

② 希尔斯．论传统［M］．傅铿，吕乐，译．上海：上海人民出版社，1991：42.

③ 霍布斯鲍姆，兰杰．传统的发明［M］．顾杭，庞冠群，译．南京：译林出版社，2008：2.

成一在一百年后复原了被老祖宗所发明却被中断了的一种传统，使被中断或被遮蔽的晋商传统得以重建，这就是成一新的创作旨趣；通过写作而“发潜德之幽光”，成一在纸上重构传统或者“发明传统”。唯其如此，我们在《白银谷》中才看到作者对山西票号制度如数家珍、游刃有余的书写，如经营管理上的“伙东制”“身股制”“辛金制”“信报制”；行政管理上的独裁制、等级制和分片制，老号的老总直接领导京号、津号、汉号、沪号等各地方票号的老帮，老总身边有协理，老帮下面有副帮；生活管理上的不许纳妾、熟读诗书、间隔三年的休假制等。作者以天成元康家票号为中心，同时兼顾了乔家大德通、李家日升昌、曹家锦生润、贞家志诚信、侯家蔚泰厚源等西帮票号巨擘群体，读者借此一书而对西帮票号制度种种有了鲜活的理解，这无疑是成一的一大贡献。

自然，成一并没有停留在对西帮票号制度的平面化书写上，而是以现代性的批判眼光严峻地审视着这种晋商制度文化的内在症结，从而最终揭示了晋商或票号消亡的历史之谜。由于有了这种批判性的文化视野的观照，《白银谷》里的众多人物形象变得立体和复杂了起来，整部作品实现了“正史”与“秘史”的交融。小说开篇最先引起读者注意的一个关键人物是天成元票号西安分号的老帮邱泰基，他因为违背了票号只许“藏”不许“露”的规矩而被康老东台严加奚落和惩罚，由此引出晋商尚俭而徽商尚奢的不同行规。邱老帮虽然一开始即遭受贬谪，但他却是整部作品中一个贯穿始终的重要人物，他后来从逆境中奋起，在口外经受历练，在关键时刻重新被任命为西号老帮，最终擢升津号老帮，其曲折的人生道路是西帮票号中千锤百炼、任人唯贤的人事制度的一个缩影。但邱老帮飞黄腾达背后却掩盖不住他的人生悲情，因为长年驻外，“商人重利轻离别”，他的妻子姚夫人经受不住守活寡的煎熬，背地里与男仆云生和雨田先后产生了私情，并与云生私育一子。成一用了大量篇幅叙写姚夫人的两段私情，写得曲折、婉转而细腻，极富人性深度，这是作者对西帮票号制度的现代人性反思。

作者的现代性反思尤其表现在康老太爷形象的塑造上。康笏南是天成元的老东台，大掌柜孙北溟（又称孙老总）直接受其委派和领导，各地分号老帮和副帮则接受孙大掌柜的直接委派和领导，由此形成了一种金字塔式的垂直管理系统，而康笏南高高在上处于塔尖位置。康笏南不仅在票号中处于王者的地位，而且他在康府的家庭私生活中也以王者自居，虽然他对外表现出恪守知书达理和不纳妾的祖训，但其私生活极端荒淫奢靡，一生娶的六房女人中就有三位被他废为“阴阳人”，逐入尼庵。小说中关于雨地（朱氏）、月地（孟氏）、雪地（杜筠青）三位老夫人奇特而坎坷的命运的描绘，表达了作者对康老太爷的家庭统治和票号制度的严峻反思。康笏南对不纳妾祖训的遵循不过是为了维持天成元票号的商业信誉而已。而杜筠青对康笏南的暗中报复，她与车夫三喜的枣林私情是小说中写得最为缠绵缱绻的章节，可惜由于管家老夏蓄意作梗，杜筠青的报复行为被人为掩盖于无形，这是杜筠青无声的人生悲剧，也是对西帮票号制度内部病灶的尖锐声讨！小说结局写道了西帮票号的危机与衰微，这表面上是因为坐失良机，康笏南主动放弃了与朝廷合作办银行的历史机遇，而实际上与西帮票号内部的管理制度无法健全运行有关。以康笏南和孙北溟为代表的“伙东制”到清末民初已经病入膏肓，老人政治笼罩着西帮票号，康笏南的六个儿子无人在新的历史条件下脱颖而出，所谓“聋大爷”“武二爷”“善四爷”“疯五爷”“嫩六爷”都无力堪当大任，而壮志在胸的三爷又始终得不到实质性的经营管理大权，他信任的京号戴老帮和津号邱老帮同样壮志难酬，三爷最终先于康老太爷而卒，以天成元为代表的西帮票号陷入风雨飘摇就是不可避免的事了。不难看出，同样是写晋商消亡之谜，《白银谷》与《真迹》《惊人之举》截然不同，后者带有虚无、荒诞和戏谑色彩，运用的是消解历史的叙述策略，而前者则对晋商票号的衰亡做出了客观、公正、合理的历史判断。

（四）

2009年，成一的新长篇《茶道青红》出版，这是他延续"发明传统"的思路写就的又一部"晋商小说"力作。如果说作者写《白银谷》是对晋商（票号）的商业制度文化形态进行静态的考察，叙述的焦点在于清末民初陷入烂熟状态的"伙东制"，那么写《茶道青红》就是做动态的观照，作者试图再现的是清代乾隆年间山西茶商是如何变祖制、立新制，废除既定的僵化的"东家制"，从而走向灵活的所有权与经营权相分离的"伙东制"的，这意味着成一商业历史写作的日渐深化与成熟，也表明他在"发明传统"的创作路径上越走越远。对于此时的成一来说，"传统"并非始终固定不移的指导范型，而是"指一条世代相传的事物之变体链，也就是说，围绕一个或几个被接受和延传的主题而形成的不同变体的一条时间链。这样，一种宗教信仰、一种哲学思想、一种艺术风格、一种社会制度，在其代代相传的过程中既发生了种种变异，又保持了某些共同的主题，共同的渊源，相近的表现方式和出发点，从而它们的各种变体之间仍有一条共同的链锁连接其间"①。无论"东家制"还是"伙东制"，都是晋商商业文化制度形态演变中的某种变体或变制，它们组成了晋商商业文化传统的时间链条，要想彻底地"发明"被遮蔽的晋商传统，成一必须进一步追根溯源，考察晋商商业制度文化传统是如何被塑造完成的，探寻晋商传统范型内部演化的思想和精神轨迹。

正如希尔斯所言："传统——被传递之物——在它被传递的那一刻是一幅从望远镜中看到的、用透视法缩短了的蓝图，在这个蓝图中，传统过去的发展历史被冲洗一净。我们的肉眼所见的只是它此时此刻的模样；我们

① 希尔斯. 论传统［M］. 傅铿，吕乐，译. 上海：上海人民出版社，1991：译序3.

看不到过去之经验和知觉的不同层面，看不见人们过去的反思；而所有这些因素在其整个历史过程中反复塑造了传统。现在的这个蓝图是在漫长的时间内许多连续不断的传递、继承和再传递所形成的沉积或混合物。”① 这意味我们决不能以单纯的静态眼光看待传统，而应该以动态的眼光审视传统自身的流变。成一显然深谙此理，故而在《白银谷》之后写了《茶道青红》，这不仅仅是题材上的改变，如由 19 世纪的山西票号转到 18 世纪的山西茶庄，更重要的是作者观照历史的视角发生了变化，由静态地观照传统蓝图，转入动态地考察传统蓝图的生成过程。这是一种更高层次的“发明传统”的文学行动。故而作者说：“本部小说要说的，就是十八世纪我国先人做对俄贸易的故事。本故事，即便以今天的视野观之，也堪称奇迹。所以笔者才不烦发掘之难，将其演绎出来，聊供诸君观赏。鉴于其湮没之深，发掘之难，在小说开篇前，先作此自序，对早已生僻的历史情境，略作交代。”② 成一为了写《茶道青红》，可谓做足了历史功课。乾隆年间中俄之间的大规模茶叶贸易早已湮没无闻，如果仅止于以乾隆年间作为历史背景，按“戏说”的样式演绎出一段夹杂着爱恨情仇的商战与政争的传奇故事，那尚不甚难；但要真正深入到历史的地层，深入到晋商制度文化形态内部演变的层面，把经济史与文化史艺术地融合起来，那就并非易事了。成一在《茶道青红》中巧妙地选择了以乾隆四十九年（1784 年）开篇，那一年中俄边界恰克图买卖城关闭断市，康家天盛川茶庄的大掌柜康乃懋身陷俄境，康府上下乱作一团，由此悄然引出了康家茶业在经营上改制的难题。康家祖上深受中俄贸易不稳定的政治影响，决定将祖业一分为二，天义川茶庄由长子康乃骞继承，主做边贸青茶生意，新创天盛川茶庄归次子康乃懋领衔，主做国贸红茶生意，一旦中俄断市，兄弟即可联手渡难关。长期以来康家实行东家独裁制，东家即大掌柜，各地领东的掌柜并无最终经营

① 希尔斯．论传统［M］．傅铿，吕乐，译．上海：上海人民出版社，1991：56 – 57.

② 成一．茶道青红［M］．北京：作家出版社，2009：自序 1.

决断权，所有权与经营权集于东家掌柜一身。康父海天乃商界奇才，一身二任尚且不能游刃有余，传至懦弱无能的乃骞和资质平平的乃懋，在祖业的经营管理上已经是捉襟见肘了。乃懋夫人戴静仪，出身晋中祁县名门，祖父乃明末清初名士戴廷栻，以德御商，富甲一方。就在夫君困俄难归之际，戴夫人被康家诸位领东掌柜一致推为康家茶庄的临时掌门人，这就为后来戴夫人变革祖制，把戴氏家族的“伙东制”引入康家奠定了基石。但戴夫人毕竟是女身，在封建社会中出入南北茶道艰辛备尝，加之此次中俄断市长达七年，复市遥遥无期不说，其间爱子康仝霖又遭诬陷走私而入狱。这使深明大义的戴夫人彻底坚定了改制的决心。她让冯得雨掌柜任临时大掌柜，率先在天盛川中变制。此举遭到了天义川康乃骞和王夫人的暗中反对与诬陷，戴夫人因不堪名节被诬，愤然削发明志。七年后中俄复市，康乃懋回到太谷康家，尽管对戴夫人变革祖制心生不满，但最终无法阻拦实行“伙东制”的历史大势。所以，一部《茶道青红》，并非以写茶文化为中心，而是以清代山西茶庄的经营改制为中心，作者感兴趣的是晋商商业制度的沿革，而不是表层的青茶和红茶生意经，这与作者写《白银谷》其意不在商战而在商业制度文化是一致的。

但与《白银谷》对“伙东制”及其制度文化的现代性反思不同，成一在《茶道青红》中对“伙东制”及其负载的文化形态是推崇备至的。这从作者对“伙东制”的早期代表人物戴廷栻及其后裔——小说的女主人公戴静仪几乎完美的人物性格形象的塑造上即可窥识出来。戴廷栻在清初以遗民自居，誓不仕清，与傅青主和顾炎武相善，三位名士都以学商并举闻名于世，在经济上独立，然后摆脱对政治的依附，其文化人格突破了中国传统重儒轻商的偏见，三位先辈对女主人公戴夫人的精神影响可谓深巨。戴夫人虽属女流，但通诗，有学问，会算账，还喜欢自操厨艺、茶艺和花艺，甚至还练得一手戴家拳法。戴夫人精明能干、温文尔雅、巾帼不让须眉的完美形象在小说中的许多情节和场景中得到了淋漓尽致的描绘和展现。与戴夫人临危受命、削发明志的果决相比，其夫康乃懋和其子康仝霖的形象都要相形见绌，康乃懋在处理商务和家事上的优柔寡断、康仝霖在对待叶琳娜的感情上的犹豫不决，都成了女主人公最好的映衬。看得出来，成一在《茶道青红》中要彰显的是戴夫人身上所蕴含的那种带有现代气息的传统文化人格，这种人格也就是康乾盛世中晋商文化人格的典型或模范，其中既吸纳了传统儒家文化自强不息、厚德载物的主流精神成分，又不排斥常常作为异端而遭受打压的具有现代性的商业文明因素。在这个意义上，我们完全可以说，成一在《茶道青红》的写作中已经为我们“发明”或“再造”了一种古老而全新的文化传统。虽然这种“被发明的传统”多少显得有些理想化，经过了作者诗意化和浪漫化的提纯和净化，但其未来的价值依旧是不能低估的。

第八章 | ◆

朱山坡小说创作中的“史传”传统

如果以 2005 年在《花城》第 6 期上公开发表中短篇小说《我的叔叔于力》和《棺材匠》为艺术的开端，那么朱山坡正式的小说创作生涯已经有十年了。在这十年里，朱山坡凭借其一系列令人讶异的小说作品，如长篇小说《懦夫传》，中篇小说《跟范宏大告别》《感谢何其大》《送口棺材去上津》，短篇小说《陪夜的女人》《灵魂课》《鸟失踪》《单筒望远镜》等，一跃成为新世纪中国文坛“70 后”实力派作家代表之一。朱山坡在小说艺术世界里是野心勃勃的，他笔下的米庄、上津镇、高州城，还有生活其间的那些众多阙姓人物，已经初步形成了他独特的艺术印记。在我看来，十年中朱山坡的小说创作主要致力于为民间野生人物立传的叙事探索。为民间人物立传是中国古典小说伟大的叙事传统之一，中国古典小说的艺术渊源素来都有史传传统一说，而由史学性的史传衍生出文学性的野史杂传，这正是中国小说传统的精华之所在。野史杂传不同于正史正传，它主要致力于捕捉和打捞遗失在民间世界里的野生人物的灵魂，这种古典叙事传统即使在现代中国小说创作中也未曾断绝，而是在借鉴西方近现代小说叙事技艺的基础上加以承传和拓新。新世纪的朱山坡同样也是如此。他曾说："虽然我是被中国文学喂大，但外国小说对我影响要比中国小说更大，很多中国作家也是这样说的。我们几乎都是中国文学的'骨骼'，外国文学的'血肉'。"① 这种表述显然很纠结，百年来现代中国作家大都强调外国文学的影响，新世纪中国作家似乎也不例外，但中国小说传统毕竟是作为"骨骼"而存活于当今中国作家身上的，即使外国文学重新铸造了现代中国文学的"血肉"之躯，但中国小说的野史杂传叙事传统依旧存在，至于为民间世界的野生人物如何立传，其具体表现方式和叙述策略如何，则全看作家个人的审美趣味和艺术重构的能力了。

（一）

中国是诗的国度，中国文学传统中与史传传统并行不悖的是抒情传统，中国古人作诗有"以文为诗"的说法，同样，中国古人做小说也有意识地"以诗为文"或"以诗为小说"，从《世说新语》到《红楼梦》，中国小说里的主观抒情传统可谓一以贯之，即在诗意氛围中叙事，在诗性叙事中塑造各色人物，为民间各种野生人物立传。延至现代中国小说史上，从鲁迅、郁达夫、废名，到沈从文、萧红、孙犁、汪曾祺，再到张承志、张炜、苏童、迟子建，现代中国诗化小说传统绵延不绝。朱山坡显然也曾有意识地接续这种诗化小说传统，通过或感伤或绝望的诗性叙事，为他笔下的民间野生人物立传。虽然朱山坡大学毕业之后主要在广西基层政府部门从事公文写作，但他心中的诗情其实并未熄灭，2000 年后，随着当地"漆"诗歌沙龙活动的活跃，朱山坡的文学梦也就再度苏醒。他先写诗，再由诗过渡

---

① 郑小驴，朱山坡. 让写作更快感一些 [J]. 作品，2011 (1).

到写小说，这也是当代中国许多作家的文学探索路径。朱山坡说：“我从写诗过来的，对小说的语言很挑剔，我喜欢直接的文字，至少我不愿意读到太多的废话。汪曾祺老先生说：写小说就是写语言。我希望从事写作的同仁都把语言当作小说的第一素来重视。”① 这虽然说的是小说的语言问题，但正如当代诗化小说大家汪曾祺所言，语言其实就是文学的本体，诗性的语言与诗性的叙事、诗性的人物往往是密不可分的。事实上，朱山坡的诗性小说并非仅来源于中国诗化小说传统，而是直接受到过日本作家川端康成的艺术触动。他曾深情地描述过少年时期在乡镇电影院偷看根据小说《伊豆的舞女》改编的同名影片的情景：“在那个孤独而由于旷课而惴惴不安的夜晚，川端康成把伊豆的舞女送到了我的身边，那个十四岁的巡游艺伎薰子，盘着高耸乌黑的发髻，扑闪着明丽的大眼睛，眼角和唇边点着一抹古色胭脂红，有着宛若鲜花般娇艳稚嫩的笑靥，让我从那一刻开始爱上了文学。”② 这就是朱山坡文学梦的起点，是日本作家川端康成的诗化小说点燃了朱山坡的艺术激情。这就注定了在朱山坡的小说创作中，即使是在那些以写实见长的小说中，诗歌元素也已不可或缺，当然更重要的是，朱山坡近年来还颇具匠心地营构着精妙的诗化小说，拓展着这种小说艺术的疆域。

《陪夜的女人》是朱山坡诗化小说中的代表作品。一个孤独的老人在行将就木之际需要心灵慰藉，他的儿子出钱雇用了一个女人为临危的老人陪夜闲聊，这原本应该是同步反映当下中国社会市场转型中世态人心裂变的绝好题材，但朱山坡并未按照惯常的现实主义小说模式讲述故事并塑造人物，而是选择了淡化情节、强化氛围的诗化小说策略，让老人和女人独特的民间底层形象在浓郁的诗意氛围中凸显出来。朱山坡自己也说：“这篇小说是我比较成功的一篇，我很喜欢这种从容、淡雅、不动声色的叙述，宽

① 郑小驴，朱山坡．让写作更快感一些［J］．作品，2011（1）．

② 朱山坡．广西当代作家丛书：第四辑　朱山坡卷［M］．南宁：广西人民出版社，2012：327．

阔而深厚的内涵，独特而诗意的环境，尤其是诡异、惊险和回味深长的结尾。”① 老人在每个夜晚撕心裂肺的呼喊成了他独特的精神印记，而女人每天按时坐着乌篷船来到风庄陪夜无怨无悔，则闪烁着人性中诗意的光芒。事实上，老人误把女人当作了自己早年出走的妻子，而女人则与老人的妻子的人生命运暗相契合，她们都曾有过沦落风尘的过往，又都有着无法被现实扭曲的人性之美。作者通过诗化叙事冲淡或者说凝练了男女主人公人生背后的沉重历史，以写意而不是写实的方式烘托出了小说中梦幻般的诗意人生场景。但这不是那种浪漫而温馨的美丽梦幻，而是一场梦魇般的超现实人生想象，尤其是小说结尾处女人的乌篷船在河上沉没的那一幕，正好与多年前老人的妻子覆舟而亡的一幕遥相映衬，更增添了小说诡秘的气氛。因此，如果说《陪夜的女人》是一首诗，那它绝不是一首浪漫的传统抒情诗，而是一首冷峻的反抒情或冷抒情的现代诗，其中的孤独与温情相纠结，谱写了两个民间底层人物独特的精神传记。朱山坡笔下像《陪夜的女人》这样的诗化小说叙事还有一些，如《鸟失踪》就是如此。这个短篇主要刻画的是父亲形象，晚年的父亲沉迷于养鸟，但在他的恋鸟癖中其实隐含了巨大的人生痛苦，他和野鸟一起栖居于山野林木之中，像野生动物一样活着，这当然是一种诗意的人生，虽则带有我们这个时代反现代化的浪漫情怀，但骨子里却是虚无和幻灭。在这个意义上，《鸟失踪》无疑是一则关于父亲的野史杂传，尤其是关于他的隐秘精神传记。又如《回头客》中，作者用散文诗的笔触勾画了一个从甘肃夹皮沟劳改农场南逃的知识分子犯人的最后岁月，他在雁湖的最后决然自沉与他在浦庄作为木匠的精雕细刻之间构成了绝妙的叙述张力，绝望的死亡与优雅的灵魂之间暗中激荡，因此小说堪称一则惨痛的当代知识分子灵魂史诗或诗传。还有《骑手的最后一战》，小说中身患绝症的父亲让母亲和“我”将他捆绑在马背上，飞奔

① 郑小驴，朱山坡．让写作更快感一些［J］．作品，2011（1）．

的马驮着绝望的父亲与火车赛跑，他们（它们）一起最终冲进漫长而黑暗的隧道消失，这一场景将这篇诗化小说永恒地定格在绝望与虚无的氛围中，同时也将小说中的父亲形象最后定格在历史的暗夜里。

与前面这些染有浓重绝望情绪的诗化小说不同的是，朱山坡还有另一种散发着些许理想气息的诗化小说。这些小说中的理想气息主要建立在男女主人公对爱情、对人性或者人格的信念上，但即使是这些理想气息也无法掩饰住他们内心深处的孤独与迷惘，在这个意义上，两种类型的诗化小说在精神的绝望底色上其实是一致的，只不过表现形态略有差异而已。《响水底》是一篇充满诗情画意的小说，带有沈从文以《边城》为代表的湘西小说风味。女主人公秀雅对丈夫的深情被作者描摹得细腻而真切，丝丝入扣。尤其是小说煞尾处，丈夫已死而秀雅尚不知情，她依旧沉浸在迎接丈夫归来的喜悦中，这种令人心碎的结局反过来却凸显了秀雅形象的感染力。如果说《响水底》是“秀雅传”，那么《小五的车站》就是“小五奇遇记”。小五孤身探望外婆途中与陌生女人及其丈夫的邂逅充满了惊险乃至惊喜，但作者无意于讲述古老的奇遇故事，而是重在揭示缺爱的小五与施爱的夫妇之间的心理隐秘。《丢失国旗的孩子》写得耐人寻味，表面上小说的主人公是丢失了国旗的孩子旺月，实际上小说中还有另一位潜在的主人公国宝叔，他是一位参加过抗美援朝的伤残老兵。作者一方面将旺月丢失了国旗的后果描绘得惊心动魄，另一方面又将国宝叔对国旗的隐秘感情揭示得入木三分；前者渲染了绝望与残酷，后者暗示了希望与温情，二者的背反正好构成了小说叙述的张力结构。《爸爸，我们去哪里》用儿童视角透视了政治年代的残酷与温情，一方面是狱中犯人的饥饿描写展览，另一方面是狱外探监者的亲情与陌生者的爱，这种叙述悖论或者张力结构与《丢失了国旗的孩子》如出一辙。是“我”和爸爸对陌生女人的寻找给这篇绝望的小说涂抹上了一层温馨的人性暖色。就在看似漫不经心的散文化叙写中，朱山坡寻找到了诗化小说的叙述节奏。

（二）

朱山坡写小说善于写人，他很清楚一篇小说独立的生命力在于塑造出鲜活的人物形象，尤其是塑造出具有独特的性格或者心理的民间野生人物形象，这才是一位小说家的至高追求。朱山坡的小说醉心于为民间野生人物立传，这不仅表现在那些诗化小说的诗性叙述中，而且也表现在他的先锋小说的象征叙述中，对人的探索和塑形是朱山坡小说的核心艺术旨趣。朱山坡小说的象征叙述据说最初是受到了余华的启示，他清晰地记得2004年岁末遭遇《余华文集》时给自己带来的艺术震荡，是余华的小说让他“浑身上下都是创造的欲望和激情”，从此他相信“打开文学的门是需要钥匙的”，虽然“余华并不是唯一赐我钥匙的人”①，但他确实在朱山坡的小说创作中扮演着至关重要的激活者角色。无独有偶，余华在小说艺术探索之初也受到过川端康成的影响，余华同样难以忘怀1980年他初读《伊豆的舞女》时与川端康成的相遇。后来余华又遭遇了卡夫卡，他认为“川端康成是文学里无限柔软的象征，卡夫卡是文学里极端锋利的象征”②，可见川端康成馈赠给余华和朱山坡的是柔软温情的诗性叙述，而卡夫卡馈赠给他们的则是锋利残酷的象征叙述或变形叙述。余华认为小说传达的“应该是象征的存在”，“一部真正的小说应该无处不洋溢着象征，即我们寓居世界方式的象征，我们理解世界并且与世界打交道的方式的象征”③。正所谓世界原本就是一座象征的森林。先锋时期的余华拒绝直接书写被日常生活围困的经验世界，转而致力于用“一种虚伪的形式”④，即经过主观心理折射或者变形的艺术形式来把握和触摸现实世界的真实性。这对朱山坡小说艺

① 朱山坡．广西当代作家丛书：第四辑　朱山坡卷［M］．南宁：广西人民出版社，2012：328．

② 余华．温暖和百感交集的旅程［J］．读书，1999（7）．

③④ 余华．虚伪的作品［J］．上海文论，1989（5）．

术的启示是显而易见的。但朱山坡更多地沿袭了余华先锋小说转型之后的小说艺术，即放弃先锋时期的符号化人物策略，转而重视人物的性格塑造和心理挖掘，因此带有鲜明的后先锋小说特征。这也是与朱山坡注重为民间野生人物立传的创作旨趣相一致的，他并未像早期余华那样为了理念而放弃人物，而是选择了转型后的余华，在先锋形式探索的外衣下继续雕刻着福贵和许三观那样鲜活的民间野生人物形象。

为了表达自己对经验世界的独特理解，朱山坡像余华等先锋作家一样选择了拆解真实与虚构二元壁垒的象征叙述，在象征叙述中传达主体对于荒诞世界的主观感受或生命体验，由此凸显人物的心理深度或精神形象。比如短篇力作《灵魂课》，作者虚构了一个城里的灵魂客栈，专门用来安放那些迷恋城市而死不还乡的乡下人的骨灰盒，主人公阙小安就是其中的一位，他年迈的老母亲到城里来执拗地寻找儿子的灵魂，最终预言得到验证，儿子果然死在城市，栖身于灵魂客栈。这篇带有神秘气息的小说打破了传统现实主义叙述成规，把虚构刻画得如此逼真，母子形象得以凸显，其中凝结了作者的虚无和悲悯情绪。又如《天堂散》和《导演》，都采用了连环套或戏中戏的嵌套式结构，让虚构和真实难解难分。《天堂散》中的作家郭宏海最终穿越了自己的小说《天堂散》而在现实生活中找到了属于自己的天堂，他由一个平庸的老作家蜕变成了充满野性的叛逆者。《导演》中的李克也是一位充满了野性的导演，他暗中让“我”直接进入了他所导演的人生最后一部电影中，原以为身患绝症的“我”活着走出了他导演的电影文本，而他才是真正的绝症患者，在艺术上的倾力一跃之后坦然迎接死亡的来临。《山东马》中，米庄阙家兄弟对流浪的精神病人——“山东马”的无情奴役与后者在忍无可忍的情况下对前者的无情报复，构成了一则人类自相残杀的精神寓言，阙家兄弟的残忍与“山东马”的隐忍，无不刻画得力透纸背。《单筒望远镜》中弟弟阙羊的形象同样令人触目惊心，为饥饿所迫的少年阙羊因为遇到女鬼而无意中得到一块肥肉，最终这块肥肉被母亲执拗地扔给了阙傻瓜，而阙傻瓜则在深夜里被阙羊杀掉并食其肉，尾声中的阙羊又在家里被亲人乱棍打死。这种对人类欲望、饥饿、暴力和命运的象征式书写，确实容易让人联想到余华早年先锋小说中的暴力叙事，但朱山坡着意刻画民间野生人物形象的艺术诉求则是早期余华小说所刻意回避的。此外，《最细微的声音是呼救》写现代城市中老太太晚年的孤独与幻听，《捕蟮记》写饥饿年代里弟弟深夜寻找父亲母亲所遭遇的死亡幻象，《送我去樟树镇》写“我”深夜驾车遭遇女精神病患者所导致的心理失态，无不是心理真实高于外在真实的艺术证词，但人物形象比较模糊，尚未能走出早期先锋小说的叙述格调。

朱山坡笔下还有一类象征叙述，它并不摆弄解构叙述成规的先锋技巧，而是以整体的反讽策略来完成对现实世界的荒诞性的敞开，而人物形象的独特性也就在世界的荒诞性的逐步敞开中得以凸显。比如短篇力作《中国银行》，作者不厌其烦地描述了下岗老妇冯雪花每天例行公事一般到银行查询她那仿佛永远也无法到账的工资存折，而就在这种机械性的重复写实叙事中，现实世界的荒诞性得以整体性地敞开，而下岗老妇的每况愈下与中国银行的蒸蒸日上之间构成了强烈的反讽，女主人公身上的神经质或者民间野性由此得以彰显。又如《你为什么害怕乳房》，“我”与多年前的女友蓝小莲在乡下小镇相遇，过去的记忆与现实的重逢叠印在一起，“我”依然无法摆脱对蓝小莲巨乳症的厌恶和恐惧，巨乳已成了这个世界荒诞性的符号，“我”的无能则象征着人与世界之间的对立情绪或心理焦虑。中篇小说《送口棺材去上津》也是整体象征的反讽力作，小说的真正主人公是洪峰，一个企图在小镇建立上津国的民间政治疯子，作者没有直接去塑造他的政治疯癫形象，而是借用洪峰的三个女人（王冠兰、叶芳、韩秋子）和一个所谓宰相（洪泰）的视角来侧面讲述洪峰的一生并塑造其形象，而“我”受母亲王冠兰之命千里迢迢送口棺材去上津给洪峰安葬，则象征了作者埋葬现代人的封建帝国梦想的创作意图。中篇《跟范宏大告别》也是一部颇有黑色幽默的佳作，真正的主人公其实不是范宏大，而是执意要去城里跟范宏大告别的阙天津老人，告别表面上是为了履行古老的乡风民俗，其实是为了缓解或祛除内心的隐痛或罪愆，阙天津一直认为是自己偷走了范宏大的运气，改变了范宏大一生的命运，然而当他大张旗鼓地在几个儿子的护送下到达县城见到范宏大时，范宏大已经沦落为流浪的城市疯子，他对阙天津的告别充满了漠然的嘲弄和戏谑。此外，像《公道》《大喊一声》《逃亡路上的坏天气》《我在南京没有朋友》等中短篇小说也大抵属于这种带有黑色幽默色彩的、充满了整体荒诞象征意味的作品，小说中被“公道”肆意拨弄的无业游民“我”，因为爱管闲事而作茧自缚的门卫胡四，陷入政治对手设置的逃亡圈套的司图市长，还有陷入朋友赵球的迷魂阵而在妻子面前无意暴露内心隐秘的洪刚，这些闪烁着野生色彩的人物无不在荒诞的整体象征中塑造成型。

（三）

朱山坡这一代作家主要是受当年的先锋作家的影响而走上文坛的，但他们并不满足于先锋文学的形式实验，实际上当年的先锋作家基本上都完成了创作转型，如余华、苏童、格非都是如此，这主要表现为在已有的诗性叙述或象征叙述之外还额外强化了现实叙述，增强了小说的现实关怀，这种转向后的后先锋小说不再远离社会现实问题，带有更为强烈的人间烟火气，其先锋的特质不再体现为表层的炫技，而是以精细的写实主义透视社会现实生活中的人性或者心理问题，但由于葆有先锋文学中所固有的诸如暴力叙事或变态叙事等特质，所以这种写实形态的现实叙述依旧保持着残酷或冷峻的先锋格调。不仅如此，朱山坡还在残酷或冷峻的现实叙事之中掺入了魔幻现实主义的叙述因素，他曾明确表示自己接受过加西亚·马尔克斯、胡安·鲁尔福等拉美魔幻现实主义作家的艺术启示①，这就更加使得朱山坡的现实叙述充满了先锋文学的张力，它并非对传统现实主义的简单回归，而是一种现实主义与现代主义的艺术杂糅形态。这种新的现实叙事形态以写实为根本，当然它也并不排斥想象力和虚构性，而是在新奇的想象和虚构中完成精细的写实。朱山坡曾写道："十年前，我发现了一个'秘密'：对写小说而言，想象力和虚构能力比生活经验更重要。于是，我不再迷信繁杂紊乱的现实生活，而是回到想象中去虚构我的小说世界。""我调动了遥远而混沌的记忆，在想象的空间中开疆辟土，虚构出一个个光怪陆离陌生得连自己都懵懂的世界，冲动、蛮横、狂傲、怀疑、困惑、自卑，胆小如鼠又浑身是胆……"② 虽然朱山坡在这里强调的是小说家的想象力和虚构能力的重要，而且似乎有意贬斥了生活经验的地位，但从他的实际创作情形来看，其早年记忆和社会生活经验无疑还是他的小说创作的源泉，那是他赖以写实的根底。回到现实社会生活中的朱山坡敢于直面当下中国社会转型中所出现的各种问题，他笔下的现实叙述同时展现了他的写实能力和虚构才华。正是在具体的社会现实语境的呈现中，朱山坡塑造出了不少鲜活的民间野生人物形象。

在朱山坡的社会现实小说中，最引人关注的还是那些以社会焦点问题为背景的作品，如他的处女作《我的叔叔于力》就是如此。这篇小说的题目很容易让读者联想到法国批判现实主义小说大师莫泊桑的经典名作《我的叔叔于勒》，但朱山坡明显跳出了反映金钱社会中人性畸变或世态炎凉的主题，而是写出了一个中国底层农民在蕉贱伤农、无力娶妻的现实困顿下的绝望抗争，以及这种绝望抗争中所蕴含的人性温情。于力与疯女人结婚后不惜一切代价让她恢复了健康，但健康后的疯女人却对于力为她所付出

① 朱山坡．广西当代作家丛书：第四辑　朱山坡卷［M］．南宁：广西人民出版社，2012：328.

② 朱山坡．灵魂课［M］．西安：太白文艺出版社，2014：291.

的一切没有任何记忆，最终疯女人被她原先的丈夫接走，于力却再也无力回到自己的生活常态中，这就是现实生活命运的残酷，叔叔于力悲苦而荒诞的形象由此刻入人心。中篇《米河水面挂灯笼》转而写南中国椒贱伤农的故事。谷农阙大胖在商人和官员的鼓动下割掉了稻谷改种灯笼椒，但灯笼椒的丰收带给阙大胖的却是一大堆的白条，再改种香蕉后同样面临蕉贱伤农的结局，忍无可忍的阙大胖终于在绝望中开始复仇，但他不敢向高州贩子和香港脚复仇，只能残忍地杀害了村民阙鸿禧一家九口，虽然他杀人的理由是阙鸿禧曾暗中奸污了他的大女儿水莲，但这并没有足够的证据，所以他真正的杀人理由还是变态的嫉妒和疯狂的报复，因为阙鸿禧依靠几个女儿在城里出卖色相而一跃成了米庄豪族。这部中篇塑造了众多民间野生人物形象，初步体现了朱山坡驾驭重大现实生活题材的能力。比它更优秀的是另一部中篇《感谢何其大》，尽管何其大并不是这篇小说的主人公，但依旧被刻画得个性鲜明，这个抗美援朝的老兵一辈子因为逃兵的历史而湮没于乡村底层，但他心中的隐痛和历史的真相使他成为了另类英雄或民间奇人。其子何唐山及其妻程银香才是这部小说的真正主人公。何唐山本是名副其实的对越自卫反击战英雄，但因拙于言辞而遭受不公正待遇，被安排在工厂当门卫，城市生活的物质压力和人际纠葛终于压垮了何唐山，他身上越来越显现出水牛的特征，这种人变成了牛的魔幻叙述意味着何唐山回归乡野的必然结局。程银香的形象刻画甚至比何唐山还要出彩，她在笨嘴拙舌的何唐山身边扮演着几乎保护神一样的角色，正是她的伶牙俐齿保卫着乡里人何唐山一家能在城里艰难地维持生计，但这个一直梦想实现农转非的乡村女子最终不能不接受在历尽艰辛农转非后却工厂倒闭的结局，她和姐姐程金香的性格与命运让人感慨唏嘘不已。《高速公路上的父亲》中的父亲阙老窟也不是小说的主人公，他一出场就死在了工地上；第一人称叙述人“我”阙水也不是小说的主人公，真正的主人公是“我”的哥哥阙锋。这个贫困的乡村少年到广东闯荡后变成了一个杀人越货的逃犯，但他在为父亲声讨抚恤金的过程中却充满了正义与邪恶交错的动机，他最终走上了杀人复仇的道路，这同样出于主动与被动相纠结的原因，因此阙锋是一个独特的乡村野生人物形象，性格复杂而立体。至于短篇《躺在表妹身边的女人》，在简短的篇幅中塑造出了两个返乡的打工仔和打工妹形象，一个为了护送胞兄尸骨还乡赔尽了小心，一个为了维护个人尊严摔断了腿，堪称一篇充满了民间野性的底层小说。

在朱山坡的社会现实小说中，还有一类作品并没有刻意描绘社会焦点问题，而是通过比较宽泛的社会时代变迁来折射人物的命运与性格，它们同样属于为民间野生人物立传之作。比如《观凤》就是这样的精彩短篇，小说主人公观凤属于精明果决的乡村女子，她在改革初期决然嫁给了高州贩子王老董做填房，她的如意算盘是年近六旬且与前妻未有生养的王老董将不久于人世，但事与愿违，戏剧性的是王老董一直坚挺地活到了市场经济时代，且与观凤生下了五个女儿，当年的王老董如今一贫如洗，观凤陷入了人生的赌局陷阱之中不能自拔，这样的社会人心讽喻小说可谓“观凤传”，颇有唐宋传奇小说遗韵。再如《把世界分成两半》，这个短篇的批判现实旨趣自不待言，重要的是它塑造的父亲阙猴的野生形象令人震动。父亲信奉的“两半论”隐含了他朴素的民间智慧，在村民眼中他是一个语言远比心理强大的空头理论家，但从交公粮和老牛之死这两个事件的讲述中，“我”眼中的父亲逐步成了一个民间的悟道者和哲学家，他最后选择了和老牛一样的方式缢死自己，这饱含了他苦涩而绝望的人生心境。《败坏母亲声誉的人》在为野生人物立传的角度上颇具匠心，作者从“我”和母亲的双重视野审视了两位“败坏母亲声誉的人”，一个是“我”的父亲，一个是母亲的后夫张发球，这两位中学教师一个循规蹈矩，一个特立独行，但他们都是善良正直的人，只不过为人处世方式不同而已。具有讽刺意味的是，母亲眼中的败坏了她声誉的两个男人其实在我的眼中情形正好相反，读者也正好由此得以反观母亲的复杂性格形象。所以这部中篇力作实际上为三个民间野生人物立传，而且各自性格鲜活。《两个棺材匠》同样写得野生勃勃，不仅作为棺材匠的“我”和父亲的形象刻画得精细生动，而且另一对父子（沈支书和沈阳）的形象也写得入木三分，正是通过两对父子之间竞争和博弈的叙写，作者实现了为民间野生人物立传的叙事意图。至于《少年黑帮》中塑造的两个黑帮少年“我”和阙敢，以及王屠户和盲子阿三的民间野生形象就更是如此了，作者既能做出精细而冷峻的社会现实叙述，又能够超越于这种社会现实叙述之上，抵达人性或存在的真相。

（四）

《懦夫传》是朱山坡2014年推出的一部长篇小说力作，它是朱山坡十年文学创作生涯的一部具有集成性质或者界碑意义的作品，我们从这部作品中可以发现朱山坡小说创作的未来前景。这是一部典型的中国后先锋派小说，它有别于20世纪80年代中后期中国文坛所盛行的西化形态的先锋小说，朱山坡正是继承并发扬了余华在20世纪90年代转型以来所开创的这种中国形态的先锋小说艺术传统，由此抵达了他人生中第一个艺术高度。读《懦夫传》会令人想起余华的杰作《活着》和《许三观卖血记》，同样是为当世民间野生人物立传，余华的两部杰作不妨置换为“福贵传”和“三观传”，而朱山坡的《懦夫传》则可谓“马旦传”，他们都属于艺术地再现男主人公一生的野史杂传，当然其中也都包含了男主人公主要亲友仇敌一生的野史杂传。和余华的那两部长篇杰作一样，朱山坡的《懦夫传》也实现了诗性叙述、象征叙述与现实叙述的艺术融合，这是余华给予朱山坡的长篇小说艺术启示，也是朱山坡十年小说创作生涯的自然结果。

不同于中国早期西化形态的先锋长篇小说，《懦夫传》并没有玩弄那些显性的先锋叙述技巧，比如元小说之类，而是坚持重新回到小说的现实生活纬度，将主要人物置放到历史或现实语境中加以塑造，而非简单地淡化人物生存的社会历史背景。于是我们看到《懦夫传》中马旦历经了民国初年的军阀割据、北伐战争、抗日战争、国共内战，以及新中国初年的镇反运动、“大跃进”等重大历史事件的洗礼的一生，而作者则通过有节制的写实手法再现了主人公生存的现代中国社会历史环境，由此实现了小说表层的历史反思和现实批判意图。但这显然不是作者的主要意图，朱山坡并不想写那种老套的现实主义小说，他感兴趣的是通过塑造懦夫马旦这个象征性或者变形性的人物来传达自己对生命存在困境的理解。懦夫马旦的一生充满了传奇色彩，虽则他也历经磨难，但作者无意于像余华那样着意书写苦难对人的磨砺以及人对苦难的承受，而是着力于透视马旦的生命变迁中所隐含的生存哲学及其困境。不同于福贵和许三观在历史变迁中的以不变应万变，马旦这个人物的变化性更强，究竟是当胆小的懦夫还是当大胆的勇夫，就在主人公的这种人生选择悖论中隐含了作者对中国式生存哲学的拷问。马旦一生经历了三次大的性格变化，正如这本书的封底所写：“从懦夫到勇士，最后，胆小如鼠。”① 但这种概括难免显得皮相，因为关于懦夫和勇士的界定其实在作者那里存在着与民间共识不同的理解。实际上，最先呈现给读者的马旦与其说是一个懦夫，不如说是一个凡夫（俗子）形象。虽然他从小胆小怕事，但马旦骨子里其实并不懦弱，因为他在关键时刻还是敢于挺身而出，并且十分有主见。比如为了得到自己喜欢的女人康姝，马旦居然挑战了上津镇恶霸洪冲的权威，虽则这种挑战显得有些滑稽可笑，而且始终伴随着胆战心惊，但马旦不仅没有后悔，没有斤斤计较于洪冲讹诈走了他家的三间米铺，而且还不顾父亲马剃头的阻挠，执意要娶康姝这个饿痨病美女为妻。对于马旦而言，他的人生价值就在于让心爱的女人吃饱，让她不受饥寒交迫之苦，让她过上有尊严的幸福生活，这就是马旦人生理想的全部。这样的马旦虽然不是什么英雄，但绝不能被视为懦夫，他

① 朱山坡．懦夫传：撑死胆大的与饿死胆小的［M］．南京：江苏文艺出版社，2014.

只不过是拥有平凡人生理想的凡夫俗子，在他怯懦的外衣下其实包裹着一颗坚定的凡人心。

但上津镇人似乎并不能理解和接纳凡夫马旦，他们将马旦定义为懦夫，而将莽夫洪冲定义为勇夫，最后在洪冲的威逼下，马旦只能被迫离开上津，由此走上了成为勇夫马旦的道路。在桂系军阀李宗仁的麾下，懦夫马旦出生入死，他终于为自己摘掉了懦夫的帽子，成了一位战功显赫的将军。昔日的马怕死终于炼成了马大胆。但马旦与他曾经的战友顾牛不同，顾牛的人生理想就是通过战争改变人生命运，最终当上人见人怕的好奴才，且美其名曰有胆有识；马旦也不同于他一生的对手洪冲，洪冲的人生理想就是作威作福，欺凌弱者，他甚至梦想着借助日本人的力量当上上津国的皇帝；而马旦即使是在屡获战功的时候也时刻把故乡的妻儿放在心底最重要的位置，康姝就是他的胆，越想家他在战场上的胆越大，正是对自己女人的爱成全了勇夫马旦的威名。可见人生第二阶段的马旦其实也并非世人所谓的勇夫，他仅仅是徒有其表的勇夫，骨子里还是一个凡夫，一个向往日常生活幸福的凡夫俗子。不过这一时期的马旦已经成了上津人仰慕的对象，上津人信仰的人生哲学就是“撑死胆大的与饿死胆小的”，即崇拜强权与欺凌弱小。他们不再畏惧莽夫洪冲，抗战胜利后的汉奸洪冲已经沦为了人见人欺的懦夫。如果作者仅止于写出了马旦从懦夫到勇夫的人生变迁，那是远远不够的，好在他还写出了马旦人生的第三个阶段，他在中华人民共和国成立后重新回到了懦夫人生。生命末期的马旦在新政权的社会体制下成了不折不扣的懦夫，他再也无法过上自己理想的日常生活了，他已经失去了任何抗争的力量，晚年的康姝也不再是他的胆了，晚年马旦连凡夫也不是了，这才是马旦真正的精神悲剧。想当初小说开篇的时候，少年马旦与洪冲家的狗赛跑，那是凡夫俗子的快乐人生游戏，而到了小说的结局，我们看到的是老年马旦拼命与野狗搏命的场景，他竟然在一句“他是洪冲家的狗”的吼声中受到惊吓死去。马旦的一生是通向懦夫的一生，也是逐步远离凡夫的一生，他内心深处并不想做勇夫但最终歪打正着成了勇夫，他讨厌被人称为懦夫但最终还是没有摆脱懦夫的骂名，其实他真正的人生理想是凡夫俗子，在他那奇特荒诞的人生历程中始终回荡着想做一个凡夫俗子而不可得的心灵呼喊。

可见《懦夫传》是关于现代中国民族精神困境的一则寓言，不仅懦夫马旦这个人物具有极强的民族文化心理象征意蕴，甚至康姝、马剃头、洪冲、毛雪花、马虎、老冯等人物形象也都各自具有其文化心理象征内涵，他们既是写实的产物也是写意的结晶，体现了作者在人物塑造和艺术构思中虚实交融的深层诉求。实际上，这部作品不仅是写实与象征的叙述交融，而且也是二者与诗性叙述的交融。《懦夫传》可谓是一部诗性弥漫的小说，其中氤氲着浓郁的诗情和冷峻的诗意。如果拨去笼罩在马旦身上的那层滑稽戏谑的叙述面纱，我们可以惊讶地发现，马旦其实一直都是一个不可救药的浪漫主义者，他就像堂吉诃德一样始终在与外部环境做斗争，这个表面怯弱的男人却一直坚信爱情并爱护自己的女人，他在康姝临终前夕还在表白着自己的日常生活理想，那是一种日常生活所散发出的诗意，马旦一直都在寻找着这种平凡的诗意。他年轻的时候曾经在上津镇的各种店铺中寻找过这种日常生活理想，后来虽然被迫投军二十年，但他对日常生活诗意的向往从未熄灭，所以他才敢于在关键时刻放弃显赫的非常态军营生活，因为回归常态的日常生活、拥抱平凡诗意就是他心底隐秘的火焰。康姝身上的诗意并不啻于马旦，她近乎就是一朵身处污泥中的莲花，这个饱经生活磨砺的女人一直保有对正常（日常）生活理想的向往，自从嫁给马旦后她一直都在捍卫着自己的人格尊严和节操，从未向权势屈服。晚年的康姝甚至比马旦还要坚强，晚年的马旦成了真正的懦夫，而晚年的康姝则是从马旦胸中剔出去的胆！还有康姝对情敌毛雪花丧夫之后的同情，以及她对恶霸洪冲遭人唾弃之后的怜悯，尤其是她在洪冲即将被镇压之前所发出的大声辩护，无不闪烁着人性诗意的光辉。像这样展示日常生活诗意的情节或场景在《懦夫传》里几乎随处可见，单就《老冯走了》那一章而言，尽管写的是一个普通的配角人物，作者也没有忘记展示日常生活中诗意的残酷或残酷的诗意。总之，《懦夫传》是朱山坡十年文学创作生涯的一部多重叙述融合之作，它体现了朱山坡多年来为民间野生人物立传的多重叙事探求，它也昭示了朱山坡未来文学创作道路的艺术新起点。

下编

中国古典诗词传统的现代转换

第一章

百年中国旧体诗词的历史浮沉

众所周知，中国古典诗词在五四新文学运动中被打入另册，虽然此后这种诗体并未消亡，甚至还在不同的历史时期强劲地展示着自己独特的艺术生命力，但遗憾的是，长期以来的现代中国文学史书写中，基本上没有了古典诗词文体的位置。一百多年来，随着“新诗”的强势崛起，中国古典诗词一直被视为“旧体诗词”而遭到歧视。正所谓“名不正则言不顺”，戴上了“旧”帽子之后的古典诗词就仿佛戴上金箍的齐天大圣，纵有天大的本事，也总还是摆不脱各种各样的发展限制，由此必然妨碍了古典诗词文体在现代中国的自由生长。于是新时期以来，随着时势的变迁，一些有识之士会同体制中人一起为“旧体诗词”正名，他们先是成立了中华诗词学会，随即又创办了《中华诗词》杂志，进而在新世纪还成立了中华诗词研究院，“中华诗词”的概念由此深入人心。虽然也有“国诗”“汉诗”这样的新概念用以命名“旧体诗词”，但前者容易让人联想到“国学”的民粹主义，后者又容易让人联想到“汉学”的民族主义，大抵都给人留下保守封闭的印象，不如“中华诗词”这个新概念更具有包容性，更能指引中国古典诗词在现代中国历史语境中的发展新方向。至于有人指责中华诗词学会及其《中华诗词》杂志已沦为当代中国“老干体”诗词的大本营，其中网络诗词界的讥议尤盛，那是另一个层面的问题，与“中华诗词”新概念的合理性无关。

进入新世纪以来，中华诗词确实出现了新的艺术面貌和新的发展态势，长期被新诗和主流学界所压抑的旧体诗词终于出现了复兴的迹象。可以说，中华诗词在新世纪已经开始复兴，这种复兴的势头方兴未艾，艺术前景十分广阔。这不光是因为《中华诗词》杂志在发行量上已经超越《诗刊》成为中国第一大诗歌刊物，更重要的是，如今许多原本只刊登新诗的诗歌杂志也专门开辟旧体诗词栏目以示尊重或者和解，《诗刊》甚至还专门创办了增刊《子曰》，这就更不用说国内琳琅满目、不计其数的地方性旧体诗词专刊了。毫无疑问，旧体诗词在当下中国的复兴已是大势所趋，尽管在学界关于旧体诗词能否入史的问题依旧充满了争议①，但中华诗词的艺术绵延和客观历史发展进程并不会以少数人的学术意志为转移，而是在新的历史语境中展示出生命蓬勃的艺术力量。如果不带偏见地理性回顾百年来的中华诗词演进历程，我们就会发现，所谓旧体诗词，它不仅没有消亡，而且还在艰难的历史时空中曲折地存在着和发展着，百年间无数的诗人词客在殚精竭虑地传承着中华诗词的艺术命脉，虽然其间有盛有衰、有高潮有低谷，但毕竟没有中断，事实上也不可能中断，由此终于迎来了新世纪中华诗词

---

① 近年来主张旧体诗词可以入史的文章有马大勇的《“二十世纪诗词史”之构想》（《文学评论》2007 年第 5 期）和《论现代旧体诗词不可不入史——与王泽龙先生商榷》（《文艺争鸣》2008 年第 1 期），刘梦芙的《20 世纪诗词理当写入文学史——兼驳王泽龙先生“旧体诗词不宜入史”论》（《学术界》2009 年第 2 期），夏中义的《中国当代旧体诗如何“入史”——以陈寅恪、聂绀弩、王辛笛的作品为中心》（《河北学刊》2013 年第 6 期）等；反对旧体诗词入史的文章有王泽龙的《关于现代旧体诗词的入史问题》（《文学评论》2007 年第 5 期），吕家乡的《新诗的酝酿、诞生和成就——兼论近人旧体诗不宜纳入现代诗歌史》（《齐鲁学刊》2008 年第 2 期）等。

复兴的历史转机。正如清人叶燮在《原诗》中所言："乃知诗之为道，未有一日不相续相禅而或息者也。但就一时而论，有盛必有衰；综千古而论，则盛而必至于衰，又必自衰而复盛。"而盛衰之理在正变之中，故叶燮反对"伸正而诎变"，主张用动态的流变眼光看待诗史的演变。他说："且夫风雅之有正有变，其正变系乎时，谓政治、风俗之由得而失，由隆而污。此以时言诗，时有变而诗因之。时变而失正，诗变而仍不失其正，故有盛无衰，诗之源也。吾言后代之诗，有正有变，其正变系乎诗，谓体格、声调、命意、措辞、新故升降之不同。此以诗言时，诗递变而时随之。故有汉、魏、六朝、唐、宋、元、明之互为盛衰，惟变以救正之衰，故递衰递盛，诗之流也。"① 其实有清以降，中华诗史同样符合叶氏所言正变盛衰之理，由康乾盛世至晚清末世，由民初走向共和至抗战军兴，再由新中国的革命年代至改革时期，中华诗词之盛衰正变确实系乎时代的正变盛衰。当然，正体与变体、盛世与衰世之间并非绝对化理解，正体可以是另一种意义上的变体，衰世可以是另一种意义上的盛世。但无论如何，求新求变以救正体之衰，振衰起弊而复盛，这是中华诗词千百年来历史演变轨迹的根本至理。

在笔者看来，近百年来现代中国旧体诗词发展进程中大致出现过三次创作高潮，而且这三次创作高潮都体现了时代与诗词之间的盛衰正变之理。第一次旧体诗词创作高潮出现在 20 世纪 30—40 年代的抗战时期。自 1931 年九一八事变之后，日寇侵华野心开始全面暴露，中华民族继晚清鸦片战争之后再度陷入了全面的民族危机之中。民国改元以来的国家内部矛盾开始被中日民族矛盾所压倒，而在那个民族救亡年代里，旧体诗词感时忧国的现实主义诗歌传统得到了极大的发扬，一改民国初年北洋军阀统治时期旧体诗词界沉闷平庸的艺术局面。民初的旧体诗坛实际上为晚清诗坛遗老所掌控，诸如陈三立、郑孝胥、沈曾植等同光体诗人，樊增祥、易顺鼎、

① 叶燮. 原诗［M］//郭绍虞. 中国古典文学理论批评专著选辑. 北京：人民文学出版社，1979：3，4，7.

梁鼎芬等中晚唐诗派诗人已经日渐沦为时代的边缘人物，他们几乎丧失了与广阔的现代社会现实生活对话的能力，大都以遗老遗少自居，然而那份孤臣遗民情结又与现代中国语境格格不入。而康有为等诗界革命派以及柳亚子等南社中人也日渐与时代主潮相脱离，甚至再度陶醉于明清两朝就纠缠不清的宗唐与宗宋的诗坛门户之争中①。而曾经的北洋政府大总统徐世昌退隐后组织晚晴簃诗社，笼络一批晚清遗老遗少辑编《晚晴簃诗汇》，虽于有清一代诗歌编纂善莫大焉，但徐氏所作诗几乎没有忧国忧民情怀，“其诗冲淡雍容而不俗，有唐代大历之风”②。这种贵族化的大历诗风并非为徐氏所独有，而是颇能代表民国初年旧体诗词远离现实的古典主义倾向。加之五四新文学运动和新诗的强势崛起，旧体诗词遂陷入日渐衰微的境地。直至抗战军兴，新生的旧体诗词创作力量得以重新集结，他们直面现实，以旧瓶装新酒，大胆发挥民族艺术形式的长处，一举扭转了民初以来的旧体诗词创作颓势。在战火纷飞的 20 世纪 30—40 年代，除了国共党人的旧体诗词创作之外，一大批现代学者和新文学家都卷入了旧体诗词创作的时代浪潮中，尤其是众多新文学家“勒马回缰写旧诗”（闻一多诗语）的现象颇为引人瞩目，而《词学季刊》《青鹤》《民族诗坛》《同声月刊》等一批旧体诗词刊物的创办则为抗战旧体诗词的“中兴”提供了有力的传播载体与渠道。时至今日，抗战旧体诗词中兴的现象依旧是中国现当代旧体诗词发展史研究中的一个绕不开的重要课题。虽然当时中国处于战乱之世，“时变而失正”，但抗战诗词作为变体却不失为正，它是对民初远离现实的贵族诗风和古典格调的大力反拨，由此成就了抗战诗词的艺术高峰。正所谓“国家不幸诗家幸，赋到沧桑句便工”（清人赵翼诗语），抗战诗词的中兴与当时的衰世或乱世可谓相反相成，惟其以变救正之衰，故能成就一代诗史。

---

① 柳亚子. 我与朱鸳雏的公案［M］//柳无忌. 南社纪略. 上海：上海人民出版社，1983：149 – 154.

② 胡迎建. 民国旧体诗史稿［M］. 南昌：江西人民出版社，2005：90.

第二次旧体诗词创作高潮出现在20世纪60—70年代的“文革”时期。“文革”的发动并非一日之寒，而是中华人民共和国建立后历次政治运动的必然后果，尤其是之前的“反右”和“大跃进”运动给“文革”埋下了历史伏笔。毋庸讳言，中华人民共和国建立初年的主流旧体诗词在整体上是以“新台阁体”为显著文体特征的，除了革命领袖的红色诗词广为传颂之外，众多将帅诗词也集中涌现，而且以郭沫若为代表的文官诗人群体更是沉醉于革命诗词的主潮之中，这其中既有新文学家出身的革命诗词作者，也有各民主党派的革命诗词作者，他们的创作共同汇聚成了中华人民共和国建立后的“新台阁体诗词”潮流。这种与明代初年“台阁体”诗潮相类似的雍容华贵、铺排肤廓的诗风显然是与当时的真实社会现实生活相脱节的，它染上了华而不实的伪浪漫主义格调，表面上尊唐抑宋，而实际上与真正的唐风大相径庭，称之为“伪唐风”并不为过。1958年《光明日报》创辟的《东风》副刊就是一个集中刊登“新台阁体诗词”的红色园地。据称编辑部时常收到读者来信，对这个栏目表示欢迎，“使我们记忆犹新的是，毛主席读《东风》发表的旧体诗词，既仔细，又认真”①。这也侧面说明了当时“新台阁体诗词”盛行的原因。事实上，唐诗有初盛唐与中晚唐之别，宋词有北宋词与南宋词之别，北宋词比较接近于初盛唐诗，大体属于盛世欢歌，而南宋词比较接近于中晚唐诗，大体属于乱世悲歌。而“新台阁体诗词”显然是所谓盛世欢歌，虽然历史最终告诉我们那不过是一场激进的“大跃进”诗词运动而已，但它毕竟是当时的诗词正体。然而，“反右”和“大跃进”之后的中国很快“时变而失正”，60—70年代的中国陷入了困境乃至于浩劫之中。由此在诗词界出现了艺术反弹，一大批被排挤、被流放、被批斗的新文学家、学者、书画家、艺术家、政界中人开始“反正求变”，他们汇聚所成的地下诗词创作潮流蔚为大观，聂绀弩及其“聂

① 光明日报文艺部.《东风》旧体诗词选［M］.北京：光明日报出版社，1985：417.

体”就是这股地下诗词潜流中的翘楚，虽然时过境迁但依旧还为读者、学界和史界所重。这是一股在当代中国政治动荡时期涌现的反叛性的诗词浪潮，它传承的是中国古典诗词在时代逆境中的现实主义精神和战斗功能，故而能在当时构成对主流“新台阁体诗词”正体的艺术反拨。借用清人叶燮的说法，这就是以中晚唐的“衰飒”诗风对抗当时流行的伪唐风，以“秋花”“秋声”“秋气”有意区别于“春花”“春声”“春气”，即以中晚唐诗风对抗初盛唐诗风，或曰以南宋词风反拨北宋词风。正如叶燮所言：“然衰飒之论，晚唐不辞；若以衰飒为贬，晚唐不受也。”① 同理，革命年代地下诗词创作虽以“衰飒”之风见长，但毕竟是真正的“秋声”，而当时的主流“新台阁体诗词”虽雍容华贵、貌美如同春花，但却不过是伪唐风罢了。

随着1976年天安门诗歌运动（以旧体诗词为主）的爆发和“文革”浩劫的结束，中国当代旧体诗词创作步入了新时期。新时期的旧体诗词在新的历史语境中其实传承了革命年代旧体诗词“二水分流”的发展态势。一方面，主流诗坛将中华人民共和国建立后的“新台阁体诗词”进一步推向极致，由此异化为当今中国常见的“老干体”诗词大行其道；另一方面，民间诗坛（包含新世纪以来的网络诗坛）将革命年代的地下诗词创作潮流引入地上和公开传播，与作为正体的“老干体”相对立，而这种民间写作的诗词变体显然更能代表新时期旧体诗词创作的思想和艺术水准。如果说“老干体”是“春花”，那也只能是丧失了“春声”和“春气”的纸扎的春花，而在民间诗坛艰难行进的旧体诗词则是“秋花”，虽然难免时常笼罩着“衰飒”的“秋意”和“秋气”，但作为一种诗词风格的“衰飒”是不应该受到贬低或责难的，因为它是另一种审美形态，有别于空疏浮泛的伪唐音和伪浪漫，而更接近于中晚唐诗风和南宋词格，以忧愤悲凉的现实关怀和

---

① 叶燮．原诗［M］//郭绍虞．中国古典文学理论批评专著选辑．北京：人民文学出版社，1979：66．

沉郁新警的艺术风格为其主要特征。所以，我们这个时代的旧体诗坛依旧存在着脱离现实的古典主义艺术路线——“老干体”取向，与直面现实的现实主义或现代主义的民间诗词艺术路线对立。而经过三十多年来的民间诗词发展，尤其是新世纪以来网络旧体诗词的勃兴，人们必须正视中华诗词在新世纪已然复兴的现实。这次诗词复兴有着极其厚实宽广的社会文化基础和传媒载体支撑。20 世纪 90 年代以来，全球化时代的到来激发了国内民族传统文化热潮，而旧体诗词写作热潮正是这次民族传统文化热潮的一部分。虽然这种传统文化热有着文化保守主义倾向，这当然需要警惕，但对于中华诗词千年命脉的传承而言，却是一次难得的历史发展机缘。更何况西方中心主义的全盘现代化模式本身也并非无懈可击，中国文学和中国诗歌的发展在追求西方式的现代化的同时，是不应该完全丢弃自己本民族的诗歌传统和文学传统的，相反应该在中西会通和古今融合的立体艺术轨道上探寻，仅仅热衷于单向度的西化新诗写作而彻底放弃民族传统诗词文体是行不通的，也是不必要的。旧体诗词完全可以而且应该获得与新诗同等的发展权利。实际上，新旧诗兼擅的两栖诗人百年来所在多有，有的人新诗比旧诗成就高，有的人旧诗成就赛过新诗，甚至同一诗人在不同时代里由不同的诗体代表着他的水准。我们完全没必要把新诗与旧诗二元对立起来，把传统与现代二元对立起来，而应该探寻二者的艺术对话通道。事实上，当今优秀的旧体诗词作者大都有过新文学和新诗写作经历，他们并不一味地排斥新诗和西方，而是表现出吞吐中西古今的新世纪胸襟，倒是许多新诗人在如何汲取本民族的诗词传统养料方面存在着封闭化和绝对化倾向。好在新世纪以来的诗学观念已经悄然变革，中国现当代文学界的诸多知名学人都对旧体诗词表现出了足够包容的学术胸襟，除了黄修己、钱理群等为旧体诗词的合法地位鼓与呼之外，陈思和甚至还公开出版了他的旧体诗集①。至于世纪转折之交的网络时代的到来，更是给旧体诗词的复兴创造了新的传播空间。李子、嘘堂等网络诗词名家的崛起，把新世纪民间诗词创作提升到了一个新的艺术高度。当然，还有那些不以网络成名的旧体诗词民间写作，如蔡世平、高昌等人的民间写作，与网络诗词界一道创造了新世纪中华诗词复兴的态势。

总体而言，在我们这个时代里，中华诗词的复兴主要表现为对中华诗词现实主义艺术传统的传承和新变，以及对中华诗词现代主义先锋形态的创造和塑型。需要强调的是，创新并不仅止于革新，而是有因有革，即俗语所云，在继承的基础上创造性发展。没有继承的革新不是创新，而是断裂。理论上不可能，实践上也难行得通。刘勰在《文心雕龙》中明确指出“通变之数”在于“参伍因革”②，一味地因循守旧是没有前途的，而完全断裂式的开新也终将因为水无源、木无本、难以为继而返回原点寻根。回想20世纪80年代中期，中国新文学在行进了大半个世纪后由韩少功、贾平凹、莫言、王安忆等人掀起“寻根文学”潮流并不是没有来由的，其根本旨趣正在于返回中国文化（文学）传统中，寻觅创造性转化的民族资源，正是为了有意识地、群体性地修复五四以来长期被新文学家所有意割裂的民族文学（文化）血缘脐带。所以，文学寻根的目的在于文学传统的再生，在于用西方话语激活中国文学传统，由此发生传统的创造性转化。而刘勰的文学“通变”观念显然值得今人好好地温故而知新，不同之处在于，我们需要在刘勰的古今维度之外增加中西维度，形成立体式的文学通变观或文学创化观。如果用清人叶燮的话来描述，即一个时代的文学创新往往是这样一幅历史图景：“从来豪杰之士，未尝不随风会而出，而其力则尝能转风会。人见其随乎风会也，则曰：其所作者，真古人也；见能转风会者，

---

① 陈思和. 鱼焦了斋诗稿初编［M］. 桂林：漓江出版社，2013.

② 范文澜. 文心雕龙注：下［M］. 北京：人民文学出版社，1958：521.

以其不袭古人也，则曰：今人不及古人也！”① 这暴露了中国文学传统中好古贱今、厚古薄今的文学史惯性思维，但自从五四新文学运动以来，这种文学史惯性思维发生了历史性反转，国人转而迷信现代线性的进化论文学史观，唯求新求变马首是瞻，只顾给那些“不袭古人”的“转风会者”喝彩，给那些割裂传统的文学现代性膜拜者喝彩，而对那些既能“随风会”又能“转风会”的文坛“豪杰之士”报以新保守主义的蔑视，这就彻底混淆了文学复古与文学创化或通变的本质区别，是对现代中国文学发展道路的极大误解。好在这种误解在新时期乃至新世纪以来已经得到了更多有识之士的澄清，无论学术界还是创作界，均涌现出了越来越多的豪杰之士，他们在返回传统的基础上锐意创新，既顺应时代的风会和召唤，也能凭借独特的艺术个性共同塑造一个时代的文学风会。

其实，无论是回归现实主义还是走向现代主义，新世纪中华诗词的艺术新变归根结底是一场对中国古典诗词文体的现代重塑和再造运动。常常听到不了解旧体诗词创作现状的人这样绝对化地抛下他们的判语断词，即旧体诗词都是老古董，这种古典的诗体根本无法反映或表现现代人的生活经验和生命体验。但问题是，究竟什么样的人才是现代人？现代人是不是只有现代性的生活经验和生命体验？是不是只有那些仅有单向度的现代性经验的人，才是所谓现代人？显然，事实并不是这样。我们常常习惯于将现代人的概念加以抽象化处理或者窄化处理，将现代性的人与现代人两个概念相混淆。实际上，纯粹现代性的人几乎是不存在的，因为现实生活中谁也无法彻底割裂自己与传统的关系，传统已经渗透进了现代人的血液和语言符号之中，如同生命基因一样不可彻底摧毁，而只能借助新的质素的介入，去调整或改善已有的生命结构和功能。这意味着传统就在现代之中，它经过调试后可以成为现代的一部分或有机整体，即使是那些与现代严重

① 叶燮．原诗［M］//郭绍虞．中国古典文学理论批评专著选辑．北京：人民文学出版社，1979：7.

冲突的传统因素，也会一直与现代相伴生，作为现代性的一种反对力量而与现代性如影随形。正如有西方论者所指出的那样："这个批评现代化的'传统'和现代化本身一样有其普遍性与同一的内涵。民国初期批判西方的人是此一传统的一部分。我们可总结道：现代化以及与其同时存在的反现代化批判，将以这个二重性的模式永远地持续到将来。"① 这意味着，反现代化或反现代性与现代化或现代性一样，也是现代人不可或缺的双重性人格的一部分。二者不是你死我活的关系，而是在冲突中对话的关系。这就如同浮士德和摩菲斯特一样谁也少不了谁，他们在精神上二位一体。不要以为摩菲斯特是魔鬼，浮士德是人，事实的真相是浮士德有时候比魔鬼还可怕，而摩菲斯特有时候比人还要更有人性的悲悯。同理，不要以为那些坚定的现代化或现代性论者就是代表着人类未来的天使，因为他们很有可能像魔鬼一样将人类导向灭亡，而那些常常被我们视为新保守主义的反现代化论者，则有可能是最终拯救我们走出现代化沼泽的天使。如果有了这样开放而立体的现代人观念，那我们在谈论中国现当代旧体诗词创作的时候就不会轻易跌入现代性的陷阱，就不会简单地将其视为现代人的历史赘生物，而视为现代人整体生命表现形式的有机组成部分。鲁迅先生当年曾说过，只要作者是一个"革命人"，"则无论写的是什么事件，用的是什么材料，即都是'革命文学'。从喷泉里出来的都是水，从血管里出来的都是血。'赋得革命，五言八韵'，是只能骗骗盲试官的"②。借用鲁迅先生的话，我们也可以这样说，只要作者是活生生的现代人，无论他的诗采用的是新体还是旧体，也无论他的诗写的是什么题材或者表达了何种思想情感，哪怕是反现代化或现代性反思的思想情感，同样也属于现代人的现代诗。现代诗不是新诗的专门名号，旧体诗词也属于现代诗歌范畴。

---

① 艾恺. 世界范围内的反现代化思潮：论文化守成主义［M］. 贵阳：贵州人民出版社，1991：216.

② 鲁迅. 鲁迅全集：第 3 卷［M］. 北京：人民文学出版社，1981：544.

明白了这一点，我们就可以客观公正地审视新世纪的旧体诗词创作了。如前所说，新世纪中华诗词创作的一个突出特征就是现实主义诗歌精神的回归与新变，这当然是相对于新时期以来长期占据主潮位置的“老干体”诗词写作模式而言的，而且随着20世纪90年代以来中国社会日益转向商业化和消费主义，类似古典应制体的“参赛体”诗词写作模式也应景而生，这些高度模式化的旧体诗词写作的一大弊病就在于严重脱离现实社会生活，为格律而格律，为形式而形式，从而使旧体诗词写作沦为空心人的伪古董。而作为对“老干体”和“参赛体”诗体的反拨或反对，直面社会现实生活乃至直面中国社会历史的民间诗词潮流应运而生。新世纪民间（网络）诗词创作中的现实主义诗歌精神首先表现为捍卫艺术的真实性原则，他们坚持“写真实”，既包括外在的社会现实也包括内在的心理真实，既不歌舞升平、文过饰非，也不回避诗人内心的矛盾和痛苦。比如蔡世平的“南园词”，大都流露着词人刻骨的“乡愁”，这是作为现代都市人的词人对乡村生活的观照和审视，因此这种乡愁不同于古人的田园山水情结，而是凝结着词人对当代中国乡村现代化进程的反思意识。《浣溪沙·土地生悲》《踏莎行·洪湖》《生查子·大湖泪》《蝶恋花·路遇》《蝶恋花·留守莲娘》等词作极为强烈地抒发了词人的乡土情怀和现代家园意识，同时尖锐地批判了乡村现代化进程中的世态炎凉和人情冷暖。读这样既有强烈的画面感，又有娴熟的叙事性的旧体词，是很难不诧异于词人的艺术驾驭能力的，仿佛阅读着那些充满了忧患意识和批判精神的现代散文佳作，甚至还会有阅读匠心别具的短篇小说的艺术感受。读李子的乡土词同样有类似的品读体验，但相对而言，李子词显得更客观、更冷静、更写实，词人往往刻意地规避画外音，极力地让纯粹的画面感和艺术镜头凸现在前，而把创作主体的主观情志隐藏起来，这是李子的乡土词与蔡世平的南园词在艺术取向上的最大差异。但从《卜算子·铲松油人》《西江月·砍柴人》《阮郎归·伐木人》《木兰花·挖冬笋人》《临江仙·小山娃》《虞美人·山妹子》《柳梢青·老猎户》《临江仙·鬼故事》等反映词人故乡赣南山区生活的系列词作中，我们不难体会到李子词与南园词中共通的乡土忧思和底层关怀。读这样的乡土词，确实会有阅读乡土小说的类似体验，这意味着词这种古老的诗体也可以精妙地反映乡土中国的现代变迁。不仅如此，旧体诗词在反映现代城市生活方面同样大有可为，网络诗人独孤食肉兽、李子、嘘堂、添雪斋、无以为名等人的旧体诗词在现代城市生活书写方面都让人耳目一新。这就从整体上回应了中国古典诗词长于书写乡土中国经验，而不适应现代城市生活书写的普遍质疑。

除了乡土诗词和城市诗词值得关注之外，我们还应密切关注新世纪旧体诗词创作中的“底层写作”现象。蔡世平的《贺新郎·寻父辞》、段维的七律组诗《民生即景（十七首）》、嘘堂的古体诗《潲可食·网上见老妇食潲水组照，哀而写之》、魏新河的《浣溪沙·探父母》、无以为名的七律《蚁族》等，像这类集中反映当今中国底层民众生活困境的旧体诗词作品不在少数。尤其是高昌在底层诗词写作方面用力甚深甚勤，他的七绝组诗《挽瓜农邓正加》、组词《弹颊三叹》（《摸鱼儿·住房叹》《凤凰台上忆吹箫·职称叹》《高阳台·求医叹》）、《扬州慢·听人妖唱歌》、七古歌行《须眉红粉辞》和《哀矿难》等，可谓全方位地书写了当今中国底层生活的世相百态，他甚至连现代城市生活中的底层亚文化群体也没有遗忘，其对人妖和男色卖淫现象的诗词书写令人印象深刻，反映了当今旧体诗人在题材上锐意开拓的艺术雄心。读这样的底层诗词，自然会让人联想到新世纪以来中国新文学界所流行的各种底层文学作品，比如底层小说或底层新诗，但由于旧体诗词特有的“旧瓶装新酒”的混搭风格，会给读者带来别样的审美冲击力。事实上，新世纪旧体诗词创作还给我们带来了更多的艺术惊喜。我们不仅可以看到现实性很强的底层诗词写作现象，甚至还可以读到历史感很强的类似于“伤痕文学”“反思文学”“新历史主义”相同性质的新型诗词形态，故且可名之为“伤痕诗词”“反思诗词”“新历史诗词”，以求实现中国当代文学史中新文学与旧体诗词之间的对话和对接。在“伤痕—反思诗词”写作方面，何永沂的七绝《读寓真〈聂绀弩刑事档案〉感赋（四首选三）》《和林昭绝命诗〈血诗题衣〉（九首选一）》、高昌的七绝《林希〈白色花劫〉读后》二首、李子的《苏幕遮（打红旗）》和七绝《彭元帅》、嘘堂的五古《六安明清老街》和七古《读巫山文革巨型标语本末事有感》，尤其是独孤食肉兽的家史性和回忆性系列词作《踏莎行·忆父母早年离居事》《贺新郎·往事沪上》《定风波·田叔》《清平乐·刘叔》《水调歌头·卫姨》《风流子·许姨》等，无不对当代中国的激进历史运动——“反右”“大跃进”和“文革”中的历史与人的命运展开了深入的思索，或忧愤沉郁，或伤感诚朴，均显示了当今旧体诗词作者的新境界与大胸襟。至于“新历史诗词”写作，蔡世平的《满江红·青山血祭》《贺新郎·洞庭渔妇》、高昌的《石州慢·泰缅边境路祭中国远征军墓》、何永沂的组诗《云南腾冲行（六首）》《塞班岛天宁岛游记（八首）》、魏新河的七律《乙未春访卢沟桥》二首、无以为名的七律组诗《抗日战役记（十首）》、独孤食肉兽的《莺啼序·武汉会战》等，都属于重写民国抗战史的诗词力作，历史视野开阔，人道主义意识鲜明，既能为固化的历史去蔽解冻，又能为战乱中的小人物作史立传，堪称一代诗史或词史。至于以新的历史视野所作的怀古咏史诗词就更多了，何永沂的《贺兰山下游览西夏王陵感赋》、高昌的七绝《观兵马俑坑》、无以为名的七律组诗《读史（二十三首）》、嘘堂的《读史有吊六章》、魏新河的《甘州·读史记》《水龙吟·壬辰寒食过易水登黄金台遗址》《满江红·听诸生论两家后主及宋道君事》等，无不充满了现代人道主义情怀和民主个性意识，虽曰古体，实为新制。

新世纪中华诗词创作的另外一个突出特征就是对传统诗词形式的现代主义塑型。众所周知，现实主义和现代主义这些概念都来自于西方话语，但已经构成了现代中国文学话语体系的重要组成部分。如果说现实主义在中国古典诗词史上堪称主潮的话，那么现代主义就比较鲜见了，晚唐温李一派朦胧晦涩的诗词庶几有那么一点现代派风度，但至多还是中国文学土壤内部新生的现代派胚芽，只有到了五四新文化运动以后，随着西方现代派哲学和文学在中国的落地生根，中华诗词的传统形式里才有了现代主义的艺术塑型。由于新世纪中华诗词作者群体中有很多年轻人有过新诗写作经历，或者是深受西方现代派哲学和文学艺术的影响，故而他们的诗词创作就不可避免地带有“先锋诗词”的艺术探索意味。与现实主义路径的中华诗词热衷于直接反映和干预社会现实生活不同，现代主义路径的中华诗词偏重于间接反映或者折射社会现实生活的倒影、回声和变形，前者带有更强烈的现代启蒙意识和批判精神，是外倾型的写作，后者则是内倾型的写作，往往退回诗人的内心世界，甚至于退回其潜意识或非理性体验，可见后者更多地接受了西方现代生命哲学和存在主义哲学的熏染，更多地描述现代中国人的深层生命体验，如孤独与绝望、虚无与荒谬、分裂与创伤记忆等。这种类型的先锋诗词比较接近于中国新诗史上的现代派诗歌，我们从中不难窥见穆旦、海子等现当代优秀先锋诗人的影子。当然也不排除近人王国维“人间词”现代哲诗实验体的影响。新世纪的先锋诗词实验体写作大多是书写现代城市人的深层生命体验，如李子的《采桑子（亡魂撞响回车键）》《喝火令（日落长街尾）》《清平乐（群蛇站起）》《忆秦娥（平韵格）》《祝英台近（九颗星）》《少年游（银河有个地球村）》《沁园春·兽的故事》《绮罗香（死死生生）》《临江仙（你到世间来一趟）》《临江仙·童话或者其他》《风入松（以星为字火为刑）》《临江仙（你把鱼群囚海里）》《减字木兰花（远山无数）》等，都带有强烈的现代人类意识和现代城市体验色彩，属于智性写作一路。至于独孤食肉兽的“兽体”词，运用古老的词体书写现代大都市里的物化景观和异化体验，词中关于火车、咖啡屋、娱乐城、购物场、电话亭、摇滚乐等光怪陆离的现代城市意象群纷至沓来，让读者目不暇接，可谓让古老的词体别开生面。其《念奴娇·你的故乡》《贺新郎·北方快车》《念奴娇·千禧前最后的意象》《念奴娇·有女同车：九九城市拼贴》《永遇乐·不来电的城市》等词作，均堪称网络城市诗词佳构。与李子、独孤食肉兽的先锋诗词相对张扬现代城市生活色彩不同，嘘堂的先锋诗词反过来竭力淡化一切俗世社会生活色彩，由此凸显现代人的生命本体体验，这与现代西方现象学思维如出一辙。当然嘘堂如此写作也与他一直推崇的汉魏古风有关，他的诗大都是古体诗，近体律诗相对较少，看得出来阮籍、陶渊明对他的深刻影响，不仅是诗体的影响，而且是诗歌思维的影响，这就是远离尘嚣、回归生命本体，对生命存在困境展开深入的诗性叩问。如《苟苟歌》《故居》《谁说路有鬼》《困诗四喻》《古诗九首》《异域诗人杂咏（五首）》《空地》《灵歌》《饮酒（组诗）》《旦兮》《断偈》《考古（组诗）》等，大都气格高古，然而骨子里却包裹着一颗现代人孤独的心。添雪斋的添雪诗和影青词也大都属于淡化外在社会背景、回归现代城市人生命本体经验的作品，如组诗《魇语之诗篇——妖夜八章》《减字木兰花·咏花七首》《孱语词之浣溪沙·七色夜》《用陶公饮酒韵二十首并序》《木兰花令·人间七日，满眼繁华心上灰》，大型组诗《星座宫神话》《浣溪沙·暮光之城》，组诗《死神的24Hrs》等，这些充满魔幻色彩的现代诗词属于中西文化交会的艺术结晶，作者以今化古、以西化中，让中华传统诗词俨然走进了现代青年读者的心田，功莫大焉。此外，无以为名的许多探索诗词也以书写现代都市人的爱情经验和生命体验见长，这些绝望而忧伤的爱情诗词是对中国古典爱情诗词的重塑和变形，而魏新河饮誉词坛的“飞行词”则是对中国传统诗词生命境界的一种新拓展，走出了传统文化的樊篱，注入了现代生命体验。

最后要说的是语言和风格问题。新世纪以来的中华诗词创作之所以让人耳目一新，除了新题材的开拓、新思想姿态的引入、新精神意蕴的掘进、新创作手法或表现技法的采用之外，还有新语言词汇的铸炼问题颇为引人注目。一般而言，除非是那些执意要制造伪古董的极端守旧派，大多数的旧体诗家并不排斥现代汉语词汇的进入，问题倒不在于允不允许进入，而在于如何进入以及进入后的艺术效果。独孤食肉兽曾说过：“若以延揽受众为目的，个人以为旧诗写作面临的最大问题存在于符码层面，也即四、五、七言主打的旧体韵文句式与现代多音节语汇之间的不兼容，形象地说，如同穿鞋尺码不合会打泡起茧。”① 正是因为旧体诗词体制在容纳现代汉语语汇方面的局限性，当年五四新文学先驱者才决定要打倒旧体诗词，树立自由体新诗典范来容纳多音节的现代汉语语汇。应该承认，自由体新诗（包含新格律体）的出现是有其历史合理性的，它在反映和表现现代中国人的生活经验和生命体验上有着旧体诗词不可替代的优势，但这并不意味着可以就此取消旧体诗词的生存合法性，因为旧体诗词同样可以书写现代中国人的生活经验和生命体验，而且既可以采用文言也可以采用白话（包括古白话和现代白话），还可以采用文白夹杂的语态。虽然旧体诗词很难容纳现代汉语多音节词汇，但毕竟单双音节词汇才是现代汉语的主体，更何况即使是新诗也不可能融入所有的现代汉语多音节词，后者同样需要提炼成有别于日常实用语的诗语。所以摆在现代中华诗词作者面前的任务不是拒绝现代汉语，而是如何有效地在旧体诗词体制中接纳和融合现代汉语，这是当年晚清诗界革命者没有完成的任务，需要今天的豪杰之士勇于尝试，为新世纪中华诗词的艺术复兴立法。我们欣喜地看到，以蔡世平、高昌、李子、独孤食肉兽等人为代表的当今优秀旧体诗词作手勇于在旧体诗词语言修辞上展开艺术实验，他们果断地引入现代白话语汇，拆解白话与文言的二元对立，在艰辛的诗语铸炼中攀登上了中华诗词的新境界。如“兽体”词中就频繁引入当代城市生活语汇，“夜行车，撤走无数橱窗；锈铁轨，已被鲜花截断”中的“夜行车”“橱窗”“锈铁轨”就都属于古典诗词中未见的语汇。至于李子词中的新语新句更是络绎不绝，像“杨柳数行青涩，桃花一树绯闻”“月色一贫如洗，春联好事成双”“秋雨三千白箭，春花十万

① 李子，嘘堂，徐晋如，等. 断裂后的修复：网络旧体诗坛问卷实录（一）［J］. 新文学评论，2014（2）.

红唇”“树林站满山冈，石头卧满河床”这样的旧体词句，真是令人拍案叫绝，恍惚间真的消泯了旧诗与新诗的艺术界限。无以为名的探索诗词被誉为“无名体”，其律诗中的对仗好句也是不胜枚举，诸如“无月支持山变态，有风领导水开头”“雪真优雅风堆放，歌好深沉夜吸收”“月有饥寒灯喂养，秋非饱满酒添加”“水因风活添生态，山为云深出造型”之类，让既有的现代汉语词汇翻转出了新意，让人不得不佩服诗人拆解和重构现代汉语诗语的能力。无以为名的这手绝活还被人解密为“解构词语”或“文白错位”①，这真是内行人深得个中三昧。

至于嘘堂等人的“文言实验体”，其实并不排斥现代汉语语汇，他们真正要排斥的是现代汉语语汇中那些俗白的部分，而选用并提炼其中文雅的部分。换句话说，他们的“文言实验”在诗语上是为了创造一种高雅的、精英化的“新文言”，这是一种可以与“古汉语”或“古文言”相对接的书面化的诗语，所以新世纪中华诗词创作中的“文言实验”派类似于新世纪中国新诗流派中以西川、王家新等为代表的“知识分子写作”一派，而李子、蔡世平等人的白话旧体诗词则接近于当今中国新诗流派中以于坚、韩东等为代表的“民间写作”或“口语化写作”一派。这说明，如果我们的诗歌研究视野更开阔一点，或者更宽容一点，能够把新诗和旧诗等量齐观的话，我们会发现这两种看似互相反对的诗体其实是彼此相通的，既是精神上的相通，同时也是诗艺上的相通。所以当今中华诗词创作的总体艺术风格还是新旧融合、中西会通和古今一体。所谓“蔡词”“飞行词”“李子体”“兽体”“无名体”“文言实验体”这些旧体诗词新体的形成，无不与这些诗人词家善于融会中西古今新旧相关，从而将新世纪中华诗词的复兴推向了历史的前沿。

---

① 曾少立. 从四人作品管窥网络诗词不同向度的新变［J］. 心潮诗词评论，2014（6）.

第二章 ◆

媒介传播与现代中国旧体诗词的文体命运

近些年来，关于中国现当代旧体诗词研究的话题，学界已有不少的著述，所取得的成果也近乎硕果累累，如吴海发的《二十世纪中国诗词史稿》①、胡迎建的《民国旧体诗史稿》②、刘梦芙的《近百年名家旧体诗词及其流变研究》③。但这些著述要么是从文学史的角度，把民国以降的旧体诗词创作现象从遮蔽的历史地表中挖掘出来；要么以内部研究的方式研究不同诗人群体的旧体诗词创作，比如新文学家或现代学人的旧体诗词创作之类。然而众多研究却鲜有从现代传播视角透视中国现当代旧体诗词创作现象的。笔者试图以现代中国的传播媒介与旧体诗词文体的关系为中心，主要以民国以降的文学期刊为视角，考查旧体诗词在百年中国不同时期的文体命运。

① 吴海发．二十世纪中国诗词史稿［M］．北京：中国文史出版社，2004.
② 胡迎建．民国旧体诗史稿［M］．南昌：江西人民出版社，2005.
③ 刘梦芙．近百年名家旧体诗词及其流变研究［M］．北京：学苑出版社，2013.

（一）

自英国传教士米怜于1815年在马六甲创办第一份近代中文报刊《察世俗每月统记传》（*Chinese Monthly Magazine*）以来①，中国内地各种官报、民报、外报开始层出不穷。在这些报刊上大都留有版面刊载旧体诗词，如《字林沪报》（1886）的副刊《玉琯镌新》，梁启超创办的《清议报》（1898）上的《诗文辞随录》，《新民丛报》（1902）上的《诗界潮音集》，邓实和黄节等人创办的《国粹学报》（1905）上的《诗录》《诗余》栏目等。由于那时新文化运动还未爆发，无论是主流官办报刊还是私人报刊，使用的语言还是文言文以及古白话，因而旧体诗词在那个时期报刊媒体上的兴旺繁盛也就不足为怪了。

旧体诗词在民国早期的传播以1917年新文化运动为界明显分为两个时期，即1912—1916年和1917—1927年。1912—1916年间的旧体诗词创作与传播赓续了晚清旧体诗词创作繁盛的趋势。此时期旧体诗词创作与传播的一个重要途径是文人之间的结社雅集。据曹辛华《民国词社考论》中初步统计，"从清末到民国末年出现的各种类型的诗词社团多达130个，其中清末结者20个，民国之初至1919年'五四'之间结者34个"②。在这34个旧体诗词社团中有3个重要的社团，分别是成立于1909年的南社、1912年的超社及1915年的春音词社。南社无疑又在这3个社团中地位最为突出。这个具有鲜明革命色彩的近代社团，有成员近千名，其主要代表人物是高旭、陈去病和柳亚子。南社自创立之日起就频频聚会雅集，有人统计，"自1909年11月13日第一次雅集起，正式以南社总社名义举行的雅集共有22

① 张天星．报刊与晚清文学现代化的发生［M］．南京：凤凰出版社，2011：导言1.

② 周银婷．民国报刊与词学传播［D/OL］．上海：华东师范大学，2010．［2018-01-01］http://www.docin.com/p-1343478069.html.

次，其中包含正式的18次雅集及4次的临时的雅集，参加人数大部分维持在20到30人之间。除了第五、八、九次雅集及第四次临时雅集之后没有出版《南社丛刻》外，几乎在每次雅集之后就有丛刻的出版，每集出刊时间的差距，也多在四个月以内"①。《南社丛刻》是南社雅集的产物，从1909年南社第一次雅集开始，《南社丛刻》即随开随刊印，至1923年，《南社丛刻》共出版了22集②，其主要栏目是《文选》《诗选》和《词选》。具体而言，《南社丛刻》共收录"文1430篇、诗12620首、词2850首，作者人数分别是：207、318、146"③。从以上的统计数字不难看出，旧体诗词创作在《南社丛刻》中突出的地位，所以毫不夸张地说《南社丛刻》是南社同仁旧体诗词创作的结晶，他们以旧体诗词创作形式，表现了强烈的革命民主意识。需要说明的是，1923年南社解体，同年9月新南社成立，1924年5月底新南社的刊物《新南社社刊》刊印出版，《新南社社刊》比起《南社丛刻》而言，无论是编辑语言还是栏目设置都显得面目全非。因为《新南社社刊》全部用白话写作和编辑，另外其栏目一改《南社丛刻》文、诗、词的编辑体例，在《新南社社刊》中既有对国外政治经济的介绍，又有对中国文学的探讨；既有白话小说、白话诗歌，又有翻译作品，可谓琳琅满目、五花八门，这时的《新南社社刊》就变成了"一本标准的新文化杂志"了。④

除了结社雅集外，杂志显然是旧体诗词传播的最为重要的媒介平台。下面我们以《中国近代期刊篇目汇录》和《中国现代文学期刊目录汇编》为蓝本，以杂志创刊年份计数来描绘1912—1922年期间刊载旧体诗词的杂志大致风貌。

---

①③ 林香伶．从《南社丛刻》浅谈南社的几个问题：以文类分布为核心［J］．南京理工大学学报（社会科学版），2003（1）．

② 《南社丛刻》本有23和24集未刊稿，此处指的是南社期间刊印的22集作品。

④ 栾梅健．民间的文人雅集：南社研究［M］．上海：东方出版中心，2006：211.

1912—1922 年间刊载旧体诗词杂志数目统计表（年份为创刊时间）①②

年份	1912	1913	1914	1915	1916	1917	1918	1919	1920	1921	1922
刊载旧体诗词杂志数目	17	27	20	17	7	10	4	0	0	0	1
全年创刊杂志数目	36	50	36	30	23	32	31	6	1	3	6
百分比/%	47	54	56	57	30	31	13	0	0	0	17

从以上统计表中，我们可以看出 1912—1922 年间刊载旧体诗词杂志的数量总共是 103 份，而每年创刊刊载旧体诗词的杂志呈现逐年下降的趋势，此趋势的转折点是 1917 年。具体而言，1912—1917 年间刊载旧体诗词的杂志有 98 份，而 1918—1922 年刊载旧体诗词的杂志仅仅只有 5 份，1917 年之前刊载旧体诗词杂志的数量大大超过了后 5 年的总量。另一方面，以 1912 年为例，该年全国创刊的杂志为 36 份，而刊载旧体诗词的就有 17 份，占所有杂志的 47%，几乎有一半杂志刊载了旧体诗词。至 1913—1915 年期间，刊载旧体诗词的杂志占所有杂志的比例呈持续走高的态势，但到了 1917 年之后，刊载旧体诗词的杂志所占全年创刊杂志的比例急剧下降，特别是五四时期，几乎没有。既然刊载旧体诗词的杂志呈现如此兴衰的样态，那么旧体诗词的命运，也与其载体杂志一样至 1917 年逐渐被遮蔽，呈现出持续走低的态势。

如前所叙，在 1912—1917 年间从传播媒介的数量上看，旧体诗词曾出现过一片繁盛的景象。但到了 1917 年新文化运动之后，无论是刊载旧体诗

① 尹奇岭. 民国南京旧体诗人雅集与结社研究［M］. 北京：中国社会科学出版社，2011：55－70.

② 端传姝. 媒介生态与现代文学的发生：《小说月报》(1910—1931)［D/OL］. 南京：南京师范大学，2012.［2018－01－01］http://www.docin.com/p－1592556315.html.

词杂志的数量，还是杂志的编辑体例都发生了重大变化，此种变化主要表现在以下几方面。

其一，刊载旧体诗词杂志的编辑语言发生了变化。在新文化运动发生以前，杂志一般用文言文行文，而之后，杂志逐渐开始改用白话文编辑。“许多比较严肃和正经的报纸（俗称‘大报’）、杂志，即使编辑者一时未必认同新文学运动，但为顺应时代文化潮流，纷纷改用白话，一般也就不再发表旧体诗了。”① 如《国民》杂志，此刊物持续时间是 1919 年 2 月至 1921 年 5 月，月刊，共出版了八期，《国民》杂志上辟有《艺林》栏目，下分设《诗录》《诗余》《词余》子栏目专门刊载旧体诗词。第一卷的《国民》月刊全部采用文言文编排。但到了 1919 年 11 月，第二卷第一期开始改用白话文编辑，专门开设《新文艺》和《新诗》栏目，不再刊载旧体诗词。

其二，刊载旧体诗词的杂志在栏目上发生重大调整。在以《南社丛刻》《庸言》《学衡》为代表的旧文学色彩浓厚的杂志上，有专门的栏目刊载旧体诗词。这些栏目主要有《文苑》《诗文类》《文艺》《艺林》《杂俎》《杂纂》《文库》《艺文》《词章类》《诗词选》《学艺部》《韵语》《杂具》《艺苑》等。其中《文苑》刊载旧体诗词的频率最高，通常情况下在《文苑》栏目下还会设置子栏目——《诗录》和《词录》，如此排版极大便利了读者的阅读，加大了旧体诗词的传播。至新文化运动爆发之后，这些旧文学色彩浓厚的杂志逐渐开始摈弃旧体诗词。如“北京的《晨报》第七版，本是典型的旧式副刊，旧体诗占很大篇幅，但自 1919 年 2 月 7 日起即实行改革，主要发表鼓吹新思潮的白话散文和新诗等。又如上海的《民国日报》，也是从 1919 年 6 月 16 日起，取消黄色副刊（曾大量发表旧体诗），而代之以登载新文学作品（包括新诗）的进步文学副刊。在这种情况下，许多旧体诗

① 朱文华. 风骚余韵论：中国现代文学背景下的旧体诗［M］. 上海：复旦大学出版社，1998：45.

只能阵地转移，而在某些娱乐消闲为主的软性报刊（俗称‘小报’）暂时栖身”①。《小说月报》亦是如此，该刊创刊于1910年7月，终刊于1932年。《小说月报》编辑风格以1921年沈雁冰的改版整顿分为两个时期。前期即1910—1921年的《小说月报》具有明显的旧文学痕迹，此时期的《小说月报》一直设有《文苑》栏目刊载古诗文，其中旧体诗词所占比例最重。后来又增设《丛录》栏目以收录更多的旧体诗词。每期《文苑》栏目至少发表2首旧体诗词，多者有20多首，如第三卷第11号，发表了24首，这样历经十载，其总量是十分可观的。后期即1921年沈雁冰改版《小说月报》之后，原先的《文苑》栏目改为《诗歌及戏剧》，改革后的诗歌栏目刊载的全部是新诗及译诗，而代表作者大都是新文学作家如朱自清、王统照、汪静之等。这样本是刊载旧体诗词的又一重要平台《小说月报》也把旧体诗词拒之门外，旧体诗词的发表空间再度萎缩。

旧体诗词杂志在新文化运动之后受到严重压制，与此形成鲜明对比的是大量新诗杂志纷纷崛起，极度压缩了旧体诗词发表的空间。这些杂志主要有《新青年》《新潮》《晨报》《时事新报·学灯》《民国日报·觉悟》《星期评论》《少年中国》等。在以《新青年》为代表的新文学杂志的推动下，新诗作品层出不穷，无论是数量上还是质量上，新诗大有全面压倒旧体诗之势，再加上“五四”破旧立新的狂飙运动，带有鲜明旧文学色彩的旧体诗词遭遇了空前的危机，旧体诗词的发表与传播举步维艰。“五四”时期旧体诗词遭遇的这种尴尬一方面源自于旧体诗词发表空间的窄化，另一方面是旧体诗词创作队伍的萎缩。以胡适为例，这位曾以《文学改良刍议》暴得大名的新文学运动领袖，其实在这之前写了不少旧体诗词。胡适写旧体诗词的时间主要集中在1907—1916年间②，即他在上海中国公学求学和

---

① 朱文华．风骚余韵论：中国现代文学背景下的旧体诗［M］．上海：复旦大学出版社，1998：45．

② 胡明．胡适诗存［M］．北京：人民文学出版社，1989：2．

赴美读书时期。胡适在上海求学写的旧体诗作大都发表在《竟业旬报》和《吴淞月刊》上，有的未曾公开发表，在其《藏晖室日记》上有所记载。胡适在美国留学期间所作旧体诗词一部分公开发表在《留美学生年报》上，未发表的在《胡适留学日记》中有详细记载。1920 年 3 月，胡适出版了自己的第一部诗集《尝试集》，在附录中胡适收录了自己在美国读书期间所作旧体诗若干，结集名为《去国集》。《去国集》的取名一方面是因为所作诗歌是在异国他乡而为，另一方面也有告别旧文学的味道。在《去国集》中有首词《沁园春 · 誓诗》可视为胡适从《去国集》到《尝试集》的过渡，在该词中胡适有这样的诗句："文章革命何疑！且准备搴旗作健儿。要前空千古，下开百世，收他臭腐，还我神奇。为大中华，造新文学，此业吾曹欲让谁？诗材料，有簇新世界，供我驱使。"① 胡适用誓诗的口吻表达其文学革命的决心和必胜的态度。《去国集》所收录的旧体诗词也就相应地成了胡适新诗革命的一面镜子。这也正是在以后的《尝试集》再版中胡适始终并未删掉《去国集》的重要缘由。在创作完成《沁园春 · 誓诗》之后，胡适开始进入了自己的白话诗实验阶段，而《新青年》则成为胡适新诗实验的重要平台。据统计，胡适在《新青年》上公开发表新诗 35 首，除此之外，胡适还在《新青年》上发表了 6 首白话词，胡适的白话词也可视为其文学改良的一个实验，即用通俗易懂的白话语言改良传统词作。1919 年 3 月 15 日，胡适在《新青年》上发表新诗《关不住了》，自此之后，他才开始真正进入到新诗创作的"新纪元"，② 胡适新诗诗人的身份遂由此确定。

胡适的转型及其对新诗的提倡在当时产生的影响是不可估量的，众多新文学作家开始纷纷实验白话诗，批判旧体诗词。最为典型的例子是叶圣陶。1921 年 11 月，学衡派策划出版了《南高日刊诗学研究号》，在其版面上专门刊载旧体诗词以对抗新诗。叶圣陶指责"他们是骸骨之迷恋"，并解

① 胡适．尝试集：附《去国集》［M］．合肥：安徽教育出版社，2006：161.
② 胡适．尝试集：附《去国集》［M］．合肥：安徽教育出版社，2006：28.

释原因为：“一、用死文字，二、格律严重的拘束，就是使旧诗降为骸骨的重要原因。要用它来批评或者表现现代的人生，是绝对不行的。”① 叶圣陶在五四时期对旧体诗词的态度很能代表当时新文学作家的心声，至于到了抗战时期叶圣陶转型创作了大量的旧体诗词，则是后话了。

（二）

由于文学革命激进的文化策略，以旧体诗词为代表的传统文学几乎遭遇灭顶之灾。自 1917 年之后，新诗逐渐开始全面取代旧体诗，迅速占领全国各大知名报纸杂志，与此同时，为旧体诗词提供版面的杂志急剧减少。这种状态一方面显示出文学革命的实绩，另一方面也凸显出新文学作家急功近利的思想姿态。到了 1925 年之后，随着文学革命浪潮慢慢褪去，胡适“作诗如作文”的创作理念越来越受到人们的质疑，五四时期风行的白话诗因为缺乏诗味备受人们诟病，由是，一些新文学作家开始反思中国诗歌的创作走向，有的甚至公然表态要重新创作旧体诗词。其中最具代表性的是闻一多。1925 年 4 月，闻一多致信梁实秋，写下了这样的著名诗句：“六载观摩傍九夷，吟成鴃舌总猜疑。唐贤读破三千纸，勒马回缰作旧诗。”② 闻一多公然表示要勒马回缰作旧体，而其他新文学作家如郁达夫、田汉、俞平伯等其实并未停止旧体诗词的写作。再加上学衡派、甲寅派、南社诸将孜孜不倦的创作，到抗日战争期间，人们的视野开始重新聚焦到旧体诗词，新诗旧诗之争也慢慢趋于缓和，尽管在抗战中也有过关于“民族形式”的争论，但毕竟新诗和旧诗业已共同服务于民族救亡大业。

在 20 世纪三四十年代，旧体诗词传播的主要途径依然是诗词社团活动及报纸杂志。五四时期旧体诗词传播的中心是沪京两地，本时期旧体诗词

---

① 叶至善，等．叶圣陶集：第九卷［M］．南京：江苏教育出版社，1990：84－85.
② 闻一多．闻一多全集：第 12 卷［M］．武汉：湖北人民出版社，1993：222.

传播的中心则由北京逐渐向南京过渡，除了南京之外，苏北抗日根据地成为旧体诗词传播的又一重要地域。

1. 三四十年代的旧体诗词社团

雅集结社依然是20世纪三四十年代旧体诗词传播的重要平台，下面以结社年份分地域列举几个代表性的社团如下：上海的沤社（1930）、午社（1930）、声社（1935），南京的蓼辛词社（1931）、梅社（1932），延安的怀安诗社（1941），苏北根据地的湖海艺文社（1942），晋察冀抗日根据地的燕赵诗社（1943）等。①

以上可见，20世纪三四十年代旧体诗词社团主要集中在南京、上海一带，沪地有沤社、午社、声社，南京有蓼辛词社和梅社。上海的沤社、声社、午社是当时著名的词社，这三个词社的成员有着密切的联系，有的同时参与其中两个词社，如夏敬观既是沤社的核心成员，又参与了声社。而以夏敬观、黄孝纾、冒广生、龙榆生、陈方恪、王蕴章等著名词学家形成的词学圈对词学的复兴功不可没。除了上海、南京之外，在苏北和延安解放区也兴起了旧体诗词结社热，上面所提的怀安诗社、湖海艺文社、燕赵诗社集结了大批革命工作者，他们创作了大量的旧体诗词，配合当时的抗日斗争，影响巨大。如陈毅的《湖海开征引》、朱德的《出太行》等。

2. 三四十年代的旧体诗词杂志

20世纪三四十年代刊载旧体诗词的主要杂志有：《青鹤》（1932.11—1937.7）、《词学季刊》（1933.4—1936.9）、《文艺春秋》（1933.7—1935.12）、《诗经》（1935.2—1936.4）、《民族诗坛》（1938.5—1945.12）、《雅言》（1940—1944）、《同声月刊》（1940.12—1944.6）等。其中最值得关注的是《民族诗坛》《词学季刊》《同声月刊》。

《民族诗坛》创刊于1938年5月，终刊于1945年12月，共出版五卷

① 马大勇．近百年词社考论［J］．文艺争鸣，2012（5）．

29册，第一卷5辑在武汉出版，1938年10月后迁到重庆出版。这是一本专门刊载诗歌的刊物，栏目有《诗录》《词录》《曲录》和《新体诗录》。以创刊号所刊载123首诗歌来看，旧体诗为67首，词为31首，曲22首，新体诗3首。旧体诗词的总数是120首，占总数的97%以上，而新体诗不到3%。所以从该杂志所刊载旧体诗词所占的整体比例来看，《民族诗坛》呈现出的旧文学色彩可见一斑。据统计《民族诗坛》共发表诗歌6 000余首①，如果按照以上比例的话，《民族诗坛》发表旧体诗词的总量至少有5 800首。《民族诗坛》的核心人物是于右任、卢前、易君左、王陆一和张庚由。该刊的宗旨是“以韵体文字发扬民族精神　激起抗战之情绪”，所以表现对日本侵略者愤慨的情绪成为该刊所载诗歌的主要内容。《民族诗坛》核心人物于右任、易君左、王陆一、张庚由均在国民党阵营中任职，所以“《民族诗坛》不仅仅是发表旧体诗的阵地，它同时也扮演了被国民党文化政策所重视的党的情报宣传期刊的角色”②。

《词学季刊》和《同声月刊》杂志是20世纪三四十年代上海、南京两地最为重要的专门刊载词学相关内容的杂志。《词学季刊》由叶恭绰出资，龙榆生主编，1933年4月创刊于上海，终刊于1936年9月，该刊第一卷由上海民智书局出版发行，第二卷改由上海开明书店发行。在短短三年的发行中，《词学季刊》刊载了邵瑞彭、陈匪石、龙榆生、张尔田等人的词作至少有270首。③《同声月刊》1940年12月创刊于南京，1945年终刊，由同声社社长龙榆生编校。《同声月刊》以刊载词学相关论文为主，词作稍带点缀刊登。《同声月刊》和《词学季刊》在龙榆生的主持下，在30年代末40

---

① 吴海发. 二十世纪中国诗词史稿［M］. 北京：中国文史出版社，2004：302.

② 岩佐昌暲. 记抗战时期的旧体诗杂志《民族诗坛》［J］. 刘静，译. 重庆师范大学学报（哲学社会科学版），2006（6）.

③ 参见周银婷硕士学位论文《民国报刊与词学传播》附录一《民国主要词人与刊登作品一览表》。（周银婷. 民国报刊与词学传播［D/OL］. 上海：华东师范大学，2010.［2018－01－01］http://www.docin.com/p－1343478069.html.）

年代初，为词学的振兴与传播贡献非凡。

除了杂志外，大量的报纸上开始辟有专栏刊载旧体诗词。据统计，在抗日战争期间，“上海《文汇报》《救亡日报》《新华日报》《新民报》《新蜀报》，香港《大风》杂志等许多报纸开了禁，发表旧体诗”①。而作为党的喉舌的机关报纸《新华日报》也开始大量刊载旧体诗词，《新华日报》自创刊到终刊（1938. 1—1947. 2）“总共发表了 300 余首旧体诗，依其内容分类大致有：祝寿诗（为进步文化人如郭沫若等贺生辰等）；纪念报纸创刊×周年诗（作者多为政治上倾向中共的著名知识分子）；就‘皖南事变’作政治表态的作品；《屈原》唱和栏（咏评郭沫若历史剧《屈原》）；其他”②。总之，抗战时期旧体诗词占据了各大报刊的重要版面，一改五四时期作为补白的尴尬地位，在救亡图存的抗战洪流中发挥了重要作用。

3. 三四十年代旧体诗词出版情状

20 世纪三四十年代出版的旧体诗词集主要有：唐玉虬的《国声集》《入蜀稿》，俞平伯的《古槐书屋词》(1936)，邵祖平的《培风楼诗》(1943) 等。其中邵祖平的《培风楼诗》还荣获了教育部一等奖③，唐玉虬的《国声集》《入蜀稿》则在 1942 年获全国高等教育学术奖文学类三等奖。④ 邵祖平、唐玉虬旧体诗词集的获奖，足以证明备受新诗挤压的旧体诗词开始以合法的身份进入公众的视野。而由于抗战的需要，新诗与旧体诗不再是彼此对立，水火不相容，其冲突渐渐趋于缓和。新旧诗体共同收录在各种诗选内也屡见不鲜。如“1938 年 1 月，教育短波出版社出版《抗战诗选》，内收有冯玉祥、何香凝、叶圣陶、王统照、马君武、艾芜等人新旧

---

① 吴海发. 二十世纪中国诗词史稿［M］. 北京：中国文史出版社，2004：17.

② 朱文华. 风骚余韵论：中国现代文学背景下的旧体诗［M］. 上海：复旦大学出版社，1998：84.

③ 邵祖平. 培风楼诗［M］. 杭州：浙江大学出版社，2000：1.

④ 刘梦芙. 近百年名家旧体诗词及其流变研究［M］. 北京：学苑出版社，2013：12.

体诗共56首，标志着新旧诗人为共同宣传抗战而走到相互宽容的道路上来了”①。

就新文学作家而言，诸如闻一多“勒马回缰作旧诗”的诗人不在少数。以叶圣陶为例，这位曾经批判旧体诗词十分激烈的作家，在此时期却写了不少旧体诗作，其作品大都收录在《箧存集》内。在这部诗集中，“第一辑收其抗战前的旧诗仅2首，新诗13首，第二辑收抗战时旧诗有60多首，新诗1首”②。叶圣陶的转型可见一斑。从以叶圣陶为代表的新文学作家身上，我们可以感受到由于政治环境的巨变，旧体诗词在20世纪三四十年代呈现出短暂复兴的态势。

（三）

旧体诗词在中华人民共和国建立初期的传播与当时的文艺政策紧密相连，而政治权力则规约了旧体诗词创作与发表的整体走向。在此背景下，1949—1956年，新中国的旧体诗词发表与传播的空间开始萎缩。具体表现有二：其一，刊载旧体诗词的主要传播媒介杂志大量减少。这些刊物在强大的政治权力话语规约下要么停刊，要么改登新诗。以上海的《亦报》为例，20世纪50年代初，周作人时常在此发表旧体诗，尤其是在1952年2月23日至5月6日，连载了他的《儿童杂事诗》72首七绝，不过年底该刊即停刊，旧体诗词失去了这少有的传播媒介与平台。其二，由于旧体诗词发表空间的萎缩，在1949—1956年期间，旧体诗词传播逐渐淡出媒介，不过旧体诗词创作却以潜在写作的方式存在。许多旧体诗词作者保存了自己的诗作伺机发表。如“王昆仑《题榆林斌丞楼》发表于《光明日报》1956年10月16日，而据报纸的‘编者按’说，‘作者将其在1951年旧作投寄

① 胡迎建．论抗战时期旧体诗歌的复兴［J］．抗日战争研究，2011（1）．② 胡迎建．论抗战时期旧体诗歌的复兴［J］．抗日战争研究，2001（1）．

本报刊登’”。①

1956年，随着“双百方针”的提出，旧体诗词重新回到了人们的视野。众多学者开展了大规模的关于传统诗词的大讨论，如在1956—1960年的数年间，展开的关于李煜、李清照、李白、杜甫、王维等诗人诗作的探讨。人们开始重新思考以传统诗词为代表的所谓旧文艺的发展走向。1956年8月5日，《光明日报》刊载了朱偰的《略论继承诗词歌赋的传统问题》，指出“最近几年来，最被冷落的，是我国民族文学形式中的诗词歌赋，谈到我国的旧诗，几乎大家默不作声，更不敢轻易尝试，因此文坛上的诗词歌赋绝迹了。我国文艺中这几朵古老的花，久已失去了培养，也就不能开花结果。……在‘百花齐放，百家争鸣’的文艺政策之下，我们还是应该让这种民族形式的诗词歌赋继续发展下去，决不可摒诸文坛之外，使有数千年优秀传统的民族形式的诗词歌赋，从此成为绝响”。朱偰的担忧即刻在当时产生了巨大反响，《光明日报》《解放日报》《新华日报》随即就此展开了大讨论。②

经过几番关于中国传统文艺尤其是诗词歌赋的命运探讨后，旧体诗词的命运在1956年获得了巨大转机。这种转机首先表现在臧克家负责编录当年的诗歌选上，在该年诗选的序言里他这样提道：“这个选集里，选入了一部分旧诗词，新旧诗合成一集，该是一个创举吧？去年，关于新旧诗关系的问题，有过许多争论，而毛主席的那几句话，应该是一个公允的结论。”③旧体诗词经过公共媒介的传播再次与新诗颉颃互进，共存共荣。

旧体诗词在“双百方针”之后获得的第二个转机是当时革命领袖的推动，突出表现是毛泽东旧体诗词的发表及毛泽东关于旧体诗词的言论。

---

① 朱文华. 风骚余韵论：中国现代文学背景下的旧体诗［M］. 上海：复旦大学出版社，1998：110.

② 李仲凡. 古典诗艺在当代的新声：新文学作家建国后旧体诗写作研究［D/OL］. 兰州：兰州大学，2009.［2018-01-01］http://www.docin.com/p-409797232.html.

③ 臧克家. 在1956年诗歌战线上：序1956年“诗选”［J］. 诗刊，1957（3）.

第一，毛泽东旧体诗词的发表。1957 年 1 月 25 日《诗刊》创刊号上首次公开发表了毛泽东诗词 18 首。鉴于毛泽东的特殊政治身份，其旧体诗作在《诗刊》首次发表后，使得《诗刊》的销量陡增。据臧克家描述，“刊物出版后，因为刊载毛主席诗词十八首，大街上排队买《诗刊》，这才又加份数，补足了五万”①。紧接着，在此后的 20 年中，“《诗刊》又陆续发表了毛泽东诗词 5 批共 21 首”②。毛泽东诗词在《诗刊》的刊载传播，不仅为《诗刊》赢得了巨大的声誉，而且为当时旧体诗词创作提供了可供借鉴的范例，不少旧体诗词创作者模仿毛泽东诗词的用韵创作诗歌。除了《诗刊》这个主要传播媒介之外，刊载毛泽东诗词的报刊还有《人民日报》等媒介，如《人民日报》在 1958 年 10 月 3 日发表了毛泽东旧体诗词新作《送瘟神二首》。在毛泽东诗词公开发表后，各大出版社相继出版毛主席诗词。如 1957 年中国青年出版社出版的由臧克家讲解、周振甫注释的《毛主席诗词十八首讲解》，1961 年人民美术出版社出版的《毛主席诗词二十一首》，1963 年人民文学出版社出版的《毛主席诗词》等。在众多版本的毛主席诗词中，1967 年由人民文学出版社出版的《毛主席诗词》无论是装帧设计还是版式大小上都显得与众不同。此版毛主席诗词是平装设计，外包装类似红宝书样式，用红色塑料纸装帧，纸张为 A4 纸的六分之一，正好可以只手握起。类似红宝书的《毛主席诗词》在“文革”初期以这样的面貌出现带有鲜明的政治意味，而此时公开的旧体诗词创作逐渐终结，只有像毛泽东这样的革命领袖的诗作才能公开发表。不过，总的说来，毛泽东诗词在党报及诗歌专门刊物上的公开发表，为 1956—1966 年间的旧体诗词发展带来了短暂的繁荣。

第二，毛泽东关于旧体诗的言论对 20 世纪五六十年代旧体诗词创作与

---

① 臧克家.《诗刊》诞生三件事［J］. 诗刊，1982（4）.

② 李仲凡. 古典诗艺在当代的新声：新文学作家建国后旧体诗写作研究［D/OL］. 兰州：兰州大学，2009.［2018-01-01］http://www.docin.com/p-409797232.html.

发表的影响。1957 年，《诗刊》创刊号上除了发表毛泽东诗词 18 首之外，还刊载了毛泽东《关于诗的一封信》。毛泽东在信中这样说道："诗应当以新诗为主体，旧诗可以写一些，但是不宜在青年中提倡。"从毛泽东对新旧诗的态度上来看，其对旧体诗词还是有所保留的，不过他毕竟是肯定了旧体诗词的合法地位。除了公开发表对旧体诗词的言论外，毛泽东还直接影响了当时旧体诗词传播媒介的发展。在 1957 年以前，公开刊载旧体诗词的杂志寥寥无几，但经由毛泽东诗词在《诗刊》公开发表之后，"《人民日报》、《光明日报》、《文艺报》、《文汇报》、《人民文学》、《诗刊》等中央和省市报刊上纷纷发表旧体诗词作品，成为一种引人注目的文学景观"①。在众多刊载旧体诗词的报纸杂志中，毛泽东对《光明日报》的《东风》副刊兴趣最为浓厚，据《〈东风〉旧体诗词选》编后记中所言，毛泽东"以一个热心的读者和诗人的身份"关注该杂志，毛泽东读《东风》杂志"既仔细，又认真"。当其遇到比较好的诗作时，常常要做出批注，甚至转发其他单位学习，如《东风》副刊在 1961 年 12 月 28 日刊载了吴趼因的《赏菊》和钱昌照的《芦台农场》《藁城农村》，毛泽东批注："这几首诗好，印发各同志。"② 下面以《东风》副刊在 1958—1976 年间发表或选录旧体诗词数目做一统计。

《东风》副刊发表旧体诗词统计③

年份	1958	1959	1960	1961	1962	1963	1964	1965	1966	1967—1976
数目	15	75	47	163	177	65	23	3	1	0

① 李遇春. 中国当代旧体诗词论稿［M］. 武汉：华中师范大学出版社，2010：前言 15－16.

② 光明日报文艺部.《东风》旧体诗词选［M］. 北京：光明日报出版社，1985：418.

③ 此数据是据光明日报文艺部编的《〈东风〉旧体诗词选》遴选而成，《东风》副刊刊载的旧体诗词数量远不止这些，不过该书的抽样还是能大体上反映出旧体诗词在当年发表的概貌。

创刊于1958年1月1日的《东风》，作为《光明日报》的副刊，其政治身份是十分敏感而显著的，《东风》刊载内容可以视为当时文艺政策的反映。自《东风》创刊以来，旧体诗词成为其刊载的一项重要内容和特色，《东风》旧体诗词作者群涵盖了新中国众多文化名流、政治精英、学术大鳄，代表者有郭沫若、谢觉哉、夏承焘、冯友兰、陈毅、叶圣陶、田汉等。如果以1958—1976年为区间，我们可以从上页表看出在1958年后旧体诗词传播的大致走向。如表所示，1958—1976年间，《东风》刊载的旧体诗词呈现两头低中间高的分布态势。其中，1958年是15首，到1962年期间逐渐增加，发表旧体诗词数量最多的是1961年和1962年，分别是163首和177首，到了1963年之后逐渐减少，至1966年仅录选1首。《〈东风〉旧体诗词选》遴选作品最多的是郭沫若、邓拓、王昆仑和谢觉哉。其中郭沫若在1958—1965年间发表92首，邓拓在1959—1963年间发表62首，王昆仑在1959—1962年间发表29首，谢觉哉在1960—1962年间发表28首。由于郭沫若、邓拓、王昆仑、谢觉哉都是当时党内高级干部，所以这个作者群也充分体现出《东风》浓郁的政治色彩。

值得一提的是，旧体诗词还曾以新民歌的变体形态在1958年"大跃进"期间及其后大量出现。诗人徐迟在新民歌运动第二年编选的《一九五八年诗选》的序言里如是说："到处成了诗海。中国成了诗的国家。工农兵自己写的诗大放光芒。出现了无数诗歌的厂矿车间；到处是万诗乡和百万首诗的地区；许多兵营成了万首诗的兵营。几乎每一个县，从县委书记到群众，全都动手写诗；全都举办民歌展览会。到处赛诗，以致全省通过无线电广播来赛诗。各地出版的油印和铅印的诗集、诗选和诗歌刊物，不可计数。诗写在街头上，刻在石碑上，贴在车间、工地和高炉上。诗传单在全国飞舞。"① 徐迟的描述真实地再现了新民歌运动的胜景，由于资料保存

① 徐迟. 一九五八年诗选序［J］. 诗刊，1959（4）.

的限制，现在很难准确统计当年的新民歌的准确数量。不过我们可以从1959年红旗出版社出版的由郭沫若、周扬编选的《红旗歌谣》窥出当年新民歌的样态。这本被誉为社会主义新时代的“新国风”“新诗三百”的新民歌集，在诗歌形式上具有浓厚的旧体诗词身影。在300首新民歌中，粗略计算就有19首五言诗、103首七言诗，几乎占整个《红旗歌谣》的一半。尽管从严格上的平仄标准来说，这些新民歌并未达标，大部分诗歌甚至还有打油诗之嫌，但以古典与民歌嫁接方式所形成的新民歌从本质上是具有旧体诗词的身形的。所以，新民歌在1958年的勃兴壮大，也显现出中国传统文学尤其是旧体诗词得到了社会的全面认同。

1966年“文革”爆发，旧体诗词传播的媒介骤然萎缩，“全国除了《解放军文艺》外，所有文学期刊都勒令停刊。《人民日报》《解放军报》《红旗》和《光明日报》上发表的旧体诗词少之又少。只能偶尔见到毛泽东、郭沫若、赵朴初、冯友兰等少数人的旧体诗词作品”①。无数旧体诗词作者只能以潜在写作的方式用旧体诗词记录当时的心境，以旧体诗形态出现的“牛棚诗”不绝于耳，只不过这些“牛棚诗”是在多年之后经由媒介才公开发表。

旧体诗词在新时期前的最后一次亮相是“天安门诗歌运动”。1976年清明节，百万人民群众先后自动聚集在天安门广场，深切缅怀周总理等革命先烈，声讨“四人帮”的罪行。当时，人民英雄纪念碑周围摆满了各式各样的横幅、挽联和花圈，而写在这些横幅、挽联、花圈上的诗词不计其数。在此之后，记录天安门诗歌运动的各种诗集层出不穷，其版本也从最初的油印到铅印，发行也是从内部流通到最后的公开发表。最早记录天安门诗歌的铅印版，是童怀周1977年1月做主要编辑编录而成的。此版本命名为《革命诗抄》，共收录诗词252首，具体而言自由诗25首、四言诗5首、五

---

① 李遇春．中国当代旧体诗词论稿［M］．武汉：华中师范大学出版社，2010：16.

言诗28首、六言诗2首、七言诗109首、词83首。从这个统计上看，《革命诗抄》中旧体诗词共有227首，占整个诗集的九成。1977年12月，北京第二外国语学院汉语教研室、中共福州市委宣传部资料室和福建师范大学历史资料室共同翻印了由童怀周编录的《革命诗抄》。此版的《革命诗抄》亦是内部发行，共收录天安门诗词617首，其中自由诗62首，旧体诗词共555首，旧体诗词所占整个诗集的比例同样达到了九成。1978年以后，关于记录天安门诗歌运动的诗集陆续公开出版。如1978年12月，人民文学出版社出版了《天安门诗抄》，值得一提的是，在该书的扉页背面题有“本书承华主席题签”的字样。1979年，中国青年出版社公开出版了由七机部五〇二所和中国科学院自动所《革命诗抄》编辑组合编的《革命诗抄》，此版诗抄在尾页上明确刊出了发行量25万册。《天安门诗抄》经由公共传播媒介的传播，正式进入普通老百姓的视野。

（四）

1976年1月《诗刊》复刊，在复刊号上刊载了毛泽东的两首旧作词，分别是《水调歌头·重上井冈山》和《念奴娇·鸟儿答问》。毛泽东诗词在复刊后的《诗刊》上公开发表，其意义不亚于当初其诗作在《诗刊》创刊号的刊印，它昭示着旧体诗词再次以合法的地位出现在国家权威媒体上，旧体诗词的发表与刊印自此进入了一个全新的时代。

进入新时期，旧体诗词的刊印与传播以20世纪90年代末互联网的兴起为界，大体可以分为两个阶段，即“文革”结束后至90年代和90年代至今。前一个阶段旧体诗词逐渐开始从“文革”被压抑中解放出来，呈现复苏态势，后一个阶段旧体诗词大有复兴之势。90年代以前的旧体诗词传播媒介与新时期以前的媒介方式大体相同，它们都是以纸媒传播为主，这些纸媒包括报纸杂志、书籍等。90年代以来，随着互联网在中国的兴起，文学传播媒介形态与以前相比发生了巨大的改变，除了传统的纸媒之外，网络媒介异军突起。这些网络媒介包括电子书、手机、博客、QQ 空间、微信、微博等。以电子传媒为主体的现代传播方式，极大地加快了旧体诗词传播的速度及容量。其具体表现是各种网络诗社大规模成立、手机诗层出不穷。世纪之交以来，网络诗词经过十多年的发展迅速勃兴壮大，一度成为当代诗坛的一大胜景，而关于重新评价旧体诗词地位和价值的讨论此起彼伏，旧体诗词随着网络的普及迎来了新纪元。

1. 20 世纪 90 年代以前旧体诗词传播媒介扫描

（1）90 年代以前旧体诗词杂志概览。

十一届三中全会以来，随着党中央政策的调整，文学界迎来了平稳而宽松的政治环境。许多旧体诗词杂志相继创刊，它们为旧体诗词发展提供了广阔的舞台。下面以创刊年份为序对 20 世纪 80—90 年代的旧体诗词杂志做一粗略统计：《诗词集刊》（1981）、《当代诗词》（1981）、《江南诗词》（1984）、《诗词》（1984）、《东坡赤壁诗词》（1985）、《长白山诗词》（1985）、《江西诗词》（1986）、《上海诗词》（1988）等。

以上旧体诗词杂志，其主管主办单位与杂志所在地诗词学会有着密切的联系。如《当代诗词》的主办单位是广东诗词学会，《江西诗词》的主办单位是江西诗词学会。各省市诗词学会的成立，直接促进了旧体诗词杂志的诞生。20 世纪 80 年代以来，全国各省市的诗词学会如雨后春笋般出现，以安徽省为例，截至 1991 年，该省地市县一级的诗词学会组织就有 20 个①。各省市诗词学会与其所办旧体诗词杂志在 80 年代以来的旧体诗词传播中居功至伟。

在 20 世纪 80 年代创刊的旧体诗词杂志中，由广州师范学院所创办的《诗词集刊》率风气之先，成为第一个专门刊载旧体诗词的杂志。不过就杂

① 唐济. 我对当代诗词运动的初步评价［J］. 江汉论坛，1992（10）.

志的发行量及刊载诗词的影响力上看，《诗词集刊》却不敌比它晚七个月创刊的《当代诗词》。可以这么说，在以上所排列的旧体诗词杂志中影响力最大的无疑还是《当代诗词》杂志。在这本杂志创刊号的“编后致意”中有这么一段话：“自本刊发出征稿启事和征稿信后，诗稿来自四方八面；不足两个月内，已达三千多首，等于孔夫子‘删诗’前的数目。四个月内，则已逾万。质量，上中下三品。作者，辈分老中青，职业，三教九流，并非都是风雅圈中人士。这一情况，实为编者始料所不及也。”① 两个月不到，就收到诗稿三千多首，足以见出这本杂志受欢迎的程度及人们对旧体诗词创作的热忱。《当代诗词》在第一集发行中就取得了佳绩，达到 36 060 册，这个数量在当时的诗歌杂志中无疑也是名列前茅的。

除了有专门刊载旧体诗词的杂志，在 20 世纪 80 年代，一些文艺副刊或以刊载新诗闻名的杂志也留有版面刊载旧体诗词。“文艺刊物如兰州的《飞天》、岳阳的《洞庭湖》、西宁的《雪莲》、黄石的《散花》等，都曾有固定版面，刊登诗词作品。”② 这些杂志有时还会结集出版诗选，其销路颇丰。如“1982 年编印的《洞庭诗选》，初版一万八千册，不久就销售一空，足以说明读者欢迎之程度”③。创刊于 80 年代，以刊载新诗闻名的新诗杂志主要有《诗刊》《诗林》和《诗潮》。这三个杂志在新诗出版界的影响力无疑是巨大的，甚至可以说是权威级别的，尤其是《诗刊》。《诗刊》与旧体诗词的命运可谓息息相关，如前所提，毛泽东旧体诗词曾在《诗刊》的创刊号及复刊号上刊载，其对旧体诗词的传播与创作起到了关键性的作用。《诗刊》在新时期复刊以来，辟有《旧体诗》栏目。至 2006 年开始重新设置《诗词版》以刊载旧体诗词。同样，创刊于 1982 年的《诗林》杂志，开设《古诗新韵》栏目；创刊于 1985 年的《诗潮》杂志，辟有《古韵新声》栏目。这些栏目为广大旧体诗词爱好者提供了发表的平台，其对新时期旧体

① 李汝伦. 当代诗词：第一集［M］. 广州：花城出版社，1981：96.

②③ 叶元章，徐通翰. 中国当代诗词选［M］. 南京：江苏文艺出版社，1986：前言 2.

诗词的传播起到了巨大作用。

以上所分析的是旧体诗词传播的主要媒介杂志，其实20世纪80年代期间还涌现了不少以研究旧体诗词为主的学术刊物，主要有《词学》《中华词学》《中国韵文学刊》等。下面主要介绍《词学》杂志。创刊于1981年的《词学》杂志是当时唯一一本专门研究词学的学术刊物，因为20世纪30年代龙榆生曾在上海创办了《词学季刊》，所以在《词学》第一辑的"编辑后记"中有这么一段话："我们不自量力地创刊《词学》，怀有为词学研究重振旗鼓的心愿，妄想以这个刊物来开开风气之先，籍此以'鼓天下之动'。"①《词学》主要是以研究词学为己任，不过也设立了《词苑》栏目以发表名家词作。如在第一辑中就有夏承焘、俞平伯、钱仲联、周汝昌、周笃文等人词作共40首。《词学》从创刊伊始，就定位为严肃的学术刊物，《词学》第一辑的"编辑体例"如是说："不提倡作词，故不对外征求词作。但词学研究及爱好者不免见猎心喜，拟古习作。如承惠寄，亦当甄录，以供观摩，或者亦有助于文心韵律之商榷。但酬应倡和，无病呻吟之作，本刊未敢登用。"②《词学》杂志对来稿要求之高显而易见，由于《词学》杂志秉承的严肃学术态度，在当时难免有曲高和寡之嫌，其对普通的词作爱好者难免产生高山仰止之态，所以《词学》的影响力显得极其有限。这种尴尬我们可以从《词学》的发行量见出端倪，《词学》第一辑（1981）的发行量为15 000册，到了第二辑（1983）增加到了20 000册，到了第4辑（1986）锐减到3 200册，第八辑（1990）3 000册，以后的发行量一直持续在1 500 ~3 000册区间。《词学》发行量从1981年创刊后逐渐走低，也从一个侧面印证了其定位的高端及词学普及的艰巨。《词学》发行量的走低，令编辑部编辑们大为丧气，在第八辑（1990）的"编辑后记"里做出了如下说明："本刊第一辑印15 000册（1981），第七辑仅印2 000册（1989）。

① 《词学》编辑委员会. 词学：第一辑［M］. 上海：华东师范大学出版社，1981：310.
② 《词学》编辑委员会. 词学：第一辑［M］. 上海：华东师范大学出版社，1981：313.

并非本刊的读者锐减，而是由于今年低趣味的通俗出版物大量冲击文化市场，使新华书店对纯正学术出版物的发行、推广能力受到影响。全国有2 200个县，如果每县都能分配本刊三册（这是肯定可以出售的），本刊也可以印6 000册。盐城周梦庄先生来信说：‘盐城一地，至少可以销售五十册。’但是本刊第六、七辑，盐城朋友都买不到。编者收到不少读者来函，讯问《词学》已出版几辑？多数读者只买到第四辑。这一情况，使编辑同人丧气。但本刊还是要编下去，出版社也愿意全力支持。”①《词学》编辑部的解释，也仅仅说明在当时是有不少读者关心这本杂志的，但更多的读者去阅读浏览类似港台通俗读物了，《词学》的学术定位，注定只能是曲高和寡了。

（2）90年代以前旧体诗词出版概况。

首先看个人旧体诗词出版情况。“文革”结束后，一大批在动乱中遭受磨难的诗人纷纷出版自己在“文革”中创作的旧体诗作。最为著名的是聂绀弩的《散宜生诗》、吴祖光的《枕下诗》及李锐的《龙胆紫集》。聂绀弩的《散宜生诗》由人民文学出版社于1982年首次出版，之前香港野草出版社曾出版《三草》。聂绀弩《散宜生诗》中的两百余首旧体诗词，绝大部分作于1960—1964年，这些诗作记录了诗人在北大荒八五〇农场中的劳动生活情形，饱含着浓郁的生活气息和戏谑色彩。《散宜生诗》初版刊印发行15 000册，1985年7月人民文学出版社又发行了增订版的《散宜生诗》，此版在原先诗作的基础上还增加了注释，发行量为22 000册，广受欢迎。吴祖光的《枕下诗》大部分诗作也是写于“文革”期间，按照诗人的说法，当时写诗“只能是一种秘密活动，是见不得人的”，写完只能藏在枕头底下”。②《枕下诗》真实地记录了吴祖光在那个特殊年代的精神历程和情感积淀。李锐的《龙胆紫集》由湖南人民出版社1981年出版发行，该诗集中

---

① 《词学》编辑委员会．词学：第八辑［M］．上海：华东师范大学出版社，1990：252．
② 吴祖光．枕下诗［M］．太原：山西人民出版社，1981：4．

关于《狱中吟》部分的旧体诗词尤其引人瞩目。《狱中吟》共有47首，是诗人1967年11月至1975年5月间在京郊监狱所作，这些诗作集中表现了诗人“文革”受难时的苦难遭遇及乐观精神，影响深远。除了《散宜生诗》《枕下诗》和《龙胆紫集》之外，在20世纪80年代出版的比较有代表性的旧体诗词集还有夏承焘的《夏承焘词集》① 和《天风阁诗集》②、霍松林的《唐音阁吟稿》③、李汝伦的《紫玉箫集》④、张大千的《张大千诗文集编年》⑤、叶楚伧的《叶楚伧诗文集》⑥ 等。值得一提的是叶楚伧曾担任国民党中宣部部长，他的旧体诗词集能在大陆公开出版，这在“‘文革’期间或前夕，是根本不可能付梓的”⑦。

其次看旧体诗词选本情况。随着旧体诗词创作队伍的扩大，加上以《当代诗词》为代表的旧体诗词杂志的努力，在20世纪80年代产生的旧体诗词作品愈来愈多，旧体诗词大有复苏之势，而此时关于旧体诗词作品的选本陆续刊印出版，极大提升了旧体诗词在当代的传播。这些旧体诗词选本主要有：1987年出版的由华钟彦编的《五四以来诗词选》⑧、1986年出版的由张作斌等编的《中华现代诗千首》⑨、1986年出版的由叶元章等编的《中国当代诗词选》⑩、1990年出版的由毛谷风编的《当代八百家诗词选》⑪等。下面主要介绍两本旧体诗词选本的收录情况。

---

① 夏承焘. 夏承焘词集［M］. 长沙：湖南人民出版社，1981.

② 夏承焘. 天风阁诗集［M］. 杭州：浙江人民出版社，1982.

③ 霍松林. 唐音阁吟稿［M］. 西安：陕西人民出版社，1989.

④ 李汝伦. 紫玉箫集［M］. 广州：广东人民出版社，1988.

⑤ 曹大铁，包立民. 张大千诗文集编年［M］. 北京：荣宝斋，1990.

⑥ 叶元. 叶楚伧诗文集［M］. 上海：生活·读书·新知三联书店，1988.

⑦ 朱文华. 风骚余韵论：中国现代文学背景下的旧体诗［M］. 上海：复旦大学出版社，1998：147.

⑧ 华钟彦. 五四以来诗词选［M］. 郑州：河南大学出版社，1987.

⑨ 张作斌，向明. 中华现代诗千首［M］. 北京：新华出版社，1986.

⑩ 叶元章，徐通翰. 中国当代诗词选［M］. 南京：江苏文艺出版社，1986.

⑪ 毛谷风. 当代八百家诗词选［M］. 杭州：浙江大学出版社，1990.

由叶元章、徐通翰编的《中国当代诗词选》是新时期以来最早编录当代旧体诗词的选本，该选本收录了400多位诗词作家的近2 000首诗词作品，为广大读者提供了可供研读的范本。而毛谷风编的《当代八百家诗词选》收录了823位当代诗词作者2 005篇作品。诚如编者在“后记”中所提，当初编选此书时在国内外广泛征稿，“数月间，稿件、诗集纷至沓来。自1988年6月初始收来稿，至1989年11月初编定送审……总得一千五百余家，诗词不下三万首之多”①。从此后记的记录可以看出当时人们投稿的踊跃，与此同时亦可见到80年代旧体诗词创作的盛况。毛谷风版《当代八百家诗词选》的一个特点是收录作者广泛，其收录的作者不仅有中国内地诗人，还有中国香港、澳门、台湾地区及新加坡、马来西亚、菲律宾、加拿大、日本、澳大利亚诗人。从这个版本可以较全面地看出80年代旧体诗词创作与出版的概貌。

2. 20世纪90年代以来旧体诗词传播媒介概览

（1）传统纸媒传播媒介。

首先看20世纪90年代以来旧体诗词杂志概观。80年代的旧体诗词杂志为旧体诗词传播提供了广阔的舞台。进入90年代以后，这些杂志依然还在刊印出版，与此同时，亦还有其他旧体诗词杂志在相继创刊，如《甘肃诗词》（1994）、《中华诗词》（1994）等。在这些杂志中，最为著名和重要的当属《中华诗词》。《中华诗词》杂志于1994年创刊，隶属中国作家协会，从杂志的主管单位级别上看，《中华诗词》杂志无疑也是最高的，在创刊伊始，“该杂志的发行量为几千份，现在，它发行五大洲，每期印数25 000份左右，成为全国发行量最大的诗歌刊物”②。《中华诗词》杂志从创刊伊始就确定了其在旧体诗词传播领域的龙头老大地位。

其次看个体旧体诗词出版情状。20世纪90年代以来，随着电脑排版技

① 毛谷风. 当代八百家诗词选［M］. 杭州：浙江大学出版社，1990：611.
② 郑伯农. 关于格律诗的回顾与前瞻［J］. 中华诗词，2005（12）.

术的兴起，出版图书的周期随之缩短，再加上激光打印技术，无论是成本上还是时间上，比起以前的刻印、石印、排印都要便宜和迅捷，个人出版图书已经不再是很奢侈的事情，诗人们不需再考虑诗集的销路挣得版税，出版诗集成为极私人化的事情。在此背景下，90 年代以来出版的旧体诗词集子数不胜数。比如学者潘光旦的《铁螺山房诗草》①、僧人明旸法师的《明旸诗选》②、刘征的《古韵新声》③、熊鉴的《路边吟草》④、林从龙的《林从龙诗文集》⑤ 等都属于比较有代表性的集子。此外，北京图书馆出版社曾经在新世纪之初集中推出“当代名家诗词集”丛书，第一辑含有赵朴初的《无尽意斋诗词选》、钱仲联的《梦苕庵诗词》、饶宗颐的《固庵诗词选》、刘征的《风花怒影集》、沈鹏的《三馀诗词选》、杨金亭的《虎坊居诗草》、周笃文的《影珠书屋吟稿》等。

再次看旧体诗词选本情况。相对于 20 世纪 80 年代旧体诗词选本，90 年代的选本在编排体例上显得更加细致。如毛谷风选编的《当代诗词举要》⑥，按作者出生年份分八卷排列，共收录 300 多位作家近1 700首旧体诗词作品。八卷分别是1900 年前出生的52 位诗人305 首，1900—1909 年出生的77 位诗人 371 首，1910—1919 年出生的 71 位诗人 312 首，1920—1929 年出生的70 位诗人278 首，1930—1939 年出生的37 位诗人133 首，1940—1949 年出生的 45 位诗人 143 首，1950—1959 年出生的 18 位诗人 61 首，1960 年后出生的16 位诗人 56 首。从这个统计中可以看出，《当代诗词举要》中作品被收录最多的是出生在 1900—1919 年的作家，当然这个编选结果也体现出当代旧体诗词创作成就的基本事实，那就是以新文学起家的那

---

① 潘光旦. 铁螺山房诗草［M］. 北京：群言出版社，1992.

② 明旸. 明旸诗选［M］. 上海：学林出版社，1992.

③ 刘征. 古韵新声：刘征诗词选［M］. 北京：人民教育出版社，1992.

④ 熊鉴. 路边吟草［M］. 北京：中华文化出版社，1992.

⑤ 林从龙. 林从龙诗文集［M］. 郑州：中州古籍出版社，1993.

⑥ 毛谷风. 当代诗词举要［M］. 北京：中国文联出版社，2004.

批作家所取得的成就最高。值得一提的是，在这个选本中，20 世纪 60 年代后出生的诗人有罗洲、林梦、郑雪峰、尚佐文、黄飙、张超、王群红、柳屏、盘品磊、释戒贤、张青云、钱之江、张树刚、王震宇、徐晋如、刘雄。这些作家将成为当代旧体诗词创作的主力军。

（2）网络传播媒介。

旧体诗词在网络上的广泛传播发轫于本世纪初，其传播媒介主要有网络论坛、聊天室、博客、QQ 空间、微信等。由于网络传播有比传统纸媒传播更方便快捷等优势，网络诗词一经创作就可以立即在网上发表交流，且网络诗词还可以随时储存，极大方便了诗歌创作者的创作，因而新世纪以来出现的网络诗词数量难以估量。按照苏无名的说法，“如今的网络诗坛，已经拥有数以百万计的爱好者，数以十万计的创作者，数以万计的论坛、个人网站和各种聊天室。每天的诗词发帖量，平均有数百首之多。从如今网络诗坛的创作数量而言，超过了以往数千年诗词的总和”①。网络诗词在 21 世纪的崛起，毫无疑问，得益于这些网络平台。

首先看旧体诗词网站。目前，刊载旧体诗词的交流平台可谓琳琅满目，其数目由于网站本身的不稳定性而难以统计。其中，官方性质的最有代表性的网站无疑是中华诗词网，据该网网站资料显示，注册会员有 171 196 名，发帖总数 22 274 372 次，② 其中绝大部分是关于旧体诗词作品讨论及作品原创交流的。在中华诗词网的论坛页面上还链接了其他省市地方的旧体诗词网站，数目达 23 个之多，这些省市旧体诗词网站的主题帖及跟帖量也是惊人的，绝大部分省市旧体诗词网站的主题帖超过了 1 万，而跟帖量超 50 万的有“关东诗阵”和“燕赵风骨”。

以中华诗词网为代表的官方性质的旧体诗词网站占据了目前网络旧体

---

① 苏无名. 沉寂与喧嚣：网络诗词的七年［EB/OL］.（2008－06－09）［2018－01－01］http://book.sina.com.cn/compose/2008－06－09/1214238099.shtml.

② 此数据统计的截止时间为 2014 年 10 月 1 日，以下数据统计时间与此相同。

诗词传播媒介的主体，而各大高校BBS的中文论坛上刊有大量原创旧体诗词内容的交流版块，其主要代表有清华大学的静安诗词社、浙江大学的飘墨诗词社及北京大学的北大中文论坛等。以北大中文论坛为例，该网站原创区栏目按文章体裁设有“现代诗歌原创”“旧体诗词原创”“小说原创”“散文原创”版块。对照“现代诗歌原创”和“旧体诗词原创”版块的主题帖和跟帖量，“现代诗歌原创”是24 204个主题帖，64 174个跟帖，而“旧体诗词原创”有31 178个主题帖，151 772个跟帖，旧体诗词的主题帖要多出现代诗歌近0.7万个，跟帖量是现代诗歌的2倍多。从此数字可以看出广大网友对旧体诗词的创作热情，对于网友而言旧体诗词比现代诗歌具有更大的吸引力。

除了官方及高校的旧体诗词网站之外，目前网络上还活跃了不少民间性质的旧体诗词网站，如古风、菊斋、光明顶等，另外还有些知名的门户网站如新浪、天涯、网易、榕树下也开辟了专门的旧体诗词讨论版块。以菊斋网为例，菊斋网下设有“菊斋古典社区”版块，据该网站发帖数图列显示，文化论坛区发帖量共有778 702个，其中关于诗词曲联的帖子有584 713个，占总数的75%，而现代诗歌帖子只有21 700个，占总数的不到3%，菊斋网的旧体诗词色彩可见一斑。此外，菊斋网上还设有“诗词工具”版块，包括“平水韵部”“词韵简编”“钦定词谱”等，这些内容对于初学旧体诗词的创作者来说无疑是极有帮助的。类似菊斋网性质的旧体诗词网站不仅为创作者提供了发表的空间，还为他们提供了交流学习的平台。

除上述网络传播媒介外，QQ空间、微信、博客在旧体诗词传播中也发挥着重要作用。比起旧体诗词的专门网站，QQ空间、微信、博客的交流群体的旧体诗词讨论显得不够集中和专业化，但更加私密和自由，在人数上是难以计数的。目前，比较受人关注的博客是网名为“北京李子”的博客。

综上，以新时期为界，新时期以前的旧体诗词传播与当时的政治环境、文学思潮有着紧密的关联，如新诗思潮极大制约了旧体诗词的创作与发表，抗日战争的政治环境又促进了旧体诗词的短暂勃兴，20 世纪 50—70 年代的“旧文艺改造”“文革”则遮蔽了旧体诗词的创作。反观新时期以后的旧体诗词创作与传播，传播媒介形式的改变对新时期之后的旧体诗词传播影响极大。新时期之前的旧体诗词传播以传统纸媒为主，新时期以后的旧体诗词传播则利用了传统纸媒和网络资源媒介两种方式，呈现出更加丰富多元的特点。在传统纸媒背景下，尤其是在报纸杂志上，旧体诗词的发表要经过严格的审查和筛选，旧体诗词作品的质量相对而言可以得到保障。但是，到了新时期之后的网络时代，一方面由于创作者水平的限制，另一方面是网络诗词发表难度的降低，凡是五言八句之类的作品，都能在网络空间上发布，网络时代极大便利了人们旧体诗词的创作与发表，但与此同时，也滋生出大量的质量低下的旧体诗词作品。旧体诗词在网络时代迎来了新的机遇与挑战。

第三章 | ◆

现代中国女性旧体诗词的诗体变革

虽然吕碧城、张默君、何香凝等在秋瑾遇难（1907 年）时便多有诗作问世①，但我们还是遵照常例，将现代中国女性旧体诗词创作的上限定在 1912 年，即民国改元之年。因为民国的建立毕竟意味着现代中国的历史开端，中华民族绵延了两千年的封建帝制终被推翻，虽然此后也曾有过称帝复辟的历史闹剧，但并未能从根本上改变现代中国的历史走向。如钱基博先生著的《现代中国文学史》即以民国肇造为现代中国文学史的开端。此处要探讨的是现代中国百多年来女性旧体诗词的历史命运问题，我们试图将现代中国女性旧体诗词创作历程大体划分为四个时期：一是转折期（1912—1936 年），二是中兴期（1937—1949 年），三是分流期（1949—1976 年），四是复兴期（1977 年以来）。接下来，笔者拟就这四个时期对现代中国女性旧体诗词创作的流变迁衍进程加以绍述如下。

---

① 郭延礼．20 世纪初中国女性文学四大作家群体考论［J］．文史哲，2009（4）．

(一)

古代女性诗词创作是数千年中国诗坛的一朵奇葩。汉有卓文君决绝司马相如而作《白头吟》，蔡琰归国后思子哀吟《胡笳十八拍》；唐有鱼玄机与友人酬唱《夜寄温飞卿》；宋有堪称“婉约词界宗主”① 的女词人李清照作《声声慢·寻寻觅觅》，“凄婉得五代人神髓”② 的朱淑真作《断肠词》；清有“蕉园五子”之称的徐灿叹内忧外患而吟《满江红·将至京寄素庵》，另有“天赋之才”③ 的吴藻感悟时间之力而作《行香子》。虽然这些女性诗词名家名作风格别致，但却始终以“第二性”的边缘化身份隐藏在男性诗作背后，被男性诗人所消遣。正如谭正璧在《中国女性文学史》中曾指出的那样，面对踯躅于文艺花园的古代女诗人的诗作，男性只是把它们当作闲逸生活的消遣，以此增加自己玩狎女性的情绪④。而且，随着五四新文化运动驳斥旧式文言写作为“桐城谬种”⑤，女性诗词的处境更加边缘化，就连梁启超也不禁感叹其“真社会之虱矣”⑥。但是，五四新文化运动同时又倡导对“人”的热情呼唤、对女权主义的激烈声辩，也使得被边缘化的女性诗作中的闺阁意识被现代女性意识所替代。因为以封建宗族制度为基础、以宗法血缘关系为纽带建立起来的男权中心制社会，使得“女性文化环境和女性发展狭窄而封闭”⑦，就卓文君、鱼玄机、李清照等前述古代女诗人

---

① 邓红梅. 女性词史 [M]. 济南：山东教育出版社，2000：79.
② 陈廷焯. 词则：上 [M]. 上海：上海古籍出版社，1984：183.
③ 唐圭璋. 词话丛编：第5册 [M]. 北京：中华书局，1986：4 188.
④ 谭正璧. 中国女性文学史 [M]. 天津：百花文艺出版社，2001：29.
⑤ 钱玄同. 文学革命之反响 [J]. 新青年，1918 (4)：3.
⑥ 梁启超. 饮冰室诗话 [M]. 北京：人民文学出版社，1959：59.
⑦ 吴越民. 女性形象塑造的跨文化研究：基于中美部分主流报纸的对比分析 [M]. 上海：中西书局，2011：37.

的创作而言，她们的诗词审美视野只能拘束在“闺阁化”① 的生存场景中，而且无法突破这狭隘的生活场景，“闺阁意识”也因此成为她们诗词创作的应有之义。而五四新文化运动站在重估一切价值的基础上，对以“娜拉出走”为代表的现代女性生存模式的成功建构，使得女性得以突破了传统闺阁之局囿，“开眼看世界”。封建“闺阁意识”也自然被“现代女性意识”所置换。因此，有鉴于传统女性诗词在1912年之后遭遇空前的文坛合法性危机，传统女性诗词的“闺阁意识”被现代女性旧体诗词的“现代女性意识”逐渐所置换这两项事实，我们将1912—1936年称为现代女性旧体诗词的“转折期”。

那么，在下文将要着重论述转折期现代女性意识在女性旧体诗词中的表现之前，首先有必要对“现代女性意识”这一概念进行界定。虽然目前学界对其内涵仍存在着诸多争议，但可以肯定的是，“现代女性意识”，在文学书写的意义上，大体可以分为两个层面：“一是以女性的眼光洞悉自我，确定自身本质、生命意义及其在社会上的地位；二是从女性的角度出发审视外部世界，并对其加以富于女性生命特色的理解和把握。”② 以此观之，1912—1936年间女性旧体诗词中现代女性意识的表现，便可以被归纳为以下三个方面：一是现代家国意识，二是平等、自由的女性友谊，三是审美性地观照大自然。鉴于这一转折期的现代女性旧体诗词创作多以女性结社的方式出现，因此下文主要以南社女性诗人群、梅社、寿香社三个社团为依托，分别论述她们旧体诗作中现代女性意识萌发的表现。

南社女性诗人群。据柳亚子《南社纪略》统计，南社有女社员61人。在这批女作家中有翻译家、小说家等，但主要是诗人和词人，因此她们可

---

① 何玲华. 新教育·新女性：北京女高师研究（1919—1924）［M］. 北京：中国社会科学出版社，2007：299.

② 乔以钢. 论中国女性文学的思想内涵［M］//王红旗. 21世纪中国女性文学批评理论与实践文选集成（2001—2012）. 北京：现代出版社，2014：15.

被称为南社女性诗人群①。成就较大的有吕碧城、徐自华和徐蕴华姐妹、张默君、陈家庆、何香凝等人，她们均受到秋瑾壮烈殉国革命理想的影响。这里之所以提到秋瑾，是因为她的离家出走，开启了女性重返社会公共生活领域的大门。因为秋瑾的这一“出走”行为，打破了闺阁的隐匿存在，冲破了封建宗法制社会对女性人身的禁锢。更深层次而言，她的“出走”，更是“将‘男女之别’的人伦秩序转换成了‘我’与自身的关系”②，并在审视女性主体性的过程中，思考着现代女性的生存方式。如秋瑾曾多次在诗词中发出“休言女子非英物，夜夜龙泉壁上鸣！”（《鹧鸪天·祖国沉沦感不禁》）的呼喊，以表明她走出闺阁、介入现代社会生活并建功立业的愿望。而作为受秋瑾影响颇深的南社女性诗人群③，她们对秋瑾介入社会生活这一现代女性意识的诠释，便是在各自旧体诗作中对现代民族家国观念的讴歌。

吕碧城是南社女性诗人群的主将。不论是“筚路艰辛须求己，莫待五丁挥断”（《金缕曲·纽约港自由神铜像》），还是“龙蛇起陆遍中原，舻舳横空穷四海。瑞雪由来祓不祥，排云我欲呼真宰”（《蔻山赏雪歌》），取材赡博，且独具现代视野，爱国情感与忧患意识浓烈，“尤于苍凉雄迈之处，读之使人起舞焉”④。被柳亚子称为“玉台两妙”⑤ 的徐自华、徐蕴华两姊妹，她们悼念鉴湖女侠秋瑾的词句，如“亡国恨，终当雪。奴隶性，行看灭”［徐自华《满江红·感怀　用岳武穆韵》（作于秋瑾就义后）］，“残山剩水悲家国，最伤心，秋风秋雨，西泠埋骨。风雪山阴劳往返，今日只留残碣。叹一载，空喷热血”（徐蕴华《金缕曲·题忏慧词》）等，无不流露

① 郭延礼. 20世纪初中国女性文学四大作家群体考论［J］. 文史哲，2009（4）.

② 张念. 性别政治与国家：论中国妇女解放［M］. 北京：商务印书馆，2014：94.

③ 这里不仅是指南社的成立与秋瑾有关，更是指在秋瑾英勇就义后，悼念秋瑾，继承其革命意志是南社女性诗人们重要的书写主题。［参阅：郭延礼. 20世纪初中国女性文学四大作家群体考论［J］. 文史哲，2009（4）.］

④ 吕碧城. 吕碧城词笺注［M］. 李保民，笺注. 上海：上海古籍出版社，2001：553.

⑤ 林东海，宋红. 南社诗选［M］. 北京：人民文学出版社，2011：457.

出两姊妹希求杀敌报国的现代家国情怀。至于张默君，她在听闻袁世凯与日本签订丧权辱国的《中日协定》后，愤起而作《自题倚马看剑图》，斥责“国耻未湔前古辱”，扬言“誓理苍生不平局”，并抒发其“与君敌忾赋同仇”的报国情怀。陈家庆也是南社女性诗人群的一员，她的“百年身世常为客，千里烽烟未解兵”（《金风》）、“最怜极目非吾土，便有情怀莫浪吟”（《戊辰感事》）、“骨重神寒”①，显出望家国统一的现代气息。至于有着壮怀豪情的何香凝，她的《无题》《挽廖仲恺》《有感》《往法国途中》《冬夜洗衣》等诗作，也都闪耀着杀敌报国、杀身成仁的革命热情。

梅社。梅社成立于1932年，社员全部是国立中央大学爱好古典诗词的女学生，她们词学启蒙得益于吴梅，在1934年社员毕业时解散②。梅社重要的作家有沈祖棻、尉素秋、曾昭燏、杭淑娟、徐品玉、龙沅、游寿等。相较于南社女性诗人群对现代民族家国观念的突出性展现，梅社女诗人们主要侧重于通过雅集酬唱，展现女性友谊，彰显现代女性意识。需要指出的是，这里的女性友谊，不同于“莫与外来女人行”（贺瑞麟《女儿经》）、“三姑六婆，勿令入门”（史典《愿体集》）等古代女性友谊，后者以近乎剥夺女性交往为旨归、以封建等级思想为内核，而前者是指“以同性结盟的姿态反叛封建礼教对女性角色的限定”③，以平等、自由、民族国家等现代质素为核心进行交往的女性友谊。

据尉素秋后来回忆，梅社女诗人都各自有一个笔名，且均为词牌名，如“霜花腴”曾昭燏、“点绛唇”沈祖棻、“菩萨蛮”徐品玉、“声声慢”杭淑娟、“钗头凤”龙沅等④。虽然它们仍然延续了“点将录”这样一种传统文学批评样式，但是相比“点将录”“推举诗派领袖，罗列诗派成员，甄

① 徐英，陈家庆．澄碧草堂集［M］．刘梦芙，编．合肥：黄山书社，2012：前言50.
② 尹奇岭．梅社考［J］．新文学评论，2012（4）.
③ 李玲．中国现代文学的性别意识［M］．北京：人民文学出版社，2002：185.
④ 尉素秋．词林旧侣［J］．中国国学（台湾），1984（11）.

别诗人品第”① 的属性，这些在全体社友“民主讨论”、“共同选定”② 基础上“推举”出来的笔名，还是体现出了平等、民主的现代女性友谊。至于她们相互间酬唱雅集的内容，自然是同样充满了平等、自由的现代质素。如沈祖棻作于1934年的《忆旧游·记梅花结社》中便有这样的表述：“记梅花结社，红叶题词，商略清游。”词中“商略”一词可谓是否定了上千年横亘在女性之间的封建等级意识，抚平了封建等级文化造成的女性彼此灵魂间的鸿沟。沈祖棻同样彰显现代女性友谊的作品还有《瑞鹤仙·萧条寒食节》。在弥漫着“把盏笑邀明月”的结社氛围里，“离别”不期而至，由今思古，想及昔日叱咤诗坛的“京华吟侣”今都“风流尽歇”，不禁“泪洒春波”。显然，如果仅将其解读为是沈祖棻感叹“寄蜉蝣于天地，渺沧海之一粟”（苏轼《赤壁赋》），未免一叶障目。沈祖棻在作这首词时，正逢“九一八”事变后东北三省沦陷，全民族陷于水深火热的救亡情绪中，“有斜阳处有春愁”（《浣溪沙·芳草年年记胜游》）的沈祖棻，更深层次想要表达的是希望梅社女同胞都能不再“消磨豪气”，要奋起抗击。这一沾染着民族国家观念的现代女性友谊，摆脱了蕉园诗社等古代女性诗社在审美价值取向、题材选取等方面的局限性，显示出了耀眼的现代光芒。与此有异曲同工之意的还有尉素秋的词句“社日。……为问江南客，乌衣巷，近来消息。怕杏梁，漠漠芳尘，难寻旧迹”（《曲游春·咏燕》）等。

寿香社。20世纪30年代中期又有寿香社出现，有女社员刘蘅、何曦（何振岱之女）、薛念娟、王德愔、叶可羲、施秉庄、王真、张苏铮等八人，有“福州八才女”之目，她们均是南华老人何振岱的女弟子，刊《寿香社诗钞》《寿香社词钞》两集问世③。现代女性意识于寿香社社员诗词间的表现，主要体现在她们多以审美原则观照大自然。

---

① 张亚权. “点将录”：一种富于民族特色的文学批评形式［J］. 南京大学学报（哲学·人文科学·社会科学版），2006（3）.

② 尹奇岭. 梅社考［J］. 新文学评论，2012（4）.

③ 查紫阳. 民国词社知见考略［J］. 长春工业大学学报（社会科学版），2014（6）.

古代女性诗人词客常以自然景物入诗。如李清照的千古名句“莫道不消魂，帘卷西风，人比黄花瘦”（《醉花阴·薄雾浓云愁永昼》），词人以自然物“黄花”比喻人的憔悴。还有女词人朱淑真，她在《谒金门·春半》中吟唱“春已半，触目此情无限。十二栏干闲倚遍，愁来天不管。好是风和日暖，输与莺莺燕燕。满院落花帘不卷，断肠芳草远”。“春”“莺莺燕燕”“芳草”等自然景物之流，贴切地描绘了少妇悲悲凄凄的怀人心情。但显而易见，上述诸多自然物只是作为“伦理道德、人生景况的象征比喻”①出现在中国古代女性诗词中。也就是说，古代女诗人对自然的审美，是“工具化的审美”，是把自然这一审美对象当作了“途径、手段、符号、对应物，把它们当作抒发、比喻、暗示、象征人的内心世界和人格特征的工具”②。而经历过五四新文化运动洗礼之后的寿香社社员们，她们对自然景物的观照，则是从现代人的视角出发，审美性地、非功利性地观照大自然。如何曦将“海棠花”作为审美主体的《花时少出对瓶供作》，其中“何以谓良辰，欢与景相遇”，可谓道出了审美性地观照自然时诗人内心的愉悦之情。诚如何曦自言：“自觉胸次宽旷”“融洽其适矣”③。至于刘蘅的《曙色》，女诗人在诗中不仅将自然物作为审美主体看待，并将其作为自己的闺中密友，嬉戏玩闹。且看“白露浮光尚著花，翠烟泻影月西斜。微红楼外猜难准，不是初阳是薄霞”。短短四句，刘蘅便将一个调皮、玩儿心不减的友人“薄霞”的形象勾勒出来，读之令人哑然失笑，同时也让人敬佩刘蘅审视自然、超越自然的现代审美情怀。

---

① 李玲. 论“五四”女性文学的自然观［M］//钱仲联，范伯群. 中国雅俗文学：第1辑. 南京：江苏教育出版社，1998：378.

② 邓新华，章辉. 西方20世纪文学批评教程［M］. 武汉：武汉大学出版社，2014：293.

③ 何曦. 晴赏楼诗词日记稿［M］. 杭州：浙江文艺出版社，2006：80.

(二)

1937年7月7日爆发的卢沟桥事变，标志着抗日战争的全面展开。经过八年浴血奋战，中华民族取得了伟大的历史性胜利。这之后接着打响的三年内战，使得战火燃烧到1949年中华人民共和国的成立。十二年的烽火硝烟，使中国处于一个异常动荡的重要历史转折时期。但是，严酷的战争环境并没有阻碍女性旧体诗词的发展，反而是激起了它的强大生命力。因为，抗战初期“文协”对“文章下乡、文章入伍”的号召，使得女性作家把目光转向传统中国文学，开始审视其文学的“现场性”意义。如冯沅君，她通过有意识地审视古代女性诗词成就，就指出女性作家“不应放弃旧有的文学地盘”① 这一论断。这之后以胡风为代表，向林冰、葛一虹等的关于“文艺的民族形式”的讨论，则进一步促使女性作家开始从传统文艺中汲取艺术资源，并对以旧体诗词为代表的传统文学进行创造性的价值转换。如抗战期间的沈祖棻便有意识地“假闺房儿女之言，通之于《离骚》、变《雅》之意”②，“以男女之情来写对于祖国和人民的爱”③。可以说，抗日战争的爆发，化解了“转折期”高悬于女性旧体诗词头上的“达摩克利斯之剑”，为女性旧体诗词的繁荣提供了一个机会，也使得女性旧体诗词得以重新登上历史的舞台。就抗战时期女性旧体诗词的演变趋势而言，她们在写作时，一方面充分展开了自己的国家想象，着力开拓与发掘了现代爱国题材的深度与广度，使得诗作呈现出了异常鲜明的史家之诗或史家之词特征，进一步拓展了女性旧体诗写作中的宏大叙事；另一方面，相比“转折期”

---

① 冯沅君．陆侃如冯沅君合集：第15卷　冯沅君创作译文集［M］．袁世硕，张可礼，编．合肥：安徽教育出版社，2011：314．

② 沈祖棻．唐宋词赏析・诵诗偶记［M］．张春晓，编．石家庄：河北教育出版社，2000：323．

③ 吴志达．沈祖棻评传［J］．武汉大学学报（社会科学版），1985（4）．

现代女性意识的初步萌发，她们进一步拓宽了女性的自审视域，对母女关系、女性身体等的进一步审视，显示了女性作为言说主体对自身主体位置的不懈追寻与建构。就这一时期女性旧体诗词重登文坛舞台，拓展并深化了女性旧体诗词的创作空间这两项事实而言，我们将 1937—1949 年这一阶段称为现代女性旧体诗词的“中兴期”。

首先来看“中兴期”女性旧体诗词创作对宏大叙事的进一步拓展。有学者曾指出，20 世纪 20 年代所开创的女性解放话语，到抗战时期，因女性对民族国家主体的片面性追求，而迷失于民族解放的集体话语表达之中①。事实上，女性以及女性写作从来都需要“两个世界”②，女作家不仅要揭示和描绘妇女所面对的内部世界，更要描写女性与男性共同面对的外部大世界。因此，抗战爆发后，何香凝、汤国梨、沈祖棻、冼玉清等女诗人，深入民族生活的内部，以个人飘零的战乱经历，反映民众生活的疾苦、揭露阻碍抗战黑暗面的诗作，就是对“转折期”以现代家国意识为表征的女性意识的高扬。而且，这些具有鲜明史家之诗与史家之词特征的作品，拓展了女性旧体诗作中的宏大叙事，破除了女性性别解放与民族国家建构之间的内在紧张关系，深化了女性旧体诗词的创作空间。

汤国梨善于从个人飘零出发，书写时代乱象。“断垣”（《念奴娇·好秋空过》）、“离离禾黍”（《幕栖台晓雾》）、“乱离人”（《避难湖州，晤吴兴旧友，重过沈氏东园》）等战乱意象在其诗中可随处撷取；《安危二首》《寇逼湖城避地妙喜》《临江仙·雨亦无妨晴亦好》等诸多描摹战时生活之艰、民不聊生的诗篇亦随处可见。沈祖棻作于这期间的八首《鹧鸪天》，均采用“巫山云雨皆有托”——以男女之情喻时政的手法，细致刻画了“国大会议”、青年党和民社党与国民党的合作、学生示威游行、特务横行、通货膨

① 孟悦，戴锦华. 浮出历史地表：现代妇女文学研究［M］. 郑州：河南人民出版社，1989：32－37.

② 张抗抗. 我们需要两个世界［M］//李小江，等. 女性？主义：文化冲突与身份认同. 南京：江苏人民出版社，2000：185.

胀、国势危难等历史大事件，展现了一幅史诗式的抗战长卷。女词人也借这组词委曲绵密地表露了自己的爱国情怀。冼玉清在1942—1945年间所写的《流离百咏》，陈寅恪称其“为最佳之史料。他日有编‘建炎以来系年要录’者，必有所资可无疑也”①。冯沅君在此期间写就了《四余诗稿》《四余词稿》《四余续稿》三部共计305首的旧体诗词②，宣泄内心对战乱飘零的万般感慨。单从《滇越道上》《夜宿白石》《过百鸡岭》《渝州谒夏庐师》这些诗题上，便可体味到冯氏对现代人在现代战争侵扰下流离失所生活惨景的心痛。

其次来看“中兴期”女性旧体诗词创作中对母女关系的审视。如果说“转折期”女性旧体诗词创作对女性彼此友谊、对大自然的观照，主要侧重于审视女性与外部世界的关系的话，那么“中兴期”对母女关系的审视，偏重于用女性眼光看待女性内部世界，是对女性世界深度意识的探求。因为母女性别的同一性，使得女性主体在审视她人（母亲）的同时也审视着自身（女儿）。也正如一些学者指出的那样：“女儿对女性处境的认识，是通过对母亲生存境遇的观照而产生的。”③ 囿于战乱背景下女性与母亲间的关系多流离甚或生死别离，因此，“中兴期”女性诗作中对母女关系的观照，多从“离别”的角度展现她们对母亲的感恩之情，下文也主要从这一角度展现现代女性意识在女性旧体诗作中的表现。

在抗战进行到第七年时，冯沅君从大哥冯友兰处得知母亲病重，她夜不能寐，起身而作“卅载辞乡里，慈亲已耄耋。茕茕北堂上，谁与共饥渴？”（《不寐闻雁，长谣述哀》），诉说她对生养自己的母亲的愧疚与眷念。但是，奈何“子欲养，而亲不待”，是年除夕，冯沅君便“得兄书，知母行

---

① 冼玉清. 碧琅玕馆诗钞［M］. 陈永正，编订. 广州：广东人民出版社，2008：前言2.

② 杨华丽. 漂泊体验与冯沅君抗战时期的文学书写［M］//李建平，张中良. 抗战文化研究：第8辑. 桂林：广西师范大学出版社，2014：161.

③ 李玲. 中国现代文学的性别意识［M］. 北京：人民文学出版社，2002：147.

葬矣”，想来“往事如昨，幽明永隔”，遂作下《岁除篇》①。如果说诗中“缩母口中食，充儿囊中钱”“学废母心伤，学进母心喜”是冯沅君以拳拳女儿心书写母爱亲情，那么“天路云幂幂，墓门柏森林，泪湿泉下土，识儿此夜心”则是冯沅君以“悲悯”之语，诠释她作为女儿对母亲的爱，由此还原了女性作为女儿的特征，建构了现代女性的生命体验。同样在战乱流离之际，经历丧母之痛的还有叶嘉莹。她在母亲入院治疗时“欲随往”，但“母力阻之，不料竟成此毕生恨事”②。她唯有以长歌当哭，表达自己的哀思，《哭母诗八首》便是她丧母时的内心写照。不论是回忆母亲在世时点滴的“旧物思言笑”，还是感叹自己“本是明珠掌上身”，而今却“憔悴委泥尘”的凄楚，叶嘉莹都在八首诗中执着不倦地讴歌着对母亲的至爱深情，表达着自己对母亲已逝不可追的遗憾。战时命如草芥、饿殍遍野，丁宁的母亲也在一个凄凉的秋后离开人世。母亡 81 天后，丁宁作《朝沐》诗两首，祭奠逝去母亲对自己无微不至的关爱。而张默君也在战乱流离年间吟咏“忍泪辞亲破晓暾”“泉塘别母儿时犹忆问津来”（《故乡六忆》），以表达对母亲的爱。

再次来看“中兴期”女性旧体诗词对女性身体的审视。在几千年的男权文化中，“女性身体”一直作为一种权力话语被男性把控，符号化、象征化、工具化等都是男性强加在“她”身上的权力质素。而被规训的女性身体，也在这套权力话语系统的不断言说中，同男性一道贬抑自身价值，陷入价值虚妄的困境。如南唐后主李煜因迷恋“三寸金莲”，特为宫嫔窅娘造金莲花台以舞，唐镐见此情形，咏下“莲中花更好，云里月长新”的赞美。以“男性的眼光来学习、看待自己的性的存在”③ 的其他宫嫔，为有“凌

---

① 冯沅君. 冯沅君创作译文集［M］. 袁世硕，严蓉仙，编. 济南：山东人民出版社，1983：282.

② 叶嘉莹. 迦陵诗词稿：增订版［M］. 北京：中华书局，2008：11.

③ 艾森卓. 性别与欲望：不受诅咒的潘多拉［M］. 杨广学，译. 北京：中国社会科学出版社，2003：112.

波微步，罗袜生尘”之态，争相效仿，以致女性身体的独立意义与价值在模仿中消失殆尽。但是，随着女性自主意识的不断强化，女性开始戳穿女性身体政治话语的假面，自主确认并陈述自己的身体。具体就“中兴期”的女性旧体诗词创作而言，女性一方面通过对女性身体美的展示，表明她们鲜明的现代女性独立意识；另一方面也借由对女性身体疾病的书写，表达其生存焦虑。

一是女性身体美的展示。20世纪30年代的上海时兴烫发，“盛鬋齐眉，清鬟帖耳”（周炼霞《踏莎行·盛鬋齐眉》）之态，风姿绰约，顾盼生怜。周炼霞也追赶潮流，挚友陈小翠赞其“发，无日不曲，甚美也”，但是面对周炼霞的盛情邀约，陈小翠却言“烫发如定庵病梅，矫揉造作，失其自然”①。单就两位女诗人对各自头发（女性身体的一部分）真挚地进行讨论这一行为而言，她们对女性身体主体性的承认与尊重，就表露无遗。而且，事后两人更是分别就这一趣事相互唱和。不论是周炼霞打趣陈小翠的“怜她纤薄似秋云，嫌她波皱如春水”（《踏莎行·盛鬋齐眉》），还是陈小翠赞周炼霞的“虬发鸳帔新装束。越显人如玉”，以及陈自我调侃的“背时村女怕梳头。那及南唐周后擅风流”（《虞美人·戏答周炼霞》），都透露出现代女性对生命体验的描述，对自我身躯的不无欣赏的展示。可以说，“中兴期”女诗人在诗词中对女性身体美的展示，丰富了女性旧体诗词的现代审美内涵，开启了女性旧体诗词的一个崭新审美世界。

二是身体疾病的书写。疾病书写是女性表达个人立场的重要方式，通过对身体病痛的书写，女性以此来思考个体生命存在的意义，并形成与男性对女性疾病符号化书写不同的女性书写特征。颠沛流离、兵荒马乱的年月，总是意味着天性身体孱弱的女性要遭受更多的身体苦痛。冼玉清在抗战之初，先后两次接受甲状腺手术治疗，病愈后写成《更生记》述其病痛

---

① 刘聪. 无灯无月两心知：周炼霞其人与其诗［M］. 北京：北京出版社，2012：171－172.

及割治之险。冯沅君在北平接受阑尾炎手术治疗时，吟诗《平寓被劫》，哀叹“兼旬卧病意尤哀”，展现战时女性残酷的生存环境。至于沈祖棻，虽“久病之躯不任步履”①，但她仍辗转迁移于重庆、四川等地。她有《浣溪沙（十首）》书写此间的身体疲累与个人生存焦虑。所谓爱美之心女性尤甚，但在流离战乱下，当沈祖棻自审因“药盏经年”的折磨，自身身体早已“骨同销”“轻寒恻恻上帘腰”时，此刻她书写的已不单单是“愁渐惯”的个人浅层精神苦痛，而是战火纷飞中人民的苦痛，即所谓“断肠更不为年华”“故国青山频入梦”的国殇之痛。其他如徐蕴华的“十朝九病应怜我”（《十月十五夜病中见月又忆无尘六叠前韵》）“医俗有方求翠竹”“病深思饮故乡泉”（《病中杂忆七、八、九、十叠韵》）等句，亦是透过身体病痛，展现了抗战时期女性对自身生存境遇的思考。

（三）

1949 年中华人民共和国成立后，由于特殊的国内外环境，尤其是特定的历史语境，中国内地、香港、台湾以及海外华人的女性旧体诗词创作在题材、风格、审美尺度、作家心理等方面都显现出迥异的特征。因此，为完整、清晰地展现 1949—1976 年这一阶段女性旧体诗词创作的整体风貌，下面以文学史家通行的划分方式，将这一时期的女性旧体诗词创作划分为 1949 年后居于中国内地的女性旧体诗词创作（或曰毛泽东时代②的女性旧体诗词创作）及 1949 年后旅居海外的女性旧体诗词创作两大类别，并将其称为现代中国女性旧体诗词的“分流期”，分别展开论述。

中国内地的女性旧体诗词创作。1950 年，《文艺报》开辟了“新诗歌的一些问题”的笔谈专栏。以萧三、田间、冯至、马凡陀、邹荻帆等为代表

---

① 沈祖棻．涉江诗词集［M］．程千帆，笺．石家庄：河北教育出版社，2001：14．

② 陈静，李遇春．二十世纪旧体诗词创作与研究述评［J］．长江学术，2010（3）．

的诗人，各自行文发表了自己的见解。其中萧三就认为“我们应该看重中国诗的传统”①，田间则接着抛出了“我们应该如何继承过去数千年诗歌好的传统”② 的问题，至于马凡陀，他干脆提出“新诗歌应该学习旧诗歌简洁、精炼、高度集中”③ 这一论断。这意味着，在当代诗的路向的选择上，当代诗歌界已经把回归传统、向古典诗歌学习，作为今后努力的方向。之后的1957年1月，《诗刊》创刊。经毛泽东同意，《诗刊》创刊号上发表了他的18首旧体诗词。这一事件，终使得旧体诗词“在当代文学史上存在与发展的合法性不证自明”④。女性旧体诗词在当代的合法性地位的确立，自然也被涵盖其中。那么，就这一时期的女性旧体诗词演变趋势而言，它对现代民族国家（社会主义新生活）的持续热情讴歌，自不待言。另一方面，中华人民共和国建立后“时代不同了，男女都一样”“妇女能顶半边天”的政治话语氛围，使得一部分女性旧体诗词出现对“花木兰式”女英雄的审美书写。这是毛泽东时代部分旧体诗词女性作者对于自身女性性别文化的抹杀，现代女性意识在不同程度上被遮蔽。但是，在女性旧体诗词的审美内蕴层次上，追求男女平等、偏重阳刚气质的女英雄，客观上还是丰富了“以柔为美”的现代女性意识审美内涵，拓宽了现代女性旧体诗词的审美视域，促进了女性旧体诗词在当代的发展。

第一是女性旧体诗词中对社会主义新生活的持续热情讴歌。1951年，中国人民志愿军抗美援朝时，何香凝有诗“前者牺牲后者师，人民慰问送寒衣。感君勇敢驱残美，留得忠名万古垂”（《寄赠抗美援朝将士》）送别

① 刘福春. 中国新诗总系：第10卷　史料　1917—2000［M］. 谢冕，总主编. 北京：人民出版社，2009：305.

② 刘福春. 中国新诗总系：第10卷　史料　1917—2000［M］. 谢冕，总主编. 北京：人民出版社，2009：307.

③ 刘福春. 中国新诗总系：第10卷　史料　1917—2000［M］. 谢冕，总主编. 北京：人民出版社，2009：309.

④ 李仲凡.《诗刊》发表毛泽东诗词的文学史影响［J］. 陕西理工学院学报（社会科学版），2011（4）.

“最可爱的人”。1955 年苏联展览会在广州开幕时，冼玉清热情高歌“大厦何奂轮，屹然南国新”，赞如火如荼的社会主义现代化建设，并吟“国旗互辉映，盟邦一家亲”（《广州苏联展览会开幕歌》）的中苏友谊坚不可摧。1957 年国庆节前后，恰逢苏联人造卫星升天，周炼霞有“处处红旗歌革命。灯海人潮，十月同欢庆”“玉宇晶球谁占领，第一开荒，左券操奇胜”（《鱼水同欢·处处红旗歌革命》）的词句盛赞。1958 年百万大军抗旱时，宋亦英有“喝令龙王送水，能叫赤帝投降”（《西江月·百万大军抗旱》）的诗句鼓舞战士们的士气。1960 年徐蕴华出席上海市人民委员会召开的联欢会时，热情讴歌“党国关怀感大恩”（《满堂春色——庚子正月初八出席上海市人民委员会召开的联欢会》）。其他还有茅于美赞叹北京西郊夜雪美景的“繁灯华屋街树，大道直通天”（《水调歌头·周末进城去》），书写社会主义新人新生活的“千里江山容远眺，水电乡村，顿改当年貌。行见百花争艳巧，枝头好鸟啼清晓”（《蝶恋花·昨夜狂风如虎啸》）；冯沅君歌唱跋山水库的“万星连缀，指点施工地”（《点绛唇·月色微茫》）、“信美长江，不尽英雄气。长堤起，水从人意，稻熟鱼堪脍”（《点绛唇·封豕长蛇》）等。

第二是对“花木兰式”女英雄的审美书写。花木兰的传说，讲述了女英雄花木兰为免去年迈老父兵役之苦，“女扮男装”奔赴战场，像男性一样共赴国难、报效祖国的故事。文学阐释的流动性赋予了其不同历史时期不同的思想内蕴。如唐代白居易解读木兰，主要书写其“紫房日照胭脂拆，素艳风吹腻粉开。怪得独饶脂粉态，木兰曾作女郎来”（《戏题木兰花》），这是男性眼光观照中的女性的妖娆。宋代刘克庄，则侧重评价木兰“代父征戍，终洁身归来”① 的忠贞，以为“男女之大防”的程朱理学做阐释。面对这一叙事母题，在“中华儿女多奇志，不爱红装爱武装”（毛泽东《七绝·为女民兵题照》）、“时代不同了，男女都一样”的政治话语下，毛泽东

① 刘克庄. 后村诗话［M］. 王秀梅，点校. 北京：中华书局，1983：86.

时代女性旧体诗词中的“花木兰式”女英雄形象，则被赋予了追求男女平等、偏重阳刚气的女性审美形象。如何香凝在参观顺德丝厂的时候，作《记参观顺德丝厂》，全诗没有一处以富于女性色彩的词汇去形容那些劳作的少女，相反却使用“女英雄”与“长龙”比拟，阳刚气息弥漫全篇。与此异曲同工的还有她的《题太平天国九女英雄》。她在诗中盛赞参加太平天国起义的女性为“鄂中巾帼九英雄”，并言其“推翻帝制古今崇”的英勇事迹，足以使后世争相效仿。整首诗以建功立业的男性标准衡量女性，并由此咏赞，真可谓塑造了一群准男性的女战士形象。又如沈祖棻在游珞珈山赏桃花时，用“不将人面比花妍，初试工装色泽鲜”（《丙午春，珞珈山寓庐碧桃花声开，辄与丽儿留影其下。因忆昔尝于白门明孝陵花下摄影一帧，乱中失去，今三十年矣。感赋小诗二首》）弱化女性的性别特质，并用“铸成铁柱拄新天”，着意凸显女性在工作中和男性一样骁勇。表面上看，这些女性笔下的“花木兰式”女英雄旨在颠覆古代封建社会性别歧视的社会体制，拂去重压在女性身上的男权枷锁，具有现代意义上的女性意识。但从根本意义上来说，对“花木兰式”女英雄的书写，是毛泽东时代书写旧体诗词的女性对自己作为一个独立的性别群体的否认，因为女性在接受所谓“男女都一样”“男同志能做到的事情，女同志同样也能做到”之类政治宣传话语时，不是意味着她们在推动男女平等的进程，而是意味着她们抹杀了自身的女性性别特质，意味着她们在完成了对女性的精神性别的解放和肉体奴役消除时，将“女性”变为一种子虚乌有①。但是，在女性旧体诗词的审美内蕴这一角度上而言，上述诗词对“花木兰式”女英雄的书写，却是丰富了现代女性旧体诗词的审美内涵。因为，在历时性地审视中国文学、审视女性文学时，我们会发现“中国文学的主潮，可以说是完全向着婉约

① 戴锦华．涉渡之舟：新时期中国女性写作与女性文化［M］．北京：北京大学出版社，2007：5.

方面的发展”，“女性底文学，实在是婉约文学的核心”①。而毛泽东时代女性旧体诗词对于“花木兰式”女英雄的书写，拓宽了先前婉约为主的女性形象审美内蕴，强化了以阳刚为女性性别内质的审美内涵，延展了现代女性自我认知的审美纬度。

旅居海外的女性旧体诗词创作。出于诸种原因，张默君、尉素秋、张充和、阚家蓂、李祁、叶嘉莹等女诗人在 1949 年前后“流散”海外。虽然就地理区位而言，她们和中国大陆似无关联，但是她们共同拥有的对祖国、对中华民族的特殊集体记忆和文化履历，却是她们不愿割舍的唯一情感维系纽带。而全球化语境下多重民族、文化、身份的交织，也带来了她们海外女性旧体诗词创作的丰富性、多元性和复杂风貌。因此，在台港澳地区和海外华人圈的女性旧体诗词，是联系天下炎黄子孙的深层文化心理纽带②，上述女诗人在 20 世纪 50—70 年代的纷繁复杂的海外诗词创作是对中国内地毛泽东时代女性旧体诗坛的重要补充。而在“独在异乡为异客”的情感基调下，眷恋祖国的赤子之心是她们这一阶段旧体诗词创作的内在精魂。但是，囿于初到异国，异域民族差异与文化身份认同等诸种复杂因素，她们前期诗作中的思乡外壳下实质包裹着女性主体身份认同与精神建构的焦虑。而随着对异域文化的接纳与认同，她们后期诗作中的思乡情结则更多是以她们对中华民族乃至全人类历史记忆的审美观照为内在意蕴。因此总的来说，这一时期的海外女性旧体诗词创作，延展了现代中国女性旧体诗词创作的思想厚度，拓宽了女性旧体诗词在当代的审美境界。

1949 年 3 月，阚家蓂自费赴美至色拉古斯大学地理系读书。置身陌生境遇的不适感，使得阚家蓂“诗思杳然”，而“某次迁居后，工友将纸盒内

---

① 胡云翼．中国妇女与文学［M］//谭正璧．中国女性文学史．天津：百花文艺出版社，2001：14－15．

② 李遇春．中国现当代旧体诗词平议［J］．创作与评论，2014（20）．

之拙作散文及诗词二十余首作垃圾焚毁”，致使其“不再作诗词”①。可以说，陌生的异域文化、恶劣的生存环境，造成阚家蓂对自身身份认同的焦虑，而试图“回归母体的潜意识”②，促使其不断吟咏失落的精神家园。如“无端又梦旧江山——细雨桃花萦碧水，绿暗红鲜”（《浪淘沙·香江旅次》）、“村姑喂谷遥相问，岂是侬家上海人”[《香江即事四首（之二）》]等。又如叶嘉莹在20世纪50年代初入台湾时作《转蓬》，以“转蓬辞故土，离乱断乡根”言说自己无根可依的漂泊身份，以“覆盆天莫问，落井世谁援”语丈夫以思想问题被捕入狱后，自身无家可归、希望全无的艰难处境。身份游离的孤独、漂泊，乃至于自身生存困境的焦虑，都是作为一个女性的叶嘉莹所要承受与负担的。但是，与祖国大陆的血脉相连，促使其“在历尽这不幸的时候，更加怀念自己的故乡”③。同样受时局和疾病的牵绊，1949年赴台的尉素秋，更多地透过对故乡一株老杏的书写，抒发自己的生存焦虑与思乡情怀。她不仅作《杏泉之歌》《忆杏泉》等篇章以记故乡事，而且还吟叹“天涯倦旅。又泪坠炎荒，梦萦中土。昔日园林，杏泉今在否？”（《齐天乐·一江南北烽烟满》）抒发浓郁的怀乡情。至于1949年受台湾大学校长傅斯年盛邀赴台执教，但因时局之困未能归家的李祁，其流浪、漂泊之心应尤甚④。凭栏眺望时，她想到的是“故乡一样残年”（《高阳台·蓬海翻澜》）；在洛杉矶小憩时，脑海中浮现的也是旧时潇湘“水石明如玉”（《应充利作·小憩洛杉矶》）；更不用提此间她写下的《忆

---

① 阚家蓂. 我的自传［M］//合肥市政协文史资料委员会. 海外合肥名人. 合肥：合肥文史资料编辑部. 1996：83.

② 林丹娅. 华文世界的言说：女性身份与形象［J］. 北京大学学报（哲学社会科学版），2006（2）.

③ 叶嘉莹. 迦陵杂文集［M］. 北京：北京大学出版社，2008：484.

④ 李祁赴台后，曾于1950年设法返港，在港与浙大先前任教的浙大同事及学生通信，奈何他们回信时均告之其与浙江大学所定1949年暑假返校之约早已无效。（见：施议对. 书《海潮诗魂》后［M］//李祁. 海潮诗魂：李祁诗词全集. 北京：中国民间文艺出版社，1989：91.）

西湖杂咏十一首》《眼病中遣闷二十首》等诸多诗篇，可谓是“惆怅十年心上事”“此情不断如流水”（《蝶恋花·岁暮神飞天水际》）的思乡之情的切实写照。

如果说追忆失落的精神家园是海外女性早期诗词作品书写的题中应有之义，那么后期对中华民族乃至全人类历史记忆的审美观照，则是她们在接纳异国文化、确认主体身份后对女性旧体诗词审美境界的极大拓展。如阚家蓂，她在《我的自传》里曾这样表露心迹：“再三考虑，终于在1967年，来美近20年之后，落籍番邦。……直至今日，我午夜梦回之际，还是反复思索，自歉自疚，……我自己还认为是中国人，我们是‘永恒的中国’的中国人。”① 经历过母国文化与异域文化的撕裂这一精神体验后，阚家蓂最终选择认同中国文化，维持与中国文化的连续性。当然，这是一种更高层次上的文化、精神、身份的“回归”。在此情感基调的支配下，阚家蓂有“天涯咫尺难相见，地老情荒往事悠”（《永生姊之羊城终未能一晤》）的诗语呈现中华民族历史变迁中个人的沉浮。又如叶嘉莹，1966年之后她辗转任教于美国密西根州立大学、哈佛大学、加拿大不列颠哥伦比亚大学，纷繁的执教生涯与人生历练，使其能够尊重并接纳异国文化，但同时也更加坚定自己“中国人”的身份认同。如她自己所言：“每当我在海外，讲到杜甫的《秋兴》时，我都不由得热泪盈眶，因为我不知道我何年何月才能够回到我自己的祖国。”② 也正是基于此种生存经历与文化背景，叶嘉莹能以中西比较的客观眼光，审视中华传统文化乃至于全人类的历史记忆，从而剥离了长期附着于女性诗学审美上的伦理道德与政治教化等外在意识形态。如果说“繁华容易逐春空，古今东西本自同”［《欧游纪事八律作于途中火车上（其二）》］书写了叶嘉莹眼中对中西方文化理解的豁达，那么“一霎

① 阚家蓂．我的自传［M］//合肥市政协文史资料委员会．海外合肥名人．合肥：合肥文史资料编辑部．1996：85.

② 叶嘉莹．迦陵杂文集［M］．北京：北京大学出版社，2008：482.

劫灾人世改，徒令千载客唏嘘”（《欧游纪事八律　作于途中火车上（其七）》则表明她对人类文明崩塌的惋惜以及对人类悲惨遭遇的悲悯与同情。与之相似的还有张默君。她既有对中国历史的审视，如“二千三百年，骚人怀不忘”（《屈子二千三百年祭同于右老作》）；又有对世界历史的反思性书写，如“战血犹红，一场春梦了惺忪。谁与江山添泪点，点点哀鸿”（《浪淘沙·欧战后过梵萨依宫》）。

（四）

“文革”结束后，整个国家百废待兴、百业待举。面对此种情形，中国共产党十一届三中全会提出将全党的工作重心转移到现代化建设上来的指导方针。至此，中国社会步入了改革开放新时期。具体就文艺界而言，多项禁令被取消，创作环境大为宽松，压抑多年的内地女性旧体诗词创作开始复兴。据《中华诗词年鉴》及其他统计资料记载，新时期从事旧体诗词创作的女性不下千人。各种女性诗词团体如雨后春笋般蓬勃而出，如石竹花女子诗社、杏花诗社、陕西女子诗社、散花楼女子诗社等。《长白山诗词》《诗词月刊》等刊物专门开辟女性诗词栏目。各种网络女诗（词）人异常活跃，如中华诗词论坛的坛主包德珍、旧体新诗的版主白露①。整体而言，这一时期的女性旧体诗词创作，因代际与国籍的差别，可以被分为以下四类：一是复出女诗人，主要有陈乃文、黄润苏、张珍怀、茅于美等。由于她们的文学积累比较深厚，创作经验比较丰富，因此她们这一阶段的创作不大受文学、社会的思潮所干扰，她们以书写自身于“文革”中的残酷个人体验以及与之相联系的历史记忆为主。二是中青年女诗人，有20世纪三四十年代生的中年女诗人刘庆云、侯孝琼、林岫、蔡淑萍等，她们或

① 张建林. 新女性与旧体诗［EB/OL］.［2010－01－27］http://www.literature.org.cn/Article.aspx?id=48009.

师从名家或自学成才，在80年代风采尽显；有五六十年代生的青年女诗人苏些雩、段晓华、景蜀慧、周燕婷等，她们初露峥嵘于90年代。改革开放的持续深化与当代文坛思潮的不断衍变，促使这些中青年女诗人不再满足于“文革叙事”，而是更多地站在女性主义的视角，书写女性于现代都市生活中的生存困境。三是海外归来的女诗人，主要有张充和、叶嘉莹、阚家蓂等。她们初归国时，主要侧重于书写祖国的现代化建设，之后频繁奔波于国内外的经历，却也培植出她们日渐淡泊的情绪，造就她们此阶段开始重建与日常生活的关联，从长期吟咏怀乡情的崇高美学追求中回到对日常生活的诗意探寻。四是网络女诗人，主要有发初覆眉、孟依依、添雪斋等。她们或扭曲变形古典意象，或引入新诗意象，真挚活泼地表现现代人生。概而论之，不论是复出女诗人对女性心理创伤的展示，还是中青年女诗人对现代都市生活中女性心理的书写，抑或是海外归来女诗人对女性旧体诗词审美内蕴的拓展，甚或是网络女诗人对旧诗的现代化改造，她们始终都是站在女性主义的视角，或向内审视自身或向外拓展审美境界，繁荣着新时期的女性旧体诗词创作。在这个意义上而言，我们将1977年以来的女性旧体诗词创作称为“复兴期”。

一是复出女诗人的创作。她们中的大多数的创作经历，如陈乃文所言：“岁月不居，忽忽五十年，遭丙午之厄……如天之幸，四凶就逮，神州再造，日月重光，结习未除，又稍理雕虫之故技……徒以敝帚自珍，不忍尽弃……付之梓人。”① 因此，笔者将这些在民国时期已开始诗词创作，但是1949年后囿于诸种原因中断，在1977年后继续创作的女诗人称作是“复出”女诗人。由于她们中的大多数是“文革”事件的亲历者，因此这一阶段她们的诗作多以侧重书写自身对“文革”中刻骨铭心的个体经验，以及与这种个体经验相联系的历史记忆为主。如茅于美回忆“文革”期间下放

① 陈乃文．陈乃文诗文集［M］．张晖，整理．上海：上海社会科学院出版社，2013：46.

江西“五七”干校时凄惨生活的“家人散尽馀童稚，零落外家寄汝身。故屋迢迢忽梦忆，荒原漠漠且耕耘”（《瑞鹧鸪·江西锦江病中寄示安泰》）。又如陈乃文哀悼女钢琴家顾圣婴的“一曲难忘不忍听，劳劳分手短长亭。如何绝塞生还日，空屋无人草满庭。母子三人同毕命，尘寰惨烈古今无。中华失却连城璧，岂独椿庭痛切肤”（《悼女钢琴家顾圣婴并奉慰高地先生》）。如果说茅于美的词是试图通过“文革”中个人遭遇的展览，以揭开民族的伤疤，让我们有正视过去的勇气，那么陈乃文的诗则有意识地将脆弱的个人命运放置于强硬的历史意志中，通过顾圣婴个人的悲惨遭遇映衬整个民族心灵的创痛，在审视个人人生际遇的同时思考整个民族的历史走向，为全诗增添了一种理性思辨的倾向。至于张珍怀，她或寻向中华民族的历史记忆最深处，通过穿越千年与老子神交，吟咏“美恶亦相若，恩怨不相论”（《水调歌头·病中读老子》），以“往者不可谏，来者犹可追”的悲悯情怀包容逝去岁月，激励后来人；或闲庭信步于落雨的公园水榭，浅吟“卅载莫愁湖上梦，梦逐云飞”（《浪淘沙·公园水榭坐雨》），在物我两合一的氤氲朦胧语境中缓缓道出“得之坦然、失之淡然、争其必然、顺其自然”的人生真谛。可以说，张珍怀是完全跳脱出了“文革”的具体历史语境，并以超脱的理念观照。在这个意义上而言，张珍怀回忆“文革”的词把现代中国女性旧体诗词的审美内蕴提升到了一个新的精神境界。

二是中青年女诗人的创作。如果说改革开放初期，“复出”女诗人们尚且沉浸在对“文革”叙事的书写中不能自拔，在展览伤痕、反思历史的道路上不能回头，那么随着改革开放的深化，以及“80年代的整个文化心理上，对激进文化的反拨”①，就女性旧体诗词而言，也就是对毛泽东时代“妇女能顶半边天”的政治话语的反拨。这个时期的中青年女诗人在创作旧体诗词时，不再满足于声泪俱下式的悲怆描摹，而是更多地以独立的女性

① 洪子诚．中国当代文学史［M］．北京：北京大学出版社，2007：307．

眼光书写现代都市的女性生存困境，传递着女性的当代生命体验。

改革开放以来，中国社会的生活模式发生了翻天覆地的变化，职业女性已成为女性生存体验中不可回避的角色定位与身份认同。面对此种情形，侯孝琼便有《鹧鸪天·感怀》一首吟诵职业女性生存的艰辛与不易。现代女教师“绛帐生涯不计年”带来的除了“成阴桃李岂三千”的短暂感慨之外，余下的全部是“而今教授初称副，已放浓霜入鬓边”的岁月已逝之凄楚与教师职业之酸辛。而且，面对着“风风雨雨纻衣宽”的生存窘境，女教师却也只能黯然神伤地“苜蓿栏杆倚暮烟”。可以说，侯孝琼在这首词中明确表达了女教师这一职业评职称的艰辛与职业生涯的困窘。但是，我们不应忽略，在当代中国大陆，女性社会地位及社会工作与男性的几近平等，意味着女性既要像男性一样赚钱养家，还要坚守女性抚育后代、做家务的“职业本分”。也就是说，侯孝琼在这首词中没能讲出口的，是她作为女性，因耗费大量精力于工作，而耽误小孩教育、家庭关系处理的歉疚。在这个意义上而言，这首词不仅书写了现代女性外在职业身份的陷落，同时也表达了她们家庭妇女职业身份（家庭妇女亦可视为一种职业，如全职太太）的失落。那么，怀着悲愤的心情，当我们将目光投向女性执着千年的两性爱情领域时，会发现女性在失掉了职业身份后，又失掉了爱情，失落了两性关系。周燕婷在海角天涯感于有人把相思豆成串向游人兜售，作词《临江仙·红豆青丝联作串》。整首词里不见“红豆生南国，春来发几枝。愿君多采撷，此物最相思”（王维《红豆》）那种对于男女相思之情的讴歌，却只见商人借红豆商业化地“向人低唱卖相思”。如果说在现代都市社会，最能代表男女坚贞不渝爱情的“红豆”这一隐喻符号都在金钱的裹挟下失落掉的话，那么“郎心深似海”“青丝犹未改，红豆已成灰”的爱情的最终失落，便是可以想见的事情。失落了两性爱情关系的女性，奈何最终只能寄望于“若得天光裁一片，连山，寄与知音梦里看”（蔡淑萍《夜宿农家小店》），女词人期望能在虚无缥缈的梦中，与自己想象中建构的“知音”一起互诉衷肠。面对此断壁颓垣、满目疮痍，女性在脱落掉了自己所有的外部身份后，留给自己内心精神世界的，只剩下黑夜与孤独，所谓“迷茫立长夜，怅无言是我”（苏些雩《忆少年·陨星》）。这“黑夜意识”正是一种来自女性内心的个人挣扎，以及对“女性价值”的形而上的极端的抗争与坚守①。在这个意义上而言，新时期中青年女诗人的旧体诗词创作，正是深入现代都市生活肌理，以女性的视角，展览女性内心的创伤，书写女性的精神世界，传递女性的独特生命体验。

三是海外归来女诗人的创作。1949 年后囿于诸种原因，阚家蓂、张充和、叶嘉莹等女诗人流散海外。眷恋祖国的赤子之心，是她们近卅年漂泊生涯里旧体诗词创作的内在精魂。改革开放后，她们突破重重障碍又返回故地，祖国如火如荼的现代化建设，使得她们初期的归国之感多以抒发爱国情绪为主。如吟咏“重洋两岸讴歌起，文化交流代代香”（阚家蓂《杭州大学暑期汉语班结业纪念》）、“四海于兹皆姊妹，河山重造乐天民”（阚家蓂《七九年元旦，华协匹兹堡分会庆祝中美建交，宴集鸿运楼》）这类海峡两岸文化交流的盛举，或者歌颂“工厂如林皆自建”“沪杭线上车行速”（叶嘉莹《祖国行长歌》）种种热火朝天的祖国建设，这些都彰显了海外归来女诗人对中华民族的另一重爱国情感，延续了之前她们对故园情结的讴歌，而且通过这种反复叙写，她们断裂卅年的故园情结也得以被缝合。但是之后频繁往来于国内外的奔波，却也培植出她们日渐淡泊的情绪、“随意到天涯”的人生态度，因此，追求平静、淡然的诗性日常生活，成为她们此阶段的主要诗学诉求。

如叶嘉莹，“五年三度赋还乡”［《绝句三首（其一）》］的她，早在1974 年时便返国探亲，激动之心难以言表的她吟长诗《祖国行长歌》一首赞叹祖国的繁荣昌盛；1977 年春，叶嘉莹携丈夫及女儿再次回归故里，这

① 翟永明．完成之后又怎样［M］．北京：北京大学出版社，2014：11.

次她足迹遍及祖国大江南北，《大庆油田行》《旅游开封纪事一首》《纪游绝句十一首》反映了其此时兴奋之情；1979 年春，叶嘉莹第三次回到生养自己的祖国，此时她仍按捺不住内心的喜悦，吟咏“依旧归来喜欲狂”［《绝句三首（其一）》］。但是就是这样一个每每身处他乡想到不能归国便叹息“余生何地惜余阴”［《向晚二首（其二）》］的女性，在频繁性地“离人今日又天涯”（《咏荷花》）的来往奔波中，在一个连夕月色清佳的夜晚，还是发出了“已惯阴晴圆缺事”（《浣溪沙·无限清晖景最妍》）的感叹。这并不意味着她对祖国母亲爱的减少，只是说在反复书写崇高、壮丽的美学追求中，她开始试着回到现实常态生活，试图建构一种以日常诗性为本体的书写样态。如果说以戏谑口吻写出的“能使肺心病，更令空气污。如何万灵长，甘作纸烟奴。立地能成佛，回车即坦途。与君歌此曲，故我变新吾”（《戒烟歌》）尚属叶嘉莹呈现对日常生活场景的浅层次、微观描摹，那么偶住台湾山中养沉疴的“几日疏风兼细雨，四围山色入烟萝”［《七绝三首（其一）》］、“尝遍浮生真意味”［《七绝三首（其二）》］则是她完全跳脱出了对日常经验的简单陈述，而升华至对日常诗性的吟咏。又如张充和，她 8 个月大时被叔祖母收养，16 岁才回到父亲身边，抗战期间先后逃难至成都、昆明等地的经历，使得她过早习惯了离别的滋味，1949 年后跟随傅汉思移民美国，与祖国大陆的分离，在她看来“只是这一连串经验的延续”① 罢了。但是由她 1978 年回复二姐的诗句“不须百战悬沙碛，自有笙歌扶梦归”② 还是能够看到她对别离多年的祖国的忠诚与热爱。只是相比叶嘉莹、阚家蓂等海外归来女诗人对祖国感情的热烈吟颂，囿于人生经历，张充和过早地便以淡泊的情绪、“随意到天涯”的人生态度，回归日常生活的诗性描写，她的《小园》诗系列（共九首）就是她对诗性日常生活的书写与描

① 张充和．古色今香：张充和题字选集［M］．孙康宜，编注．桂林：广西师范大学出版社，2010：39.

② 张允和．我与昆曲［M］．庞旸，编．天津：百花文艺出版社，2014：123.

摹。这里不仅有“坐枝松鼠点头忙。松球满地任君取，但惜清阴一霎凉”的自得日常生活其乐的潇洒，以及骨子里对日常诗性的珍视，更有散发着融融和乐氛围的“邻翁来赏隔篱瓜”，还有“乳涕咿呀傍笛喧，秋千树下学游园”的暖暖咿呀学语的日常场景，散发着浓郁诗性的日常生活之灵光，悠韵悠长。可以说，海外归来女诗人对日常诗性的追求，继续拓展着现代中国女性旧体诗词的审美视域，丰富着新时期的女性旧体诗词创作。

四是网络女诗人的创作。世纪之交出现的数字化媒介的冲击，使得文学开始步入存在方式与表意体制的技术转型①。这不仅意味着作家身份开始网民化、创作方式交互化、文本载体数字化、流通方式网络化，更意味着作家文学价值理念的变异，也就是说他们更注重写作当下的现场感受，如痞子蔡所言，他上网写小说就像“不穿鞋的奔跑”，就要一个“爽”字②。就从事旧体诗词创作的网络女诗人而言，其文学价值理念的变异，则是希冀以旧体诗词表达当下人生态度时，能更随性、更畅快淋漓。意象作为古典诗词的肌体血脉和主要载体，其所指性日渐僵化，自然首当其冲成为她们更随性创作的障碍，那么激活古典诗词中的意象，以使其更适应现代写作状态的表达，更活泼地呈现现代生活之鲜活，便成为题中之义。

如孟依依，她在《随儿（我的玩具熊）》这首诗中，通过将“玩具熊”意象的“象”（玩具熊）与“意”（君子人格）错置，即以“玩具熊”粗鄙的“象”喻君子，以君子高洁的“意”喻“玩具熊”，从而解构并激活了传统的君子人格形象。在戏谑与庄重的交互游移之间，现代都市生活中女性精神和灵魂的孤独被全方位地展现，整首诗的审美张力也得到极大提升。与此异曲同工的还有她的《临屏咏熊猫》，通过预设“美人”之“象”为大熊猫，女诗人在书写熊猫的娇嗔、孱弱之姿时，实则就已激活了古典

---

① 欧阳友权．数字媒介与中国文学的转型［J］．中国社会科学，2007（1）．

② 欧阳友权．网络文学：挑战传统与更新观念［J］．湘潭大学社会科学学报，2001（1）．

"美人"意象，并赋予其全新的现代审美内涵。如果说孟依依主要通过变形古诗意象吟咏现代生活，那么发初覆眉与添雪斋两位女诗人则是以新旧意象并置的方式，激活古诗意象，书写现代感受。先来看发初覆眉的《减兰·我（其一）》。在新旧意象的碰撞博弈下，即在"幽兰""清眸"等古诗意象，与"波心""天河""睡莲"等现代意象的并置中，浮泛起模糊记忆的古诗意象也浸染上了自由、独立的现代意蕴，而"我"这一核心意象在现代生活中的自由性也显露无遗。又如她的《虞美人·与云衣》。整首词以"雨巷诗人"戴望舒的"掌纹"意象、"丁香"和"油伞"意象起，而在独具现代感的此种背景下，再来看结尾处的"青裙""杏花"等古诗意象，它们也由此摆脱了"青裙缟袂"（辛弃疾《鹧鸪天·春入平原荠菜花》）、"沾衣欲湿杏花雨"（志南《绝句·古木阴中系短篷》）的古典意蕴，彰显了浓郁的现代气息。再来看添雪斋的《浣溪沙·紫夜》。如果说上片的"魅影""流砂"是以现代词汇结构的现代意象入词，直接而坦诚，那么下片的"睡莲花"意象的现代感则含蓄蕴藉，这是女诗人借用徐志摩"水莲花"的现代意象与现代场景后的结果。而在新旧意象并置的语境中再来感悟这首词，寐夜里，一低头间，似实而虚、似虚而实的幽灵般的莲花映入眼帘。至于她的《浣溪沙·白夜》中"无言月色在冰川""旋转玻璃门一扇，放开禁锢梦千年，天空网结夜之缘"之句，以及《浣溪沙·蓝夜》中的"圣殿残钟断续深""晚风骑士铁衣黔"之语，也是采用相同的新旧意象并置的方式，书写她对黑夜的瞬时体悟，表达她特立独行的个体现代感受。

回顾百年中国女性旧体诗词发展史，尽管近现代中国历史的走向始终左右着"她"自身的发展，如1937年抗战爆发造就了女性旧体诗词对于民族危难的表现，但是文学的主体性与女性诗人对现代女性意识的执着表现，始终使得现代中国女性旧体诗词在随历史浮沉的过程中鲜明地彰显着自身的内在演变趋势与规律，即"她"对现代女性意识的持续探索与书写。可以说，从民国初期的女诗人吕碧城始，到抗战时期的沈祖棻、丁宁，再至新时期的叶嘉莹，经过百年的发展，女性旧体诗词群体已然形成了一个紧密衔接的创作梯队，并凭借她们的创作实绩，牢固占据了中国诗坛的一席之地。百年现代中国女性旧体诗词史，不仅使得被遮蔽的、潜隐百年的现代女性精神走向得以浮出历史地表，更是弥补与缝合了各断裂历史阶段女性意识的精神史实。在这个意义上，"她"的存在，早已戳破了旧体诗词不能入史的粗暴论断，"她"在文学史上的合法性地位与存在，不言自明。当然，和其他正在"发生"的文学体裁一样，现代女性旧体诗词在创作中也还存在着一些不足，如囿于女性之性别特质，诗词中多以悲悲戚戚之审美风格为主要表现，但是，总的来说，现代女性旧体诗词的创作经验和教训值得当代诗坛认真汲取并反思，值得当代诗坛持续关注并研讨。

第四章 | ◆

现代中国画家旧体诗词的诗体变革

旧体诗词在现代中国文学史上的地位问题，已然成为新世纪中国学术热点之一。赞赏者有之，反对者亦有之，无论是哪一派的观点都有力地促进了现代中国旧体诗词研究的展开和深化。大体而言，现代中国旧体诗词大致可分为五大创作群体：晚清遗民诗人群体，以陈三立、郑孝胥等为代表；现代学者诗人群体，以陈寅恪、吴宓等为代表；新文学家诗人群体，以鲁迅、郁达夫等为代表；书画家诗人群体，以齐白石、赵朴初等为代表；党政军界诗人群体，以于右任、毛泽东等为代表。而在以社会身份相区别的现代中国五大旧体诗人群体中，相对而言，学术界对现代中国书画家群体的诗词创作尚未做全面而深入的探讨。此处，笔者尝试在前人已有研究的基础上，对现代中国画家近百年旧体诗词创作历程做出初步的整体描述，我们力图揭示出在四个不同的历史时期内，现代中国画家的诗词创作所呈现出的不同的思想和艺术取向。

（一）

众所周知，中国绘画在从传统走向现代的过程中发生了重大转变。晚清民国鼎革之际，由于政权变动和经济环境的变化，晚清画坛在向民国画坛过渡的时期里，如同其他众多领域中一样，也呈现出传统与现代的激烈交锋与深度融合的态势。虽然有的偏重于坚守传统的民族画风，有的偏重于探索现代画法，但无不在深层次上受到彼此的交互影响，从而体现出传统与现代的对话趋势。从 1912 年民国建立至 1936 年抗战全面爆发前夕是现代中国创建后的现代文化奠基时期，以五四新文化运动为历史关捩，现代中国的文学艺术运动受到西方现代文艺思潮的深刻影响，现代中国绘画也不例外。吴昌硕是这一时期最具有历史节点意义的画家之一，以他为代表的一批近现代中国画家开始了从传统向现代的中国绘画艺术转型。由于这批画家既是水墨丹青的艺术圣手，同时也是擅长诗词吟咏的文学高手，故而在他们的笔下出现了诗画俱工的佳境。不难想见，在这批置身于传统向现代转型背景下的民国画家的旧体诗词创作中，同样也会不同程度地折射着变革时代的艺术之光。一般而言，我们习惯于将民国初期的画坛相对划分为传统派和革新派，这两类画家的旧体诗词创作在现代转型过程中呈现出不同程度的新旧杂糅色彩。

1. 传统派画家的旧体诗词创作

民国传统画坛主要有三类绘画诗人群体：旧式职业画家诗人、旧式官僚身份的画家诗人和旧式文人身份的画家诗人。

所谓旧式职业画家诗人，指的是在文艺观念和美学趣味上偏重于传统风格的职业画家诗人。这类诗人无论是题画诗还是纪游诗大都与其职业画家身份和绘画活动相关，代表诗人有吴昌硕、齐白石、黄宾虹等。吴昌硕始终认同自己的诗人身份，沈曾植也认为他的书画与诗词创作相得益彰，

“翁书画奇气发于诗，篆刻朴古自金文，其结构之华离杳渺抑未尝无资于诗者也”①。晚年吴昌硕画名鼎盛时，常应友朋相邀题画赋诗。在诸多题画诗中，吴昌硕对梅石特别偏爱②。他曾在题画诗《〈品砚图〉为石友》中自称“大聋平生癖金石，虽处两地精神通”。又有诗云：“梅花彩霞光，水仙苍玉色。东风开南轩，坐以赏元日。谁谓石头顽，胜景非其匹。大块春蓬蓬，容我一官虱。”诗人以梅石为友，慕其人格高洁，尾句不惮于自我嘲弄，颇见洒脱个性。1925 年诗人 82 岁生辰时，还曾作《生日画梅（〈墨梅图〉）》，其一云：“撑云挐壑笔寥寥，一树寒香万劫跳。尔意飞腾吾躄躠，得朋同寿且今朝。”晚年吴昌硕在题画诗中所表现出来的这种对梅石的偏爱，说明他即使身处现代商业氛围浓厚的沪上画坛中，也仍旧注重保持高洁的品性和高蹈的趣味，所以他的题画诗中的梅石等意象不仅仅是他内心坚守的古典文化人格的艺术投影，而且也是他展示自己现代人格独立意识的艺术载体。

齐白石青年时期一直注重积累诗艺和画技，1910 年结束“五出五归”远游生活后，齐白石再次山居专攻诗画③。乡野幽居期间他整理自己的诗稿并结集为《借山吟馆诗草》。樊增祥评价其诗时说，“凡此等诗，看似寻常，皆从刿心钵肝而出”④，实为知己之言。1917 年迁居北京后，齐白石在画法上迎来了“衰年变法”，诗艺也进步明显。他定居北京后的诗作以题画诗和怀乡诗为主，他的题画诗和怀乡诗皆野趣盎然，从中不难看出他对于乡村生活的热爱和眷恋。如《画蝉》借秋蝉寄托思乡之情，诗云：“好饮潇湘水一瓢，因何年老喜游遨。借山不是全萧索，犹有残蝉咽乱蕉。”而《家书谓小圃必荒，吾闻之，恨不出家》更是袒露出身居异乡的齐白石对于家乡的想念，诗云：“年来小圃芋凋零，每到秋来草更深。我欲出家从佛去，不妨

---

① 吴昌硕．吴昌硕诗集［M］．桂林：漓江出版社，2012：244.

② 夏中义．《缶庐别存》与梅石写意的人文性：兼论吴昌硕的“道艺”气象暨价值自圆［J］．文艺研究，2013（12）.

③ 马明宸．借山煮画：齐白石的人生与艺术［M］．南宁：广西美术出版社，2013：45.

④ 严昌．齐白石诗文集［M］．长沙：湖南人民出版社，2010：3.

人笑第三乘。”这种故乡情结浓烈得几乎无法排解，故而诗人希望以出家来压抑内心的乡思之情。梅墨生评价齐白石的这类诗作“以情以趣，乃生乃活，不落俗套，有感而发”①。确实，齐白石的题画诗和怀乡诗大都率性而为，既流露了狂放不羁的古典情怀，也充溢着卓然独立的现代意识。

黄宾虹的绘画以山水为主，游历之余多诗作。潘飞声认为黄宾虹的纪游诗实为心声，“胸次奇气，一发于诗”②。黄氏纪游诗中以桂林和蜀地为题者尤多，《七星岩》描写的是桂林山水的幽奇，诗云：“回阑飞蝠风动竹，绝涧垂虹石濑苔。萧纬杳暝凭秉燎，夜山行尽曙光来。”而《峨眉山》则赞叹蜀地的险绝：“浮青万叠山，一折累千级。悬梯绝壁飞，云房天咫尺。”这类纪游诗明显有绘画思维，堪称以文字作画。除了大量的纪游诗外，黄宾虹的题画诗亦颇有特色。与吴昌硕、齐白石在题画中着意述怀、思乡不同，黄宾虹的题画诗更多地表达了他的各种绘画观念和画学思想。如他在《题画嘉陵山水》中阐明了师法造化的重要性，诗云：“秋寒瑟瑟窗牖入，唐人缣楮无真迹。我从何处得粉本？雨淋墙头月移壁。”他还在《题蜀游山水》中对自己的画艺革新做出了形象化的说明，正所谓“沿皴做点三千点，点到山头气韵来。七十客中知此事，嘉陵东下不虚回”。黄氏作画醉心于以点作皴，风格黑亮厚重，这得益于蜀中山水的启示。是故，无论是纪游诗还是题画诗，都体现出黄宾虹“对自然亲证”的艺术理想③。毫无疑问，这既是黄宾虹对中国古典绘画传统的创造性转化，也是他对中国诗画同源传统的创新性发展。

第二类传统力量的代表是旧式官僚身份的画家诗人。这类官员大都受过传统的诗书画教育，诗书画是其仕途经济之外怡心养性的生活辅助手段。进入民国后，随着时政的更迭，出现了不少旧式官僚画家诗人，代表性的

---

① 梅墨生．独到星塘认是家：齐白石老人诗漫议［J］．中国书法，2014（7）：126.
② 黄宾虹．宾虹诗草［M］．合肥：黄山书社，2013：序1.
③ 梅墨生．大家不世出：黄宾虹论［M］．杭州：西泠印社出版社，2012：110.

有徐世昌、夏敬观、钱名山、陈曾寿等人。其中，徐世昌和夏敬观属于开明派的旧式官僚。早年徐世昌任职清廷，1918 年起任职民国大总统。从政时期的徐世昌即爱好诗词书画，著有《水竹邨人诗集》《归云楼题画诗》等。下野后的徐世昌虽醉心书画不问政务，然而在《海西草堂集》中仍然流露出他为官处世的精明与世故，如《处世》中写道："胜负观棋局，行藏托酒杯。柴门深巷底，无事不须开。"徐世昌因此被人戏称为"中庸"总统①。但徐世昌毕竟一生大节不亏，他的另一绰号"文治总统"也并非浪得虚名，其诗词书画均有较高造诣。从《题画富春山图》中可以看出晚年徐世昌悠闲的诗画生活，诗云："蛰居海滨不出户，日批图籍资游眺。心之所之神为往，寂处能穷天下妙。"与徐氏相较，夏敬观为官更为本分。夏敬观属于同光体诗人，但与其他同光体诗人普遍推崇黄山谷不同，夏氏独推梅尧臣。他学梅尧臣有梅诗"以文为诗"的犷硬而无平淡之意趣②。夏敬观诗少圆滑气，多寒涩气。《服除述哀时方去康桥居徙家静村》是他晚年定居上海回忆平生之作，诗中感叹自己官运不济、命运多舛，"仕宦遭易世，禄养诚区区。所获等干鲊，岂是甘旨需。买园三亩强，筑堂颜晚娱"。夏氏题画诗也在平淡中隐含寒涩之味，与徐世昌的故作清闲截然不同，如"退隐端须值太平，湖山始得事渔耕。披图羡煞田居趣，异世徒深惘惘情"（《题王石谷所绘龚蘅圃田居图》）。

钱名山与陈曾寿都属于清末民初的遗老型官僚画家诗人。青年时期钱名山曾在清廷任职刑部主事，1909 年因服丁忧辞官退居常州。即使退居故里，钱名山仍心系朝廷社稷。《豆渣行》《农妇》《烟禁急》等诗中均可看出他关心民众疾苦、忧心清廷时局的官宦本色。辞官后，钱名山在家乡创办"寄园"书院收徒授课，培养了谢玉岑、谢稚柳、钱小山等诗书画俱佳

---

① 郭剑林，王爱云．翰林总统徐世昌［M］．长春：吉林文史出版社，1995：164．

② 贺国强，魏中林．字字痛刻骨，一洗艳与冶：论同光体诗人夏敬观［J］．韶关学院学报，2006（5）．

的优秀人才。1932 年“寄园”停办，钱名山为此恋恋不舍。他借《荒园》一诗表达对国家和民族命运的关切之情，寄语沉痛，诗云：“荒园独自掩蒿莱，坐看神州化劫灰。梦境太真疑死近，名山有约待春来。”1935 年，随着抗战时局不断恶化，钱名山在诗词中忍不住开始呐喊，“尘海漫漫兵火下，恰被杜陵收拾。可听得，篇终霹雳”（《金缕曲·题乙亥年郑岳〈超山古梅图〉》）。钱名山晚年虽以诗书画课徒度日，但他始终心系时局和百姓，故被郑逸梅誉为“民族诗人”①。

晚清遗民陈曾寿对于清廷忠心耿耿，因而诗词中始终充斥着“忠愤之情”②。早在清廷任职期间，他在《甲辰岁日本观油画庚子之役感近事作》中即忧心于清廷危如累卵的时局。辛亥革命的胜利对于陈曾寿打击巨大，他深感自己有负皇恩，心中羞愧难当。《辛亥八月十一日生日感赋》云：“徒负生平友与师，心惭地下倘能知。积愁自笑蜉蝣世，逐序空吟草木诗。”陈曾寿推崇晚唐诗人韩偓，曾为韩偓绘有画像，有所谓“冬郎情结”③。他推崇韩偓绝非单纯诗艺的崇尚，而是伤心人别有怀抱。正如《秋夜对瓶荷一枝，雨声淙淙，偶题冬郎小像二首》其一中所云：“为爱冬郎绝妙词，平生不薄晚唐诗。”晚唐诗风衰飒，喜作秋声，象征着大唐帝国的没落与黄昏。陈曾寿对韩偓及其晚唐诗风的追慕，其实隐含着他内心浓重的晚清遗民情结，他为清王朝的崩溃而黯然神伤。在《秋夜对瓶荷一枝，雨声淙淙，偶题冬郎小像二首》其二中，陈曾寿甚至以安史之乱后的一代贤相陆贽自比，而将末代皇帝溥仪视作明末清初企图复国的朱三太子，“可怜陆九同文笔，却与朱三共岁年”，这就明显是在为自己内心深处的晚清遗民情结招魂了。与钱名山那种遗老型画家诗人相比，陈曾寿的忠君思想明显落伍，不及前者的民族忧患意识来得博大和深广。也正惟其如此，陈曾寿的题画诗

① 钱名山. 钱名山诗词选［M］. 北京：华夏翰林出版社，2010：136.

② 陈曾寿. 苍虬阁诗集［M］. 上海：上海古籍出版社，2012：前言 2.

③ 石任之. 冬郎情结岂香奁：论近代诗人陈曾寿的遗民心态［J］. 文学与文化，2014（2）.

与钱名山的题画诗相比，也就缺少了后者的现代民族国家认同意识。

第三类传统力量的代表是旧式文人身份的画家诗人。这类文人型画家原本将入仕作为人生追求，寻求齐家治国的儒家人格理想的实现，但由于现代中国社会体制的转型，他们重新寻找到了新的生存方式，以书画教育为职业，不废吟咏。这类代表诗人主要有陈师曾、姚茫父等。陈师曾出身书香世家，其父陈三立是晚清著名同光体诗人，其弟陈隆恪、陈寅恪、陈方恪、陈登恪均能诗。1917 年，蔡元培成立北京大学画法研究会，聘陈师曾为导师。与其父诗宗宋不同，陈师曾的诗没有宋诗派那种幽峭清苍或生涩奥衍的艺术取向，反而诗风恬淡，多为日常生活之记录，颇有陶孟韦柳的诗歌神韵。故而民国诗评家大都认为陈师曾的诗"诗风冲和萧澹，清刚劲上"①。陈师曾赴京任教后诗风更趋醇厚。北京诗人画友荟萃，与文艺界的交往沟通成了陈师曾诗词书写的重要内容。《北京大学画法研究会同人崇效寺赏牡丹》是陈师曾任北京画法研究会导师后与同仁邀游时所作，诗云："还将春服赏春情，迤逦回车又出城。列坐朋簪期夙诺，频年踪迹笑浮生。"诗中的那份潇洒旷达中明显隐含了浮生的怅惘。除了与画法研究会同仁交流外，陈师曾与姚茫父私交甚笃。他曾多次为姚茫父画作题诗，如《姚重光四十生日，为画山水便面》云："四十沉浮我似君，不如意事日相闻。何如此老山中住，步出柴门闲看云。"而姚茫父在陈师曾生前身后也曾多次为其著作撰序，如在陈师曾生前为其《中国文人画之研究》作序，陈师曾早逝后，又为《陈师曾遗画集》作序《朽画赋》，还为其《染仓室印集》作序，可见其情谊深笃②。

2. **革新派画家的旧体诗词创作**

进入民国后，现代中国画坛开始出现许多新的变化，这些变化主要体现为留学欧美的西洋绘画人才的归国、现代女性画家群体的出现以及具有

---

① 陈衡恪. 陈衡恪诗文集［M］. 刘经富，辑注. 南昌：江西人民出版社，2009：10.

② 邓见宽. 姚茫父画论［M］. 贵阳：贵州人民出版社，1996：29－37.

现代革命倾向的画家的涌现。这些具有不同文化背景和文艺倾向的画家大都雅好诗词创作，而且他们大都不囿于中国传统文化和国画传统的制约，所以无论是致力于中国绘画的技艺革新还是潜心于旧体诗词的新旧交融，他们的文艺旨趣基本上不谋而合。这就使得民国时期的画家诗坛呈现出新的艺术面貌。不同于传统派画家诗人普遍的文化守成立场，民国的革新派画家诗人大都受到西方现代文化和文艺思潮的深刻影响，他们在整体上拥有现代意识，包括世界视野、民主精神、个性观念、革命情怀、女性意识、叛逆姿态等等。虽然民国的传统派画家诗人大都在不同程度上也受到了西方现代意识的熏染，但毋庸讳言，他们在根本上还是"中体西用"论者，他们依旧偏好或固守着中国儒道释传统文化体系而不移，尚不能平等地对待中西文化和文艺的双向交流与融合，这就在一定程度上限制了传统派画家诗人的诗歌艺术成就。当然，对于民国革新派画家诗人而言，由于他们的诗词创作更多地具有现代功利主义的艺术诉求，无论是政治意识还是商业意识的介入，都在不同程度上影响了他们的诗词审美意蕴和艺术境界的升华。

第一类是具有西洋画背景的画家诗人。他们在民国初年留学海外，学成回国后致力于推广西方绘画理念和教法，著名者如徐悲鸿、刘海粟、方君璧等。1918 年徐悲鸿得力于蔡元培争取到留欧机会，浸习欧画多年后回国。他早期诗词多为题画诗，且多为题油画而作，这是以前的传统题画诗所没有的题材。20 世纪 20 年代徐悲鸿创作了不少题油画诗词，诸如《题人体习作》《题男人体》都是很好的例证。在这些题油画诗作中，我们可以感受到徐悲鸿在异国他乡求学时的艰辛和坚韧，如《题画诗》中写道："雪中送炭诚高举，班荆倾说见侠肠。怪道神明来吾念，笔尖造处起光芒。"又如《题男人体》云："后天困厄坚吾愿，贪病技荒力不从。仗汝毛锥颖锐利，千年来视此哀鸿。"同为中国现代美术奠基者的刘海粟，他的题诗都是题在国画上，但从中我们也不难体会到现代西洋个性观念和思维方式的影响。

如《题〈梅〉》云："爱梅说园林，我则爱丘壑。世间剪折多，愿伴白云宿。"诗人将园林中梅与丘壑中梅做对比，既写出了社会环境对个性的压抑，也写出了超越世俗的个性风采。《题〈墨梅图〉》云："山中老梅花，一岁一开华。开落无人管，惟宜处士家。"诗人着眼于苍劲的老梅，表达了对现代社会中坚守个性者的赞美。方君璧是民国最早赴欧学习油画技法的女画家。她旅欧求学时期作有多首纪游诗词，如《菩萨蛮·九月法国比夏莲山歌白湖》中写道："青山缺处飞泉泻，跳波萦石回崖下。两岸绿荫深，愁猿相对吟。莫嗟留不住，且任奔流去。玉镜坠尘间，照人肝胆寒。"异域风光的书写与游人心境的抒发，诗与画的艺术交融，可谓相得益彰。《朝上瑞士般佛罗雪山路中》是方君璧游历瑞士时所作，诗云："寒溪宿雾梦初惊，叠叠冰绡岩上生。万谷无声山尚懒，一峰含日已晶莹。"无论构图还是设色，美轮美奂，非画家诗人不能为。回国后，方君璧客居香港，《病中》描述了她当时的凄苦生活，诗云："松色阴阴云色暝，卧看日脚度窗棂。疏蝉似慰人枯寂，漫送清声入画屏。"

第二类是现代女性画家诗人。民国时期的女性画坛除了涌现出方君璧这类留学西洋的女性画家外，还有一个重要变化就是具有现代意识的女性绘画团体的出现。1934 年在上海成立的中国女子书画会是中国历史上第一个由女性自行发起组织的女性艺术家团体①。这个现代女子绘画团体的出现得益于海派商业文化和女性解放运动的影响，呈现出中西绘画交流与互补的艺术融合倾向。这个团体中集聚了当时沪上画坛多位诗画兼擅的女性画家诗人，如陈小翠、周炼霞等。陈小翠诗文讲求"色香味"②。由于早年婚姻不幸，其诗词具有明显的闺怨气息，这在她的题画诗中同样有所流露，如《题士猷画花卉》云："画工随意见天机，日暖南园蝴蝶飞。一样春风分厚薄，杜鹃开瘦牡丹肥。"又如《题仕女画》："绮怀诗思两氤氲，一寸长眉

① 包铭新．海上闺秀［M］．上海：东华大学出版社，2006：43．
② 郑逸梅．艺林散叶［M］．北京：中华书局，1982：76．

篆古鑃。尽日芸窗寻画稿，不知身是画中人。”由于身世和经历上的差别，同为女子书画会成员的周炼霞，其诗词风格与陈小翠颇为不同。周炼霞出身于江西书香门第，幼年良好的诗画教育加之灵动俏皮的性格使得周炼霞年少即在海上画坛享有美誉，人称“炼师娘”①。“炼师娘”诗词题材广泛，其中咏物诗最有特色，其咏物贴切生动、文雅自然。如《咏盘香》：“相思毕竟易成灰，百结柔肠九曲回。纵使奇香能彻骨，等闲蜂蝶莫非来。”周炼霞与陈小翠为画坛挚友，多次为其画作题词，《满江红·题小翠终南夜猎手卷》即为其一。词中写道：“十尺生绡，描摹出，龙眠家学。分明处，浓钩淡染，墨痕新渥。不是诗魂吟月冷，错疑仙梦教云托。背西风，燐火闪星星，秋坟脚。”从这些女性画家诗人的吟唱中，我们感受到的不仅是现代中国女性的人生悲苦，还有挥不去的传统哀愁。

第三类是革命派画家诗人。中国近代以来所遭受的民族苦难使得许多忧心民族国家命运的画家诗人焦虑不已。如徐悲鸿、何香凝等都关心社会时局、同情民众疾苦，表现出强烈的革命意识和政治情怀。徐悲鸿回国后看到国内满目疮痍的社会现实，创作了大量感时忧世的诗词。如 1919 年的《词两首》表达了对于清朝灭亡后军阀林立、国运衰微的忧虑之情。其二中写道：“今日白手空拳，排难御侮是吾事，振臂束襟同奋起，可以凿山开道捍狮虎。”1927 年蒋介石叛变革命，大肆捕杀共产党员。面对此危急情形，徐悲鸿拍案而起，他在《革命诗词四章·一》中写道：“豪侠不兴贼不死，神奸窃柄无时已。胡虏亡灭汉奸乘，盗贼中原纷纷起。”在愤怒与斥责声中体现出画家诗人的铮铮铁骨。何香凝既是民主革命家，又是革命女画家②。她早年随丈夫廖仲恺追随孙中山参加民主革命。廖仲恺被刺身亡后，何香凝反对国民党屠杀共产党的政策，愤而辞去国民党内一切职务，离乡去国。但她在出国途中仍忧心国内的民生疾苦，《出国途中感怀》云：“三民主义

① 刘聪. 无灯无月两心知：周炼霞其人与其诗［M］. 北京：北京出版社，2012：8.
② 周兴樑. 何香凝的绘画艺术与革命生涯［J］. 文史哲，2004（2）.

今非昔，污吏贪官民怨极。帝国侵凌祸怎消？频年借债如山积。金钱变作炮弹灰，到处肥田生荆棘。可怜十室九家空，民穷财尽饥寒迫。”何香凝的题画诗多咏赞梅菊等高洁之物，她在诗中常以梅菊自喻，体现出革命家本色。如《题画·梅花》（1929）云：“先开早具冲天志，后放犹存傲雪心。独向天涯寻画本，不知人世几升沉。”又如《题画·梅花》（1935）云：“一树梅花伴水仙，北风强烈态依然。冰霜雪压心犹壮，战胜寒冬骨更坚。”

（二）

中国在20世纪20年代末至30年代初经历了短暂的社会和平和经济发展时期。从这一时期的美术期刊和美展活动来看，中国现代绘画正在向着一条可预见的现代化道路上前进。不仅美术展览活动逐渐代替了文人雅集式的传统艺术交流方式，而且这一时期的美术期刊在美术观念和美术思想的传播上也起到了现代美术启蒙作用①。由此，民国画家诗人群体经过二十多年的分化和整合，逐渐趋于稳定和谐的艺术对话与潜对话中。追溯起来，民国画家诗人在五四后旧体诗词创作整体弱化的背景下依然取得了丰硕的成就，与画家诗人的雅集活动和社团活动分不开，后者起到了维系画家诗人的情感交流和艺术纽带作用。此外，现代印刷业的发展也使得传统以自刻自印为主的诗集传播方式发生了根本的改观，杂志成为现代旧体诗词传播中新的重要平台②。整体而言，画家诗词在20世纪20年代经历了短暂的文化阵痛后，向着积极稳健的方向前行。然而，一切的可能因为中日战争的爆发而改变，十四年的抗战改变了艺术家日常生活的轨迹。“国家不幸诗家幸”，浩大的民族悲剧和社会动荡使得抗战文学成为了民国文学史的界

① 刘瑞宽．中国美术的现代化：美术期刊与美展活动的分析（1911—1937）［M］．北京：生活·读书·新知三联书店，2008：348．

② 李遇春，戴勇．民国以降旧体诗词媒介传播与旧体诗词文体的命运［J］．文艺争鸣，2015（4）．

碑，而抗战诗词则是抗战文学的重要组成部分。随着抗战进程的不断变化，从 1931 年抗战序幕的拉开，到 1937 年抗战的全面爆发，及至 1944 年后转入战略反攻，民国画家的抗战诗词也呈现出丰富复杂的艺术面貌。至于抗战胜利后解放战争时期的画家旧体诗词创作，基本也是在战乱背景下展开，囿于篇幅此处从略。初步来看，抗战时期的画家诗词大致可分为三类：沦陷困居类、逃难迁徙类和愤激抵抗类。

1. **沦陷困居类**

由于民国画家大多聚居于京津、江浙、闽粤一带，因此，画家的抗战诗词也以这些地区为主。对战争的描述较早见于寄寓北平的画家齐白石的诗词中。1931 年 9 月 18 日，日寇在沈阳制造了“九一八事变”，平津一带告急。齐白石在门人纪友梅的安排下，迁居到东交民巷①。《十一月望后避乱迁居于东交民巷》二首记录了当时日寇侵袭下北平的慌乱情形。其一云：“湘乱求安作北游，稳携笔砚过芦沟。也尝草莽吞声味，不独家山有此愁。”其二云：“不教一物累阿吾，嗜好终难尽扫除。一担移家人见笑，藤箱角破露残书。”前一首描述了当时因战乱来袭不得已迁居的无奈，后一首则描绘了慌乱中迁居的狼狈和寒酸。1932 年初，日本关东军继续在上海挑衅，淞沪抗战爆发，抗战形势进一步危急。齐白石再一次移居东交民巷。《壬申年冬复迁东交民巷二绝句》是第二次迁居的记录。其一云：“南还有梦愁泥雨，北客何心再徙迁。骨外埋忧无净土，身能成佛隔西天。”其二云：“偷活偷安老自怜，雕虫误我负龙泉。太平时日思重见，虚卜灵龟二十年。”作为年近七旬的老人，齐白石在屡次迁居中颇感身世飘零。日寇的侵袭给一代画人带来了巨大的生存伤痛，“偷安自怜”等语词中流露出的辛苦让人恻隐动容。

随着日军的不断南侵，江浙一带逐渐沦陷。许多生活在江浙一带的画

① 胡西林. 画里画外 [J]. 收藏·拍卖，2012 (8).

家如余绍宋、王个簃、周炼霞、陈小翠等在诗词中纷纷描绘日军侵袭下的悲苦生活。余绍宋自 1927 年南归杭州后潜心书画著述。抗战爆发后，他避隐龙游乡野。《寒柯堂诗》是他担任浙江通志馆馆长时亲历日军侵袭的记录，被称为“越园之野史”①。1937 年伊始，余绍宋迁居龙游时，曾作《避寇》以示愤怒，诗云：“避寇数播迁，何时得息偃？讹言日以兴，真伪畴能辨？掩耳既不甘，倾听徒辗转。反冀消息沉，自欺聊自遣。交谈无异言，都为计逃免。遁迹到荒山，不任足重茧。豺虎与萑苻，凶残谁与翦？”因龙游县城仍不够安全，余绍宋复迁至沐尘。《避居董村七日，复迁至沐尘，示董锡麟、巫瑞琛三首》其二中写道：“终老岂我许，谣诼又纷纭。计惟有深入，仓皇来沐尘。”其三云：“十日两播迁，虽劳不知苦。囊橐纵无余，差喜得安处。”如此颠沛流离、迁居乡野的生活充满了艰辛与苦涩，诗人难免会思念杭州的平静生活，作诗云：“久要不忘知君意，历劫犹存转自伤。杭郡燕都事何限，一回展视一回肠。”（《阮毅成以予为其先人荀伯先生所作书画见示，皆二十年前作于故都及杭州者，近始托人辗转自危城中取归。追念前尘，率书一律为赠》）陈叔通曾赞余绍宋诗云：“境真情真，所谓掇皮皆真也。”② 余绍宋诗词记录的是杭州沦陷后的民生窘境，王个簃诗词则描绘了南京沦陷后的惨痛经历。战火从北向南不断蔓延，王个簃时时关注战况，从他的《关河》《卢沟桥》《日兵犯平津感赋》《日军犯上海》等诗作中可以看出诗人目睹战争危机如何步步逼近的悲苦心境。1937 年 12 月日军攻占南京，日寇已逼近家门，王个簃内心充满焦虑，他在《金陵沦陷》中写道：“缘何兀兀挫心雄，又陷新都续故宫。绝塞烽赪天中酒，一江潮咽鬓如蓬。蝶寒无力依霜菊，雁落余音谱爨桐。我欲躬耕率妻子，只愁畎亩尽成东。”1938 年 5 月，徐州又沦陷，此时的诗人已是满腹悲慨，他在《徐州

---

① 浙江省龙游县政协文史资料委员会，浙江省龙游县余绍宋研究学会理事会. 浙江省龙游县政协文史资料第四辑：余绍宋［M］. 北京：团结出版社，1989：220.

② 余绍宋. 寒柯堂诗［M］. 龙游县政协文史委员会，点校重印. 2002：9.

沦陷慨然有作》中写道："沉冤只此郡，豺虎跃通衢。血腥炙日秽，禾稼随人枯。国能拼一掷，城宁惨三屠。"

对于上海的战事描写较为充分的是周炼霞和陈小翠。与男画家慷慨悲凉的诗风相比，女画家的诗词描绘了抗战困苦环境下坚忍顽强的生活。1937年日军占领上海后不久实行的大米配给制导致全市米荒，市民需要半夜身披棉被排队买米，故有"轧米"之说。周炼霞在《轧米》二首中描绘了轧米之艰难，其一云："重愁压损作诗肩，陋巷安贫又一年。相约前街平糴去，米囊还倩枕衣兼。"为了赚取稿费，她不停地给上海各报刊撰文写稿，对此她相当无奈。其二云："梦里曾留云鬓香，镂金丝绣紫鸳鸯。从知煮字饥难疗，不作诗囊作米囊。"除了《轧米》外，周炼霞抗战中最为人称道的诗词是1944年发表于《海报》的《庆清平·寒夜》，词曰："几度声低语软。道是寒轻夜犹浅。早些归去早些眠，梦里与君相见。//叮咛后曰毋忘。星眸滟滟生光。但使两心相照，无灯无月何妨。"其中，"但使两心相照，无灯无月何妨"两句颇能表达沦陷区恋人乃至亲人间相濡以沫的达观，颇得众家赞赏①。同样困居上海的陈小翠似乎更为不幸。与周炼霞坚忍而率性的抗战诗词相比，陈小翠的抗战诗词则记录了她独居沪上的苦楚与孤寂②。日军刚刚攻占杭州时，她即诀别父亲独自返回上海。《返沪·一》云："世乱行旅危，白骨盈道旁。恐被苍鹰见，掬泥涂车窗。慈父飘白发，倚闾久相望。各有诀别语，再拜不忍详。生当重相见，死当终不忘。"质朴的言语之间难掩悲戚。战乱时在沪上谋生颇为不易，陈小翠在《画南瓜助赈占题》中调侃自己的窘状："田家惟胜竹篱笆，络纬啼残满架花。画与农村充一饱，莫将身世比瓠瓜。"1937年底，淞沪会战失败，上海沦陷。陈小翠失去了最后的避居之所，她不禁哀叹道："独向芜城吊夕阳，扬尘东海恸沧桑。

① 郑逸梅在《艺林散叶》中称"但得两心相照，无灯无月何妨"颇得冒鹤亭认可，陈巨来在《安持人物琐忆》中也盛赞此句。（参阅：刘聪．无灯无月两心知：周炼霞其人与其诗［M］．北京：北京出版社，2012：226.）

② 陈小翠．翠楼吟草［M］．刘梦芙，编校．合肥：黄山书社，2010：27－28.

已看危局成骑虎，岂有邻翁证攘羊。避弹哀鸿都入地，牵丝傀儡又登场。心雄力弱终何用，拔剑哀歌望大荒。”（《戊寅感怀》其四）与其早年闺阁诗词风格迥异。

上海的战火很快蔓延至南方。抗战爆发后广州势如累卵，女画家冼玉清的《悲秋八首》描写了日军侵袭下兵荒马乱的广州城。《闻警至避难所》描写的是广州市民躲避空袭警报的慌乱，诗云：“冲宵哀角警高寒，奔命仓皇不忍看。举目天涯同患难，屈身地窖愧偷安。一旬八夜长开眼，半日三惊惯废餐。痛定辄思擐甲士，几人肝脑阵中残。”《市区日夜轰炸》则记录了广州城被日军疯狂轰炸的惨烈，诗云：“决胜尚闻疆场事，凶残如此古今无。春雷下地连昏昼，秋隼摩空震发肤。历历楼台供一掷，蚩蚩氓庶实何辜。请看血染红棉市，寡妇孤儿哭满途。”日军在广州日夜空袭，导致死伤无数、饿殍遍野，整个城市一片死寂。当时的广州城“云霞销尽金银气，烽燧应怜草木愁”（《广州空袭后市况萧条感赋》）。《悲秋八首》的创作标志着冼玉清慷慨悲壮的抗战诗词的发轫，她的《流离百咏》更是史诗般地记录下了她一路艰辛的逃难生活。

2. 逃难迁徙类

抗战的全面爆发使得普通民众生活动荡无法安居，纷纷向四川、云南、贵州、广西等西部地区逃难。这一时期逃难的画家诗人很多，以张宗祥、丰子恺、陈树人、冼玉清等人为代表。抗战伊始，张宗祥携家人从汉口一直撤退到广西、四川一带。他在诗集《铁如意馆诗钞》中自述：“抗战时期，1938 年 8 月从汉口撤退到桂林，年底离开时所作成集的《游桂草》；1939 年元旦撤退到重庆，至 1946 年 5 月离开时所作后成集的《入川草》，抗战胜利后东归所作的《还都草》，1947 年成集。”① 这几部诗集较为完整地记录了他抗战逃亡的经历，《游桂草》开篇即是《八月三日夜渡登粤汉

① 张宗祥．铁如意馆诗钞　附冷僧自编年谱［M］．上海：上海古籍出版社，2015：3.

车》，记叙自己携家人的逃难之旅。诗人逃难途中所见人命如草芥，“行路艰难不可论，翱翔云表亦遭冤。人才乱世轻秋草，妇孺同时载覆盆。天海应为精卫石，沉江莫返屈平魂。沼吴薪胆分明在，处处中原有血痕”（《闻中航机遭敌机袭击沉海徐新六胡笔江辈殉焉》）。避难重庆也并非安全之策，疯狂的轰炸使张宗祥一家再次面临死亡的威胁。他在《五月四日敌机轰炸渝市　五日早赴华严六首》小序中写道：“五月四日晚敌机炸渝市，予在城外望城中火光冲天，返寓无路，徘徊街市五六小时，始达九迟坎晤妻女，明晨即至华严，纪事六首。”① 从小序中不难想象当时情形之紧急。当时轰炸后的重庆如同人间地狱，六首其二云：“一路凄凉甚，哀鸿满地栖。时时惊倦眼，处处觅荆妻。”浙籍逃难的画家诗人还有丰子恺，抗战的苦难经历激发了他创作诗词的愿望②。在 1938 年的漫画《豺虎入中原》中，丰子恺描绘了一家十几口大包小袋、携妻带子的逃难画面，实际上就是诗人自己当时的写照。在漫画中诗人题写道：“豺虎入中原，万人皆失所。但得除民害，不惜流离苦。”

抗战爆发时，画家陈树人在武汉担任国民政府侨务委员长。1938 年，在经历了日军对武汉的疯狂轰炸后，他随国民政府机关从武汉迁往重庆。他将自己遭受轰炸和迁徙避难的经历记录在《战尘集》中。《战尘集》“把抗战时代中的人们心中所感受的旋律，很微妙的记录下来了”，“代表中华民族千万人心中哀与乐、沉痛与兴奋的心声”③。诗集前半部分记录了他在武汉经历轰炸的情形，“风云惨淡会乘时，千古骚人无此奇。十队飞龙头上吼，小壕低坐静吟诗”（《避难防空壕作》）。不断的空袭使得武汉伤亡惨重，积尸断肢触目可见。“残肢断脰积山丘，焦土何曾寸草留。黄裔岂应忘片刻，此为万世不消仇。”（《倭寇机炮肆虐　全国所闻所见惨绝人寰　赋此志

① 张宗祥. 铁如意馆诗钞　附冷僧自编年谱［M］. 上海：上海古籍出版社，2015：99.
② 丰华瞻，殷琦. 丰子恺研究资料［M］. 银川：宁夏人民出版社，1988：149.
③ 陈曙风. 陈树人诗集［M］. 北京：中国文化艺术出版社，2008：308.

痛》）次年，陈树人迁往重庆，开始了后方抗战生活。由于其陪都地位，此时重庆也并不太平，隔三差五的轰炸不绝于耳。仅从诗题《五月三四两日寇机袭渝，死伤近万。海外部侨务委员会近旁落诸巨弹，皆不炸。烈火四围，延烧亦未殃及，有相慰者赋此示之》《五月廿五之夕，寇机又袭渝市。余避难青年会防空洞附近，落弹三四百颗。密迩者仅隔一二丈，轰风炸火硝烟一起突入洞内，景象极凄厉。口占纪之》《六月九晚，寇机五次袭渝。余所居旅社寝室户口落一巨石，室内则整然无恙也》等可以判断，诗人几乎每隔半个月就遭受一次大空袭。频繁的轰炸让陈树人深切感受到弱国子民的屈辱与辛酸，他在《五月三四两日寇机袭渝，死伤近万。海外部侨务委员会近旁落诸巨弹，皆不炸。烈火四围，延烧亦未殃及，有相慰者赋此示之》中沉痛地写道："千肢万体尽烦冤，惭愧微躯得苟存。此景铭心兼刻骨，毋忘代代告儿孙。"

冼玉清在经历了日军对广州的疯狂轰炸后，从澳门绕道湖南南部到达粤北一带避居，《流离百咏》记录了这一曲折的逃难经历。《流离百咏》是抗战组诗，包括《归国途中杂诗十首》《曲江诗草》《湘南诗草》《坪石诗草》《连州诗草》《黄坑诗草》《仁化诗草》等。陈寅恪先生对《流离百咏》赞赏有加，认为"大作不独文字优美，且为最佳之史料，他日有编'建炎以来系年要录'者，必有所资可无疑也"①。冒广生也说《流离百咏》"使人读之，如亲历其境，而觉此中有人呼之欲出焉"②。冼玉清在逃难途中遭遇过各种凶险，她曾丢失行囊，有诗为证："刺破青衫踏破鞋，孤灯远笛总伤怀。更堪客里黄金尽，目断来鸿信息乖"（《廉江道中行李尽失留滞盘龙作》）；更多的则是忍受难民之艰辛，如"破桌渍油尘涴袂，断垣飘雨鼠跳床。倚装无寐偷弹泪，前路凄惶况远乡"（《宿宾阳旅店》）。翻读组诗还可

① 冼玉清．碧琅玕馆诗钞［M］．陈永正，编订．广州：广东人民出版社，2008：前言2.

② 冼玉清．碧琅玕馆诗钞［M］．陈永正，编订．广州：广东人民出版社，2008：42.

以发现，即使在逃难途中，冼玉清仍然心系战况。1944 年第四次会战失利，长沙沦陷，蒋介石下令撤退。冼玉清听闻此消息悲痛交集，作《闻长沙奉令撤退感赋》以述怀，诗中写道："岳家军撼原非易，自坏长城可奈何。漆室沉忧非一日，问天无语泣山河。"从中可以明显感受到冼玉清炽热的爱国之心。

3. **愤激抵抗类**

日寇的侵袭激起了全国人民的怒火，也激发了画家诗人群体的激烈反抗。许多画家面对国家危难愿身披战甲亲赴战场，如潘天寿在《顾有》中就表示："顾有头颅在，敢忘国步危。八公皆草木，何处不旌旗。人事原知愧，天心自可期。瞢腾倚长剑，起视夜何其。"更多的画家则是拿起画笔和诗笔为前线的将士鼓劲。1937 年 10 月日军入侵上海，谢晋元带领八百将士誓死抵抗，王个簃为此深受鼓舞，他在《谢晋元团长师八百人死守闸北》中写道："志士敢当匈焰逼，残魂收拾挺孤军。苟全有路终非计，走险寻仇不论勋。粮绝矢穷身是胆，声嘶力竭手挐云。北风卷地连兵气，一枕难平万绪纷。"随着民众抗战热情的不断高涨，主动参军的群众越来越多。高剑父就曾送友人戎装参军，《廿八年春霆仁弟从军湘潭　倚装待发赋此赠行》云："衡岳独标三楚秀，君山犹剩九峰青。只今送汝孤帆去，薜荔回风怅渺冥。"言辞间充满了对友人的赞誉和离别的惆怅。陈树人作诗鼓励前方战士奋勇杀敌，期待和平之日早日能够到来。《元旦用杜工部收京诗意寄祝前方将士》云："收京大任仗英豪，露布功成百战高。城上贼壕看铲尽，归来定及荐樱桃。"既然有战争，必然有死伤。画家们虽身不能亲赴战场，但心里念之系之。1938 年，国民党空军少尉张若翼与敌激战中不幸身亡，叶恭绰作《挽空军张效桓若翼殉国》表达对英雄壮烈殉国的敬意与伤悲，诗云："飞将龙城去不还，空留碧血镇人寰。挐云苦念风期烈，逐日谁知志事艰。"徐悲鸿也曾为抗日阵亡的战士作《招魂两章》，其一云："恭奠香花沥酒陈，丕显万古国殇辰。显河耿耿凄清后，魂兮归来荡寇氛。"其二云："想到双星聚会时，兆民数载泣流离。同仇把握亡胡岁，预肃精灵陟降期。”言辞沉痛但不坠抗敌胜利之志。

不仅男性画家诗人有愤激抵抗之作，女性画家诗人也不示弱。1938 年，台儿庄大捷。李圣和闻此消息喜出望外，作《喜闻台儿庄之捷》志庆，其一云：“振臂高呼气不衰，先声已令贼锋摧。将军霆击从天降，战士云电动地来。”其二云：“决胜力谋持久计，救时想见出群才。会看饮马长城窟，直捣黄龙奏凯回。”与抗战初期落寞冷寂的诗风相比，陈小翠后期的抗战诗风显得刚猛顽强。她在《精忠石》中寄希望于岳飞再世力挽颓势，诗云：“少保祠堂云气高，秋风石马夜萧萧。此心已化精忠石，雨打风吹不动摇。”她还对抵抗日寇、被日军杀害的吴佩孚心怀敬仰，《吴子玉将军铜像歌》即为其颂歌。诗云：“劝和使者惊相语，奇士可杀不可劫。直笔春秋信有真，舍生取义何其烈。”1945 年上海收复前夕，陈小翠激动万分，作《午夜闻炸弹声知国军来沪喜占》云：“九载围城事可哀，断无消息到天涯。轻雷一破胸头闷，知道声从故国来。”由此可以感受到陈小翠在经历长期压抑困苦生活后的喜悦。及至日军宣布无条件投降，上海正式迎来解放，全国上下一片欢腾，陈小翠又作《乙酉八月十一日我国全面胜利喜书》云：“爆竹声中噩梦回，十年初见笑颜开。狂风暴雨重重去，霁月风光苒苒来。”正是久旱逢甘霖式的情绪宣泄。

（三）

中华人民共和国的成立结束了民国年间战乱频仍、民不聊生的战争状态，这对于饱受战争之苦的民国画家诗人们来说，内心的喜悦不言而喻。许多民国画家生于晚清、历经民国再进入新中国，时势的更易和政权的更迭给他们的人生际遇和创作环境不断地带来新的复杂的变化。这对于他们而言，既是人生与创作的机遇，也是思想与艺术的挑战。作为置身于革命文学话语秩序中的民国画家诗人，他们中的许多人由于来自不同于解放区的国统区或沦陷区文艺界，故而普遍面临着如何适应新的革命文艺话语规范的问题。如何在集体与个体、“大我”与“小我”、合唱与独吟之间做出新的思想与艺术选择，这关系到中华人民共和国成立后人民文艺的根本方向，所以，包括画家诗人在内的一切文艺工作者都必须进行人生的调整与艺术的调试。与此同时，我们也不能忽视中华人民共和国成立后由于海峡两岸未能实现政治统一，故而一部分渡台乃至流散海外的画家诗人也写出了与新中国大陆画家诗人不一样的诗词作品，这在一定程度上是对大陆画家诗词创作的有益补充。

1.“颂诗”语境的形成及其类型

面对中华人民共和国的成立，无论持怎样立场的画家诗人都乐于见到和平稳定的社会环境。偏于保守的画家诗人如吴湖帆都发自内心地赞颂新的时代，可见当时画家诗人的整体兴奋状态。吴湖帆的词集《佞宋词痕》1953 年印行时，他曾委托叶恭绰赠送毛主席一套。不久，礼尚往来，主席托人送来了自己的诗词手稿影印本。对此吴湖帆激动万分，他用《沁园春·雪》原韵和诗。比毛泽东年长且在诗书画界德高望重的黄宾虹甚至专门写诗祝贺毛主席生日，《题南岳山水图寿毛润之先生主席》云：“禹迹镌南岳，星辉拱北辰。降灵天应瑞，周甲日维新。图画开文运，舟车萃德邻。还看勒金石，共祝八千春。”① 不只是吴湖帆、黄宾虹这类专业的画坛耆宿，我们还看到以前只专注于绘画或学术的文人画家也开始关心时事，歌颂新时代下的民主政治。在中华人民共和国成立前长期从事古籍整理和研究工作的老画家张宗祥看到社会主义落实了人民民主政权，各行各业的群众真正参政议政时感到非常鼓舞。他在《清平乐·浙江第二届人民代表第三次会议献词》中为各行各业人民一起鼓劲，词曰：“同心苦干，战胜涝兼旱。

① 黄宾虹．宾虹诗草［M］．合肥：黄山诗社，2013：163.

牧畜森林都要管，副业力求完善。会场聚集群英，挥发农业真情。中共红旗领导，大家奋进前行。”从黄宾虹、吴湖帆、张宗祥等人的诗词中，我们不难看到中华人民共和国成立后绝大部分画家诗人都自觉认同新政权，一心一意为建设社会主义新生活鼓与呼。实际上，中华人民共和国成立初期各种不同身份的旧体诗人与这一时期的新诗诗人如郭小川、贺敬之一样，都用诗歌文本参与到了“现代民族国家想象”的叙事进程中。本尼迪克特·安德森就认为，“民族”本质上是一种现代想象形式——它源于人类意识在步入现代性过程当中的一次深刻变化，这其中印刷语言奠定了民族意识的基础①。

众所周知，中华人民共和国成立后，很快掀起了社会主义经济建设的高潮。这一时期发生在工业、农业、科技、军事等领域的变化，引起了画家诗人的极大关注。他们自觉地运用毛主席的《在延安文艺座谈会上的讲话》作为创作指南，努力贯彻文艺的“工农兵方向”，大力歌颂和反映社会主义各行业生活的新面貌，形成了画家诗词的颂诗浪潮。这首先表现为生产类的画家颂诗。丰子恺和冼玉清的诗词是其中的代表。丰子恺的农业生产类诗词情绪高昂、乐观向上。如《战鼓敲得响》云：“战鼓敲得响，利箭在弦上。跃进再跃进，前途无限量。”《桂子飘香割稻忙》云：“桂子飘香割稻忙，满城丁壮竞下乡。儿童也解供收获，争学成人运稻粮。”《大搞农业》云：“大搞农业，五谷丰稔。经济发展，基础稳定。欢腾雀跃，庆祝国庆。”这些欢欣鼓舞的歌颂诗词与他抗战时期悲戚忧愤的逃难诗词之间形成了鲜明对比。与丰子恺相类似，冼玉清在抗战期间写作的《流离百咏》与其在新中国成立后创作的反映社会主义农业生产的诗词之间判然有别。1956 年她担任广东省政协委员期间，接受上级安排赴汕头、梅县地区考察，这对于以前蜗居书斋、以学术研究为己任的冼玉清是新鲜而有挑战性的工作。

① 安德森. 想象的共同体：民族主义的起源与散布［M］. 吴叡人，译. 上海：上海人民出版社，2005：43.

她对此十分重视，创作了两组以社会主义农业生产为题材的诗作，分别是《视察春耕八首》和《潮梅视察十二首》。《首途视察》云："春荒夏旱岂寻常，襆被驱驰到水乡。民食由来关大计，水源先觅问坡塘。"看得出她发自内心地关心社会主义农业建设。当她看到原来农业生产是如此辛劳时，内心充满了感恩和激动，《农民日夜抢插》写道："黑夜拔秧朝抢插，长宵割麦日扒田。废眠失食农忙候，粒米都由血汗捐。"从中不难看出，以前专注绘画或研究的画家诗人们在参加农业生产的过程中，情感已经发生微妙的变化，思想业已经历了改造的洗礼。画家诗人们对于新中国的认同感正是通过这种方式浸润到内心之中。

其次是节庆类的画家颂诗，包括各类节日或生辰的贺诗祝词。例如丰子恺的《题〈国庆九周年纪念〉》《题〈国庆十周年盛典〉》《光明都市：庆祝上海解放十周年》，张宗祥的《一九六〇年元旦》《浣溪沙·一九六三年元旦作寄文史诸公》，冼玉清的《广州苏联展览会开幕歌》《看缅甸文化代表团演艺》《看捷克斯洛伐克展览会》等。这类节庆诗词对于"时间"有着特殊的感受。在《光明都市：庆祝上海解放十周年》中，丰子恺这样描述上海解放后的变化："红旗照耀处，木石尽生光。上海十年前，本是黑暗乡。自从插红旗，好比大天亮。万恶全肃清，众善日宣扬。投机无遗类，剥削自灭亡。流氓皆敛迹，娼妓出火坑。游民有归宿，乞丐去无向。货币长稳定，物价永不涨。"在这首诗中，我们时时看到新旧时代的对比，旧社会的贫穷和丑恶到了新社会一下子全都消失殆尽。新中国经过十年的经济建设，在丰子恺看来无疑是巨大的胜利，"十年建设，云蒸霞蔚。国泰民安，河山带砺。鹤飞唳天，以征祥瑞。一鹤千年，十鹤万岁"（题《国庆十周年盛典》）。实际上，这时期的画家诗人大都像丰子恺一样，发自真心地拥护和热爱新中国。丰一吟这样描述新中国成立后的父亲丰子恺，"爸爸的手一直没有停过，他画呀，写呀……努力在作品中抒发他那拥护共产党、热爱新中国的心怀。'努力改造自己，将心交与人民'，他曾撰写了好几副这样的对联广送亲友。爸爸就听党的话，努力改造世界观，一心一意跟着党走”①。显然，新旧社会的强烈对比让画家诗人们意识到了“解放”的重大意义，他们之所以如此在意节庆，在意节庆所代表的“时间”意义，其实隐含着一次次地强调“解放”这一具有政治仪式含义的时间节点的意义。时间“是靠话语本身来组织意义的，因为时间本身不可能作为自己的完整的本质。它是在某种条件下才变成‘时间’的”②。在这些画家诗词的反复颂扬中，新的“时间”被建构和反复确认，新中国的意义在“时间”的书写中被确定和认同。

2.“私语”语境的形成及其类型

毋庸讳言，中华人民共和国成立后，由于不断开展政治运动乃至于“文革”的发动，给当代中国知识分子和作家带来了不同程度的人生和精神困扰，这就使得部分画家诗人与主流文学秩序或政治话语规范之间保持一定的距离。他们在私下的诗词创作中不再与主流的颂诗潮流保持一致，而是从集体的合唱蜕变为个体的独吟。即使如潘天寿这样背景清白、政治正确的画家诗人都在“文革”中遭到诬陷和批斗，此时的他难免会有辩白牢骚之语，《己酉严冬被解故乡批斗归途率成·三》云：“莫此笼縶狭，心如天地宽。是非在罗织，自古有沉冤。”虽然在当时的主流话语秩序中，这类私语型的画家诗词声音微弱，而且表达曲折，但依然还是有迹可循。比如吴藕汀的《药窗诗话》作于“文革”期间，其诗词隐喻性强，看似谈古论俗，但诗句间总蕴含着满腹的牢骚与埋怨。如《妲己》云：“祸国殃民出有苏，女娲一怒遣淫姝。人心蛊惑弥天罪，历久相传九尾狐。”《琼花》云：“妖花一树诱隋炀，兵阻龙舟起瓦岗。纵是野谈非正史，何时玉蕊补唐昌。”吴藕汀之所以心有怨念，是因为在漫长的政治运动中长期孤苦一人，他当

① 丰华瞻，殷琦．丰子恺研究资料［M］．银川：宁夏人民出版社，1988：130.

② 李杨．抗争宿命之路：“社会主义现实主义”（1942—1976）研究［M］．长春：时代文艺出版社，1993：14.

时的内心寂寥和伤感非言语所能描述。他曾作词曰："暗壁藏乌鼠，残书蠹白鱼。夜深无寐月儿孤。却忆花阴，描出捕蝉图。埋骨红薇树，丧身绿蝶裾。楼头青草几番枯。对此愁宵，思念小狸奴。"① 这是达观者难为的苦中作乐。

要而言之，这时期画家诗词的私语写作可分为两类：一类是转入地下，以自娱的方式吟唱；一类是流散域外，在台港乃至海外继续书画诗词创作。就第一种类型而言，除了潘天寿、吴藕汀、潘伯鹰、周炼霞等人的地下诗词之外，张伯驹在这一时期的诗词也值得一提。实际上，当年的私语型诗词写作不仅仅表现为对社会时政的干预，而且还表现为对社会时政的疏离，此时的画家诗人几乎沉醉于生命个体的生活趣味或审美世界中，体现出不同于主流合唱的独吟倾向。张伯驹就是这方面的著例。他在新中国成立后的词多为纪游之作，收入《春游词》《秦游词》《雾中词》等词集中，这些词作体现了张伯驹遭遇政治劫难后的从容与达观，以近乎笑傲山林的姿态独立于时势之外。1957 年，张伯驹被错划为"右派"，1961 年被调往吉林省博物馆工作。《春游词》主要记叙的是他在吉林长春生活的场景，《六州歌头·长白山》《鹧鸪天·壬寅冬初，独立吉林松花江上看雪》《临江仙·咏迎春花》等皆为吉林游记之作。《六州歌头·长白山》盛赞长白山的壮丽，词曰："昆仑一脉，迤逦走游龙。承天柱，连地首，势凌空，耸重重。直接兴安岭……有灵池水，森林海，千年药，万年松。喧飞瀑，喷寒雾，挂长虹。鼓雷风。南北流膏泽，分鸭绿，汇伊通。开镜泊，蓄丰满，合浑同。屹立穷边绝域，从未受，汉禅秦封。看白头含笑，今见主人翁，数典归宗。"全词近乎自然风光白描，深得画人三昧，唯有"屹立穷边绝域，从未受，汉禅秦封"句，隐约可见诗人内在的个性与风骨。1970 年，吉林省革委会政治部对张伯驹问题做了"敌我矛盾，按人民内部矛盾处理"的结

① 张建智．陋室天地有乾坤：怀念吴藕汀［J］．博览群书，2011（2）．

论，并将其遣往吉林省舒兰县朝阳公社劳动改造。随后，他从吉林省博物馆退职。6月暂住西安女儿家时，张伯驹游兴不减，重游西安诸地，游记词作收入《秦游词》。从《浣溪沙·华清池》《鹧鸪天·登骊山》《鹧鸪天·过曲江》等词作的字面上很难直接看到政治对张伯驹个人的影响。《鹧鸪天·过曲江》中，诗人对个人波折不系于怀，游性正酣。词曰："三月正当上巳天，芳春锦绣过长安。鬓香发气迎风散，面粉唇脂照水妍。　联翠袖，整花钿，前呼后拥下云軿。近前便得嗔无碍，犹许寻常百姓看。"此词写上巳节美女如云、游人如织的场景，词尾两句尤能显示出诗人的风趣与豁达。

就第二种类型而言，新中国成立前后，有一批画家诗人因为各种原因离开大陆赴台港或海外定居，他们即使身处他乡异域，仍旧坚持用绘画和诗词的方式传播或发扬中国传统文化精神。著名的例子有"渡海三家"张大千、溥心畬和黄君璧。张大千素来专注于画名，对政治实际上并不是很关心，他在新中国成立前的诗词很少涉及政治。1937—1945年间正是中国人民与日寇激战之时，但张大千四处游历，《峨眉纪游》《西康游屐》等组诗记录下他当时游览祖国西南的足迹。惟有抗战胜利之日，他作《抗战胜利日作墨荷》以志庆，诗曰："失喜收京杜老狂，笑嗤胡虏漫披猖。眼前不忍池头水，看洗红装解佩裳。"张大千自注云："不忍池在东京，为赏荷最胜处也。爰记。"此诗构思精巧，在抗战胜利日想到了去日本不忍池赏荷的胜景，意在言外，别有一番胜利者的豁达。新中国成立后张大千曾短暂旅居印度，1955年又在巴西圣保罗筹建八德园。他四处游历，不仅创作了大量画作，而且创作了大量的纪游诗和题画诗。纪游诗如《赋瑞士雪山》《宫岛岩神社》《壬寅九日大屋山登高》《巴西不濑》等记录了他的游历。题画诗则数量更多，如《题七十自画像》《题秋芙蓉》等。张大千一生漂泊，在他众多的纪游诗和题画诗中体现了他的独特性灵和个人旨趣。而作为满清旧王孙，素享画名的溥心畬在新中国成立前夕携家人渡台，登船前他登高怀远自是伤感无限，《九月登定县奎光阁》云："石壁崔嵬撼怒涛，清秋临眺俯城壕。海门云白孤帆远，沙岸天青片月高。战垒飞霜惊草木，回风卷雾拂旌旄。长江夜孛欃枪气，北斗光寒动佩刀。”渡台后的溥心畬过得一直不如意，离开了大陆的故土，对于这位旧王孙而言，似乎又多了一层惆怅。在《南游集》中随处可见他的离散之痛和怀旧之悲。他似乎时时能从台湾的景物中联想到故国之殇。如《帚生菌并序》中写生菌的笤帚云：“世衰不见燕昭王，谁向金台扫尘土。”《战后游法隆寺》写孤独的暮景云：“远游独有乘桴客，劫后登临望落霞。”可见其心中的郁结之深。

与所谓“渡海三家”相比，像饶宗颐和蒋彝这样的画家诗人与祖国大陆的维系更加紧密。他们虽然置身内地之外，但始终将自己的艺术和学术事业与中国紧密联系在一起，为中国文化的传承和传播贡献了毕生的精力。1949 年，时年 33 岁的饶宗颐决定留居香港，这实则出自于学术考虑。饶宗颐除了学术研究外，书画诗词亦是其所长，他是“标准的文人画家”①。饶宗颐与其他画家诗人的不同之处在于，他的诗词创作与其学术研究联系紧密，如《佛国集》就是他 1963 年考察东南亚诸国所记诗作。1966 年，饶宗颐在法国研究敦煌写卷时，与法国汉学泰斗戴密微教授相往来，其间所作结集为《白山集》。饶宗颐诗词兼具画人与学人风范，不仅渗透着绘画思维和作画技法，而且散发着浓郁的古典文人韵致。饶氏作诗还着意求新，大量西词入诗亦是其特色，如《冒雨游伽利（Karli）佛洞，汪德迈背余涉水数重，笑谓同登彼岸。诗以记之》云：“身在西邻即彼岸，悟处东风初解冻。可有言泉天半落，顿觉慧日云间涌。”又如《康海里（Kanheri）古窟二首》其一：“望中寻尺尽松枞，似刃群山不露峰。有洞无僧伤眇漠，空村回首白云封。”这种中外杂糅、兼具绘画美与学人气的诗词尽显饶宗颐的艺术本色。与饶宗颐长期居港不同，画家蒋彝毕生在欧美从事中国文化的传播

① 李铸晋，万青力．中国现代绘画史：当代之部［M］．上海：文汇出版社，2004：166.

和推介工作，他惯于用“中国之眼”，采取诗配画的形式表现异域风貌①。虽然蒋彝一直在海外漂泊求生，但他的画作与诗作中始终可以看到中国的影子。在《巴黎画记》中他用画家的诗意满怀深情地回忆了家乡的美景，“柳丝飞嫩黄，竹叶有情绿。好伴笑轻盈，双鸠戏水浴”（《乡思二绝·一》），从诗句中不难读出蒋彝对于家乡的怀念与深情。

（四）

旧体诗词在新时期的复苏是以“天安门运动”为契机的。以纪念周恩来总理逝世，控诉“四人帮”为内容的天安门运动最终演变成一场群众自发组织的大规模的诗歌运动，这些新旧诗歌结集为《天安门诗抄》②。该诗集的诞生意味着“文革”以来长期的文化禁锢被解除，诗歌发展方向出现了新的调整。具体到旧体诗词方面，旧体诗的诗体地位重新得到认同，一批以前放弃诗词创作的画家重新提笔讴歌新时代的生活。与此同时，更多的画家诗人加入到诗词写作中。新时期以来的画家诗人群体大致可分为两类：一类是作为“归来者”的画家诗人，他们大都在民国年间直至“文革”以前一直从事诗词创作，后在浩劫中中断写作或转入地下创作，继而在新时期回归主流诗画坛坫；另一类是作为“新生代”的画家诗人，他们大多在青年时期接受新式教育，后来又普遍接受革命文化的洗礼，进入新时期以后，或因书画创作的需要或因传统文化的感召，开始较为系统地学习诗词创作。这两类诗人构成了新时期画家诗人的主要群体。

1. 作为“归来者”的画家诗人

与晚清民国背景的老辈画家诗人相比，从浩劫中归来的画家诗人群体

---

① 王一川．“中国之眼”及其它：蒋彝与全球化语境中的跨文化对话［J］．当代文坛，2012（3）．

② 童怀周．天安门诗抄［M］．北京：人民文学出版社，1978．

普遍在诗词创作上锐意求新，他们不仅在题材选择和主题开掘上追求时代性和反思性，而且在格律形式上对于韵律平仄的要求较为宽松，并在语言表达上有大量的新词、新概念入诗。当然，由于新时期诗词创作的话语环境较为宽松，各种现代主义乃至于后现代主义思潮在国内广为传播，这就无形地激发了画家诗人创作个性的多样化，戏谑性或油滑性在这一时期的画家诗词中有所体现。对于那些经历过“文革”劫难的画家诗人来说，对历史的回忆、反思和讽喻是无法回避的课题，而且他们由历史延伸到对新时期改革开放社会现实生活的观照，大大提升了传统画家诗词的艺术表现力和思想容量。启功、黄苗子、蔡若虹、王伯敏等人是新时期画家诗人中“归来者”的主要代表。启功的诗词在前期以质朴清新为主，后期则偏于油滑揶揄。“文革”结束后，启功的诗词数量大增。他在诗词中继续调侃自己的疾病，风格谐趣幽默，显示出诗人豁达开朗的性格。如《南乡子·颈架》云：“大鉴有真身。漆布层层作领巾。夜半有人刀一斫，无痕。一个头颅二十缗。——我眩发来频。颈架支撑坚铁筋。多少偷儿不屑顾，嫌昏。六祖居然隔一尘。”又如《友人索书并索画，催迫火急，赋此答之》云：“来书意千里，事事如放债。邮票尚索还，俨然高利贷。左臂行将枯，左目近复坏。左颧又跌伤，真成极右派。鄙况不多谈，已至阴阳界。西望八宝山，路短车尤快。拙画久抛荒，拙书弥疥癞。如果有轮回，执笔他生再。”除了调侃自己的疾病外，他还和生活中的种种现象开玩笑，如描写焦急等待公共汽车的乘客，《鹧鸪天八首·乘公共交通车》其一云：“乘客纷纷一字排。巴头探脑费猜疑。东西南北车多少，不靠咱们这站台。坐不上，我活该。愿知究竟几时来。有人说得真精确，零点之前总会开。”启功诗词中的“油滑性”，除了体现豁达的人生态度外，也实践着他的诗歌主张。他说：“我这个人喜欢‘开哄’，因此诗中常有些‘杂以嘲戏’的成分，正像我自嘲的那样‘油入诗中打作腔’，我以能表现自己的这个特点为能事，使人一看就知道这是启功的诗，而不怕别人讥我的诗是‘打油诗’。”①

新时期以来，提出“解放”旧体诗词的画家诗人除了启功还有黄苗子。1976年，“四人帮”被粉碎，黄苗子以诗词讽刺“四人帮”的专横霸道。《江神子·题〈四蟹图〉》云：“郭索江湖四霸天，爪儿尖，肚儿奸，道是横行曾有十来年。一日秋风鱼市上，麻袋裹，草绳拴。——釜中那及泪阑干，一锅端，仰天翻，乌醋生姜同你去腥膻。胜似春光秋菊茂，浮大白，展欢颜。”词中看似在描写烹煮螃蟹的过程，但明眼人知道是讽刺“四人帮”之作。另一首《题它山漫画册子》也属于“借题发挥”之作，诗云：“义乳假发唐宫装，妖声怪气称老娘。老娘自是首长首，草头王与狗头狗，文痞文元吹鼓手，牛鬼蛇神有尽有。”此诗将“四人帮”丑态一一描绘，极尽讽刺之能事。黄苗子的诗歌观念与启功相近，他也是主张以轻松幽默的态度对待诗词。他认为“诗无雅俗”，“这些‘雅’是把‘俗’经过无数次淘汰后才保存下来的，是文人雅士独占了文字领域千百年后留下来的‘雅’”②。应该说，长期的漫画创作影响了黄苗子的诗歌观。他的漫画常常以讽刺各种丑陋现象为主题，这种幽默调侃的绘画风格影响了他的诗歌创作。舒芜就认为黄苗子的打油诗是受了漫画的影响，“苗子年轻时是画漫画的，他的打油，特别在题漫画诸首中多所施展，漫画与油诗，本来相得益彰”③。除了打油风格的讽刺性诗作外，还有很多归来的画家诗人习惯于创作风格平实的诗词作品，蔡若虹就是很有代表性的一位。他曾在20世纪六七十年代创作了大量反映社会主义建设和生产内容的诗词，如《拔草》《割秋》《挖河》等。新时期以来，他的诗词以回忆题材为主。《满江红·怀念茅盾同志》回忆的是抗战时期与茅盾的会面，作者感叹道：“兴亡事，谁作主。文艺业，非商贾。耻降幡偷竖，不鸣金鼓。”《看关山月画展》则借画展之机

---

① 启功．启功论艺［M］．上海：上海书画出版社，2010：240.

② 黄苗子．学艺微言［M］．北京：生活·读书·新知三联书店，2011：31.

③ 舒芜．牛油集［M］．广州：花城出版社，1989：序5.

赞颂关山月的高洁人格："一十三年，梅开两度，'倒楣'换了'横眉'。岁寒本性，蜂蝶不为媒。耻向猴冠卖俏，自赏芳菲。昏黄夜，暗香疏影，长任冷风吹。"这类词作在回忆中反思，在反思中回忆，虽非嬉笑怒骂，但同样富有力度。

在归来的画家诗人群中，还有一类是王伯敏这样的学者型画家诗人。王伯敏长期从事绘画理论研究，他的诗歌题材多与绘画有关，论画诗是其诗歌的主要部分。王伯敏从20世纪60年代就开始创作论画诗，如《于故宫读"神龙"本〈兰亭序〉》《题古版刻画》《记长沙帛画兼呈郭沫老》等。新时期以来，王伯敏的论画诗不再简单地对某一画作或绘画现象进行评论，而是更多地专注于画学的宏观把握和画理的探究，这说明王伯敏画学理论在不断深化。他借助论画诗如《半塘斋论画二十首》等讨论绘画的基本原理。在《半塘斋论画二十首》中，他系统地阐释了许多画学的基本原理。如其一："咫尺千山舞，依稀万木荣。长河无点墨，似见笔纵横。"讨论的是远与近、虚与实之间的关系。其二："麝墨浓如漆，狼毫力似针。无妨怜白水，渴笔长精神。"讨论的是色彩与笔法的关系。《论理法》云："法尽理无尽，理尽法又生。画法原无限，至关天地情。"阐明的是画理与画法之间互动相生的关系。除了讨论画理的论画诗外，王伯敏大量的题画诗也体现了他的画学思想。如《题画册页》其一："兴来泼墨破三疆，咫尺山川雾里藏。画到妙时无完局，犹如断句可成章。"这种体悟堪称直抵艺术三昧。《论书画用印寄赖少其先生》云："天成画趣近长康，妙有书姿似二王。若也个中无一印，教人穷议不成章。"这同样是知音之言。总之，王伯敏的论画诗既有画理的阐释，也有画艺的讨论，充分显示出书画学人的本色。

2. 作为"新生代"的画家诗人

新时期以来，随着书画创作环境不断改善，更多画家在新的艺术环境下安心从事绘画和诗词创作，因此这一时期的"新生代"画家诗词的总体特征是书画生活的职业化与日常化书写。在这些画家诗人的笔下，我们很少看到对历史的反思和追问，这也是“新生代”画家诗人在创作上与“归来者”画家诗人的明显不同之处。许多“新生代”画家诗人醉心于自然风光的描绘，醉心于花鸟虫鱼的玩赏，醉心于历史文物的品鉴，显示出他们闲适自洽的当代文人生活气息。由于这类画家诗人在审美上偏向于传统和保守，故而他们的旧体诗词创作中没有出现如新诗界的新生代诗人倡导的那种“反诗化”诗潮，也没有出现如“归来者”诗歌那样的反思性诗潮，因此在思想性和艺术性上存在着较为明显的缺憾。这批“新生代”画家诗人普遍没有接受严格的古典诗文训练，而且大都接触古典诗词较晚，有些甚至是在成年后出于书画创作的需要，通过自学的方式不断完善诗词知识，因而他们的书画诗词写作的基础并不牢固，尤其是在把握旧体诗词的格律和音韵方面还有一定的欠缺。不仅如此，由于普遍缺乏诗意提炼的能力，不少“新生代”画家诗词流于形式化，“老干体”诗风同样波及于书画诗坛。许多非职业性的画家诗人也加入到这一时尚群体中，他们在政界、商界、文教界的主业之外从事诗书画创作，在带来新时期书画诗词繁荣的同时，难免泥沙俱下，滥竽充数者也不在少数，这就在整体上制约了新时期“新生代”画家诗词艺术质量的提升。总体而言，这一时期的“新生代”画家诗人数量庞大，黄纯尧、鲁慕迅、范曾等画家诗人较有代表性。

黄纯尧的诗词以题画诗为主，早期以黄山画为主要题诗载体。1985 年退休返回四川后，黄纯尧专注于三峡题材的诗词创作。实际上，他在 20 世纪 70 年代就开始创作与三峡有关的诗词，《船入巫峡》是画家离乡三十余年后首次返川时所作，诗云：“华鬓回乡兴倍浓，巴山蜀水喜重逢。巫山召我入巫峡，神女出迎望霞峰。”可见诗人当时热切回乡的喜悦心情。1985 年后，他的三峡诗词数量明显增加，三峡几乎成为他唯一的诗歌题材。《鬼门关》《西陵峡》《峡江新貌》《滴翠峡》《梦巫山》《峡江雾残》等均是他赞美三峡秀美风景的佳作。他这样刻画通过险峻的鬼门关后的感受：“自古闻名蜀道难，三峡险绝鬼门关。一从横筑葛洲坝，上下安舟换笑颜。”他还如此赞叹西陵峡的旧貌换新颜："两岸猿声李白诗，而今改写通途词。梯田桔树高楼起，来去汽车尽日驰。"黄纯尧的三峡诗词不仅描绘风景，而且也反映三峡人民精神上的变化，如《峡江新貌》云："山连江水水连山，僻地偏乡蜀道难。不信贫穷天注定，人民奋发换新天。"从歌颂三峡的系列诗词中，我们时时感觉到黄纯尧对于故乡山水发自内心的热爱。与黄纯尧不同，鲁慕迅的诗词不仅长于咏物，而且善于描写江南水乡的景致。他的咏物诗多为生活常见之物，诗题如《玉兰》《石榴》《水仙》《樱桃》等。与吴昌硕或陈曾寿等人的咏物诗不同，鲁慕迅的咏物诗并没有刻意的文化寄托，而是纯粹为物所喜，爱其姿态，类似于静物写生诗。如《兰》："翠带飘萧舞袖长，山风阵阵散幽香。荒崖绝壑人难到，烟露深藏九畹凉。"又如《水仙》："一缕幽香触鼻来，凌波仙子到清斋。纤尘不染亭亭玉，白朵青瓷供石台。"他写景的诗词也是因为感受到自然之美而有感而发，如《忆江南·雨窗》云："潇潇雨，凉透绿纱窗。竹外细流声续断，远村鸡唱入微茫，听雨读骚庄。"《三台令·水乡居》云："门对荷塘数顷，漫天叶气花香。风露青苍一片，雨过云水都凉。"鲁慕迅的诗词之所以显得祥和宁静，一方面与他倡导的"真诚"的艺术观念相关①，另一方面也与其宁静祥和的生活状态密不可分。

在新时期成长起来的"新生代"画家诗人群体中，范曾在美学观念和实践上都是颇为引人注目的一位。他在《毋忘众芳之所在——论二十世纪美学的误区和古典主义复归》中明确提出要倡导古典主义美学的复兴，他解释说："回归古典一词，它旷逸的一面，是与古人邂逅，异代知己，有朋自远方来不亦乐乎；它峻烈的一面，则是不会以食古人剩菜残羹为己任，对一切古已有之的东西，我们将同样抱着薙其繁芜、掇其精要的精神。"②范曾高举古典主义的美学大旗，将庄子的逍遥精神注入绘画和诗词中。《庄

① 陈池瑜. 趣雅品高：鲁慕迅新文人画之境界［J］. 美术观察，1996（8）.
② 范曾，寒碧. 范曾诗文选集［M］. 杭州：浙江古籍出版社，2008：12.

子显灵记》《庄子赋九弄》《减字花木兰·庄子赞》等都是他以庄子为题的诗词。他在《减字花木兰·庄子赞》中盛赞庄子的逍遥精神，词曰："端崖何处？子自逍遥天外翥。鼓缶长歌，造物归留似走梭。大椿言寿，梦里人生巡宇宙。齐一彭殇，万类沉浮共八荒。"无论绘画还是诗词，范曾都强调贯通古今，他尤其强调从道家美学而不是从儒家诗教中寻找为当世所用的传统艺术资源，这使得他的诗词创作视野开阔，大都具备雄奇奔放的"气势美"①。不仅他的庄子系列诗赋以气势见长，范曾的题画诗同样具有如此艺术气度。他在《题兆三兄中国名胜百图百句五十韵》中用诗意的笔调赞颂祖国山水名胜之美："大海之西珠峰东，一片棠叶飞鸿濛。千秋浮云舒复卷，万古江山造化工。欣君椽笔倚天地，百胜图景意葱茏。挟仙遨游丹霞外，诗思纵横弥碧空。"而他在《题徐悲鸿奔马图》中赞赏的也是徐悲鸿笔下奔马的雄壮气势："风容飒爽羡徐公，鬃尾千丝白玉骢。落日大旗征伐后，流霞戎帐浩歌中。将军伟绩留勋表，骏骥霜蹄立昊穹。莫漫哀鸣思战斗，回归莽野亦英雄。"这首古风奔放沉雄，其气势美与范曾所倡导的道家古典主义文艺主张密不可分。当然，和新时期众多的"新生代"旧体诗人一样，由于受到时潮和世俗的影响，范曾诗词也不免有空疏之流弊。

进入新世纪以来，随着网络旧体诗坛的崛起，出现了不少网络画家旧体诗人，"老树画画"和"大曾涂鸦"就是其中最有影响力的两位。"老树画画"是刘树勇的网名，他长期在高校从事美术教学和评论，近年来也在网络上发表诗画作品，可谓风行一时。他的诗配画作品数量巨大，无论画风还是诗风，以清雅素淡为主，但绵里藏针，颇有针砭力度，隐约透出一种民国风味，颇为暗合民众的民国怀旧心理。"老树画画"的题画诗语言质朴幽默，其中隐含着画家诗人对于社会现实生活的深刻理解和达观态度。如《丙申初春落雪》云："世间也就那样，心中无悲无喜。小酒喝上二两，

① 范曾，寒碧．范曾诗文选集［M］．杭州：浙江古籍出版社，2008：483.

坐看大雪纷飞。”又如《丙申秋近》：“不想与人为伍，江湖实在太乱。游走云水之间，有茶有鸟相伴。”另如无题题画诗云：“世间多少相遇，就是喝酒吃饭。能有什么正事，基本就是扯淡。”这种诗风有明显的打油风味，在不经意间写出了民众的无奈心态。“老树画画”的绘画色调清新淡雅，诗歌简明通达，常常借助古朴乡村生活的描写来表达对宁静安详的传统生活形态的向往，这对于如今日渐繁忙紧张的都市人群来说无疑具有很大的吸引力。“大曾涂鸦”是曾初良的网名，其人本为公务中人，近年来借助网络发布诗画作品，影响力与日俱增，与“老树画画”堪称双璧。“大曾涂鸦”诗画在质朴和诙谐上与“老树画画”诗画有相通之处，其题画诗都有打油诗的味道，但不同的是，“老树画画”淡雅挺秀而“大曾涂鸦”浓重苍劲，“大曾涂鸦”身在南方却有北人的狂放，“老树画画”身在北方却有南人的清丽。如“大曾涂鸦”的《每逢佳节喝酒累。作〈聚饮图〉并题》云：“跨过酒海爬肉山，每天重演三四餐。累了身体伤了胃，不如早点去上班。”这与“老树涂鸦”的清丽绝然不同。又如《题〈笑比哭好〉》：“偶尔笑笑人家，也被人家笑笑。人生不过如此，何必斤斤计较。”这倒是与“老树涂鸦”诗画息息相通。总之，新世纪的画家旧体诗坛，因为有了网络画家诗人的崛起而重现艺术生机。正是在这些民间诗歌江湖空间中，我们看到了中华诗词传统创造性转化或创新性发展的希望。

第五章 | ◆

鲁迅旧体诗创作与杂文的关系

与诸多新文学家相似，鲁迅最早的文学创作是旧体诗，早在绍兴的私塾里，他就学作了不少旧体诗，可惜没有留存下来。鲁迅现存最早的旧体诗是南京求学时期的《别诸弟》（三首），从这以后直到回国初期，他留下了《庚子送灶即事》、《别仲弟送别元韵并跋》（三首）、《莲蓬人》、《自题小像》、《哀范君三章》等十几首格律诗和一首骚体诗。五四时期鲁迅中断了旧诗创作，为了给新诗坛“打打边鼓”，他创作了《梦》《爱之神》《桃花》《他们的花园》《人与时》《他》《我的失恋》等几首新诗。五四新文化运动退潮以后，特别是寓居上海十年时期，鲁迅又时常写旧体诗，从1925年夹杂在杂文中的戏仿诗到他去世前一年的《乙亥残秋偶作》，这个时期他留下了40多首旧体诗。

已经有不少文章和专著谈及鲁迅的旧体诗，其中有些也注意到了鲁迅旧体诗的杂文化倾向，如李欧梵在《铁屋中的呐喊》中说：“他对体裁区别的僵死规定的蔑视还导致了一种创造性的混合：他的杂文中有诗，诗中有杂文，而且，一些共同的主题常在他的诗、杂文、小说中交替出现。”① 和其他一些论者相似，李欧梵并未具体论述“诗中有杂文”这一文体越界现象。有学者指出：“文体就是文学作品的话语体式，是文本的结构方式。”②循着这一思路，我们要追问的是，除了共同的主题之外，鲁迅旧体诗在话语体式和结构方式上究竟具有何种特征而让接受者“读出”了杂文的味道，这些杂文特征又是如何进入到他的旧体诗诗体之中并得以呈现的呢？笔者将对这些问题展开具体深入的论述。

（一）

在中断了旧体诗创作10多年之后，鲁迅“勒马回缰”写的第一首旧体诗是附在杂文《咬文嚼字·三》文末的一首打油诗：“煮豆燃豆萁，萁在釜下泣——我烬你熟了，正好办教席！”这篇杂文为批驳女师大风潮中污蔑学生的反动言论而作。风潮中站在校长杨荫榆一边的哲学系主任汪懋祖有“今反杨者，相煎益急”③ 等语，鲁迅借此在文末戏仿《七步诗》，反其意而用之，旨在为受打压的学生声辩。鲁迅旧体诗中的戏仿之作还有《吊卢骚》（戏仿王士祯《吊袁绍》）、《学生和玉佛》（戏仿杜甫《春望》）、《吊大学生》（戏仿崔颢《黄鹤楼》），这几首诗也都出现在他的杂文中。

鲁迅之所以在杂文中夹带插科打诨式的戏仿之作，是因为这种诗体在话语体式、运作机制上和杂文具有相似性。“鲁迅通过杂文创作说自己想说的话，或者说，鲁迅的杂文创作是一种争取公共领域、争取话语权的写作，是反‘别人的声音’而发表‘自己的声音’的写作。”④ 从这个意义上说，

---

① 李欧梵．铁屋中的呐喊：鲁迅研究［M］．尹慧珉，译．长沙：岳麓书社，1999：135.

② 陶东风．文体演变及其文化意味［M］．昆明：云南人民出版社，1999：2.

③ 鲁迅．鲁迅全集：第三卷［M］．北京：人民文学出版社，2005：93.

④ 周海波．文化传播视野中的鲁迅文学创作：下［J］．鲁迅研究月刊，2003（3）.

杂文是运用各种话语策略，拆解“他者话语”，从而组织自己话语的一种“双声话语”。戏仿，即戏谑化仿拟，戏仿文体最大的文体特征在于它以一种嘲弄的方式，在现实文本中“唤醒”了一个或者多个潜在文本。“从文体学的视角来看，无论作家还是读者，创作或阅读时所面对的就不仅仅是单一的原创文本，而是两个文本——仿文和源文——所建构的共同体。这就是包括戏仿在内的一切仿拟所独具的文本形式——‘复合文本’，是戏仿作品最显著的文本形式。”① 虽然在后现代文论家眼中，所有的文本都是“互文本”，但是戏仿文本比一般文本能更清晰地浮现一个或多个源文本，具有明确的指向性。在“煮豆燃豆萁，萁在釜下泣——我烬你熟了，正好办教席！”中，所指向的源文本不仅是经典化的充满悲情的《七步诗》，还包括貌似占据道德正义的汪氏言论。同样，“头颅行万里，失计造儿童”既是对王士祯的“头颅行万里，失计杀田丰”的戏仿，也是对梁实秋借攻击卢梭影射国内文坛种种言论的揶揄，鲁迅认为他其实是在“挂头示众”。“阔人已骑文化去，此地空余文化城”首先“唤醒”的源文无须说明，它的现实来源则是北平文教界江瀚等人向国民党政府呈送的意见书，文中建议“明定北平为文化城”，将“北平的军事设备挪开”②，妄图用不设防来使北平免遭日军炮火。鲁迅杂文中的“戏仿体”诗，既指向了前人的诗歌，也指向了现实中各种看似冠冕堂皇的言论，后者才是鲁迅戏仿的意图所在。作为一种解构性互文，戏仿的源文越是具有某种神圣性和庄重性，它产生的解构效果就越强烈。借助于仿文与源文之间的巨大落差，“今反杨者，相煎益急”之类的话语正当性也就不须经过“论辩”过程而在瞬间被抽空瓦解。

如果把杂文中的直接引用、“立此存照”“录以备考”看作是对“他者话语”的“再现”，那么“戏仿体”诗中对“他者话语”的戏仿则相当于“表现”。对于前者来说，再现“他者话语”、对之进行拆解从而组织自己的

---

① 赵宪章. 超文性戏仿文体解读［J］. 湖南师范大学社会科学学报，2004（3）.

② 鲁迅. 鲁迅全集：第五卷［M］. 北京：人民文学出版社，2005：15－16.

话语必须分步进行；对于“表现”来说，对“他者话语”的浮现与拆解是同时完成的。诗歌由于体制的限制，不长于议论，尤其不擅长辩论。“叙事议论，绝非诗家所需，以叙事则伤体，议论则费词也。”① 然而“戏仿体”诗却具有“一语双声”的话语体式和“毕其功于一役”的解构效果，这正是鲁迅乐于操持这种向来不能登大雅之堂的诗体的文体学原因，因此他的杂文中有“戏仿体”，他的新诗中有“戏仿体”，他单独写作的旧体诗中也有不少“戏仿体”。

如为驳斥谣言而作的“横眉岂夺蛾眉冶，不料仍违众女心。诅咒而今翻异样，无如臣脑故如冰”（《闻谣戏作》）。当时有报纸传鲁迅患重度脑膜炎，称医生嘱咐十年不能用脑，“否则脑子绝不能用，完全无治”② 云云。此类谣言不值一驳，但造谣者煞有介事，危言耸听的阴险和下作，鲁迅自然是不能容忍的，他在致友人的信中多次谈及此事。在话语交际中，如果对谣言进行金刚怒目式的正面回应将会落入谣言制造者的话语陷阱，因此鲁迅说：“无论是谁，只要站在‘辩诬’的地位的，无论辩白与否，都已经是屈辱。”③ 鲁迅在这里戏仿《离骚》中“众女嫉余之蛾眉兮，谣诼谓余以善淫”等句，以“众女”比附造谣者，暗示他们不过是一些“心凶笔弱，不能文战”④ 的可鄙“文氓”。“危词耸听，戏亦战也；轻描淡写，战即戏也”⑤，鲁迅以戏嘲的方式对危言耸听的谣言进行回应，他的老辣和尖刻从中也可见一斑。

鲁迅的《自嘲》在话语体式上也隐约具有“双声”性。这首诗已经在不同语境中被多重解读了，特别是诗中“横眉冷对千夫指，俯首甘为孺子

① 陆时雍．诗镜总论［M］//丁福保．历代诗话续编：下册．北京：中华书局，1983：1419.

② 鲁迅．鲁迅全集：第七卷［M］．北京：人民文学出版社，2005：471.

③ 鲁迅．鲁迅全集：第三卷［M］．北京：人民文学出版社，2005：94.

④ 鲁迅．鲁迅全集：第十三卷［M］．北京：人民文学出版社，2005：48.

⑤ 钱锺书．管锥编：第一卷［M］．补订重排本．北京：生活·读书·新知三联书店，2001：320.

牛”一联，经由毛泽东《在延安文艺座谈会上的讲话》中的创造性“误读”而被视为“鲁迅精神”的经典性概括。所谓“自嘲”，即自我解嘲，在历代诗歌和散文中都比较常见。汉代东方朔的《答客难》、扬雄的《解嘲》、班固的《答宾戏》，唐代韩愈的《进学解》，都是以“客难己答”的对话形式阐发心志的议论文章。在自嘲之诗中，“客难”不再直接现形，但有时也并非不留痕迹。就鲁迅的《自嘲》而言，诗中的“运交华盖”“漏船载酒”“躲进小楼”等语，都不难从鲁迅论敌的言论那里一一“坐实”。诗中被过度解读的“横眉冷对千夫指，俯首甘为孺子牛”一语，据诸多研究者考证，其现实所指原本是别人对他怜爱幼子的讥诮或指摘，鲁迅还为此写过一首《答客诮》。大体而言，自嘲之诗也是一种戏仿之诗，它既是“言志”诗学传统的血脉延续，也是咏怀、明志一类诗歌的离形变体。鲁迅的《自嘲》既与早年的“扫除腻粉呈风骨，褪却红衣学淡妆”（《莲蓬人》），“寄意寒星荃不察，我以我血荐轩辕”（《自题小像》）处于同一精神谱系，又在话语方式上与之离异乖张而呈现出隐约的戏仿关系。或许是因为《自嘲》与历史及现实源文本的“论辩”关系不太明显，这才引起了诸多“误读”。其实，鲁迅自道的“达夫赏饭，闲人打油”① 已经提示了这首诗的现实指向和解读路径。

鲁迅后期旧体诗中也有不少反语修辞，如“英雄多故谋夫病”（《无题》）、“禹域多飞将”（《无题》）、“蜗庐剩逸民”（《无题》）、“玄酒颂皇仁”（《无题》）、“云封高岫护将军”（《二十二年元旦》）等句中的“英雄”“谋夫”“飞将”“逸民”“皇仁”“护将军”等皆为反语。反语与戏仿一样，借助于所处语境也能“唤醒”源文，也具有“双声”性，都属于解构性互文。所谓的“英雄”“飞将”等命名，都不过是诗歌中反语修辞的运用，意在解构隐藏在命名谱系之后的“他者话语”。

---

① 鲁迅. 鲁迅全集：第七卷［M］. 北京：人民文学出版社，2005：151.

（二）

戏仿、反语等解构性修辞虽然与“他者话语”呈现出“论辩关系”，但这种关系毕竟不是一种文本的“现实”，“论辩过程”的缺乏往往削弱了这类诗歌的颠覆效果。因此，当鲁迅以旧体诗来拆解“他者话语”的时候，在话语的组织方式上也常常吸纳和内化杂文的结构模式，在文本中体现“论辩关系”。这样，他的一些旧体诗既在外在形式上保留了自身的诗体特征，又在内在形式上与杂文具有同构性。前文提到的《答客诮》虽然只有七言四句，从章法结构上看，却是一篇“具体而微”的辩驳体杂文。前两句“无情未必真豪杰，怜子如何不丈夫”以破代立，语句警策。后两句“知否兴风狂啸者，回眸时看小於菟”设喻论证，并化用明代解缙的“虎为百兽尊，谁敢触其怒。惟有父子情，一步一回顾”（《虎顾众彪图》）。以一当十，简洁有力，从诗中可以隐约发现“客难体”散文（杂文）的结构模式。

历史上善于“以文为诗”的诗人常用古体诗作为载体来吸纳散文章法，在不违背诗歌形式规范的前提下实现散文的文体功能，如杜甫的《北征》《自京赴奉先县咏怀五百字》，韩愈的《山石》《南山》，苏轼的《石鼓》《荔枝叹》都是具有散文章法、长篇巨制的古体诗。《题赠冯蕙熹》是鲁迅唯一一首四言古体诗，在结构上颇具杂文特征，诗云：“杀人有将，救人为医。杀了大半，救其孑遗。小补之哉，乌乎噫嘻。”这首诗只有六句，六句诗大致分为六句古风和六句律诗两种形式，此诗显然属于前者。从结构上看，前四句类似于论说文体中的对比论证，后两句则相当于结论。再看《赠邬其山》：“廿年居上海，每日见中华：有病不求药，无聊才读书。一阔脸就变，所看头渐多。忽而又下野，南无阿弥陀。”这首诗接近口语，两句换韵，诗体看似五律，却有古风。起首两句后的冒号据鲁迅手迹标点，这也意味着这两句总起提领全诗。后六句连续运用“今典”，列举种种社会病相。这种前总后分，后六句水平并列的结构模式在诗歌中非常少有，在辩驳、论说文中则比较多见。种种社会病相并置也具有一种“拼贴”效果，其解构意味也是不言而喻的。

七律《阻郁达夫移家杭州》的结构模式也与此相似，只不过是前分后总，诗云：“钱王登假仍如在，伍相随波不可寻。平楚日和憎健翮，小山香满蔽高岑。坟坛冷落将军岳，梅鹤凄凉处士林。何似举家游旷远，风波浩荡足行吟。”原诗无题，诗题为他人所加，在收入《集外集》时，经鲁迅审定后沿用此题。此诗作于郁达夫移家杭州之后，因此题为《阻郁达夫移家杭州》并不太确切，但全诗确有劝说告诫之意。郁达夫在《回忆鲁迅》中说：“我搬到杭州去住的时候，他曾写过一首诗送我，头一句就是‘钱王登遐（假）仍如在’；这诗的意思，他曾同我说过，指的是杭州党政诸人的无理的高压。……我因不听他的忠告，终于搬到杭州去住了，结果竟不出他之所料，被一位党部的先生，弄得家破人亡”①。这首诗以一般论说文和鲁迅杂文中常见的援古证今的章法结构全诗，前六句每句用典，一气直下，譬喻杭州险恶的社会环境，最后两句是“诗旨”所在：劝郁达夫举家离开杭州，去“风波浩荡”的“旷远”之地自由“行吟”。

鲁迅反对诗歌堆砌典故，特别是使用僻典，当别人把他的诗歌和李商隐相提并论时，他说：“玉溪生清丽词句，何敢比肩，而用典太多，则为我所不满。”② 1935 年，他抄录夏曾佑的两句诗“帝杀黑龙才士隐，书飞赤鸟太平迟”送给杨霁云，在条幅上还特意点评：“故用僻典，令人难解可恶之至。”③ 但是鲁迅的旧体诗中却有大量典故，其中也不乏僻典。推究起来，杂文由于没有外在形式的限制，鲁迅在写作中可以从容不迫地引出论题，

---

① 郁达夫．回忆鲁迅［M］//郁达夫，等．回忆鲁迅及其他．上海：宇宙风社，1940（民国廿九）：26－27.

② 鲁迅．鲁迅全集：第十三卷［M］．北京：人民文学出版社，2005：227.

③ 上海鲁迅纪念馆．鲁迅诗稿［M］．上海：上海人民美术出版社，1983：85.

严谨周详地进行论证，这是旧体诗特别是近体诗所无法容纳的，但在旧体诗写作中，鲁迅通过典故（事典）的连续铺排，不仅突破了诗体所给定的言说空间，使诗歌也能像杂文那样征材聚事，论辩说理，而且也表达了他对现代中国社会种种病态现象的本质化与历史化指认。

旧体诗毕竟在形式上与杂文具有较大差异，各种文体的章法结构可以说“大体则有，定体则无”，杂文更是如此。以上只是以典型的辩驳、论说体杂文作为参照，讨论鲁迅旧体诗在章法结构方面与杂文的相似性。旧体诗的章法结构受制于形式的束缚，一般也很难别出心裁，鲁迅旧体诗的杂文化倾向，更多地表现在文体精神层面的杂文化。

（三）

杂文是“鲁迅终于找到的最足以发挥他的创造天才的，也可以说是最适合于他的文体”①，在他身后留下了10多本杂文集，950余篇杂文。1935年鲁迅在给山本初枝的信中说：“我是散文式的人，任何中国诗人的诗，都不喜欢。只是年轻时较爱读李贺的诗。他的诗晦涩难懂，正因为难懂，才钦佩的。现在连这位李君也不钦佩了。”② 俄人巴赫金认为每一种体裁都具有相应的把握和理解现实的方式，托多罗夫也有相似的观点，他说：“体裁是一种提供模拟世界的模型化体系。”③ 这意味着体裁具有某种话语性质，它规定了观察“世界”、把握“世界”的视角、模式。在体裁和“世界”之间还存在着一个中介，这就是体裁中的言说主体，鲁迅所说的“散文式的人”即可作如是观。鲁迅这里所说的“散文”虽然并非特指杂文，但联系他的创作和文体偏好来看，说他是“杂文式的人”似乎也不为过。就

① 钱理群，等．中国现代文学三十年［M］．北京：北京大学出版社，1998：376.

② 鲁迅．鲁迅全集：第十四卷［M］．北京：人民文学出版社，2005：337－338.

③ 托多罗夫．巴赫金对话理论及其他［M］．蒋子华，张萍，译．天津：百花文艺出版社，2001：112.

“杂文式的人”与“世界”的关系而言，两者之间的关系大体是紧张的、批判的，即如鲁迅在《关于知识阶级》中所说：“他们对于社会永不会满意的，所感受的永远是痛苦，所看到的永远是缺点，他们准备着将来的牺牲。”① 这样一种关系，迥异于正典诗歌中的言说主体与“世界”的关系，诗学传统中所标举的“无我之境”即是这种关系的最高典范。鲁迅对于诗歌，特别是针对旧体诗的种种言论，以及自己旧诗写作对诗学传统的偏离，都体现了“杂文式的人”的“在场”以及对于传统诗歌言说主体的排斥。

对于别人加之于杂文的种种非议，他多次为杂文辩护，并预言杂文“恐怕要侵入高尚的文学楼台去的。”② 而作为文学传统中最高形式的旧体诗，在鲁迅的眼中却没有这样幸运。对于自己的旧体诗，他一再说“本非所长，不得已而作”③，“我平常并不做诗，只在有人要我写字时，胡诌几句塞责”④。鲁迅不喜欢朱光潜推崇的那种“静穆”之作，他盛赞白莽的《孩儿塔》，认为“一切所谓圆熟简练，静穆幽远之作，都无须来作比方，因为这诗属于别一世界”⑤。早在《摩罗诗力说》里，他就热情地呼唤像拜伦、雪莱那样“立意在反抗，指归在动作”的诗人。在给俄国诗人勃洛克的长诗《十二个》所写的后记中，鲁迅说：“中国没有这样的都会诗人。我们有馆阁诗人，山林诗人，花月诗人……，没有都会诗人。”⑥ 种种关于诗歌的言论，都表明了鲁迅作为一个“杂文式的人”的审美好恶。甚至在生活中，鲁迅也无法摆脱“杂文式的人”的思维方式。萧军在《十月十五日》一书中回忆，鲁迅曾对他说：“西湖是应该填掉的，不然，一到夏天，那些个穿长衫拿凉扇的‘名士’们，在湖滨摇来摆去……看起来怪难受！他们真不

---

① 鲁迅. 鲁迅全集：第八卷［M］. 北京：人民文学出版社，2005：227.
② 鲁迅. 鲁迅全集：第六卷［M］. 北京：人民文学出版社，2005：300－301.
③ 鲁迅. 鲁迅全集：第十三卷［M］. 北京：人民文学出版社，2005：283.
④ 鲁迅. 鲁迅全集：第十三卷［M］. 北京：人民文学出版社，2005：227.
⑤ 鲁迅. 鲁迅全集：第六卷［M］. 北京：人民文学出版社，2005：512.
⑥ 鲁迅. 鲁迅全集：第七卷［M］. 北京：人民文学出版社，2005：311.

知道这是个什么世界，什么国家……”① 鲁迅也曾对许广平说：“我对于自然美，自恨并无敏感，所以即使恭逢良辰美景，也不甚感动。”② 虽然恋人之间的絮语当不得真，不过单从鲁迅的旧体诗来看此言不虚。鲁迅翻译的《东西之自然诗观》将文艺的题材分为“自然”“人事”和“超自然”三类③，如果借用这种分法，那么鲁迅后期的旧体诗多为“人事”，没有纯粹的模山范水之诗。前文提到的《阻郁达夫移居杭州》是他唯一一首写道杭州的旧体诗，然而当诗歌向“人事”切换之后，就与杭州的自然风景擦肩而过了。当然后期旧体诗中并不缺少意象，如黑夜系列意象：“惯于长夜过春时”（《无题》）、“高丘寂寞竦中夜”（《湘灵歌》）、“如磐夜气压重楼”（《悼丁君》）、“夜邀潭底影”（《无题》）、“深宵沉醉起”（《酉年秋偶成》）、“中夜鸡鸣风雨急”（《秋夜偶成》）、“起看星斗正阑干”（《亥年残秋偶作》）。再如大地系列意象：“故乡黯黯锁玄云”（《无题二首》其一）、“大野多钩棘”（《无题》）、“血沃中原肥劲草”（《无题》）。与早期诗歌中夜雨、孤灯、落日、杨柳、孤帆等个人情感性意象对照，这两类意象的社会隐喻性自然不难领会，这在留日时期的“风雨如磐暗故园”（《自题小像》）中已初见端倪。黑夜、大地向老旧中国的“风景”转换，显然只能在“主体—世界”的批判性关系中产生，“无我”的自然风景注定不能被“发现”。鲁迅的《阻郁达夫移居杭州》与郁达夫之于杭州的“楼外楼头雨似酥，淡妆西子比西湖。江山也要文人捧，堤柳而今尚姓苏。”（《咏西子湖》）一诗区别的根源也在此。

鲁迅后期的旧体诗大都为题赠而作，但就诗体而言，他的旧体诗却很难说是题赠之作，这主要是由于“杂文式的人”这一强势话语主体的介入改变了“题赠情景”所规定的言说路径，诗歌因此呈现出与程式化的题赠

① 萧军．十月十五日［M］．上海：文化生活出版社，1937：38．
② 鲁迅．鲁迅全集：第三卷［M］．北京：人民文学出版社，2005：387．
③ 厨川白村．东西之自然诗观［J］．莽原．1926（2）．

之作迥然不同的面目。题赠之作的言说模式不外乎叙友谊，状离情，道别愁，祝平安，一般诗人很少能别出新意，鲁迅也有“我亦无诗送归棹，但从心底祝平安”这类的为难和勉强（《一·二八战后作》）。但他常常根据受赠者的身份，将“公共议题”引入私人空间，避免了“题赠情景”的限制和规约。如向鲁迅求诗的冯蕙熹是许广平的表妹，当时是北平协和医学院的学生，对于这样一个跟自己沾亲带故的年轻女学生，既然赠诗，按常理应该满足一下对方的“期待视野”，勉励一番学业，但是鲁迅却注意到了对方的社会身份，“借机”把“议题”引向自己长期思考的“杀”与“救”、“血”与“药”的社会悖论。“春江好景依然在，远国征人此际行。莫向遥天望歌舞，西游演了是封神。”（《赠日本歌人》）此诗为赠别升屋治三郎而作，前两句是一般赠别诗的套路，若照此继续下去恐怕难有新意，不过后两句根据受赠者的剧评家身份，以上海戏剧舞台常年演出的《西游记》《封神演义》，影射社会舞台各色人等“你方唱罢我登场”的乱象，由无心继续的“私语”顺势转入个人视界观照下的“社会议题”，这样才使逼仄拘束的言说空间化险为夷。其他诗如《题〈呐喊〉》（“弄文罹文网，抗世违世情。积毁可销骨，空留纸上声。”）、《无题》（“血沃中原肥劲草，寒凝大地发春华。英雄多故谋夫病，泪洒崇陵噪暮鸦。”）、《二十二年元旦》（“云封高岫护将军，霆击寒村灭下民。到底不如租界好，打牌声里又新春。”）等都是借赠诗之际来议论时事。这些诗歌的“议题”在鲁迅的《火》《王化》《中国人的生命圈》《天上与地下》等杂文中不难发现，这似乎印证了废名在《谈新诗》中的一个观点：“以往的诗文学，无论旧诗也好，词也好，乃是散文的内容，而其所用的文字是诗的文字。”①

清代叶燮认为：“应酬诗有时亦不得不作，虽是客料生活，然须见是我去应酬他，不是人人可将去应酬他者，如此便于客中见主，不失自家体段，

① 冯文炳．谈新诗［M］．北京：人民文学出版社，1984：24－25．

自然有性有情，非幕下客及捉刀人所得代为也。……若惩噎而废食，尽去应酬诗不作，而卒不可去也。须知题是应酬，诗自我作，思过半矣。”① 鲁迅前期旧体诗中的“最是令人凄绝处，孤檠长夜雨来时”（《别诸弟》其一），“夹道万株杨柳树，望中都化断肠花”（《别诸弟》其二），“梦魂常向故乡驰，始信人间苦别离”（《别仲弟送别元韵并跋》其一），“春风容易送韶年，一棹烟波夜驶船”（《别仲弟送别元韵并跋》其三）等语不免“为文造情”，失之在“我”，也难脱前人窠臼。鲁迅后期的应酬题赠之作以杂文话语主体与受赠人建立话语关系，诗歌自然“不失自家体段”，也避开了这类应景之作常见的言说模式。

“杂文式的人”具有一种隐在的对话诉求，他总是以自己熟悉的话语方式和“议题”召唤接受者以相应的身份参与对话。有时这些“议题”并非受赠双方话语的共同点，这样一来就造成了理解的歧义和困难。鲁迅的“洞庭木落楚天高，眉黛猩红涴战袍。泽畔有人吟不得，秋波渺渺失《离骚》”（《无题》），“禹域多飞将，蜗庐剩逸民。夜邀潭底影，玄酒颂皇仁”（《无题》）等诗历来聚讼纷争，甚至连受赠者也不知所云，其原因就在于既“缺席”又“在场”的杂文话语主体，不断召唤接受者去寻绎他眼光所穿透的光怪陆离的社会病相和历史迷雾。当然，那些牵强附会、煞费苦心地以左翼革命史去索解鲁迅旧体诗的解读方式，是应该警惕和排除的。

将鲁迅最为看重的杂文和“不得已而作”的旧体诗结合起来进行考察，可以发现两者之间有着诸多实质性联系。进入“现代”以来，他的第一首旧体诗是夹杂在杂文中出现的；他把杂文作为自己的归宿，先后放弃了新诗的尝试，中断了小说的创作，却没有舍弃旧诗的写作，直到去世前一年，他还写下了《亥年残秋偶作》。1933 年是鲁迅杂文创作最多的一年，这一年相对来说也是他旧体诗写作的一个高峰期，《二十二年元旦》、《赠画师》、

① 叶燮．原诗：外篇下［M］//王夫之，等．清诗话：下册．北京：中华书局，1963：606.

《学生和玉佛》、《题〈呐喊〉》、《题〈彷徨〉》、《无题·禹域多飞将》、《赠人二首》、《无题》(一枝清采妥湘灵)、《无题》(烟水寻常事)、《阻郁达夫移家杭州》等十几首旧体诗都是作于这一年。如果我们把"现代"以后，特别是寓居上海以来，鲁迅写作旧体诗这一现象归结为人事使然，骸骨迷恋，或者中年心态，未免就把问题简单化了。诗文本是一家，可以说，现代杂文话语主体激活了古老的诗体，古老的诗体因此吸纳了杂文的文体因素而再度实现了文体之间的融合。1934 年，鲁迅在给中国诗歌会成员窦隐夫的信中说："新诗先要有节调，押大致相近的韵，给大家容易记，又顺口，唱得出来。但白话要押韵而又自然，是颇不容易的，我自己实在不会做，只好发议论。"① 在鲁迅看来，在白话诗的体式内实现"节调""押韵"和"自然"颇令他为难，所以他"只好"用其他文体形式去"发议论"。然而杂文化的旧体诗对鲁迅来说却不存在这样的文体困境，驾轻就熟的旧体诗不仅能圆熟地实现他对"节调""押韵""顺口""易记"等形式的追求，也颇能满足他好"发议论"的个性气质。

---

① 鲁迅. 鲁迅全集：第十三卷［M］. 北京：人民文学出版社，2005：249.

第六章

聂绀弩旧体诗创作中传统气韵的现代转换

聂绀弩的旧诗以“聂体”或“绀弩体”著称。谈到聂体，自然回避不了打油。聂绀弩做诗，对打油可谓情有独钟，读他的诗，哪怕是写得极严肃的内容，即如挽诗，也能感受到打油的谐趣来。聂绀弩自己说：“我有很多的低级趣味，写文章本是从报屁股上的滑稽小品开始的，至今积习未净。胡乔木同志的序说我对生活有诙谐感。程千帆教授赠我的诗说‘滑稽亦自伟’。施蛰存（北山）先生评我的诗，把人家说是什么气魄、胸襟之类的句子，指为诙谐。诙谐、滑稽就是打油，秦似教授当面说我打油。（我早已写信给高旅说我好打油又怕打油。）都是内行话，不仅知诗，而且知人。”① 可见，聂诗确是一种打油诗。他自己并不讳言。对于聂绀弩而言，他的诗打油是表面的，骨子里则是严肃的，在诙谐滑稽的背后隐含有他在逆境中的不屈人格。

① 聂绀弩．散宜生诗：增订、注释本［M］．北京：人民文学出版社，1985：244－245.

(一)

按刘勰在《文心雕龙》里的分类，聂绀弩的诗明显属于“谐讔”一类。谐是表象，隐（讔）才是根本。聂绀弩曾对舒芜说过，“做诗就是犯案，注诗就是破案”①，换句话说，聂诗的谐就是他犯案（做诗）中伪造的现场假象，而我们的解诗（注诗）则是为了破解其在艺术假象背后的真相——隐（讔）。那么，聂诗的谐趣背后究竟隐含了些什么呢？首先当然是“阿Q气”。对此，诗人不打自招。胡乔木、程千帆、施蛰存、秦似诸先生都指出了聂诗的打油风味，这固然是知诗之言，但并非完全是知人之论。聂绀弩直率地承认了自己诗中的“阿Q气”，以此补充诸位方家的观点。但他并没有完全否定“阿Q气”，而是认为在特定环境中“阿Q气”也有它的历史合理性。他说：“阿Q气是奴性的变种，当然不是好东西，但人能以它为精神依靠，从某种情况下活过来，它又是好东西。……但就一般情况而论，‘阿Q气’总是不好的。如果我的诗真有读者，请千万戒备，不要受其毒害。”② 诗人在逆境中以诙谐的风趣看待人生，“苦中作乐”，以此获得精神快慰或心理平衡，这当然是“阿Q气”，但这种“阿Q气”并没有什么不好，它能够支撑着诗人在逆境中达观地活着，既不至于疯狂，也不至于堕落。与其说这种“阿Q气”是愚昧，是麻木，毋宁说它是一种乐观、坚韧的人生态度。

聂诗的“阿Q气”突出地表现在他的“劳改诗”或“流放诗”中，也就是《三草》中的《北荒草》里。我们能从这些诗里窥见聂绀弩当年流放北大荒期间劳动改造时的精神心理状态。骨子里的“阿Q气”使聂诗染有

① 罗孚. 聂绀弩诗全编：增补本［M］. 朱正，等，笺注. 上海：学林出版社，1999：488.

② 聂绀弩. 散宜生诗：增订、注释本［M］. 上海：人民文学出版社，1985：245－246.

强烈的打油风味，谐趣盎然。他这样写《搓草绳》：“一双两好缠绵久，万转千回缱绻多。缚得苍龙归北面，绾教红日莫西矬。”颔联让人误以为婉约的情诗，颈联又像严肃的政治诗，聂绀弩就这样在平凡无趣的搓草绳中体验到了身心的快感，简直让人忍俊不禁。类似的诗还有《独木桥》，把北大荒的独木桥比作女人的水蛇腰：“百戏绳行绳太粗，水蛇腰上人趑趄。”“虢国蛾眉浮翠带，小怜玉体失金铺。”在诗人的幻觉中，眼前的独木桥变成了虢国夫人的翠带，幻成了北齐小怜妃子横陈玉体的金铺。也许有人会觉得这种诗格调不高，情趣低俗，不过拙劣的艳情诗而已。但那又委实是一代知识分子在政治流放生涯中的真实的心理状态，而真实是艺术的生命。你看他写的《刨冻菜》：“故宫盆景嵌珠宝，元夜花灯下陇畦。千朵锄刨飞玉屑，一兜手捧吻冰姿。”如若不仔细辨认，你还恍以为是写的什么贵族男女的宫廷生活呢，哪里会想到是写的犯人的劳动改造呢？聂绀弩总是擅于在苦累的劳动中“滑稽亦自伟”，他把《挑水》写成“一担乾坤肩上下，双悬日月臂东西”，他把《放牛》写成“一鞭在手矜天下，万众归心吻地皮”，他把《排水赠姚法规》写成“荒原百战鹿谁手，大喝一声豹子头”。他写夜间看马的得意：“旧是牛倌居四等，新来马号守三龙。”（《夜派看驹口号》）他写麦垛堆成的自豪：“天下人民无冻馁，吾侪手足任胼胝。”（《麦垛》）看到北大荒的风车，他想起了理想主义者堂吉诃德：“吉诃德定真神勇，竟敢操戈斗巨人。”（《风车》）连拾野鸭蛋这样的琐事，他也写得浪漫欢欣，又是“正穿稠密芦千管，奇遇浑圆玉一堆”，又是“数来三十多三个，一路欢呼满载归”，让人好不羡煞！至于《削土豆种伤手》这样的经历，他也难免诗兴大发，居然想到了“欲把相思栽北国，难凭赤手建中华。狂言在口终羞说：以此微红献国家”。刀伤了手，是谓“赤手”，血滴在土豆上，变成了“红豆”，诗人由此联想到要把只生南国的红豆移栽在北国的冰天雪地里，这真是奇思妙想，谐音谐趣，令人拍案叫绝！

在聂绀弩的赠答诗中，我们一样可以领略到他的那股特别的“阿Q”

气息。这方面的著例，当推《九日戏柬迩东》。陈迩东是聂绀弩的知交，20世纪40年代相识于桂林，聂绀弩推他为自己作诗的老师之一。此诗作于1962年，所谓“十年人矮”，是指1955年反胡风受牵连和反右以来诗人所受的不公正待遇。首联的对句交代了作此诗时值九月九日重阳节。古人有重九登高的习俗，王右丞一首《九月九日忆山东兄弟》，佳节思亲，手足之情，至今不能让人忘怀。宋人又有“满城风雨近重阳”的绝句，更为读此诗平添了一层感伤氛围。然而聂绀弩究竟是大手笔，不甘拾人唾余，执意从旧题中翻出了新意，而且打上了鲜明的聂诗烙印。颈联堪称亘古未见之奇句，“嵩衡泰华皆0等，庭户轩窗且Q豪”，创造性地以数字和英文符号入旧诗，不仅属对工稳，而且恰到好处，写出了一个置身乱世的知识分子的人生豪气。视嵩山、衡山、泰山、华山诸岳“皆0等”，如入无物之境，这是怎样的一种阔大襟怀；但实际上，此时的诗人不过是置身于自家的小小庭户轩窗“且Q豪”罢了。十年来，人皆矮我，岂知我自视甚高，视诸岳为平地，这就是聂绀弩的精神胜利法，就是他的“阿Q气”之所在。还有，在《中秋寄高旅》一诗中，聂绀弩同样展示了他的打油本色，他像阿Q一样把自己的贫困落魄化作了心理的满足。面对友人高旅从香港捎来的两个罐头，聂绀弩一家大小终于打了一顿牙祭，要知道在三年困难时期，这简直是奢侈和无上的享受！你看他写出的诗句：“红烧肉带三分瘦，黄豆芽烹半碗油。此腹今宵方不负，剔牙正喜月当楼。”未吃前已是涎馋欲滴，吃完后更是扪腹大叹“我不负汝”！尾联以景语作结，让人恍惚间想到了阿Q，那不正是阿Q怡然自得的穷酸相么？阿Q是浸入到聂绀弩的骨髓里了。

从北大荒流放归来后，至“文革”爆发后入狱，聂绀弩曾度过了几年“靠边站”的闲居时光。这期间他作有《自遣》一诗，颇能说明他当时聊以自慰的阿Q心理。首联“偶从完达赤松游，得道归来鸟鼠秋”，记在北大荒完达山深处伐赤松的劳改生活，又暗谐汉张良从赤松子游仙求道的典故，把劳改释放写成了得道归来，这是典型的“Q豪”。颔联和颈联云：“我马既黄千里足，春风不绿老人头。他人饮酒李公醉，此地无银阿二偷。”道尽了人生的坎坷和世事的荒唐。尾联“自笑余生吃遗产，聊斋水浒又红楼”，写他劳改归来失业，谋生无计，只能靠写古典文学研究的文章换点稿费生活的窘境。这是自嘲，也是阿Q式的自慰。鲁迅当年也曾有过“运交华盖欲何求，未敢翻身已碰头”的困窘，先生也曾说出“躲进小楼成一统，管它冬夏与春秋”的愤激之语，那其实就是一时的阿Q式的自嘲自慰罢了。鲁迅先生尚不能完全摈弃“阿Q气”，更何况先生的学生聂绀弩呢。在特定的历史语境中，“阿Q气”确实并非不好的东西，据《散宜生诗》的注释者朱正先生说，他当年落难时就有“阿Q气”，所以对聂诗深有会心。而且据他说，《龙胆紫集》的作者——诗人李锐也认为自己当年在政治受难中有一些阿Q精神。连丁玲也对他说过“我们都是阿Q”的话。① 也许不夸张地说，阿Q精神成了在艰难的时世中中国知识分子顽强生存下来的力量源泉。

（二）

作为一种别具一格的打油诗，聂体最为引人注目的就是它所内含的“阿Q气”。“阿Q气”可以说是聂体打油诗的神髓。倘若没有那份“阿Q气”，正所谓峣峣者易折，那么聂绀弩也许就无法从接二连三的政治受难中活着出来了。峣峣如胡风和路翎者，耿介刚直，故终不免陷入疯狂，这当然是非常不幸的事。虽是胡风派文人的同道，但久历江湖的聂绀弩究竟属于能屈能伸的人物，他偶尔自我“Q豪”一下，聊以度过艰难岁月，所以他没有发狂，当然也没有堕落，如果堕落到迎合帮凶或做帮闲的份上，那就不是聂绀弩了。聂绀弩的“阿Q气”还是有底线的，大事不糊涂小事糊涂，在大节上他并没有“阿Q气”，他的“阿Q气”只是表现在小节上。

---

① 聂绀弩．散宜生诗：增订、注释本［M］．北京：人民文学出版社，1985：250－251.

实际上，聂诗中不仅有“阿Q气”，亦有“离骚气”，离骚气在聂诗中似乎丝毫也不啻于“阿Q气”。如果说“阿Q气”只是关乎聂诗的小节，且这种小节多有不保，毕竟“阿Q气”不是那么冠冕堂皇的正气，这是连聂绀弩本人也承认了的，那么，离骚气就决定了聂诗的大节不亏。在一定程度上，聂诗中的离骚气是包裹在它的“阿Q气”里面的。“阿Q气”是表，离骚气是里，一邪气（或曰逸气），一正气，互为表里。亦正亦邪，正好构成了聂诗的独特魅力，准确说应是魔力。如果仅有“阿Q气”，那聂诗就太小气了，还登不上大雅之堂，但有了离骚气就不一样了，它使聂诗即使放在两千年来的正统诗史上也会有一个位置，毕竟已是自成高格了。沉郁、沉痛和严肃的离骚气，对聂体来说是不可或缺的，否则聂体的打油就沦为轻浮的油滑了。

所谓离骚气，自然来自楚人屈原，聂绀弩乃湖北京山人氏，是真正的楚人后裔，他受到屈原的影响是没有疑问的。1964年，聂绀弩曾专程到武汉瞻仰过矗立在武昌东湖畔的屈原像，且作有两首七律《雨中瞻屈原像》和《屈原像下》，表达自己对屈原的崇敬和向往。从这两首诗中我们不难体会到聂绀弩当时心中积郁甚深的离骚气。正如聂绀弩在致高旅信中所说：“旧诗是个背时货，不经过忧患之类，不有和社会肉搏之处，很难可人意。”① 信里虽然没有提到屈原，但关于诗“穷而后工”的看法，则是自屈原以来的中国诗人在创作中屡试不爽的铁律。聂绀弩在跌入人生困境后开始大写旧诗，他在自编的最早一个集子《马山集》（1962）的《序诗》里写道：“怀沙哀郢吾何敢？偶在牛山冠马猴。”在那个金人缄口的特殊时代里，聂绀弩私下做旧诗，明明是想接续屈原以来的离骚传统，正所谓“怀沙哀郢”，但囿于时代环境的严苛，却只能以“非马非牛”的打油面目出之，且知音难觅，聂绀弩内心的忧愁苦痛可想而知。这首《序诗》表明，

---

① 罗孚. 聂绀弩诗全编：增补本［M］. 朱正，等，笺注. 上海：学林出版社，1999：492 - 493.

从一开始，聂绀弩写旧诗就是把自己的离骚气掩藏在“阿 Q 气”之下的，以打油诗的面目掩饰他内心的悲伤和忧患意识。聂绀弩亲近阿 Q，但他更钦敬屈原。直到 20 世纪 70 年代末从狱中幸运归来，他还做过两首怀念屈原的诗《端午怀屈子》和《诗人节吊屈原题黄永玉画〈天问篇〉》。后者写道：“屈原清醒敢问天，千百年来一人焉。风雨雷霆都不怕，自称臣是水中仙。”自始至终，屈原于聂绀弩心有戚戚焉。

聂绀弩的牢骚或曰离骚气，大约在他受胡风案牵连期间就开始出现了，从此汩汩不断。1955 年，聂绀弩被作为“胡风分子”隔离审查了数月之久。这期间有《反省时作》七律六首，其中明显弥漫着诗人心中的不平、愤懑和牢骚。那是一个令人恐惧的多事之秋，连聂绀弩这种闯荡了大半生的“大自由主义者”（周恩来语）也感到了逼人的肃杀之气。“天若有头砍当怕，地虽无底掀也慌。何人万缕青须发，不为昭关一夜霜。”他想到了楚人伍子胥，传说他逃亡过昭关，一夜白头。他难以接受的是，如何昨天还是朋友，今天却对他大肆批判：“昨日相逢酒一卮，今朝舌骋万雄师。地无裂缝天无路，你是何人我是谁！”那大批判的阵势，竟如同纣王“三十六路伐西岐”一般。尤其是第六首，读此诗，可谓重温噩梦，当年政治大批判的凶险可以想见。颔联写出了一个知识分子在那个大时代里的孤立无援，尾联化用清人黄仲则的诗句“十有九人堪白眼，百无一用是书生”，发泄了聂绀弩内心的悔恨和牢骚。在批判会上，聂绀弩遭到了四面围攻，有的揭发他的政治问题，有的检举他的作风问题，他只是把一腔惶恐与怨愤化作连绵的诗行，所谓“一石未含精卫老，此生误尽闭门车”，所谓“只道生虚五十载，谁知咎犯百千桩”，均惊警动人，不平则鸣。他用诗的形式对那个荒唐年代留了下自身的见证：“盘盘棋打鸳鸯劫，出出戏装宇宙疯。四顾茫茫馀一我，不知南北与西东。”

自北大荒归来后，聂绀弩过着“马放南山”的投闲置散生活，《南山草》庶几本乎此。闲居生活是无聊又无奈的，聂绀弩只能在喝酒、抽烟、下棋、读书、写诗中打发时光。他每每在写闲居的诗作中发泄他内心的牢骚和不满。如《即事用雷父韵》里有这样的诗句："虽邻柳巷岂花街，不为借书死不来。枯对半天无鸟事，凑齐四角且桥牌。"雷父是黄苗子的别号，据黄苗子回忆，20 世纪 60 年代初，他经常到聂绀弩家打桥牌，由于四个人（老聂，周婆，浩子，苗子）对叫牌都外里外行，输赢都莫名其妙，实不过为了挨过那"枯对半天"罢了。① 也有写喝酒的，如《六十（四首）》自寿诗的第三首："阿婆三五少年时，西抹东涂酒一卮。囊底但教锥尚在，世间谁复肚常饥。行年六十垂垂老，所谓文章处处疵。已省名山无我分，月光如水又吟诗。"借酒浇愁，感慨光阴虚度，实乃发泄心中的不平与怨愤。所以他在第四首里又写道："空中邈矣天鹅肉，镜里蔫然萝卜头。生事逼人何咄咄，牢骚发我但偷偷。"于谐趣中见愁肠。还有写抽烟的诗，《谢夏公惠红专牌烟》云："一日不曾为红瘦，十年空自笑专痴。瘾君子有天生德，尼古丁云某在斯。"颔联和颈联对仗奇绝，诗笔诙谐，然其中的不能见容于当世的牢骚和愁苦也是不难分辨的。在被"挂起来"的日子里，聂绀弩唯一的正经事，就是读书写诗。他在《自遣》里说"自笑余生吃遗产，聊斋水浒又红楼"，在《夜读》里说"六十功名从我懒，百千书卷使人痴"，在《三月十三》里说"自读马恩列书后，渐知五十九年非。老农老圃都难学，学个诗僧老翠微"，这些诗句都明说了自己读书写诗的无奈。

聂绀弩的闲居生活不久便被"文革"的到来所打破。由于文字狱的盛行，聂绀弩被迫焚烧了大量诗稿。他在焚稿中真正体会到了中国文人几千年来的绝望与悲哀。有诗为证："自著奇书自始皇，乾坤袖手视诗亡。诗亡人岂春秋作？身贱吟须釜甑妨。自嚼吾心成嚼蜡，尽焚年草当焚香。斗牛光焰知何似？但赏深夜爝火光。"（《岁暮焚所作》）自焚诗稿，自己当自己的秦始皇，在那个历史的暗夜里，这种难言的苦痛是深沉而峻急的。诗人

① 《聂绀弩还活着》编辑小组，政协京山县文史资料委员会. 聂绀弩还活着［M］. 北京：人民文学出版社，1990：360－367.

以观赏把玩的心情看待焚诗的火光，反衬自嚼吾心的苦楚，不能不让人扼腕叹息。“文革”爆发后，聂绀弩遭受了十年的牢狱之灾。在山西稷山监狱里劳改期间，他曾作《推水同李四》一首，赠狱中患难之交，也是忘年交李世强。此诗与写北大荒的《推磨》一诗颇为相类，推水推磨，都是十分机械的劳作，都是很容易引发聂绀弩牢骚的事儿。“孰后孰前各自猜，你追我赶在轮台。君形屈曲伤书卷，吾道迂回碍酒杯。天下人方勤汲引，地中海莫久徘徊。周游斗室三千里，南极翁携白鹤来。”此诗把两人周而复始推水车的枯燥、劳形、伤神摹写得淋漓尽致。若没有尾句的一点亮色，这一老一少的悲苦忧愁真不知道该如何排解。

（三）

聂绀弩做诗喜诙谐，这使他的诗有“阿Q气”；他又喜发牢骚，因此他的诗有离骚气。前者是逸气，是“邪气”，后者是正气，正邪相生，构成了聂诗的一体两面。然而，这两种气还不足以说明聂诗为何如此“盛气凌人”。实际上，聂诗中还有一种江湖气常常被人们所忽视。有了江湖气，聂诗便有了狂放的一面，这是对聂诗的诙谐和沉郁两种风格的有力补充。说聂诗有江湖气，这可以从聂绀弩的性格上得到佐证。老友夏衍说聂绀弩：“他是一个落拓不羁，不修边幅，不注意衣着，也不注意理发的人。讲真，不怕得罪人，有所为有所不为，属于古人所谓的‘狂狷’之士。他不拘小节，小事马马虎虎，大事决不糊涂。他重友谊，重信义，关心旁人远远胜于关心自己。他从不计较自己的待遇和地位。”① 聂绀弩的身上充满了江湖气，这是一种有别于儒家忧患的侠义之气。这种江湖侠气亦正亦邪，往往能够冲决正统儒家道德规范的藩篱，具有惊世骇俗的一面。总的看来，江

① 《聂绀还活着》编辑小组，政协京山县文史资料委员会．聂绀弩还活着［M］．北京：人民文学出版社，1990：代序1.

湖气、离骚气、阿Q气，或曰狂放、忧患、自嘲，它们其实是聂绀弩直面人生苦难的三种方式。缺少了其中任何一种，那就不是真正的聂绀弩了，也就没有所谓的聂体诗了。

聂绀弩为人有古风，做诗亦有古朴的侠义肝肠。这从他的一些怀古吊古诗里就可以看得出，如《〈水浒〉人物（五首）》《〈红楼梦〉人物（七首）》等等。他尤其推崇《水浒》英雄鲁智深和林冲，这是一对侠肝义胆的江湖兄弟。他的《鲁智深》有句云："豹子头刊金印后，野猪林伏洒家前。独撑一杖巡天下，孰是文殊孰普贤？"林冲落难，鲁智深挺身相救，聂绀弩推崇的就是这种"独撑一杖巡天下"的江湖侠义之风。他写林冲的《题壁》诗，"男儿脸刻黄金印，一笑心轻白虎堂"，更是石破天惊，径直流露了他的血性和英雄气。聂绀弩狂狷率真，他指点《红楼梦》人物，同样推崇那种具有反抗精神的性情中人。他写《宝玉和黛玉》："不做夫妻便生死，翻教骨肉判恩仇！"他写《晴雯》："削肩纤爪水蛇腰，命贱何妨气性慓。"他写《紫鹃》："绣口锦心参至计，侍儿肝胆照姑娘。"他写《鸳鸯》："此日鸳鸯冲铁网，一天星斗乱银河。"他写《尤三姐》："寒光闪处青锋血，恨比晴颦似更深。"他写《妙玉》："谁堪白璧青蝇玷，其奈红颜薄命何！"他写《探春》："三姑娘手快天下，王善保家尝耳光。"凡此种种，虽属女流，亦无不体现了聂绀弩所推崇的反叛精神和侠义情怀。

聂诗的江湖气，尤其表现在他的诸多赠友诗里。在迄今所发现的600余首聂诗中，赠给友朋之作占了相当大的比例。聂绀弩是一个喜欢交友的人，他和许多人都是一辈子的交谊，至死不渝。许多友人早夭或先他而逝，他也并不轻易忘怀，而是写了大量的悼亡诗。有一件事，极能说明聂绀弩的不忘故友旧情。1964年，在那个"山雨欲来风满楼"的多事之秋，聂绀弩离京南游，专程至广州和海丰凭吊萧红和丘东平两位亡友，并探望了丘东平的八旬老母，且做诗纪其事。这是何等的侠肝义胆！友人高旅评曰："此事即诗，今诗而诗之，绀弩得之。亦其行之一也。故其诗格调高，非仅一端，不尽在句韵间。"① 信哉斯言。聂绀弩此番南行即诗，有斯人才有斯诗。聂诗自有高格，其江湖侠气不可或缺。1957 年，萧红骨灰由香港浅水湾迁广州银河公墓。七年后，聂绀弩孤身前往广州凭吊，并作七律《萧红墓上六首》，字字血，声声泪，感人肺腑。这组七律感情真挚，寄托了聂绀弩对亡友萧红的款款深情和无尽哀思。第一首"千里故人聂绀弩，南来微雨吊萧红……西京旧影翩翩在，侧帽单衫鬓小蓬"，尾联在回忆中再现了萧红在西安的旧影，栩栩如生。第二首叹息萧红早逝，"蒋败倭降均未见，恨君生死太匆匆"。第三首追忆了抗战初期与萧红一道过黄河，"有寇追踪千里月，与君横渡八方风"的烽火岁月。第四首"光线无钱窥紫外，文章憎命到红中"，对亡友死于战乱和贫困的境遇寄寓了深切同情。第五首"悠悠此恨诚终古，渺渺予怀忽廿冬"，表达了对亡友的无尽怀念。第六首"我人宁信灵魂说，叟女终无地下逢"，既希冀萧红在九泉之下能和鲁迅先生相逢，又知其虚妄，实不可能，此种哀情，能不撼人魂魄乎？聂绀弩之至情至性，乃侠之大者，可谓绝矣。

聂绀弩此番南行，还作有七律《访丘东平烈士故居》一组，从手稿上看实有八首之多，但在《散宜生诗》里仅收录三首。丘东平是抗战时期"七月派"的代表作家，曾参加"八一三"上海抗战，1941 年牺牲于新四军苏北战场，以身殉国，年仅 31 岁。聂绀弩在这组诗的开头写道："英雄树上没花开，马福兰村有草莱。"英雄的家乡多蒿莱，这让聂绀弩心中顿生不平之气。"老母八旬披鹤发，默迎儿子故人来"，此情此景，足以感天动地。"此日登堂才拜母，他生横海再同舟"，读这样的诗句，你是不能不被聂绀弩的侠肝义胆所深深打动的。在聂绀弩的心中，亡友丘东平真正是人中豪杰，"才三十岁真雄鬼，无《第七连》也霸才"，"生前小说杨无敌，死后梅花史督师"，足以和杨家将、史可法等一代英雄相提并论。想当年，丘

① 聂绀弩．散宜生诗：增订、注释本［M］．北京：人民文学出版社，1985：5.

东平“抛却南山一敝庐，左提枪杆右携书。几曾天下文章伯，肯是沙场怯弱夫？游击战中遭遇战，一头颅搏万头颅。人间换后江山美，愁绝国殇不可呼”。一介书生，投笔从戎，丘东平为民族的危亡奉献了自己年轻的生命，而在烈士的故乡，老母寂寞，村庄蒿莱，时世艰难，聂绀弩此番来吊亡友，能无慨乎？

与丘东平和萧红的寿夭相比，聂绀弩和胡风算是高寿了。聂胡之交堪称莫逆之交，至死未渝。如韩文公所言：“士穷乃见节义”（《柳子厚墓志铭》），胡风自 1955 年落难后被关押了整整十年，夫人梅志回忆：“放出来后第一个来看他的朋友就是聂绀弩。他们谈得很多。可惜时间不长，一个多月后，胡风就被遣送出境了，老聂又亲自来送别，并书赠条幅一张。”① 借用高旅的话，聂绀弩此举也是诗，如同他独自凭吊萧红和丘东平之举是诗一样。聂绀弩是真正的诗人，他有诗人的率真，而没有俗人的世故。他为朋友可以不顾世人的白眼和构陷，要知道当时胡风的戴罪之身，是无人敢亲近的。聂绀弩的侠肝义胆正在于此。1966 年，胡风被遣往成都，聂绀弩所书条幅上赠诗云：“武乡涕泪双雄表，杜甫乾坤一腐儒。尔去成都兼两杰，为携三十万言书。”（《送高荒之蓉》）把诸葛的忠诚与杜甫的迂腐集为一身，这就是聂绀弩对以“三十万言书”罹祸的友人胡风的评价。有意味的是，在聂绀弩赠胡风的 21 首诗里，有许多首都写道了“三十万言书”。如《雪压（三首）》其一：“川西逐客更西征，还尔头颅代尔行。……三十万言书大笑，一行一句一天刑。”《胡风八十》：“不解垂纶渭水边，头亡身在老刑天。无端狂笑无端哭，三十万言三十年。”聂绀弩敢于在诗中反复为“三十万言书”鸣不平，这本身就体现了他“为朋友两肋插刀”的侠义精神。而且他在诗中反复地把胡风比喻为古代神话英雄刑天，刑天在与天帝的争斗中被砍了头颅，但他依然不改反抗的初衷，“以乳为目，以脐为口，

① 《聂绀弩还活着》编辑小组，政协京山县历史资料委员会. 聂绀弩还活着［M］. 北京：人民文学出版社，1990：188.

操干戚以舞”（《山海经》）。聂绀弩对胡风不屈的反抗精神反复地歌颂，这同样体现了他豪放不羁、铁肩担道义的民间江湖气息。1985 年 6 月 8 日，胡风与世长辞，在一片缄默中，又是聂绀弩最先做诗《悼胡风》，情辞哀切，痛彻骨髓，再一次体现了他重友情、讲信义、说真话、不平则鸣的侠义情怀。

除了侠义之气，聂绀弩的江湖气还少不了他的狂狷气。在聂诗里，能见到许多“指点江山，激扬文字，粪土当年万户侯”的妙语佳句，把聂绀弩狂放不羁、恃才傲物的另类性格展露无遗。如“吾民易有观音土，太后难无万寿山”（《颐和园》），“昔时朋友今时帝，你占朝廷我占山”（《钓台》），“吾头可断申公豹，斯疾难瘳冉伯牛”（《七十》），“英雄巨像千尊少，皇帝新衣半件多”（《怀张惟》），“文章信口雌黄易，思想锥心坦白难”（《归途》），“此种心胸此时代，不愁竖子不英雄”（《代答兼赠三妹》），“苍天已死黄天立，恨不题天万首诗”（《有答》），“安得菜刀千百把，迎头砍向噬人帮”（《挽贺帅》），“君以一尸谏天下，世惊虎吼跃龙潭”（《挽老舍》），“出问题时有毛选，得欢欣处且秧歌”（《锺三往四清》），“青眼高歌望吾子，红心大干管他妈”（《锺三四清归》），“百年奇狱千夫指，一片孤城万仞山”（《风怀（十首）》），“谁家旅店无开水，何处山林不野猪”（《董超薛霸》）……从这些诗句里不难窥见一个当代的狂狷之士的形象来。聂绀弩这个落拓奇才，惯于含沙射影、指桑骂槐，其嬉笑怒骂，均讽喻惊警，说他桀骜不驯，恃才放旷，应该不是虚言。有了此等狂狷气，聂诗的江湖气息显得更加浓郁了。同样，有了此等江湖气，聂诗中沉郁的离骚气得到了排解，而其诙谐的“阿 Q 气”则增添了豪放的风骨。总之，“阿 Q 气”、离骚气和江湖气，这“三气”是解读聂诗的关键。

第七章 | ◆

郭沫若与中国“新台阁体”诗词的形成

近年来，20 世纪中国旧体诗词研究在学界颇为引人关注，但关注点主要集中于旧体诗词在中国现当代文学学科中的合法性问题，①② 而相应地忽视了从文学史或诗史的角度，探询中国现当代旧体诗词历史演变的内在逻辑进程。换言之，目前的旧体诗词研究，过多地纠缠于“外部研究”而偏废了“内部研究”。虽然也有从宏观上描述 20 世纪旧体诗词史的文章出现，③ 但现象的描述毕竟不能代替内在诗学变迁的深度揭示。笔者选择郭沫若的旧体诗词创作历程为研究对象，试图通过对这样一个重要个案的剖析，从较为宏观的视野中揭示 20 世纪中国旧体诗词从“现代”向“当代”演变的内在诗学转换的逻辑进程。

郭沫若的旧体诗词创作完整地经历了由“现代”向“当代”的转型过

① 陈友康．二十世纪中国旧体诗词的合法性和现代性［J］．中国社会科学，2005（6）．
② 王泽龙．关于现代旧体诗词的入史问题［J］．文学评论，2007（5）．
③ 马大勇．“二十世纪诗词史”之构想［J］．文学评论，2007（5）．

程。如果从身份角度考察，这一转型表现为由“多”而归于“一”的蜕变。在中华人民共和国成立前，郭沫若的主要身份有三种：诗人、学者和社会政治活动家。由此带来了郭沫若旧体诗词创作的三种类型：“诗人之诗”“学人之诗”和“士人之诗”。事实上，这三种身份之间虽然有冲突，但在中华人民共和国成立前大体上还是呈现为互补和融合的状貌，由此带来了三种类型旧体诗词的异彩纷呈和彼此交融。而中华人民共和国成立后，随着郭沫若政治身份的凸显和强化，他的诗人身份和学者身份相应地被淡化或弱化了。这在创作上的后果就是“诗人之诗”和“学人之诗”被消解或遮蔽，而“士人之诗”则被过分地放大和拔高了，以至于变成了纯粹的“仕人之诗”。这种蜕变直接导致了在新中国旧体诗坛上形成了一种以郭沫若为首的“新台阁体”诗词。“新台阁体”诗词的出现影响深远，不仅在20世纪50—70年代风行一时，而且新时期以来旧体诗坛上常遭人訾议的“老干体”正是“新台阁体”的延续和变异。

（一）

要想深入探究郭沫若旧体诗词创作转型中的内在诗学理路，我们需要从他中华人民共和国成立前的三种身份和三种诗型依次予以剖析。先看“诗人之诗”。即使是在许多对郭沫若做出负面评价的人眼里，他们一般也不否认郭沫若天生具有诗人气质。相对于“学人之诗”以学问为诗而言，“诗人之诗”凭借的是与生俱来的诗人气质或诗人禀赋。以“诗人之诗”见长的诗人往往是性情中人，他们写诗追求的是自我性情的挥洒，不拘一格。所谓性情中人，用王国维的话说，即“不失其赤子之心者也”。以“赤子之心”写诗，故能写出“真景物、真感情”，此之谓“有境界”。① 在中国古

① 王国维．人间词话［M］．上海：上海古籍出版社，1998：2，4．

典诗学传统中，“缘情说”标举的就是“诗人之诗”。清代袁子才在《随园诗话》卷五中宣称：“自《三百篇》至今日，凡诗之传者，都是性灵，不关堆垛。”① 袁枚的“性灵说”通主情说，有真性情故有真诗。郭沫若晚年曾专门撰写《读〈随园诗话〉札记》，他在序中说：“余少年时尝阅读之，喜其标榜性情，不峻立门户；使人易受启发，能摆脱羁绊。”又说：“袁枚于诗主性情说。所谓性情者，谓抒写胸臆，辞贵自然。这较王渔洋神韵说之不着边际、沈德潜格调说之流于空套，自然较胜一筹。”② 早年的郭沫若不以学者或社会政治活动家见长，他的本色是诗人，所以他的诗，无论旧诗新诗，大都能真实地流露诗人的真性情和真襟抱。郭沫若早年的旧体诗词，包括他少年时代和青年时期（主要是20世纪30年代之前）的诗作，无论冲淡、雄浑还是绮丽之作，尽管风格各异，但大抵属于诗人之诗、赤子之诗或才子之诗。

1928年，郭沫若回忆少年时所受唐诗的影响，曾明确表示：“唐诗中我喜欢王维、孟浩然，喜欢李白、柳宗元，而不甚喜欢杜甫，更有点痛恨韩退之。韩退之的诗我不喜欢，文我也不喜欢，说到他的思想我更觉得浅薄。”③ 从本性上说，郭沫若喜欢纯正的唐诗而不喜欢宋诗。唐诗主情，宋诗主理，杜甫和韩愈这两位唐人恰好是所谓宋诗的祖宗，所以遭到郭沫若心底的厌弃并不奇怪。值得注意的是，郭沫若早年最喜欢的唐代诗人是王孟而不是李白，与李白雄浑豪放的诗篇相比，郭沫若更欣赏王孟的冲淡素朴之诗。喜欢王孟自然不可能不亲近陶潜，陶潜号称隐逸之宗，冲淡之祖。郭沫若在《我的作诗的经过》里说：“我自己本来是喜欢冲淡的人，譬如陶诗颇合我的口味，而在唐诗中我喜欢王维的绝诗，这些都应该是属于冲淡的一类。”④ 据郭沫若在《创造十年》中回忆，有一次他把王维的《竹里

---

① 袁枚. 随园诗话［M］. 北京：人民文学出版社，1982：146.
② 吴奔星，徐放鸣. 沫若诗话［M］. 成都：四川人民出版社，1984：424.
③ 吴奔星，徐放鸣. 沫若诗话［M］. 成都：四川人民出版社，1984：73.
④ 吴奔星，徐放鸣. 沫若诗话［M］. 成都：四川人民出版社，1984：127.

馆》书在纸上，“这是我从前最喜欢的一首诗，喜欢它全不矜持，全不费力地写出了一种极幽邃的境界。我很喜欢把这首诗来暗诵”①。由此可见郭沫若早年对陶潜和王孟诗派的情有独钟。这种钟情其实与他早年所受的诗教有关。唐人司空图论诗，尤推冲淡诗风，标举王孟韦柳一派。而1921年郭沫若在致郁达夫的信中说：“今天在旧书中翻出几张司空图的《诗品》来。这本书我从五岁发蒙时读起，要算是我平生爱读书中之一，我尝以为诗的性质绝类禅机，总要自己去参透。参透了的人可以不立言诠，参不透的人纵费尽千言万语，也只在门外化缘。国内近来论诗的人颇多，可怜都是一些化缘和尚。不怕木鱼连天，究竟不曾知道佛子在那里。《诗品》这部书要算是禅宗的‘无门关’呢。他二十四品，各品是一个世界，否，几乎各句是一个世界。”② 直至1944年，郭沫若还说：“唐人司空表圣的《诗品》读得最早，在五六岁发蒙的时候，我顶喜欢它。我要承认，一直到现在，我的关于诗的见解大体上还是受着它的影响的。”③ 郭沫若如此推崇《诗品》，正好表明了他内心中（追求）澄静本真的一面。

现存郭沫若少年诗稿也表明，他最初学写旧诗正是仿习的司空图所推重的王孟韦柳诗派。《邨居即景》作于1904年，是郭沫若现存最早的诗作。诗云：“闲居无所事，散步宅前田。屋角炊烟起，山腰浓雾眠。牧童横竹笛，邨媪卖花钿。野鸟相呼急，双双浴水边。”诗中写出了一个乡村少年的闲情逸致，自然景物描写充满野趣，乡村生活刻画倍显闲适和温暖，深得陶渊明和王维、孟浩然山水田园诗的个中三昧。虽然郭沫若十分推崇陶潜和王孟的冲淡诗风，但李白和苏轼的雄浑豪放诗风对他的影响其实更大。如作于1907年的七律《夜泊嘉州》便展现出少年郭沫若内心狂放雄豪的一面。诗云：“乘风剪浪下嘉州，暮鼓声声出雉楼。隐约云痕峨岭暗，浮沉天

① 吴奔星，徐放鸣. 沫若诗话［M］. 成都：四川人民出版社，1984：92.
② 吴奔星，徐放鸣. 沫若诗话［M］. 成都：四川人民出版社，1984：27.
③ 吴奔星，徐放鸣. 沫若诗话［M］. 成都：四川人民出版社，1984：264.

影沫江流。两三渔火疑星落，千百帆樯戴月收。借此扁舟宜载酒，明朝当作凌云游。”写这首诗时郭沫若正在嘉定府中学堂念书，诗中洋溢着少年诗人追步苏东坡的豪情逸兴。郭沫若的家乡乐山即古嘉州，留存有苏东坡的诸多遗迹。苏轼作有《送张嘉州》诗：“少年不愿万户侯，亦不愿识韩荆州；颇愿身为汉嘉守，载酒时作凌云游。”苏轼的诗写得极为狂放，诗中连“但愿一识韩荆州”的李白也被他暗中嘲讽了。而少年郭沫若的诗酒豪情，正来自于蜀中两位乡贤遗风的熏染。众所周知，郭沫若平生推重李白，对于苏轼，郭沫若也曾多次写诗表示敬仰和怀念。1940 年作有七古《苏子楼》，1944 年作有《忆嘉州》，后者云：“海棠香国荔枝湾，苏子当年寓此间。云外读书声已歇，空余楼阁对眉山。”

在郭沫若的“诗人之诗”中还有一些绮丽纤秾之作。这类诗词明显接受了晚唐诗风的熏染，如李商隐、杜牧、温庭筠等人风流多情的婉约香艳之体。温庭筠和小李杜皆绮才艳骨，以才人浪子之诗，“赢得青楼薄幸名”。虽然郭沫若未曾谈及他们对自己的影响，但正如张光年所说：“在《我的作诗的经过》一文中，他只谈到了庄子、司空图，谈到了陶渊明和王维。可是，难道屈原在这位诗人身上的影响还小吗？难道李白、杜甫和苏东坡在这位诗人的风格上没有留下自己的痕迹吗？大家都知道，郭沫若是精通我国古代文化并且是以毕生的精力来保卫和发扬民族文化的当代大师，他接触的前辈太多了，以致无法一一举出他们的名字。所谓‘如入芝兰之室，久而不闻其香’，只不过是芝兰的香味充满了他的心肺的缘故。”① 诚然，“温李新声”对郭沫若的影响正可作如是观。同样，晚唐五代以来的婉约词风对早年郭沫若的旧体诗词的影响也是无法否认的。郭沫若现存诗作中最早显露“温李新声”迹象的是几首咏物诗。《咏佛手柑》（1908）和《咏蜡梅》（1909）都属于借物言志之作，前者咏赞了佛手柑“霜叶经秋颜更绿，

① 张光年．论郭沫若早期的诗［J］．诗刊，1957（1）．

岁寒松柏莫须夸”的坚强，后者礼赞了蜡梅“瘦削只缘冰镂骨，孤高宜借月传神”的孤傲，按说这样庄重的主题，当以雄浑豪放的面目出现，但郭沫若的这两首咏物诗却选择了华美丰赡、沉博绝丽的“义山体”，彰显了他才子风流、文采惊艳的一面。“嫩黄堦畔一株斜，香泽微薰透碧纱。掌是仙人承醴露，手经天女散琼葩。摩肩隔石穿耆阇，含笑拈花入梵家”，这是写的佛手柑；而写蜡梅则是：“疑是浮屠丈六身，风飘片片黄金鳞。天香薰入游蜂梦，真蜡未同野马尘。……羞从脂粉增颜色，磬口檀心自可人。”如此繁密丰茂的绮丽意象，且为神秘氛围所环绕，这正是李义山诗体的特出之处。至于1910年写的两首咏物诗《落红》和《咏秋海棠》，则明显寄托了少年郭沫若颓放孟浪的情怀。这两首诗同样写得意象繁茂，语言华美，但诗中的脂粉气和儿女情长是一望便知的。

以上谈及郭沫若早期旧体诗词中“诗人之诗”的三种类型。1937年抗日战争爆发后，人届中年的郭沫若毅然别妇抛雏回归祖国，他的旧体诗词创作也进入了新的高潮。相对而言，郭沫若中年阶段的旧体诗词以“士人之诗”和“学人之诗”见长，而他的“诗人之诗”与其说为前二者所掩，毋宁说，是无形地渗透进前二者之中了。但即令如此，“诗人之诗”依然是郭沫若中年旧体诗词创作中一个引人注目的存在。拿冲淡高古的诗来说，抗战后郭沫若忙于战事、政务和学术，有时他也忙里偷闲，借给友朋题画之机，在诗中发抒一下渴望静谧闲适的心境。如《题山水画小帧》（1937）中写道：“小隐堪宜此，山居即是诗。禅心来远岫，逸兴对疏篱。有酒还当醉，无鱼不足悲。天伦乐常叙，回首羡康时。”又如《题风景画二首》其一：“杨柳青青古渡头，烟波淡淡漾轻舟。闲来袖手无心坐，转觉平添一段愁。”虽羡慕造化之功，但一个愁字，便把那种“云烟凝处诗中画，流水无声画里诗”的超然境界给消解了。毕竟战乱连绵，国难当头，郭沫若无法再像早年那样潜心营构冲淡之境了。但他对陶潜和王孟韦柳诗派的兴趣依旧保留在内心深处。1942年，在《题画记》一文中郭沫若专门申明：“我不因推崇屈子而轻视陶潜，我也不因喜欢陶潜而要驱逐屈子。认真说，他们两位都使我喜欢。”① 至于雄浑豪放的诗作，由于抗战后郭沫若的诗词以沉郁顿挫的“士人之诗”和奥衍古雅的“学人之诗”为主，且此二者中不同程度地隐含了雄浑豪放之风，所以这时期郭沫若单纯的雄浑豪放之作不多，仅是在与一些文友的唱和诗和少量的山水诗、题画诗、咏物诗中表露过苏东坡那种“老夫聊发少年狂”的心劲。如《送田寿昌赴桂林》（1941）：“南山昨日事春游，并辔江边君兴遒。伏枥何能终老此？长风万里送骅骝。”既是对老友田汉豪迈精神的嘉许，也是对自己壮心不已的一种自勉。又如《访徐悲鸿醉题》（1945）：“豪情不让千钟酒，一骑能冲万仞关。仿佛有人为击筑，盘溪易水古今寒。”此诗直率地抒发了两位现代文人才俊慷慨狂放的心怀，读来回肠荡气，作金石声，让人顿生“痛饮狂歌空度日，飞扬跋扈为谁雄”（杜甫《赠李白》）之叹。又如《咏金鱼》（1948）：“平生做金鱼，惯供人玩味。今昔变蛟龙，破空且飞去。”几乎口占，应为心声，抒写了郭沫若在旧中国久经压抑之后的洒脱和奔放。

郭沫若抗战时期的绮丽纤秾之作不多，且散见在一些赠答诗、题画诗和咏物诗中，基本上是偶一为之，毕竟战争年代不是花前柳下的时刻。但早年“温李新声”的熏染究竟不容易褪去，有时仍作绮词丽语，以唯美之风见长。如《华禽吟》（1941）、《天鹅蛋》（1941）、《雨》（1942）、《黄山探梅四首》（1943）、《咏水仙》（1943）、《忆樱桃树》（1945）之类。《华禽吟》三首写一只美丽的鸟儿与一只幼虎相追逐，“华禽思振翮，乳虎力攀追”，可惜“乳虎堕入草丛中，禽已高飞在天外”，“从此虎心悲，丛中长殒泪。残翎几片抱在怀，寸寸肝肠碎”。此诗似伤心人别有怀抱，可能中有隐情。《天鹅蛋》其实是咏仙人球，言辞华美，意境玄远，内含禅机。《黄山探梅四首》敷色艳丽，浓墨重彩，画中有诗，诗中有画。其四云：“料峭春

---

① 吴奔星，徐放鸣．沫若诗话［M］．成都：四川人民出版社，1984：226.

寒压艳妆，轻风飘拂柳丝黄。谁教黄犬传消息，唤出青鬟一倚墙。”用梅花和柳丝衬托后出场的姑娘，一句“谁叫黄犬传消息”，写得别有风情，俗中见雅，果然是才子之诗。

（二）

与“诗人之诗”更多地源于诗人的本性或禀赋不同，“士人之诗”更多与诗人的社会责任感和政治使命感有关。一般而言，人之学诗，先有“诗人之诗”，后做“士人之诗”，这与人的成长历程大体相类，即先为赤子，后做读书人、社会人。在中国传统文化语境中，“诗人之诗”主要泽被于道禅家文化，如老子所谓“绝圣弃智”，“绝仁弃义”，“复归于婴儿”（《老子》第十九章、第二十八章）。因此，“诗人之诗”往往充盈着道禅文化的飘逸气韵。而“士人之诗”主要植根于儒家文化，自孔孟而后，儒者皆“以天下为己任”，诚如孟子所谓“乐以天下，忧以天下”（《孟子·梁惠王下》），是故“士人之诗”常常涌动着儒家文化的忧患意识。“诗人之诗”任个人，“士人之诗”重集体。前者是出世之诗，后者是入世之诗。在唐诗双璧中，如果说李白是写“诗人之诗”的天才，那么杜甫就是做“士人之诗”的典范。

中国新文学家大抵对孔子及其传统儒家文化持否定态度。惟郭沫若不然。在20世纪20年代新旧文化剧烈碰撞之际，时人都以“打倒孔家店”为尚，但郭沫若这个“时代底一个肖子”① 居然极力证明“康德与孔子之一致”，称誉孔子是“球形发展”的“天才”，说孔子是“人中的至人”。至40年代抗战时期，郭沫若又写有《孔墨的批判》等文，明显表现出“尊

① 闻一多.《女神》之时代精神［N］. 创造周报，1923－06－03（4）.

孔抑墨”的倾向，这使他在当时“同道的人”中遭到了“相当普遍的非难”。① 郭沫若对孔子及其儒家文化的推崇，自然影响了他的文化人格的自我建构。从他的旧体诗词创作来看，郭沫若的“士人之诗”明显继承了中国传统儒家文化的士人精神，如民本情怀和忧患意识，表现出对乱世之象的批判精神。所谓“士人之诗”，其核心正在于儒家诗教中的“怨刺精神”。孔子在《论语·阳货》中提出“兴、观、群、怨”说，重在“兴”与“怨”，“兴”是形式，是技巧，“怨”才是内容，是实质。郭沫若把儒家的这种怨刺精神发扬成了一种现代反抗精神。他在《〈西厢记〉艺术上的批判与其作者的性格》（1921）中提出：“文学是反抗精神的象征，是生命穷促时叫出来的一种革命。屈子的《离骚》是这么产生出来的，蔡文姬的《胡笳十八拍》是这么产生出来的，但丁的《神曲》、弥尔顿的《失乐园》，都是这么产生出来的。周诗之《变雅》生于幽厉时期，先秦诸子的文章焕发于周末，歌德、席勒出世于德国陵夷之时，托尔斯泰、多士陀奕夫士克（陀思妥耶夫斯基）产于俄国专制之下，便是我国最近文坛颇有生气蓬勃之概者也由于受着双重压迫，内之武人与外之强邻。”② 诗曰：“疾风知劲草，板荡识诚臣。”越是在多事之秋、危亡之际，越能体现出古今中外知识分子的怨刺精神、反抗精神和批判精神。对于中华人民共和国成立前的郭沫若来说，他所置身的时代正面临着“内之武人与外之强邻”的双重压迫，作为有良知的士人或知识分子，他必须起而反抗。作为一个接受了传统士人精神熏陶的现代诗人，他的“士人之诗”自然充满了忧患意识和怨刺精神。

郭沫若早年的“士人之诗”受杜甫的影响甚大。虽然郭沫若在《我的童年》中说过“不甚喜欢杜甫”，③ 他在晚年的《李白与杜甫》中更是把“扬李抑杜”推到了极致，但不能忽视的是，郭沫若从未彻底否定杜甫及杜

---

① 谢保成. 国学大师丛书·郭沫若评传［M］. 南昌：百花洲文艺出版社，1995：99－104.

② 吴奔星，徐放鸣. 沫若诗话［M］. 成都：四川人民出版社，1984：20.

③ 吴奔星，徐放鸣. 沫若诗话［M］. 成都：四川人民出版社，1984：73.

诗的价值。他在《论杜甫的生活和创作》中曾明确指出：“安史之乱对杜甫是不幸中之幸，对中国文化也是不幸中之幸。这由无穷的血泪换来的杜甫，中国人民向来就宝贵他，今后也永远要宝贵他。”① 直到1977年，他在去世的头一年还这样说：“杜甫应该肯定，我不反对，我所反对的是把杜甫当为‘圣人’，当为‘它布’（图腾），神圣不可侵犯。”② 凡此种种，说明郭沫若并不想完全否定杜甫，他称誉杜诗为“血泪之诗”，这并非随人溢美，因为在他早年旧体诗词创作中确实深受过杜甫之熏染。在七律《寄吴君尚之》（1910）之二中，郭沫若写道：“翻云覆雨喻交游，杜老新诗几度讴。好酒于今知贾祸，多言自古易遭尤。嘤嘤怕听春禽啭，负负徒呼狂雨愁。莫笑瞿公门有雀，世人半是沐冠猴。”此时郭沫若在成都念书，丝毫不讳言他对杜诗的热衷，有“杜老新诗几度讴”为证。对于郭沫若来说，杜甫“每饭不忘君”的忠君思想是至为鄙陋的糟粕，但其“穷年忧黎元，叹息肠内热”（《自京赴奉先县咏怀五百字》）的民本情怀和忧患意识却是值得汲取的精华。早年的郭沫若不仅强烈谴责“内之武人”，他还密切关注“外之强邻”，时刻牵系着祖国的安危。1915年日本帝国主义者向袁世凯政府提出了企图独占中国的“二十一条”，且下达了“最后通牒”，即“哀的美顿书”（ultimatum）。郭沫若和一帮留学生毅然归国，准备向北京政府请愿，此间作有一首七律：“哀的美顿书已西，冲冠有怒与天齐。问谁牧马侵长塞，我欲屠蛟上大堤。此日九天成醉梦，当头一棒破痴迷。男儿投笔寻常事，归作沙场一片泥。”这首诗写得慷慨激昂，沉雄悲壮，直接开启了三四十年代郭沫若抗战旧体诗词创作的先河。

抗战爆发后，郭沫若的“士人之诗”得到了极大发扬。在早年深受杜甫影响的基础上，郭沫若抗战后的“士人之诗”还着重受到了屈原、陆游、辛弃疾、夏完淳、柳亚子等古今诗人的影响。郭沫若在抗战时期对屈原的

① 郭沫若．诗歌史中的双子星座［N］．光明日报，1962-06-09.

② 黄淳浩．郭沫若书信集：下［M］．北京：中国社会科学出版社，1992：437.

推崇是众所周知的，他不仅对屈原的生平与创作进行历史考证，而且还写了历史剧《屈原》，社会反响强烈。郭沫若认为："屈原不但是中国最伟大的一位诗人，而且是最伟大的一位民族诗人。""他是一位民族的诗人，他看不过国破家亡、百姓流离颠沛的苦况，才悲愤自杀的。他把所有的血泪涂成了伟大的诗篇，把自己的生命殉了祖国，与国家共存亡，这是我们所以崇拜他的原因，也是他所以伟大的原因。"又说："其实屈原的思想，简单的说，可以分而为：一，唯美的艺术，二，儒家的精神。""屈原并不是一位纯粹的思想家，而是一位卓越的艺术家。他在思想上尽管是北方式的一位现实主义的儒者，而在艺术上却是一位南方式的浪漫主义诗人。"① 在郭沫若的眼中，屈原的诗正是"士人之诗"，其精神核心是儒家爱国忧民的士人精神。郭沫若还十分推崇夏完淳，他不仅写过历史人物论文《夏完淳》，而且还写过以夏完淳为主人公的历史剧《南冠草》。在郭沫若看来，夏完淳的"诗文词赋，十分之九是由他的实际生活所血浸出来的东西，差不多篇篇都是辛酸，字字都是血泪。这辛酸血泪如是一般风流才子的自悲身世，掩泣途穷，惜别伤春，忧生叹逝，那倒满河都是鹅卵石，并不是怎么稀罕的东西，而在完淳却不是这样。那整个是出于国破家亡、种族沦夷之痛。"又说："完淳是诗人，而又以气节自尚，他的父亲死于水，先生陈子龙也死于水，故他对屈原甚为尊崇。集中模仿《楚辞》的骚体赋颇多，又有《吊左徒》一诗，屈原可以说是他精神上的先生。"② 可见郭沫若推崇夏完淳是与推崇屈原完全一致的，这正如同他推崇南社领袖柳亚子一样，因为柳亚子是被人视为"今之屈原"的③，他们都属于同一个精神家族或士人谱系。虽然郭沫若没有专门谈到陆游和辛弃疾对他的影响，但两人悲歌慷慨的诗词对郭沫若"士人之诗"的影响则是不言而喻的。如陆游喜梅，

---

① 吴奔星，徐放鸣．沫若诗话［M］．成都：四川人民出版社，1984：177，179，181，203.

② 吴奔星，徐放鸣．沫若诗话［M］．成都：四川人民出版社，1984：216，243.

③ 吴奔星，徐放鸣．沫若诗话［M］．成都：四川人民出版社，1984：285.

郭沫若亦喜咏梅。至于辛弃疾，郭沫若在新中国成立后曾为济南辛弃疾纪念祠题写了一副很有名的长联：“铁板铜琶，继东坡高唱大江东去；美芹悲黍，冀南宋莫随鸿雁南飞。”对辛词推崇备至。陆游和辛弃疾悲歌慷慨的雄豪诗风和誓死抗金的政治抱负，在20世纪三四十年代的抗战时期，毫无疑问是给予了郭沫若的“士人之诗”重大影响的。

郭沫若抗战爆发后的“士人之诗”，其意义是多方面的。首先是集中抒发了誓死抗日的爱国热情和民族气节。1937年，郭沫若忍受着巨大的痛苦抛妻别子，为了民族大义，秘密归国参加抗日。在离开日本的前夜，他写下了一首著名的七律，诗步鲁迅先生《惯于长夜过春时》原韵，诗云：“又当投笔请缨时，别妇抛雏断藕丝。去国十年余泪血，登舟三宿见旌旗。欣将残骨埋诸夏，哭吐精诚赋此诗。四万万人齐蹈厉，同心同德一戎衣。”正是以这首诗为标志，在20世纪20年代的新诗创作高潮衰歇之后，郭沫若又掀开了一个旧体诗词创作的新高潮。为了拯救苦难的祖国，郭沫若再也无法待在日本钻故纸堆做学问了，他再次选择了投笔从戎。作为文人，郭沫若始终怀抱着李白那样的“奋其智能，愿为辅弼，使寰区大定，海县清一”（《代寿山答孟少府移文书》）的政治志向，这种儒家士人精神实际上是自屈原以来，包括杜甫、陆游、辛弃疾等在内的中国诗人所普遍拥有的一种政治情结。对于一向尊儒的郭沫若来说，响应祖国的召唤，加入到四万万同胞的抗日阵营中，这是内心中最高的道德律令，无法拒绝，至于生死则早已置之度外。在归国途中，郭沫若写过一组旧体诗，总题《归国杂吟》。《黄海舟中》写道：“此来拼得全家哭，今往还将遍地哀。四十六年余一死，鸿毛泰岱早安排。”《春申江上》写道：“炸裂横空走迅霆，春申江上血风腥。清晨我自向天祝：成得炮灰恨始轻。”这些几乎口占的诗句，涌动着郭沫若献身祖国的忠诚，撼人心魄。难怪郭沫若后来谈到《归国杂吟》中步鲁迅韵一诗时要说：“我在当时的确是把我全部的赤诚倾泻了出来，我是流着眼泪把诗吐出的；虽然并不是什么了不起的东西，但它在我的生命史上的确是一个里程碑。”① 《归国杂吟》的里程碑意义就在于，它全面揭开了郭沫若中年时期“士人之诗”的序幕，在郭沫若的旧体诗创作历程中具有标志性的意义。

其次，郭沫若抗战时期的“士人之诗”书写了战争年代中国民众的悲惨遭遇，表明他继承了传统士人的民本情怀。从屈原的“长太息以掩涕兮，哀民生之多艰”，到杜甫的“民间疾苦，笔底波澜”②，郭沫若的民本情怀以屈杜为宗，源远流长。他通晓中国历史，深知“民为邦本未可忘，所争不尽在沙场。万方黎庶人安业，四海青衿有学堂”（《抗日书怀四首》之四）。1939 年，郭沫若在重庆曾作五古《惨目吟》，诗前有作者小序：“五三、五四大轰炸，死者累累。书所见如此，以志不忘。”诗中直书实写，记载了一个悲惨的特写镜头：“渝城遭惨炸，死者如山堆。中见一尸骸，一母与二孩。一儿横腹下，一儿抱在怀。骨肉成焦炭，凝结难分开。呜呼慈母心，万古不能灰!”此诗揭露了日寇在中国的暴行，表现了诗人对民众的悲悯情怀。《题路工图》（1940）、《鞭石谣》（1941）也是采用古风写底层民众在战乱年代的悲惨处境，但批判的矛头对准的是国民党政府的横征暴敛，“神人遍天下，威武逾今昔”，丝毫不体恤民众的悲苦。《夜会散后》（1940）写“万籁了无声，不闻秋虫唧”，突然笔锋一转，写“凉风侵客肌，迴念阵前铁”，把诗人对前方战士的牵挂写得含蓄深沉。《感怀》（1942）抒发了诗人“深怜万众化虫沙”的悲哀。《别季弟》（1939）写蜀中老家的遭际，“二老俱归同抱恨”，“卅载暌违幸活还”，“飘摇日夕惊风雨，破碎乾坤剩蜀山”。写战火中的忧世伤生，颇见功力。

---

① 吴奔星，徐放鸣．沫若诗话［M］．成都：四川人民出版社，1984：299.

② 1953 年 3 月，郭沫若为成都杜甫草堂作了一副对联：“世上疮痍，诗中圣哲；民间疾苦，笔底波澜。”

（三）

郭沫若自大革命失败后流亡日本，直至抗战全面爆发潜回国内，其间约十年时光，他主要是作为学者而存在的。他成了蜚声中外的考古学家和历史学家，主治甲骨卜辞和青铜器铭以及中国上古史研究，陆续出版了《中国古代社会研究》（1930）、《甲骨文字研究》（1931）、《殷周青铜器铭文研究》（1931）、《卜辞通纂》（1933）、《古代铭刻汇考四种》（1933）、《两周金文辞大系考释》（1935）、《殷契粹编》（1937）等学术力作，成为中国现代国学大师之一。所谓“甲骨四堂”，郭（鼎堂）董（彦堂）罗（雪堂）王（观堂），乃学界所公认。作为历史学家，继《中国古代社会研究》后，郭沫若在抗战期间及其后又出版了《青铜时代》（1945）、《十批判书》（1945）和《历史人物》（1947）等专著，还写了《屈原》《虎符》《南冠草》等系列历史名剧。

郭沫若的学者身份对他的旧体诗创作具有重要影响。1932 年在日本他曾为《金文丛考》题写诗句：“大夫去楚，香草美人。公子囚秦，《说难》《孤愤》。我遘其厄，媿无其文。爰将金玉，自励坚贞。”这首四言诗即“学人之诗”。诗中用屈子和韩非子的典故，隐喻自己流亡中做学问的处境和心境。历来“学人之诗”都好用典，且密而繁，僻而深，体现知识分子趣味，其末流则显学究气和头巾气，盖学问遮蔽了性情的缘故。钱锺书在《谈艺录》中专门有一节谈“学人之诗”，据他说，“学人之诗”的说法始作俑于钟嵘的《诗品》。① 钟嵘是反对“学人之诗”的，他在《诗品·序》中说诗“吟咏情性，亦何贵于用事？”“观古今胜语，多非补假，皆由直寻。”“故大明、泰始中，文章殆同书抄。近任昉、王元长等，辞不贵奇，竞须新事。

① 钱锺书. 谈艺录：补订本［M］. 北京：中华书局，1984：177.

尔来作者，浸以成俗。遂乃句无虚语，语无虚字，拘挛补衲，蠹文已甚。但自然英旨，罕值其人。词既失高，则宜加事义，虽谢天才，且表学问，亦一理乎!”钟嵘称许“诗人之诗”，鄙弃“学人之诗”，虽直陈“学人之诗”的弊端，但将二者对立起来，势同水火，看法就失之于绝对。刘勰的看法公允多了。他在《文心雕龙·事类》中说：“夫姜桂因地，辛在本性；文章由学，能在天资。才自内发，学以外成，有学饱而才馁，有才富而学贫。学贫者迍邅于事义，才馁者劬劳于辞情，此内外之殊分也。是以属意立文，心与笔谋，才为盟主，学为辅佐，主佐合德，文采必霸，才学褊狭，虽美少功。”刘勰对“才”与“学”的关系认识比较辩证，移之于诗，则“使才”的“诗人之诗”是诗家之本色，是内发的，是盟主，而“使事”的“学人之诗”是外成的，是辅佐，是诗家后天习养所得；前者是后者的根本，天下人先有“诗人之诗”，后有“学人之诗”，未见先有“学人之诗”而后有“诗人之诗”。事实上，大凡伟大之诗人，往往“诗人之诗”和“学人之诗”，乃至“士人之诗”三位一体，“诗人之诗”是本，余二者为末，本末不能倒置。

历来“学人之诗”尊杜韩苏黄。而郭沫若明确表示“不甚喜欢杜甫，更有点痛恨韩退之”①，又有诗句曰“平生多负气，志学邈苏韩”（《和李绍朴二首》），但不能就此说郭沫若没有受到宋诗派的“学人之诗”的影响。恰恰相反，这种影响不仅存在而且似乎根深蒂固，正所谓相反相成。在郭沫若新中国成立前的旧体诗词中，除却“诗人之诗”和“士人之诗”两类外，另有一类即“学人之诗”同样为人瞩目。所谓“学人之诗”，其“学”有二：一种是“诗人之学”，一种是“学究之学”。钱锺书指出，韩愈读书其实如孔明之“仅观大略”，如陶潜之“不求甚解”，“舍名数而求意义，又显与戴东原《答是仲明书》背道而驰，盖诗人之学而已”②。相对于戴震那

① 吴奔星，徐放鸣．沫若诗话［M］．成都：四川人民出版社，1984：73.

② 钱锺书．谈艺录：补订本［M］．北京：中华书局，1984：177.

种崇尚考据的清代汉学大师而言，韩愈之学更近于空谈道理心性的宋学。而在宋代理学家眼中，韩愈之学却被讥为“倒学”，在二程和朱熹看来，韩愈的学说还不符合正统儒家的标准，他做学问的路子不正，早年好文学，后来才学“圣人之道”，这就不是“道学”而是“倒学”了。[①] 好在韩愈并不以学人自居，韩愈之学本质上属于文人之学或诗人之学，其学服务于其文其诗。推而广之，宋代苏东坡、黄庭坚之学也属文人之学或诗人之学，也是为其诗文服务的。他们是文人、诗人，而不是哲人、理学家。而朱熹为代表的正统宋儒，其学乃“学人之学”或“学究之学”，其诗大抵属于“学究之诗”，除少数篇什外，极少见诗人的性灵，可谓有学无诗。及至清代的宋诗派，尤其是翁方纲为代表的肌理派，以汉学的考据为诗，这与宋学的以义理为诗比较起来，可谓变本加厉了。正如钱锺书所言：“宋学主义理者，以讲章语录为诗，汉学主考订者，以注疏簿录为诗，鲁卫之政耳。不必入主出奴，是丹非素也。”[②] 这是说的二者之末流。实际上，无论以宋学为诗，还是以汉学为诗，作为两种“学人之诗”，前者重义理，后者重考据，前者是“诗人之学”的结晶，后者是“学人之学”的产物，在中国诗史上毕竟都有创格之功，不可轻易全盘抹杀其价值。

郭沫若做“学人之诗”始于“诗人之学”。郭沫若的本色毕竟是诗人，即使作为学者，他的治学风格也带有诗人的个性色彩。特别是他的历史人物研究系列，从屈原研究到蔡文姬考证，再到李杜研究，他的个人体验或主观好恶都融入其中了。这正好是“诗人之学”的特点。自小就博览群书的郭沫若，一辈子都在跟书本子打交道，所以对他来说，如韩愈和苏轼那样“资书以为诗”不过顺手捎带而已。宋诗以“诗人之学”为“学人之诗”，其特点不外乎严羽《沧浪诗话》所总结的那几点：“以文字为诗，以议论为诗，以才学为诗。”所谓“以文字为诗”即“以文为诗”，用近人黄

① 周勋初．中国文学批评小史［M］．上海：复旦大学出版社，2007：78－79.

② 钱锺书．谈艺录（补订本）［M］．北京：中华书局，1984：179.

遵宪的说法，即“用古文家伸缩离合之法以入诗”，“以单行之神，运排偶之体”。[①] 郭沫若毕生受经史子集的熏染，古文功底深厚，所以他的一部分旧体诗词也明显表现出“以文为诗”的倾向。他早年所作《暴虎辞》（1921）和《在昔有豫让》（1925）两首长诗，取材于先秦两汉间的史事，取杂言诗体（五七言为主），用古文家的伸缩离合之法做诗，外律内散，句法腾挪跌宕，摇曳多姿，起承转合，多用语助，较早地体现了郭沫若写“学人之诗”的趣味。郭沫若抗战后“以文为诗”之作不在少数，较有代表性的有《登乌龙山》（1939）、《苏子楼》（1940）、《气朔篇》（1942）、《孔丘》（1943）、《白杨来》（1943）、《猪颂》（1943）、《石颂》（1943）等。这些运古入律的散文化诗作主要是五古和七古，还有一些是四言诗和杂言诗，多以“颂”“赞”“吟”“行”“谣”为题，字里行间流露出浓郁的学人趣味，诗风古雅苍健。无论赠答、题画、怀古、咏物，分明不同于流俗之作，古意盎然，汪洋恣肆，非学人不能道也。最典型的莫过于《猪颂》，郭沫若别出心裁，翻俗为雅，给“猪”敷上了浓厚的文化色彩，甚至颇有学术含量。这首诗流露了郭沫若作为学人的雅量高致，无论遣词造句、格调风神，均高古素朴、诙谐隐秀。此诗学殖丰厚，举凡《老子》《论语》《左传》等先秦典籍俱在其中，非学者大手笔不能为之。

“学人之诗”的另一特点是严羽所谓“以议论为诗”。宋人作诗好发议论，奢谈道理心性，把理学的套路带入了诗学。郭沫若的“学人之诗”也有“以论为诗”的偏好。在一些赠答诗或题画诗里，郭沫若写景叙事之余，往往热衷于发表个人的看法，或指点江山，或谈诗说艺，展现他的博学和辩才。这类赠答诗可谓多矣，且受赠者往往都是现代文化名流，如沈钧儒、柳亚子、黄炎培、马衡、金毓黼等。此外，郭沫若“学人之诗”还有“以典为诗”的倾向。宋诗好用典故，掉书袋，逞学使事，正如严羽《沧浪诗

① 黄遵宪. 人境庐诗草笺注：上册［M］. 钱仲联，笺注. 上海：上海古籍出版社，1981：自序3.

话》所云：“且其作多务使事，不问兴致；用字必有来历。”由于“谈笑有鸿儒，往来无白丁”，所以郭沫若的旧体诗词中充斥大量典故。这些典故有些较常见，还有一些较生僻。如1944年做的《叠和亚子先生四首》，因柳亚子乃南社诗擘，博古通今，故郭沫若的和诗中频频用典，有些典故十分生僻，一般读者是无法领悟诗中要旨的。像“挽戈我亦思挥日，悬胆谁能解卧薪”中的典故比较常见，而“南渡衣冠羊胃烂，东来寇盗羽书频”中“羊胃烂”的出处就比较陌生了。此典出自《后汉书·刘圣公传》，写其滥封官爵，民间于是有流行语曰：“灶下养，中郎将；烂羊胃，骑都尉；烂羊头，关内侯。”再如“驱石犹夸鞭是铁，斮胫仍贱足于薪”，其中用了两个较生僻的典故，前一句用秦始皇鞭石填海之典，出自《三齐略记》，后一句用殷纣王斮老人足的典故，出自《春秋繁露》。郭沫若的这两个典故中隐含了他对当时国民党专制统治的严厉批判。客观地看，用这些典故确实使郭诗显得渊博雅深，但另一方面，有些僻典的使用显得过于曲折隐晦，有獭祭之弊。

郭沫若的“学人之诗”中还有一种“考古诗”，体现了郭沫若作为考古学家的学术兴趣。这种学人诗“以考据（考证）为诗”，“以汉学（朴学）为诗”，以此区别于常见的“以宋学为诗”“以义理为诗”。这种学人诗中的学问不再是“诗人之学”而是“学人之学”。作为历史学者，郭沫若一直很推崇清代乾嘉学派的汉学，直至1961年他在读袁枚的《随园诗话》时，见袁枚“憎恨考据家，甚至诋考据家为蠹鱼”，他还专门写过《考据家与蠹鱼》一则札记，为汉学的考据辩护。他说：“平心而论，乾嘉时代考据之学颇有成绩。虽或趋于繁琐，有逃避现实之嫌，但罪不在学者，而在清廷政治的绝顶专制。……欲尚论古人或研讨古史，而不从事考据，或利用清儒成绩，是舍路而不由。就稽古而言为考据，就一般而言为调查研究，未有不调查研究而能言之有物者。”① 作为考古学家，郭沫若难免会以考古为诗，彰显其学人本色。他题咏三国时期王晖棺的三首诗，其中既有对石棺发掘细节的记载，也有对石棺外形的铺叙，还有对石棺的考证分析和推断，体现了一个考古学者的博学多才。如《题王晖棺玄武像》（1942），细致的描摹和广博的征引，既有学者的严肃，又有诗人的风情。作者描摹玄武像：“龟长于蛇古有说，只今思之意枉然。二物同心剧相爱，纠缪不解二千年。憎到极端爱到底，总以全力相周旋。”“龟如泰岳镇大地，蛇如长虹扛九天。”“爬虫时代久寂寞，忽见飞龙今在田。”由此感慨，作者联想到西方意大利两位雕塑家的作品：“曾见罗丹接吻象，男女相拥何缠绵。又见米克郎杰罗，壁画犹存创世篇。”这样的诗作虽写考古，但并不枯燥，并未遮蔽诗人的性灵。像这样一些充满考据色彩或“历史癖”的“学人之诗”在郭沫若的笔下还有不少，如《气朔篇》（1942）、《题延光砖五首》（1943）、《题富贵砖拓墨》（1944）、《题彝器图像拓本四首》（1944）、《题敦煌画展》（1945）、《题木偶半身像》（1949）等。其中《题木偶半身像》作于中华人民共和国成立前夕的1949年1月，似乎隐喻了郭沫若的命运和诗运的转折。

（四）

从总体上看，中华人民共和国成立前郭沫若的旧体诗词创作取得了比较高的成就。就诗学形态来说，无论是“诗人之诗”中个人性情的挥洒，还是“士人之诗”中忧患意识和民族精神的抒发，抑或“学人之诗”中学者情怀和学术意识的流露，各有优胜且相互渗透，形成了郭沫若旧体诗词繁富丰赡、多元合一的艺术特色。但中华人民共和国成立以后，随着时代的变迁和政治语境的转换，郭沫若的旧体诗词创作发生了“多元归一”的

① 谢保成. 国学大师丛书·郭沫若评传［M］. 南昌：百花洲文艺出版社，1995：174.

艺术转变。外在环境的变化促成了郭沫若的身份嬗变，中华人民共和国成立后郭沫若担任了新生的中国的副总理和全国人大常委会副委员长，由中华人民共和国成立“在野”的民主人士跃进为中华人民共和国成立后“在朝”的内阁成员和国家领导人，郭沫若的政治身份和地位与中华人民共和国成立前已经不可同日而语了。中华人民共和国成立之前的郭沫若是政治型的知识分子，是积极入世的现代士人，而中华人民共和国成立后的郭沫若“学而优则仕”，由“士人”变成了“仕人”，这是符合郭沫若一贯尊孔崇儒的人生选择的。由于知识分子身份的弱化和官员身份的强化，郭沫若的诗人身份和学者身份也不断地弱化，虽然他在中华人民共和国成立后还兼任了中国文联主席、中国科学院院长等艺术和科学领域的职务，但这些职务大都是政治性或行政性的，除了进一步强化他的政治身份以外，并不能从根本上改变他的诗人和学人身份隐性丧失的现实。

虽然郭沫若依然在写诗，但他已经很少写出新中国成立前那种“诗人之诗”“士人之诗”和“学人之诗”了。就“诗人之诗”而言，由于政治身份对诗人身份的遮蔽，新中国成立后郭沫若很难再自由地抒发个人性情了。以前王孟韦柳式的冲淡之诗，李白和苏轼那样的豪放之诗，以及温李式的绮丽之诗，在新中国成立后几乎只剩躯壳，形存神亡，偶尔还残存一鳞半爪、吉光片羽。稍值一提的仅有《万松亭遇雨》（1961）、《洱海月》（1961）、《黄山即景》（1964）等寥寥几首小诗，如五绝《黄山即景》（“松从岩上出，风向雾中消。峭壁苔衣白，云奔山欲摇。”）便展现了郭沫若写景绘神的精湛功底，可惜如昙花一现，被他的宏大政治抒情诗潮给湮没了。再就“学人之诗”来说，由于新中国成立后郭沫若的学者身份同样被他的政治身份所掩，除作有关于蔡文姬、陈端生、武则天、曹操、李白和杜甫等几个历史人物的政治性“翻案文章”（论文和剧本）之外，郭沫若的学术成就与新中国成立前不能相提并论，这是毋庸讳言的事实；由此也导致了新中国成立后郭沫若“学人之诗”的贫乏。稍微还保留着郭沫若继承乾嘉汉学品格的“学人之诗”仅有《访半坡遗址四首》（1959）、《游乾陵》（1960）、《吊章怀太子墓》（1960）、《马伏波井》（1962）、《白马井港》（1962）等为数不多的篇什，算是“以考据为诗”，庶几与政治无涉。而其他关涉学术的诗作则基本上政治化了。至于“士人之诗”，由于郭沫若新中国成立后由“士人”蜕变成“仕人”，由知识分子变成了政治官员，所以他新中国成立前那种追步屈原、杜甫、陆游、辛弃疾、夏完淳的沉郁顿挫之作，在新中国成立后再也见不到了，取而代之的是一种以“仕人之诗”为核心的“新台阁体”诗词。

在郭沫若的旧体诗词创作历程中，这种“新台阁体”诗词可以溯源至他在抗战爆发后的“士人之诗”中，主要是指他的“士人之诗”中那些表达对中国共产党及人民军队的赞美和歌颂的诗词作品。倘从中国诗史来考索，新中国成立后在当代旧体诗坛流行一时的“新台阁体”源自于明代初年（永乐至成化年间）盛行的“台阁体”。明初“台阁体”的主要代表诗人是“三杨”（杨士奇、杨荣和杨溥），他们先后官至大学士，在当时形成了一个以“三杨”为中心的规模庞大的高级官僚创作群体。这个群体的诗作以官方的主流意识形态——程朱理学为旨归，表现当时上层官僚的生活内容和情趣，故多应制唱和、歌功颂德、歌舞升平之作，风格雅正平和、雍容华贵，是明王朝大一统后政治社会生活的艺术反映。钱谦益在《列朝诗集小传》中称杨士奇有“太平宰相风度”，既说其人，亦指其诗。而郭沫若在新中国成立后一直以“郭老”称誉于时，是当时诗坛广受尊崇的一代诗翁，其执诗坛牛耳之地位正与明永乐年间的杨士奇相类，其诗格诗风同样具有所谓“太平风度”。有鉴于此，我们把20世纪50—70年代在中国旧体诗坛大盛的主流诗体命名为“新台阁体”。其实，明代的“台阁体”同样渊源有自，远的可追溯到周颂和汉赋，近的则北宋初年大兴的“西昆体”差可比拟。宋初以杨亿、刘筠、钱惟演为首的一批馆阁诗人大肆模拟李义山体，但徒具绮词丽语，纵富丽精工，华彩斑斓，终不免脱离实际的现实生活，是与明初的“台阁体”性质相同的“馆阁之诗”或“仕人之诗”。从性质上看，“仕人之诗”是“士大夫之诗”，有浓重的“纱帽气”和“馆阁气”，而“士人之诗”则可说是“大丈夫之诗”，具有孟子所谓的“浩然之气”。据说晚清同光体诗擘陈三立就曾讥讽张之洞的诗有“纱帽气”和“馆阁气”，张之洞乃晚清高官显宦，其诗“念念不忘在督部”，① 这与晚境衰颓的陈三立自然大异其趣，陈三立的诗乃宗宋的“学人之诗”，虽无“纱帽气”，但却有读书人的“头巾气”。

从诗体角度看，以郭沫若为首的当代“新台阁体”诗词的形成主要与吸纳了“颂”“赋”的文体因素有关。刘勰在《文心雕龙·情采》中认为，从先秦到两汉，中国文学早就发生过从“诗人什篇”到“辞人赋颂”的转变了。他说：“昔诗人什篇，为情而造文；辞人赋颂，为文而造情。何以明其然？盖风雅之兴，志思蓄愤，而吟咏情性，以讽其上，此为情而造文也；诸子之徒，心非郁陶，苟驰夸饰，鬻声钓世，此为文造情也。故为情者要约而写真，为文者淫丽而烦滥。而后之作者，采滥忽真，远弃风雅，近师辞赋，故体情之制日疏，逐文之篇愈盛。”从“诗人”到“辞人”，从“诗人什篇”到“辞人赋颂”，从“为情造文”到“为文造情”，这种转变在本质上即从“诗人之诗”到“仕人之诗”的转变。上古之诗重风雅，《诗经》中的“风”和“小雅”属于“诗人之诗”，两汉发扬了上古诗中“颂”和“大雅”的传统，成就了风靡一时的“赋”，尤其是“大赋”为典型的“辞人赋颂”。及至唐初陈子昂还在为诗坛“风雅不作”（《与东方左史虬修竹篇序》）而大声疾呼，好在中国诗坛在唐代终于回归了“诗人之诗”。以历史做比照，20 世纪中国旧体诗词创作也经历了类似的一次诗学转变，即从“现代”的“诗人之诗”转变到“当代”的“仕人之诗”，从新中国成立前的“诗人什篇”转向了新中国成立后的“辞人赋颂”。郭沫若的旧体诗词创

① 胡迎建．一代宗师陈三立［M］．南昌：江西高校出版社，2005：256.

作正经历了这一诗学转型，他在新中国成立前的旧体诗词以“诗人之诗”为核心，即使他的“士人之诗”和“学人之诗”大抵也不失“诗人”本色，而在新中国成立后他却成了当代“新台阁体”诗词的代表人物，大写“仕人之诗”，大张“辞人赋颂”。

就“颂”而言，新中国成立后郭沫若的旧体诗词中，仅以“颂”为题的诗作即不胜枚举。尤其是《新华颂》，这是五四时期写过《凤凰涅槃》的郭沫若献给新中国的第一首颂诗，在当时影响巨大，它开启了郭沫若新中国成立后转向“新台阁体”诗词的序幕。这首诗共三节，每节的头四句为工整的四言诗，从中不难看出郭沫若对《诗经》四言诗体的模仿，尤其是对《周颂》《鲁颂》《商颂》的追慕。郭沫若酷爱《诗经》，早在1922年他就用白话文翻译了《诗经》中的四十首诗，出了一本《卷耳集》，但《卷耳集》中都是选译的古代情诗和恋歌，都是“风”，这与《新华颂》中对“颂”的推崇有着明显的区别。由崇“风”到宗“颂”，其间正隐含了郭沫若的旧体诗词创作转型。“颂”是中国最古老的诗体之一，也是中国古代宫廷贵族文学的发端，自然它也是当代“新台阁体”诗词的最古老的源头。《毛诗序》说：“颂者，美盛德之形容，以其成功告于神明者也。”刘勰在《文心雕龙·颂赞》中也说：“颂者，容也，所以美盛德而述形容也。”又说：“原夫颂惟典雅，辞必清铄，敷写似赋……揄扬以发藻，汪洋以树义。”自《诗经》以降，历代颂体文学绵延不绝，以两汉时期为例，即有扬雄的《赵充国颂》、班固的《车骑将军窦北征颂》、傅毅的《西征颂》等，大抵歌颂汉代君臣的文治武功，盛德高行。郭沫若的这首《新华颂》，远溯商周，上追两汉，是一首典型的祖国颂、人民颂、领袖颂和共产党颂。此诗格调典雅雍容，虽有时代的政治烙印，却也不失高古庄正之风。郭沫若的其他颂诗大都没有越出《新华颂》的范围，格调保持着一贯的“太平风度”。除却以“颂”为题的诗词外，新中国成立后郭沫若还做有不少以“庆”“祝”“贺”“歌”“赞”为题的诗词，从诗体上看，这不过是“颂”

之变体而已。

与“颂”相比，“赋”对郭沫若的“新台阁体”诗词创作有着更深入的影响。诚如刘勰所言：“原夫颂惟典雅，辞必清铄，敷写似赋”，可见“赋”与“颂”其实一脉相承。中华人民共和国成立后，郭沫若正像刘勰所说的那样“远弃风雅，近师辞赋，故体情之制日疏，逐文之篇愈盛”。自然，新中国成立后郭沫若所师辞赋并非屈原那种“楚辞”或“骚体赋”，而主要是汉赋，尤其是汉代那种夸张铺陈的“大赋”。汉人扬雄认为屈原的骚体赋是“诗人之赋丽以则”，而司马相如的汉大赋是“辞人之赋丽以淫”（《法言·吾子》），刘勰在《文心雕龙·诠赋》中继承了扬雄的观点，他认为赋之上者应该“风归丽则，辞剪荑稗”，而赋之下者往往“繁华损枝，膏腴害骨，无贵风轨，莫益劝戒”，不过是扬雄所谓壮夫不为的“雕虫篆刻”罢了。可惜就连扬雄本人的赋也只能算是“辞人之赋”，至于司马相如、枚乘、班固等人的大赋就更是如此了，“讽一而劝百”（《法言·吾子》），距离“诗人之赋”何止霄壤。所以，广义上说，汉赋大约是中国最早成为流派的“仕人之诗”或“馆阁之诗”。它具备虚构性、夸张性、装饰性、政治性等特征，对中国后来的“仕人文学”影响深远。流风所及，感染了当代诗坛自然也就并不奇怪了。新中国成立后的新诗界，郭小川曾经以“新辞赋体”① 名世，其实，在当时不仅郭小川，包括贺敬之、闻捷、李季、田间、李瑛等在内的许多新诗人都写过广义的受汉赋影响的“新辞赋体”诗歌。只不过有的受“大赋”影响更深，有的受“小赋”影响更大罢了。前者如郭小川、贺敬之，后者如闻捷、李瑛。而郭沫若作为当代诗翁，自然

① 冯牧在《郭小川诗选·序》（人民文学出版社 1979 年版）中说郭小川“从优秀的中国古典诗歌和词赋吸取营养，创造了一种雄浑有力的诗体”，这种诗体“采用大量的铺陈排比、感物咏志的方法来表达作品的主题思想”。於可训的《新诗体艺术论》（武汉大学出版社 1995 年版）中有专章论及郭小川的“新辞赋体”，他称之为“新赋格”，其核心特征是“外骈内散”。其实，不论郭小川的“外骈内散”还是贺敬之“楼梯体”的“外散内骈”，在骈散结合上都受了汉赋的影响。

也不例外。他的总题为《百花齐放》(1958)的101首新诗，不就是101首“小赋”组成的一篇“大赋”么？不仅是新诗，新中国成立后郭沫若的旧体诗词同样吸取了汉赋的因素。在很大程度上，以郭沫若为代表的当代“新台阁体”其实就是当代旧体诗词领域中的“新辞赋体”。

汉赋最重要的特点是铺排。郭沫若的“新台阁体”诗词也广泛采用了铺排手法。刘勰在《文心雕龙·诠赋》中说：“赋者，铺也；铺采摛文，体物写志也。”从古老的“六义”来说，当代的“新台阁体”重“赋”，重“比”而轻“兴”，同时也重“颂”，重“雅”而轻“风”。所以它是“辞人之赋”而非“诗人之赋”，整体上有散文化倾向，缺乏风骚兴味。具体到郭沫若的当代诗词，其铺张扬厉的特点是很鲜明的。这种铺排性表现在郭沫若的各种诗（词）类型中，如政治诗、咏物诗、山水诗、田园诗、边塞诗、怀古诗、赠答诗、挽悼诗等，不一而足。上至国际国内大事，下至个人行止趣味，举凡政治会议、经济政策、文化活动、参观旅游、山山水水、花花草草、英雄人物之类，由于郭沫若特殊的政治身份和地位，似乎没有不在他的关注范围之内的，正所谓“遍地皆诗写不赢”了。这恰恰符合汉赋博雅繁丽，似古代“类书”的总体风格。这也是自古“台阁之诗”或“仕人之诗”的作者大多是高官显宦的原因。即使是地位低微的士人，也往往拿作赋为进身之阶，如杜甫就曾向朝廷进献过“三大礼赋”，有意迎合统治阶级的审美趣味。新中国成立后郭沫若旧体诗的辞赋化主要表现为“以赋为诗”。汉赋有两大类型尤为引人注目：纪行赋和京都赋。郭沫若的“新台阁体”诗词中，纪行诗和“都市诗”在数量上特别多，在艺术上也正好体现了纪行赋和京都赋的特点。新中国成立后郭沫若的足迹踏遍了祖国的东西南北，几乎到处都留下了“郭老”的诗集和墨宝。此外他还频繁出访亚非拉和东欧国家，每到一处大都会留下诗词作品。郭沫若的许多纪行诗都以组诗的形式出现，至于单篇的纪行诗词那就不可胜数了。甚至全国有些省和自治区还专门为郭沫若出版了他的纪行诗集，如1965年广西僮族自治区人民出版社出版过《邕漓行》（线装诗集），1979 年福建人民出版社出版过《郭沫若闽游诗集》，此外上海文艺出版社 1983 年还出版了林东海、史为乐选注的《郭沫若纪游诗选注》，可见郭沫若当年纪行诗的风靡一时。郭沫若的纪行诗，特别是其纪行组诗，单首来看就是一篇篇的“小赋”，与其说郭沫若醉心于写规整的律绝，毋宁说他是在写骈散结合的“小赋”。首联和尾联是散句，颔联和腹联是偶句，多首律诗构成一组，书写同一个地方的山水风光，铺排同一段行程的豪气意兴，实在又可看作是一组又一组的“大赋”了。至于郭沫若纪行诗的古体诗，在形式上就更直接地体现出“小赋”乃至“大赋”的规模和体制了。

郭沫若的“新台阁体”诗词创作，不仅长于“以赋为诗”，而且热衷于“以赋为词”。“以赋为词”自然不是郭沫若的独创，在中国古典诗词演进历程中，苏东坡“以诗为词”，辛弃疾“以文为词”，柳永和周邦彦则“以赋为词”,① 他们都是词体的创新家。作为一种文体来说，“赋”的本意如刘勰所言，是“铺”，是铺排，以骈词俪句为特点。而作为一种不同于“比兴”的表现手法，“赋”的含义是“敷陈其事而直言之”（《朱子语类》），是一种详尽而直接的陈述和描摹手段。前者是就韵文来说的，后者不仅适用于韵文，而且还适用于散文（古文）。综合两者，从广义的“赋”来看，所谓“以赋为词”其实是包含了“以文为词”的，既重散文化的句法，亦重骈偶式的句法，在陈述和描写中骈散结合，铺排重叠，周密翔实。郭沫若填词好议论，好描摹，好直抒胸臆，明显受到宋人“以文为诗”或“以文为词”的影响，其实也受了汉人以“词赋”为宗的影响。一个明显的证据是，新中国成立后郭沫若填词特别喜欢“长调”而不喜欢“小令”，就连“中调”也填得不多。虽然这与郭沫若对毛泽东的崇拜和追随有关，因为毛泽东的长调如《满江红》《沁园春》《水调歌头》之类在新中国成立后影响

① 袁行霈．中国诗歌艺术研究：增订本［M］．北京：北京大学出版社，1996：338.

巨大，郭沫若作为“新台阁体”诗人的突出代表，自然不可能不受到熏染；但从另一方面来说，撇开个人情感因素在外，郭沫若热衷于“长调”的写作，恐怕更主要的原因还是“长调”比“小令”更能满足他内心中宏大叙事和抒情的需要，更能够成全他“以赋为词”的艺术取向。郭沫若在20世纪50年代很少填词，60年代以后他作的“长调”明显多起来，各种词题的《满江红》《水调歌头》《沁园春》《念奴娇》简直是目不暇接。这些“长调”大抵华丽铺排，兼具散文化和骈文化的双重特征，体现了郭沫若晚年“以赋为词”的艺术偏向。这些“赋体词”大多主题直露，艺术上也较粗陋，是十分典型的应景应制的“新台阁体”词。郭沫若“以赋为词”不像柳永和周邦彦那样以绮丽纤秾的风格见长，他的“赋体词”多是雄豪粗犷、雍容华贵的，不少流于粗糙空疏，充斥大量的政治标语口号。与其说夸张的想象和夸饰的语言，夹杂政治性的颂辞，是郭沫若“赋体词”的明显特点，毋宁说这些颂辞是那个年代“新台阁体”诗词的标志之一，这正如“谀辞”是司马相如诸人汉赋的显著标志一样。郭沫若的这些“长调”，虽然大多并未标明是对毛泽东词的和作，但完全都可以看作是他对毛泽东词的隐性唱和。毛泽东词如同“原典”或“原型”，被郭沫若不断加以模仿和规步，这就如同“西昆体”中盛行同题酬唱一般。实际上，50年代后期，自毛泽东诗词公开发表之后，社会上公开或私底的唱和之作是相当多的。有的是直接的唱和，更多的是间接的模仿，但基本的调子和风格是定下来了的。这无疑是20世纪50—70年代旧体诗词创作中的一个值得关注的流行文化现象。

以上探讨了新中国成立后郭沫若“新台阁体”诗词的文体特征。这种带有明显“辞人赋颂”特征的诗体的形成，其外在社会政治原因自然不能忽视，但其内因则在于郭沫若的身份蜕变，他从“士人”跃居“仕人”，由此带来了他的诗词创作形态的变化。这样的例子在中国历史上是屡见不鲜的。余英时说：“从中国历史上看，有些‘士’少壮放荡不羁，而暮年大节凛然；有的是早期慷慨，而晚节颓唐；更多的则是生平无奇节可纪，但在政治或社会危机的时刻，良知显露，每发为不平之鸣。”① 郭沫若显然属于第二种类型的“士”。这种“士”的蜕变带来了郭沫若旧体诗词创作的蜕变，新中国成立前他的诗词以批判为主，“美刺”兼具，而新中国成立后的诗词有“美”无“刺”，几乎放逐了风人之旨。郭沫若的“新台阁体”诗词明显表现出“辞赋化”倾向，但他回避了早年追慕的屈原的辞赋精神，而径直走向了他早年否定过的宋玉所开创的另一种辞赋传统。其实何止郭沫若如此，纵观中国现当代旧体诗坛，以茅盾、叶圣陶、老舍等为代表的新文学家写旧体诗词，也大都经历过类似性质的创作转型。至于中国现当代的学者诗词，除却陈寅恪、吴宓等少数诗家外，绝大多数也未能逃脱郭沫若这种由“多”向“一”的创作转型命运，最终都滑向了“新台阁体”诗词的艺术轨道。

① 余英时．士与中国传统文化［M］．上海：上海人民出版社，1987：自序10－11．

第八章 | ◆

叶圣陶旧体诗词风格的形成及其嬗变

叶圣陶是中国新文学家中带有浓郁古风的一位现代文人。从幼时起他便喜欢写篆字、刻图章、听昆曲，他还有很深厚的古文底子，能做文言小说。这就难怪朱自清初次去拜访叶圣陶的时候会误以为他是一位老先生了。① 早年的叶圣陶虽然少年老成，但诗才横溢。据少年时代的同学顾颉刚回忆，中学时的叶圣陶极喜欢做诗，“当时同学里差不多没有一个会做诗的，他屡屡的教导我们，于是中学校里就结合了一个诗会，叫做放社。但别人的想象和表述，总不能像他那般的深细，做出来的东西总是直率得很，所以我们甘心推他做盟主”②。如果不计早年的少作，叶圣陶的旧体诗词创作主要有两个高峰期：一个是 20 世纪三四十年代的抗战时期，一个是新中国成立后的 50—70 年代。前一个时期是叶圣陶旧体诗词创作风格的形成阶段，而在后一个时期里，由于时代精神和政治环境的更替，其诗词艺术风

① 刘增人，冯光廉. 叶圣陶研究资料［M］. 北京：北京十月文艺出版社，1988：133.
② 刘增人，冯光廉. 叶圣陶研究资料［M］. 北京：北京十月文艺出版社，1988：124.

格也随之发生了变化。探讨叶圣陶旧体诗词创作风格的形成及其在新中国成立后的艺术嬗变，这不单纯是对叶圣陶个人旧体诗词创作的整体认识和评价问题，还在总体上关涉到20世纪旧体诗词从“现代”向“当代”转型的艺术问题。

（一）

叶圣陶的旧体诗词创作在现当代文人圈内享有盛誉。顾颉刚、朱自清、俞平伯、林宰平、王力等文史大家都对叶圣陶的旧体诗词做过很高的评价。俞平伯、林宰平、王力晚年还曾点评过叶圣陶的旧体诗词私藏本，俞之评语如“措词醇雅，情深于文”，林之评语如“风规高迈”“冲淡绵邈，是善学陶者”，王之评语如“悲而能壮，有放翁气概”“乍读无惊人之语，而平淡中见熟练”等，① 都从不同角度谈到了叶圣陶旧体诗词的某些风格特点。三人都能做诗，且喜与叶圣陶谈诗，尤其是俞平伯与叶圣陶在“文革”中书信往来谈诗论词不亦乐乎，双方你来我往，叶圣陶尝戏言如打乒乓球（“银球复共娱”）。②

然而，说到对叶圣陶旧体诗词风格的整体评价，还得首推孙玄常先生。孙玄常，即孙功炎，曾任人民教育出版社编辑，笺注过姜白石诗词，且是当代知名旧体诗人，所作《瓠落斋诗词钞》收入新时期之初名噪一时的旧体诗词九人合集《倾盖集》，叶圣陶曾以一阕《满庭芳》题赠该集。“文革”中，叶圣陶和孙玄常之间依旧保持着交往，曾作《浣溪沙》（1972）和古风《题孙功炎〈瓠落斋诗词稿〉》（1973）相赠。叶圣陶对孙玄常的诗词十分推崇，他在赠诗中说：“讽吟终卷一叹息，我亦弱冠弄翰人，颇愧浅尝

① 陈次园，叶至善，王湜华．叶圣陶诗词选注［M］．北京：开明出版社，1991：76，31，100，68，115.

② 叶至善，俞润民，陈煦．暮年上娱：叶圣陶、俞平伯通信集［M］．石家庄：花山文艺出版社，2002：64.

功力薄，风雅文采不如君。”这虽是谦辞，但于此可见孙先生功力不薄。孙玄常在给《叶圣陶诗词选注》所作的序中说，他认为叶圣陶的诗词已自成一种风格，他一再思索，觉得可以用“清真沉厚”四个字来概括。[①] 今天我们不能不佩服孙先生的眼力，因为这四个字不仅高度凝练地概括了叶圣陶旧体诗词的总体风格，而且还隐含了影响叶圣陶旧体诗词风格形成的两个关键诗人词客：一个是杜甫，一个是周邦彦。事实上，十年浩劫中，叶圣陶和俞平伯在通信中也涉及了这个话题，俞平伯致信叶圣陶说：“若诗中之杜陵，词中之清真，皆其中之巨擘也，如不能融化，未免有饾饤之病。”[②] 对于叶圣陶而言，他一生的旧体诗词创作在很大程度上正是在谋求着“诗中杜陵”与“词中清真”的艺术融合，虽还未臻化境，但已然非寻常诗人词客可比。

从诗学渊源上讲，叶圣陶的抗战诗更多地受到了杜甫和陆游的影响，而陆游的爱国诗又主要源于杜甫，所以王力说叶诗“有放翁气概”，归根结底还是杜诗的影响。无独有偶，杜甫和陆游都是中年入蜀，且都在蜀中成就了各自的诗歌创作高峰。有意味的是，叶圣陶也是如此，抗战八年他主要是在蜀中度过的，他的抗战散文小说集即命名为《西川集》。抗战爆发后，叶圣陶从苏州开始流亡，途经武汉，先抵重庆，再赴乐山，后迁居成都。巧合的是，他在成都的住所离杜甫草堂很近，正是杜诗中写道的“舍南舍北皆春水，惟见群鸥日日来”那一带地方。[③] 抗战期间叶圣陶也曾长途跋涉大西南，从成都经贵州赴广西桂林文化城，用杜甫的诗来说，真个是“支离东北风尘际，漂泊西南天地间”了。杜甫在《咏怀古迹》其一中写道：“羯胡事主终无赖，词客哀时且未还。庾信平生最萧瑟，暮年诗赋动江关。”如果把“羯胡”换成日寇，这诗就十分吻合叶圣陶抗战期间的处境、

① 陈次国，叶至善，王湜华．叶圣陶诗词选注［M］．北京：开明出版社，1991：序3．

② 叶至善，俞润民，陈煦．暮年上娱：叶圣陶、俞平伯通信集［M］．石家庄：花山文艺出版社，2002：40－41．

③ 刘增人，冯光廉．叶圣陶研究资料［M］．北京：北京十月文艺出版社，1988：121．

心境和诗境。抗战胜利前夕，叶圣陶曾做《诗人节致辞》一文，其中这样说到杜甫："他是'不薄今人爱古人'的，他能运用他以前的各种体裁和技巧，可是取材的范围超出了古人很多，他把生活和诗融和在一起，生活里的一切全是他的诗料，读他的诗就好像读他的生活，这是在他以前没有的，在他以后，同样的诗人也找不出几个，我们立刻会想到他，原是非常自然的事儿。"① 叶圣陶是把杜甫和屈原作为历史上伟大的爱国诗人相提并论的，对杜甫的诗歌艺术更是推崇备至。叶诗中多处直接提到杜甫，如"卷书喜欲狂，细味老杜句"（《乐山寓庐被炸移居城外野屋》），"届时狂喜料难描，应效杜老发长谣"（《题伯祥书巢》），"杜老草堂欣涉想，青羊深树望如山"（《和佩弦》）等。杜诗以诗体的多样化见长，尤擅律诗和古风，叶圣陶的抗战诗也兼习各种诗体，尤以七绝、五古、七古、五律、七律为多。仅就古体诗来说，七古《题伯祥书巢》、五古《伯祥五十初度》《乐山寓庐被炸移居城外野屋》《仿古乐府书满子所闻车夫语》《彬然治圃桂林百岩山》等诗，俨然有杜诗风范，很容易让人想起杜诗中的《北征》《羌村》《茅屋为秋风所破歌》《石壕吏》等名篇家什。至于叶圣陶的七律，就更有老杜的风味了。还是林宰平先生说得好，他说《乐山寓庐被炸移居城外野屋》有"杜音、杜容、杜皮、杜骨"，又评点《次韵答佩弦见赠之作》云："黄双井善学杜，此作乃近双井。"② 堪称知音之论。

如果说叶圣陶的抗战诗主要受了杜诗的影响，那么他的抗战词则主要受了周词的影响。叶圣陶一生中对周邦彦的《清真词》确乎有偏爱。他早年的少作中如《贺新郎・谨贺颉刚仁兄世大人士婚礼成》《瑞龙吟（用清真韵，并仍其四声而未或更易也）》，明显有清真词"富丽精工"的风调。如共三叠的长调《瑞龙吟》，第一叠云："芳塘路，还记细草铺绒，乱花堆树。

---

① 叶至善，叶至美，叶至诚. 叶圣陶集：第六卷［M］. 南京：江苏教育出版社，1989：130.

② 陈次园，叶至善，王湜华. 叶圣陶诗词选注［M］. 北京：开明出版社，1991：50，68.

闲愁驱涉名园，载车艳果，看伊驻处。”显然是对周邦彦的代表词作《瑞龙吟·春词》的模仿和学步，比较稚嫩。即使是在五四新文化运动时期，叶圣陶对周词也未能忘情。1917年，他在为自己编注的《周姜词》写的序中赞美周邦彦说：“他的词，大部分是写儿女之情，离别之感。这是最普通的题材，给一般人写滥了的。但是他有诗人的天才，所以能写得细腻，写得深至。如其用画来比，他的词不是写意画而是工笔画。他毫不吝惜功夫同彩色，这样精心地一笔一笔钩勒，结果作成神情凝聚的画幅。”① 可见叶圣陶对周词的作法体会甚深。朱自清在《我所见的叶圣陶》中还特意提到，1927年在上海有一次与文友们酒后回家，叶圣陶在路上曾诵周邦彦的词：“酒已都醒，如何消夜永！”② 这两句词出自周邦彦的《关河令》，叶圣陶显然对这首清真小令青睐有加，因为直至1942年，他还曾特意写了《读周邦彦〈关河令〉》一文予以赏析，夸赞《关河令》是“有意境的制作”③。抗战期间，叶圣陶的许多词作，尤其是长调词，颇得周词风韵。如被俞平伯誉为“抗战词史”④ 的《水龙吟（举头黯黯群山）》（1939），结构曲折婉转，风格沉郁蕴藉，其中流贯着词人对民族和国家前途的忧思。又如作于1941年的《湘春夜月·忆家园榴花》，这是叶圣陶抗战词中深得周词婉约风致的一首美词。俞平伯先生曾许为“缠绵多致”⑤。这不仅是指情绪的缠绵，还应包括结构的婉曲纡徐，缱绻回旋。即使在十年浩劫期间，叶圣陶对周词的爱好也未尝消减，他和俞平伯的晚年通信，时常会谈及清真词，他还主动就清真词的音律问题与俞平伯进行过深入的切磋。⑥ 1975年，叶圣陶在

---

① 叶圣陶．叶圣陶论创作［M］．上海：上海文艺出版社，1982：516.

② 刘增人，冯光廉．叶圣陶研究资料［M］．北京：北京十月文艺出版社，1988：136.

③ 叶至善，叶至美，叶至诚．叶圣陶集：第十卷［M］．南京：江苏教育出版社，1990：40.

④ 陈次园，叶至善，王湜华．叶圣陶诗词选注［M］．北京：开明出版社，1991：55.

⑤ 陈次园，叶至善，王湜华．叶圣陶诗词选注［M］．北京：开明出版社，1991：73.

⑥ 叶至善，俞润民，陈煦．暮年上娱：叶圣陶、俞平伯通信集［M］．石家庄：花山文艺出版社，2002：12.

《题湜华手抄郑夏周三家评〈片玉词〉》中写道："周词吾夙好，窥管岂知音？含咀离情细，流连光景深。斜阳春冉冉，嘉树午阴阴。诸氏评题富，览之偶会心。"周词的清丽细腻，显然已经渗透到了他的诗作中了。需要补充说明的是，叶圣陶还曾编注过一本《苏辛词》，与《周姜词》堪称双璧。但在周姜苏辛中，他显然对周姜词更为亲近，尤其是对清真词表现出了终身的迷恋。他在《苏辛词》的自序中引用清人刘熙载的话说："东坡词颇似老杜诗，以其无意不可入，无事不可言也。"又说辛弃疾在这方面"比较苏轼还厉害"，所以叶圣陶推崇苏辛词，本质上其实还是推崇杜诗。① 这一点是需要特别予以澄清的。

当然，杜诗和周词对叶圣陶旧体诗词创作风格的影响并非是彼此孤立的，而是呈现为俞平伯所说的那种"诗中少陵"与"词中清真"的艺术融合状态，从而形成了叶圣陶"清真沉厚"的诗词风格。在这四个字中关键就是一个"沉"字，沉者，沉郁也，沉郁故而不轻浮，故而厚重。没有沉郁，所谓清真也就失去了依附，不过直白浅露而已。而"沉郁"正好是杜诗和周词在艺术风格上的内在契合点。宋人严羽在《沧浪诗话》中说："子美不能为太白之飘逸，太白不能为子美之沉郁。"杜诗的主导风格为"沉郁顿挫"，这是古今共识。至于周词，清人陈廷焯在《白雨斋词话》中说："词至美成，乃有大宗，前收苏秦之终，后开姜史之始，自有词人以来，不得不推为巨擘。后之为词者，亦难出其范围。然其妙处，亦不外沉郁顿挫。顿挫则有姿态，沉郁则极深厚。既有姿态，又极深厚，词中三昧，亦尽于此矣。"陈廷焯可谓独具只眼，他在清真词"富艳精工""浑厚和雅"的外表下看见了"沉郁顿挫"。而近人王国维则在《清真先生遗事》中进一步指出："以宋词比唐诗，则东坡似太白，欧、秦似摩诘，耆卿似乐天，方回、叔原，则大历十子之流。南宋唯一稼轩，可比昌黎。而词中老杜，则非先

---

① 叶圣陶．叶圣陶论创作［M］．上海：上海文艺出版社，1982：508－509．

生不可。”① 这就直接把周邦彦和杜甫相提并论了。周邦彦是否堪当“词中老杜”这里可以不辩，但王国维和陈廷焯至少让我们看到了杜诗和周词之间的共通之处，这就是“沉郁顿挫”。陈廷焯还曾说：“作词之法，首贵沉郁，沉则不浮，郁则不薄。”做词如此，做诗亦然。叶圣陶显然深知诗词三昧，故而学诗习词，首推少陵和清真，并终身致力于二者的融合。叶圣陶诗词风格主沉郁，这与他沉默内敛、不事张扬的个性有关，也与他写作较慢的创作个性有关。叶圣陶不似郭沫若、田汉等人做诗有所谓“捷才”，他的日记中经常出现一首诗或词中间经过好几天才“足成”的记载，这大约也与杜甫“为人性僻耽佳句，语不惊人死不休”相似，所以他的诗词数量并不算太多。

除了沉郁这个灵魂之外，“清”“真”“厚”这三个关键词于叶圣陶诗词的总体风格也是不可或缺的。这里的“清真”虽然与周邦彦有关，因周词即“清真词”，周邦彦号“清真居士”，然而主要还是应从词义来理解“清真”，“清”即清新、清丽，“真”即真诚、质朴。“清新质朴”和“沉郁浑厚”，这是叶圣陶抗战诗词风格的两个层面，前者是表，后者是里，沉厚是风（“文意”），清真是骨（“文辞”）。沉郁必不轻薄，必然厚重；有了沉厚，叶圣陶抗战诗词的清真也就有了底气，不会沦为清浅和直露。叶圣陶做诗求“真”，求“诚”，求“实”，主张“出自肺腑”和“发自丹田”，强调诗中有个“我”字，② 而他又是那样一个真诚、朴实的人，“诗如其人”，他的诗也就没有矫揉造作，既不故作深奥，也不雕饰词藻，因而保持了清新朴实的本色。老友茅盾这样评说叶圣陶和他的文学创作：“作品乃人格之表现：这句话于圣陶而益信。凡是认识他的朋友们都不能不感受到，和圣陶相对，虽然他无一语，可是令人消释鄙俗之心，读他的作品亦然。

---

① 王国维. 王国维文集：第一卷［M］. 北京：中国文史出版社，1997：124.

② 叶至善，叶至美，叶至诚. 叶圣陶集：第九卷［M］. 南京：江苏教育出版社，1990：188－190.

你要从他作品之中找寻惊人事，那不一定有；然而即在初无惊人处有他那种净化升华人的品性的力量。才笔焕发，规模阔大，有胜于圣陶的，但圣陶的朴素谨严的作风，及其敦厚诚挚的情感，自有不可及处。"① 茅盾的这一席话虽然也适合于叶圣陶的新文学创作，但于叶圣陶的抗战旧体诗词写作而"益信"。所谓"朴素谨严""敦厚诚挚"，以及"消释鄙俗""净化升华"之类的说辞，正是叶圣陶抗战诗词"清""真""沉""厚"风格的另一种诠释。如七律《自居乐山与上海诸友通信重行编号今满百通矣》（1943）尤为经典："岷畔邮书今满百，五年况味此泥鸿。挑灯疾写残烧夜，得句遥怀野望中。直以诸君为骨肉，宁知来日几萍蓬！一书便作一相见，再托双鱼致百通。"俞平伯先生评此诗云："三四细腻，五六真挚，兵烽修阻，相见何期，唯恃鳞鸿往来以寄停云落月之思耳。结联妙，有兴会，且出之平淡，似毫不吃力，章法亦密。"② 所谓"细腻""真挚""兴会""平淡""毫不吃力"云云，正是对叶诗"清新质朴"风格的最好诠释。不过，在如此清新质朴的诗句中，又寄寓了诗人山河破碎、身世飘零的家国之思，其沉郁顿挫、浑厚苍茫处酷肖老杜蜀中诗。总之，"清新质朴"且"沉郁浑厚"，即孙玄常先生所谓"清真沉厚"，正是叶圣陶抗战诗词的总体风格。

（二）

中华人民共和国成立后，叶圣陶的身份和地位发生了重要变化。他已经不仅仅是一位作家、编辑家和教育家了，他还有很多政治职务，他由"民间"走向了"庙堂"。在繁忙的政治和社会活动之余，叶圣陶还写下了大量的旧体诗词。从整体趋向上来看，"文革"爆发前的"17 年"以集体本位的"新台阁体"诗词写作为主，而"文革"期间及以后的晚年诗词则

① 刘增人，冯光廉．叶圣陶研究资料［M］．北京：北京十月文艺出版社，1988：139.
② 陈次园，叶至善，王湜华．叶圣陶诗词选注［M］．北京：开明出版社，1991：98.

明显转向了个人化的“感伤诗”和“闲适诗”。叶圣陶的旧体诗词创作经历了一个由“现代”向“当代”转型的过程。在这个转型过程中，叶圣陶抗战时期形成的“清真沉厚”的诗词风格在中华人民共和国成立后发生了较为复杂的嬗变。这种变化的发生显然与社会政治环境的变迁和他的个人身份地位的变化有关。而从中国传统文化的角度看，叶圣陶这位被张中行称为“有正统的儒者风”① 的当代文士，其有意无意恪守的儒家生存哲学——“穷则独善其身，达则兼济天下”，显然在他的诗词风格嬗变中也潜在地起着重要的作用。叶圣陶在新中国成立后经历过由“达”到“穷”的地位转变，“文革”前他身居高位，“文革”中受到政治冲击而被迫赋闲。叶圣陶的儒家诗人风范在于，他在“达”时积极参与时代的政治大合唱，大写“新台阁体”诗词，而在“穷”时便回归到个人化的自我空间里浅斟低吟。以下分而述之。

“17 年”是叶圣陶在新中国成立后比较“显达”的时期。这时期的他和当时中国众多的诗家词客一样，沉浸于“新台阁体”诗词的写作，尤其在 1958 年后的“大跃进”氛围里更是如此。叶圣陶的“新台阁体”诗词，是对其抗战诗词“清真沉厚”风格的一种嬗变。抗战时期，国难当头，故而叶圣陶的旧体诗词是“怨以怒”的“乱世之音”，是“哀以思”的“亡国之音”，是“风”，是“雅”，而在新中国成立后的和平年代里，在“文革”风暴袭来之前，叶圣陶的旧体诗词基本上成了“安以乐”的“治世之音”，是“美盛德之形容，以其成功告于神明者”（《毛诗序》）的“颂”，而“风雅”几乎不作矣。在中国文学史上，“颂”的最佳方式是“赋”。刘勰在《文心雕龙·诠赋》里说：“赋者，铺也。”清人刘熙载也在《艺概·赋概》里说：“赋，诗之铺张者也。”铺即铺排、铺张，“铺采摛文”，借此达到歌颂的目的。《毛诗传》云：“登高能赋，可为大夫。”可见，“赋”长

① 张中行．负暄续话［M］．哈尔滨：黑龙江人民出版社，1990：28．

期以来是中国文人“学而优则仕”的重要文体。中国历代进入台阁或馆阁的文人，即使不直接作赋，也自觉不自觉地习惯于“以赋为诗”或者“以赋为词”。新中国成立以后，“以赋为诗（词）”俨然已经成为一种文学时尚。叶圣陶也不例外。他的这类诗词作品数量很多，如大型古体组诗《建国十年咏》（1959），它是叶圣陶献给建国十周年的一曲“新中国颂”，或者说是一篇“新中国赋”，以“颂”为指归，以“赋”为手段。这组诗由《大炼钢铁》等 14 首古风组成，以七言为主，浩浩汤汤、横无际涯，举凡政治、经济、文化，工业、农业、教育，小说、绘画、工艺，历史、现实、未来，无不囊括其中。全诗极尽铺排之能事，各种古雅的繁丽词藻与当时流行的时髦政治术语交错杂陈，而内里风衰骚亡，兴寄不存，叶氏诗词的“清真沉厚”于此已然蜕变成了“直露浅俗”矣。由于作诗填词偏重铺张扬厉，浓墨重彩，一味地“放声歌唱”，所以叶圣陶的“新台阁体”诗词已经失去了“沉郁”的精神内核，“清新”沦为了“清浅”或者“清绮”，“真挚”蜕变成了“直白”和“夸饰”，“浑厚”自然也就不复存在了，剩下的只有空洞的词藻和浮夸的诗行。这让人不由想起张炎在《词源》中批评吴文英的话来：“吴梦窗词，如七宝楼台，眩人眼目，碎拆下来，不成片断。”

“文革”爆发后，叶圣陶经历了由“达”至“穷”的转变，正所谓“穷则独善其身”，叶圣陶在十年浩劫期间确乎没有再写那种“新台阁体”诗词了。虽然作为所谓“漏网大右派”，叶圣陶在“文革”之初也曾受到过较大的冲击，但由于周总理的保护，叶圣陶只是被免去了教育部副部长的职务，赋闲在家。1972 年，他在给孙玄常的信中说：“我自一九六六年八月初即停止循例上班，自此家居为闲散之人。消磨岁月，惟藉阅览。观翻译小说约百种，观我国历代笔记约数十种，又尝温习英语，阅读并抄写英译之毛主席著作。他则看报数种，日以为常。以此之故，闲居殊不感寂寞。偶亦出访少数老友，或观市场公园。腰腿尚可，乘电车汽车，上下尚方便，人见我白发白眉，往往让座。”① 这就是叶圣陶浩劫中的日常生活状态。乱世中的他其实过着一种比较超脱的闲散生活。“无官一身轻”，此时的叶圣陶颇有点类似晚年的白居易。尽管他在《菩萨蛮》（1974）中写过“不效白香山，连肩夸老年”的句子，其实无论外在生活状态还是内在心境，晚年的叶圣陶都还是比较接近白香山的。他和俞平伯、顾颉刚、王伯祥、章元善一起被称为“苏州五老”，时常一起赏花、做诗。他还是“香山九老会”的一员，其他八人分别是杨东莼、林砺儒、胡愈之、沈兹九、茅盾、陈翰生、冯雪峰、罗叔章，《菩萨蛮》一词正写的是这群年届七旬的文化耆宿结伴游香山之事。这和白居易晚年在洛阳时常与裴度、刘禹锡等人举行诗文酒会比较近似。说“文革”中的叶圣陶近白香山，其中还有一个更重要的原因，即叶圣陶在“文革”期间及其后的旧体诗词创作主要包括两种类型：感伤诗和闲适诗，至于讽喻诗不过偶尔为之而已，如《感事》（1971）、《偶感》（1972）之类。这和白居易也正好相似，白居易晚年主要写“闲适诗”，但他的“闲适诗”中其实也包含了许多“感伤诗”的成分，毕竟这两种类型在《白氏长庆集》中划分并不是很分明。有意思的是，白居易早年的讽喻诗学杜甫，晚年的闲适诗则学陶渊明，而叶圣陶似乎也有类似的转变，不过叶圣陶早期学杜并非仿其新题乐府，而是取其“沉郁顿挫”的风骨，至于晚年他虽也曾着意学陶诗的冲淡，但总体上还是感觉离白香山的闲适和感伤更近一些。当然，早期诗学杜陵、词师清真在晚年叶圣陶的诗词中又有了明显的回归迹象。杜诗和周词“沉郁顿挫”的内质与白香山的“感伤闲适”色彩，乃至于陶诗的冲淡意境，在叶圣陶晚年诗词中还处于某种尚未完全融合的状态。

借用白居易《与元九书》中的话说，叶圣陶新中国成立后的“新台阁体”诗词是其“志在兼济”之作，而他晚年的“感伤诗”和“闲适诗”则

① 商金林．叶圣陶传论［M］．合肥：安徽教育出版社，1995：763．

是其“行在独善”之作。这里所谓“感伤诗”，是指叶圣陶晚年以怀旧为主要内容的带有较为浓厚的感伤色彩的旧体诗词。在十年浩劫及其后的生命暮年里，叶圣陶避居一隅，年事已高的他时常陷入对往昔岁月的回忆中。他的许多诗词抒写了对亡者的怀念和追忆。比如他对亡妻胡墨林，对亡友朱自清、丰子恺、老舍、茅盾、柳亚子、贺昌群等人的悼亡或伤逝的诗词，情真意切，哀怨绵绵，大都是上乘之作。1973 年，叶圣陶曾做《从未》一首，表达对亡妻的思念，诚有苏东坡“十年生死两茫茫，不思量，自难忘”的痛切。诗中写道：“从未寄书回，梦中常疑猜：何因竟决绝，弃我如遗迹？而我亦太痴，胡为不先施？邮址何从写，电话何号码？念此怅百端，醒时始恍然。原来是永别，万古阻消息。”这首记梦诗愁肠百结，朴素诚挚，沉郁处令人心悸。它真实地写出了一个耄耋老人垂暮之年的孤独与伤感。叶圣陶夫人胡墨林 1957 年病故，叶圣陶做《从未》一诗时，时隔 16 年。1957 年叶圣陶在极度悲痛中曾做《扬州慢》《鹧鸪天》词哀悼亡妻，与这首《从未》可谓遥相呼应。叶圣陶 1957 年的悼亡诗，是他在“17 年”时期大写“新台阁体”诗词之余最有个人化色彩的诗篇。除却对亡妻的思念，叶圣陶晚年“感伤诗”中还抒发了对亡友的伤逝之情。其中怀念朱自清的《兰陵王》（1974）最为有名。这首长调起句情绪浓烈、势大力沉：“猛悲切，怀往纷纭电掣。”非大手笔不能为之。第一叠回忆了叶朱在杭州一师教书期间的深厚友谊，那种“击桨联床共曦月”，“常惜，深谈易歇”的欢乐时光至今让叶圣陶沉迷回味不已，尤其是两人“杯劝互殷”，朱自清那“沉沉醉凝睫”的神态，更是历历如在目前。第二叠写两人后来尽管聚少离多，但“离愁自堪豁”，因为“鸿鱼犹与传书札”，书信往来消除了彼此的离愁。在“八表尘坌，万流腾涌”的抗战岁月里，二人又幸运地相会于成都：“蓉城重复謦咳接”，“是何等欢悦”。第三叠更进一层，写朱自清病逝，无限伤感：“凄绝，怕言说”，“今生到此成长别”，把叶朱之间深厚的情谊叙写得情致哀怨，婉转动人。诚如俞平伯所言：“长调易有累句，守律严则尤甚，虽名家亦不免也，然《兰陵王》实佳，于明清中见沉郁，此美成长技，殆度越诸家也。”① 又说：“清真只赋情艳，衡以今谊，犹病凡俗。此则笃念心交，事连宗国，尽柔刚之美，与《兰陵王》之声情清越者相应，若青蓝竞彩冰水增寒矣。”② 谓叶词青出于蓝而胜于蓝，高出周邦彦《兰陵王》一筹，确非虚言。周词“只赋情艳”，纵“富丽精工”，终病凡俗，不若叶词把个人与民族的命运连在一起，境界高，刚柔相济。

正如叶圣陶晚年的感伤诗中有闲适的成分一样，他的闲适诗中也有感伤的成分，只不过有的闲适诗很含蓄，致使感伤情绪融化无痕了。五律《游香山》（1971）中的一联：“不言参静趣，久坐赏晴峰”，颇能代表叶圣陶晚年写闲适诗的心境。诗句看似有禅意，有陶渊明和王维山水田园诗的遗风，实则隐含了叶圣陶在乱世中试图置身世外的超然姿态。但这种超然在当时的政治环境中又何尝容易，闲适的背后其实藏匿着老人暮年的悲哀，如《老境》（1973）一律中写道：“居然臻老境，差幸未颓唐。把酒非谋醉，看书不厌忘；睡酣云夜短，步缓任街长；偶发园游兴，小休坐画廊。”仅从后三联来看，无论喝酒、看书还是酣睡、散步，抑或游园小憩，这些生活化的场景确实给人怡然自乐的印象，但毕竟首联已经宣示了人生已臻老境的现实，“差幸未颓唐”暗示离颓唐已经不远了。中间两联看似散淡洒脱，自由自在，不关世事，完全不计功利得失，但字里行间其实隐喻了诗人心中难以觉察的愤世嫉俗的情绪。在叶圣陶晚年的闲适诗中，更多的则几乎看不到沉郁和悲哀的痕迹。这种闲适诗似乎更加“名副其实”。如写天伦之乐的《与阿牛庭间合影题一绝》（1970）：“初有儿孙日，无如此日闲。阿牛闲似我，老幼共庭间。”阿牛是叶圣陶的曾孙女。此诗纯朴晓畅，明白如话，写出了叶圣陶赋闲在家的闲适生活之一角。又如《小庭花事》（1971）、

---

① 叶至善，俞润民，陈煦．暮年上娱：叶圣陶、俞平伯通信集［M］．石家庄：花山文艺出版社，2002：22.

② 陈次园，叶至善，王湜华．叶圣陶诗词选注［M］．北京：开明出版社，1991：250.

《西江月·海棠谢后作》(1972)、《减字木兰花·祖璋自闽南平和寄赠水仙十茎》(1974)、《报平伯伉俪咏菊诗》(1975)、《压平粉红牵牛花一朵赠平伯》等写养赏花鸟之类的闲适诗。还有关于抄书、写字、治印的闲适诗，如《抄书》(1971)、《弄翰》(1973)、《写字》(1974)、《喜获佳章》(1976)、《矫毅为余治三印作此酬之》(1976) 等。叶圣陶在“文革”期间惯以抄书为日常消遣，他在《抄书》中写道：“此际神完固，外物归冥邈，罔觉渐移晷，不闻当窗鸟；佳境良难状，其甘只自晓。”人在抄书中可以忘记时间，忘记外物，完全进入神完气足、气定神闲的境界。对于晚年叶圣陶来说，他要追寻的正是那种陶然自怡的审美境界。

后　记

20 世纪 90 年代我在武汉大学求学期间，正逢中国思想界的分化，诸如激进主义与新保守主义、自由主义与文化民族主义之类的论争不绝于耳。印象很深的是郑敏先生反思中国新诗发展道路的文章。其实那些论争归根结底还是现代与传统之间的论争，这是近现代以来中国思想界一直面临着的一个待解的问题，只不过这个问题在不同的历史时段会有不同的表现形式而已。渺小如我，当年因为选择了中国现当代文学作为自己的专业志向，所以毅然站在了现代性的这一边。记得当时图书市场上种种现代性理论书籍非常流行，作为读者我也被裹挟其中，基本上不具备对现代性理论的反思与批判能力。但我究竟还是一个骨子里对民族文化和文学传统不肯轻易全面否定的人，所以在当时的现代性理论主潮中，我还是在内心深处对所谓文化保守主义或文化民族主义表达了有限的同情之理解与理解之同情。

我真正认真思考民族文学传统问题已经是来华中师范大学工作以后的事情。在决定展开“中国现当代旧体诗词研究”作为对“中国现当代文学”学科概念的拓展之后，我开始逐步把当年求学时期收集的所谓新保守主义或文化民族主义的著作找出来翻阅，诸如海外华裔学者林毓生谈中国思想传统的创造性转化的书，余英时谈中国思想传统的现代诠释的书，还有国内学者李泽厚、陈平原等人谈中国文化和文学传统的现代转换的书，不一而足，这些书都给予了我莫大的思想与方法上的启示。还有我的老师於可训先生对我的耳提面命和耳濡目染，也促使我发生了这次个人化的学术转向。他不仅多次鼓励我把旧体诗词研究进行到底，而且那些年我每次登门拜访他的时候都看见他在读古书，他甚至提醒我去好好补课，要鼓起勇气把《十三经》《二十四史》《资治通鉴》之类的古代典籍系统地读一遍，如此方能做一个好的现代中国学者，才有可能做出一点点真正的当代中国学问来。可惜我时间和精力不济，才力也有所不逮，加上周遭浮躁的学术空气所传染，一直未能好好完成先生交代的补课任务。但即令如此，先生的言传身教也已经让我在中国现当代文学研究中有了微薄的收获。我知道先生对中国古代笔记小说情有独钟，早在20世纪80年代他就撰文探讨“新轶事小说”，近些年甚至专门写起了新笔记小说，他以自己的创作与批评两条腿走路，亲身参与到中国文学传统的创造性转化或现代转换中来。之所以如此絮絮叨叨陈年往事，主要是为了表白我的求学轨迹与心迹。我敬重所有给予我教诲的师长，无论是引我入门的业师还是从未谋面的前辈，没有他们的拓荒和先导，作为后学的我就无从找到前进的方向。

感谢王兆胜和陈剑晖两位主编的邀约，使我有机会把这些年来写的相关论文结集。本来这套丛书的编写要求是体系化的学术专著，但当我呈现出这样一种拼贴组合型的目录与框架的时候，没想到还是得到了主编的应允，所以在这里我必须向主编的宽容表达我的感激。正如在广东的选题会上我说的那样，我个人以为这套“文体与跨文体研究丛书”必须加强实践性，不能仅仅只有纯粹的文体学理论探讨，还应包括百年中国文学在文体实践中的经验总结与反思，其中尤其要关注中国现当代作家对中国古代文体传统的现代转换问题。我的这本集子所收录的文章，就包括了我对中国古代小说和中国古典诗词两种文体传统的现代转换问题所做的一些思考。其中，关于旧体诗词媒介传播、女性诗词、画家诗词和鲁迅旧体诗的四节是我和我指导的博士生戴勇、朱一帆、叶澜涛、魏耀武合作完成的论文，曾联合署名刊发在《文艺争鸣》《天津社会科学》《江西师范大学学报》《福建论坛》上，在此一并致谢！

最后要说的是，中国文体传统的现代转换是一个方兴未艾的现代中国文学大课题。由中国文化传统的现代转换到中国文学传统的现代转换，再到中国文体传统的现代转换，我们的问题正在逐渐走向深入、走向立体化的探究。由于笔者才疏学浅，深恐野人献曝、自不量力，故而恳请海内外方家不吝赐教，以便日后再做改进。

李遇春

2017 年 9 月 29 日记于武昌桂子山